Details for Rule of Law

Details for
Rule of Law

法治的细节

周 大 伟 / 著

北京大学出版社
PEKING UNIVERSITY PRESS

法学界同仁聚会 左起：贺卫方、陆绮、杨忠民、刘贡南、江平、周大伟、蒋浩、邓子滨

序言
细节中的法治

贺卫方

本书作者是我大学晚一年的老同学。虽然在大学时期并不相识,但是在过去十多年间,相互交往却十分频繁。除了常读到他的报章文字外,平常还在老同学和朋友的各种聚会中多有交流。听他聊天,也是信息丰富,生动有趣,见解不凡。由于他在国内读法学,又在美国读法学院之后,长期旅居美国,频繁来往于不同国家,对于法治建设,既有宽阔的视野,又有深邃的思考。五年前,他就出版了随笔集《北京往事》,颇受读者好评,现在,他的这本《法治的细节》又将问世,我很为老同学的新成绩而高兴。

这本收集了他近年来的一些随笔和评论的文集取名《法治的细节》,让我想到刘瑜教授的那本有趣有益的《民主的细节》。大伟告诉我,要取一个好书名颇感不易,套用刘著的取名法也算是一种讨巧。不过,我们也不妨"假戏真做",为这样的书名作一点合法性论证。民主需要宏大的理论建构,也需要丰富的微观细节使它得以运行。法治又何尝不是这样?本书中很多文章就在不断地告诉我们这类的细节:

作者告诉我们不动产征收不得通过行政强制措施征收乃是文

明国家通例,但是在中国,却赋予行政机构如此强势的权力,导致行政权无所忌惮,也使得行政相对人丧失应有的司法救济。他从美国电影《十二怒汉》里揭示陪审制如何保障人权,尤其是理性精神如何奠定陪审制作为"民主的学校,自由的堡垒"的基础。他结合亲身经历,剖析纳税人的权利得以保障的体制力量。最有趣的是,他见微知著,从房屋租赁法律关系的演进中发现了背后隐含着的一个秘密:何以中国传统社会农民起义此伏彼起,或许就是对于地主与租户之间的冲突,一直没有办法建立一种理性、和平、有序和公平的制度。

从貌似琐碎的细节出发,寻求制度建设的原理与途径,这是作者的典型论证方式。本书也启发我们反思一个问题:人类文明不同,就需要调整的关系和遭遇到的困难而言,相互之间并无多大分别,但是所形成的制度模式却差异甚大。这种分歧也许跟民族整体思维方式的不同有深切关联。大伟书中也涉及随着近代西法东渐,外来制度——例如三院,即法院、医院和学院——在中国的变形。在我看来,之所以发生这种"淮南为橘,淮北为枳"的后果,跟我们对细节的忽视密不可分。

中国现代化的法治建设开始于晚清变法,尤其是1902年以朝廷下诏,任命沈家本、伍廷芳为修订法律大臣主持法律变革为起点,迄今已逾百年。也许跟一开始就是在外来压力之下勉为其难有关,我们内心多半是像时下网络流行语有所谓"各种不服",对于引进西方法治一直处在一种将信将疑、欲进又止的状态。外部压力大的时候,也许就往前走几步,否则就裹足不前。并非发自内心驱动的事实还导致一种敷衍心态。能够在表面上作出法治的样子，例如编纂法典，设置机构，拉起队伍，穿上行头，都可以有板有眼地进行。但是，制度运行的内在精神仍然是非法治甚至反法治的，其效果如何，了解近代史的人们都知道。我们是否可以说，如果晚清政府能够真诚而非敷衍地推行法治，中国就无须走向共和，君主立宪制也完全可以达到实质上的宪政体制？同样的道理也可以解释后来的江山易帜。

如果我们把眼光放得更加长远，也可以看出，法治在中华大地上难以健康成长有更为悠久的历史根源。且不说“德主刑辅”、“刑期去刑”这类儒家信条，观察传统社会的具体治道与治术，就会看出，我们是怎样喜欢宏大叙事，而忽视具体制度建构的。例如，在一个农业社会里，土地权利及其相关制度的重要性不言而喻。无论是古典罗马法，还是诺曼征服之后的英国普通法，关于土地所有、占有、保有、使用、买卖、时效、占有取得等权利及法律救济方式，相关规范浩如烟海，各种学说百家争鸣。无论是罗马的那些备受推崇的大法学家，还是英国法学家布拉克顿和法官柯克，都在这方面殚精竭虑，其成果也成为学术史上的伟大经典。

但是，在古代中国，毕生致力于土地制度研究的大学者是不存在的。在古典立法里，有关土地的规范凤毛麟角。官员在处理这类被称之为“田土细故”的纠纷时，压根儿不需要引用法律（当然，绝大多数情况下也没的可引），只是依据一些古代故事以及司法官员的公正感——如果有的话——作出判决。春秋决狱让这种大而化之的司法模式具有了正统地位。在阅读一些古典司法判决书的时候，我们很少看到,州县官员们在处理田土纠纷时会引用此前就类似案件所作的判决。司法中的这种个别主义丧失了可预期性,同时也为司法腐败留下了巨大的空间。

从这样的角度观察,今天的法律人树立一种不弃微末的精神,重视法治的细节建构,就不仅指向制度,更是改造文化。当然,在挖掘和培育细节的同时,我们还需要在每一个细节里渗透普遍的价值,努力造就一个局部与整体相和谐的体系,也是自不待言的。当年胡适先生倡导“多研究些问题,少谈些‘主义’”,其意义也可当如是观。

贺卫方

2013 年 1 月 11 日

目　录

法律江湖

法治细节

西风东雨

释卷品读

一 法律江湖

“到处都是我们的人!”

——谈中国法律职业群体中的关系网

引子:中国语境中的“关系”

据说,有一个来自国内的少女留学生独自一人来到了美国的大都会纽约,最初她自己还很胆怯,但后来当她看到曼哈顿街上讲中国话的华人随处可见,顿时胆量就大了很多。她的父亲在北京还非常担心,打电话过来问道:“女儿,你那儿情况怎么样?”女孩子回答说:“爸爸,放心吧,到处都是我们的人!”

记得几年前,我回国工作旅行,打算到一个外地城市办件不大不小的事。临行前,给一个老同学打了电话。老同学在电话里说:“来吧,没问题。这里从政府、人大、政协到公检法工商税务海关外贸,师兄师妹师姐师弟,到处都是我们的人!”

老同学的爽快回答,让人开心一笑。但不知道为什么,此刻我脑海里却出现了自己幼年时在那些打日本鬼子的电影里常常看到的镜头:一个浓眉大眼的八路军游击队长推门进来,掀开水缸就喝水(也许喝完水还说一句“家乡的水好甜啊!”),然后抬头问身边的一个虎头虎脑的游击队员:“外边情况怎么样?”游击队员回答说:“放心吧,队长,到处都是我们的人。”

“到处都是我们的人”——俨然是国人入世哲学中的最佳生活状态。世人皆知，中国人是特别讲究关系和关系网的。几千年的中国文明史给我们培育并留下了一个近乎难以放弃的遗产：一个超级人情世故的关系社会。我们的古代先贤们曾经一直在小心翼翼地寻找着一条既不伤害中国人传统的人情世故，又能恪守法律道德原则的和美并蓄的途径。在几千年专制皇权政体的巨大阴影中，这种努力成为儒家礼教治国的重要组成部分。在漫长的自给自足的农耕文明时代，人们依赖乡村熟人关系社会中的若明若暗的规则，足以维系社会结构和秩序，尽管这类秩序常常与公平正义无关。

是福是祸暂且勿论，过去一百多年里，特别是最近三十多年中，虽历尽曲折和坎坷，中国开始从一个封闭落后的农业社会进入了一个依赖现代科学技术的都市化工业社会和信息社会。同时，古老的中国几乎别无选择地全面移植、启用了与现代市场经济休戚相关的西方现代法律制度——包括法院、检察院、现代警察体系、律师、法学教育以及日趋完善的法律法规。

几千年缓慢发展的文化传统，并没有让这个国家的人们在迅速接纳电灯、电话、电视、汽车、喷气飞机、电脑、手机和互联网方面产生障碍；但是，法官、检察官、律师和法学教授这些同样由西方人创造的法律职业群体类型，自从降生到这块土地之后，就首先遭遇到一个几乎难以逾越的“中国式陷阱”：超级人情世故的关系社会。

由于这个群体的关系和“关系网”直接关系到社会公平与正义，无疑需要我们格外关注。

今日中国法律职业群体中的关系江湖

我自己和很多同龄人朋友们,大致属于改革开放以后最初几批进入法学院读法律的大学生。现在的80后、90后的同学们可能会觉得我们这代人多少有些幼稚可笑,因为我们总是怀有太多的理想主义色彩。我至今还清晰地记得,当时我们在大学读书的时候,同学们一起在电影院看一部名为《冷酷的心》的墨西哥电影。这个电影结尾有一个法庭辩论的收场戏,剧中的男主人公(被告“魔鬼胡安”)当庭痛斥以权谋私的检察官,台词非常精彩,上影译制厂配音演员的配音也很有魅力。同学们看到这个场景时,电影院里掌声雷动。那一刻,大家在暗自发誓,将来我们毕业以后,也想为冤屈的人伸张正义,为社会公平实实在在地做些事情。

我们原来很天真地以为,只要我们一年又一年培养出一批又一批法律人才,制定一个又一个法律法规,设立一个接一个司法机构,不管将来有没有一个继往开来的领路人,我们都可以昂首阔步走进一个光辉灿烂的法治新时代了。今天看来,我们的这种想法真是太幼稚了。

其实,我们严重忽视了一个最基本的道理,这就是“徒法不能自行”。法律制度归根结底还是要由人,由每一个有七情六欲的自然人执行,这些人是由普通的俗人组成的,这些人不是天生就不食人间烟火,这些人是可能结成一个营造腐败的关系网的。颇具讽刺意味的是,这个腐败关系网中的不少人,恰恰可能就是当年在电影院里忘情地鼓掌的人们。

人是可以随着环境的变化而变化的。大法官黄松有落马并被判刑的一个原因,就是发生在由校友、同乡结成的腐败关系网里。北大法律系毕业的郭京毅案件,也同样发生在由校友、同乡结成的腐败关系网里。但是,又有多少人会从中吸取经验教训呢?或许,在不少人眼里,黄松有、郭京毅的落马,只是他们个人运气太坏,何谈经验教训?

大家都知道,我们国家法治不太健全。多年以来,司法不公、司法腐败现象时有发生。普通民众当中一直有一种说法,说"打官司就是打关系"。这广泛流传的说法使中国法律职业群体面临着空前严重的职业公信力的挑战。法官、检察官、警官、律师乃至法学教授,这些社会法律职业群体中本来应当是光彩夺目的名称,如今已经由于各种不正常的现象而蒙受耻辱。

今天,国内经常会出现这样的情况,一旦打官司,当事人脑子里想到的第一件事就是去"找人"。在打官司过程当中,如果出现不顺利、不舒服的事情,马上想到的是,对方在法院里一定有人,或对方一定"找人"了。一个律师如果想拿到这个案子,也常常会跟当事人反复传送一个信息:我认识法院(或检察院、公安局)里面的人。但当事人与他签订合同以后,他可能会有各种说法,他会说我只认识庭长,这个事儿院长说了算,你们还得想办法托人去找院长;或者说我只认识副院长,这个事儿还得上审委会,等等。总之一句话,还是需要不断地去"找人"。

前几年,我有一位"海归"朋友办了一个电脑公司,因为对下属管理失控,有几个员工被捕了。该公司召集被捕员工家属开会时,这位朋友请我去旁听一下,以便帮他的公司出一个主意。结果我发现,这些家属在会场上异口同声要求公司去做的就是两件事,第一是“找人”;第二是“花钱”。

我曾经在美国遇到一个来访问的国内高级官员。他告诉我说,他每年要向人大提议案,问我能不能给他帮一个忙,写一个好提案。我当时跟他开了个玩笑。我调侃地讲,中国现在的法官不是在老百姓眼里缺乏公信力吗?这里有一个办法,就像医院的专家门诊一样,每天上午开庭之前,当事人可以在法院大厅里像挂号看专家门诊一样,在大厅里当场看着法官的照片选择办案法官(估计民事小额诉讼或许可行),这样一来,当事人谁都不会去提前“拉关系找人”。这位人大常委听了以后拍案称奇,他认为这个提案甚好,三月份北京开会时不妨提上去。我说千万不要当真,如果中国的法院真的采用了这个办法,会成为世界法律史上的一个笑话。

大量的事实和迹象表明:关系网是一种权力“传销”。当今的中国,离现代社会还有点远,还基本上是个乡村社会、熟人社会,政治权力在整个社会关系中还处在最重要的位置。因此,关系网实质上就是“官”系网。在这样一个乡村社会、熟人社会,要建立、维护和发展好这个“官”系网,就要对权力进行有效的“传销”。传销中各方都要双赢和多赢,把事情办成,利益均沾。通过这种“传销关系网”,人们把吸管伸向了社会的各个角落。

在司法领域里,当国家公器沦为这个“关系网”中被传销的商品之时,即便是再有教养的司法官员,也可能免不了成为假公济私、争功推过的官僚,即便是再有才华的律师,也可能免不了成为唯利是图、不择手段的讼棍。国家的司法在人们眼中,俨如失贞的皇后,除了形式上保留着威颜,实际上已经备受大众鄙弃。

所谓法治,归根结底是与人情世故难以兼容的规则之治。在我们可以预见到的未来,只要中国人在对待法律规则上总是保持着“人情世故的姿态”,将不难断言,现代法治在中国这块土地上的合理性和可能性就永远是个疑问。我以为,法律职业群体的关系网今天正在每时每刻地触及着我们的国家和人民最敏感的神经。这个关系网不解决、不理顺,不把它引向健康的轨道,我们中国民众的神经就不得安宁,我们国家的长治久安和社会和谐就不可能持续,司法的公平正义就是一个遥不可及的梦想。

“关系”一词的另类解读

在其他同样运用现代法律制度的国家里,法律职业人士是如何处理“关系”的呢?

在英文世界里,“关系”(Relationship or Connection)或者“关系网”(Network),其实都是中性词,没有什么褒贬之分。西方人其实也是讲关系和关系网的。商人们在高尔夫球场、政客们在议会的走廊里、社会名流们在豪华私密的俱乐部里、学者们在各种沙龙里、普通人在各类酒吧和派对的聚会中,以致在教堂和网络中,人们也在相识、相知、沟通、合作。大千世界、人来人往,只要是人类社会,这一切都是每日每时发生的正常现象。

据我的观察，美国法官的形象在很多普通人的心目中是非常庄重的。在法庭上，当一个美国法官穿着黑袍走出来时，大家会感觉得到，这个人似乎是上帝派来的。大概没有人敢在他面前说：“法官大人，您看，今天晚上要不要我来安排一下，咱们一起去吃个饭洗个脚，然后我们再去打个麻将？”估计人们就连这样的念头都不可能有。有人形容说，当法官作为一个俗人脱了黑袍，从你身边走过时，大家可能会一时认不出他来了。你会觉得这个人很面熟，仔细一看，他就是刚才坐在上面穿着黑袍的人，——这个人已经被神职化和非世俗化了。此时此刻，法律职业虽说不是神职，但却近似神职。

在美国，一些中国移民也会把一些“中国特色”的方式带到美国去，闹出了一些笑话。中国人的关系学在那里往往会陷入尴尬和荒唐境地。有一个颇具中国式智慧和幽默的笑话说：有个中国人在美国打官司，他问美国律师，我能不能给美国法官送一点礼啊？律师说你千万不能这么做，这么做官司就肯定输了。这个中国人说，好，那我明白了。结果他派了一个人化妆成对方当事人去给法官送礼，结果官司就赢了。

我在美国法学院参加毕业典礼时，发现学校邀请了很多社会名流来参加，有国会议员、企业家、名律师等，但唯独看不见法官们的影子。法学院似乎从来不邀请法官出席这样的典礼，估计请他们也不会来。在形形色色的校友会、同乡会、同学会、联谊会、茶话会、团拜会、推介会上，几乎看不到法官的影子。

我在北京的一个区法院参加过一个座谈会。我也跟在座的法官检察官们讲了美国法官的例子。美国法官是独立办案的。在我曾经居住过的一个美国中等城市里，发生过这样一件事情：同一个法院的一个法官向另外一个法官打听与他职责范围完全无关的案子，其动机十分可疑。结果后者把前者的行为举报了，最后前者被撤销法官的职位，后来甚至被调查和起诉。我问中国的法官们，当有一个你的法官同事向你询问一个不该他负责的案件的时候，你是否可能用鄙视的眼光看着他？我的提问引起会场一些人的反对，他们都说，你那是美国的特色，我们中国有中国特色。我只好沉默不语了。

如果说，我们觉得欧美国家的文化传统和种族特征与我们中国人差异太大的话，我们也不妨来看看一些后发亚洲国家和地区的民主法治成功的实例。比如，在日本、韩国、新加坡，还有我们中国的香港、台湾等地，我们也同样可以看到现代法治的成熟稳定以及法律职业群体的相对公正和廉洁。

1973 年年底，美国首都华盛顿，新任独立检察官加沃斯基带着一盘已经获得的录音带前往白宫。就是在这盘录音带中，尼克松提到如何教唆手下人作伪证的方法。独立检察官郑重地请白宫幕僚长黑格将军向总统传达一个最后的忠告："根据我的判断，总统已经卷入了刑事犯罪案件。他最好是聘请一位他所能够找到的最好的刑事辩护律师。"美国人此刻醒悟到，总统滥用权力这码事，其实不全是一个遥远的别人家里的故事。但是，他们依然坚信，这个国家之所以强盛，并不在于它的波音飞机和航空母舰，而是在于他们拥有能够监督权力滥用和惩罚腐败的法律制度。

请准许我用电影蒙太奇的方式，将镜头移到本世纪初社会体制转型后的台湾,这里曾发生了中国人历史上空前的一幕:2006 年的一天上午,台湾台北市。负责侦办陈水扁“总统”贪腐案件的陈瑞仁检察官来到“总统府”调查取证。随后,“总统”秘书长出现他的门口并以恭敬的口吻说道:“‘总统’想跟你见个面!”陈瑞仁回答道:“我正在办公务,没有时间。如果需要见他,我会通知他!”何三畏先生评述道:“这是多么伟大的对白。这怎能说只是一个司法官的骄傲,这分明是一个民族走向文明的跫音。”

假如,只是假如——将来,或许是很久的将来,也有这么一天,在中国大陆的司法官员们也能享受如此骄傲的时刻。

需要改造的,是我们的国情?还是现代法治的原则?

从 20 世纪末开始,国人大致得出共识:我们需要用法治而不是人治来管理这个庞大的国家。但是,在我们这个有几千年封建君主皇权传统的国度里,现代法治精神还从来没有真正进入过我们的政治传统,也没有真正进入过我们的职业伦理。如果说,中国这块土地上的法治建设还面临着某种难以逾越的“特殊国情”的话,我们也毋庸讳言,中国几千年世代流传的政治传统和社会伦理,正是中国当前法治建设遇到的两大障碍。其中,来自社会伦理方面的障碍,就与前述“人情世故关系网”衍生的司法腐败直接相关。

一直有人在说,来源于欧美国家的现代法治经验根本就不适合中国国情。其中的潜台词似乎是,现代法治经验错了,而中国国情是对的;需要做出妥协的应该是现代法治经验,而不是我们的国情;今天需要反思和修理的是别人那些成熟的经验,而不是我们正在艰难转型中的国情。

如果上述说法是合理的,我们无论如何还是要追问:在我们前述的法律职业群体"江湖关系网"中那些腐败现象,能代表当今世界的先进文化吗?能代表大多数人民的利益吗?其实,我们今天需要改造的,难道不正是我们这块土地上明暗交织、食古不化的"国情"吗?

遗憾的是,我们很多的法学学者,还缺乏对这些不正常现象的警觉和批判。在中国经济快速发展过程中,不少人开始产生自大自满的情绪,他们甚至开始觉得,我们已经开始从过去借鉴外国的法律文化,发展到今天可以输出我们自己的法律文化的时候了。

具有讽刺意味的是,在当今各类正式会议上,我们经常会听到包括官方人士和有些学术带头人经常讲的一句套话:我们用了三十年的时间,走完了欧美发达国家几百年走过的路。每当我们有一部新的法律出台,就有人兴奋地告诉人们,这是别人花了三四百年的工夫而我们只用了三十年就取得的成果。这句话表面听上去好像有道理,其实只要仔细想想,就会发现这种说法大致是掩耳盗铃、自欺欺人之谈。扪心而论,欧美国家花费的三百年时间,是从启蒙到探索、从失败到纠错直至创新的三百年;而我们花费的三十年,则主要是模仿、移植、复制和借鉴的三十年。其实,我们的法治建设的轨迹如同我们国家今天的汽车工业,我们起步还很晚,今天我们还只能做一些非关键的零部件,至于核心部分(比如发动机、变速装置)

等,用的还是发达国家的发明专利。事实往往是,我们还有很长一段路要继续向前走。

近百年来,当我们这个文明古国每次打开国门的时候,都痛苦地发现别人已经远远地走在了我们的前面。在我们这个交织着大国意识和历史悲情的千年古国里,虽然孔夫子也留下过"礼失求诸野"这句善言,但中国文明在传统上不仅不擅长对外传教,更不乐于谦和地学他人之长。晚清时在千年之未有的变局之下,这种心态被迫发生了变化。中国人终于不得不面对并承认:我们无论在器物上还是在文明上,都已经远远落后于西方发达国家。

毫不奇怪,欧美发达国家作为走在前面的"先头部队",他们最早在路途上遇到各类最新的问题,几乎在自然科学和社会科学的各行各业里,是他们最先为地球上的人类找到了问题的解决方案。在法律学领域里,我们今天正在使用的法院、检察院、律师、法学院、治安警察、诉讼程序、禁止酷刑、罪刑法定、无罪推定、监狱管理、取保候审、物权、侵权责任、知识产权、公司、保险、信托、证券、破产、反垄断等制度以及相关的技术手段,几乎无一例外来自近现代欧美发达国家现成的法治概念和经验,其中蕴含了全世界人类文明进步的诸多核心主流价值。今天,即便是那些对西方经验持强烈排斥和讥讽态度的法律学者们,也不得不承认,在对西方法治理论和制度的借鉴中,一方面我们将这些价值和技术直接导入中国社会,另一方面,对西方法治理论与制度的学习和借鉴,显然大大缩短了我国法治的探索过程,节省了大量可能用于试错和反复的时间。诚然,西方国家的经验并非完美无缺,甚至也有一些糟粕和缺陷,他们自身也不乏反思和批判。但是,对于很多基本成功定型的制度和技术手段,无疑值得我们后发国家充分学习和借鉴。

中国的法治建设已经走上了“不归路”。试想一下,我们今天还有可能“砸烂”或撤销成千上万个法院、检察院和公安局吗?我们有可能关闭近千所大学里的法学院吗?我们有可能视三十年里毕业的近百万法律专业学生为无物吗?我们有可能废止过去三十年中借鉴发达国家现成经验制定的大量法律法规吗?还有,我们仍然有可能重新回到孔夫子的春秋战国年代或马锡五的前工业化年代去吗?

据北京大学一位两年前“被安排”去新疆参加“支教”的著名法理学教授发现,即便是在中国最偏僻最边远的西部,也可以发现不少充满“良心”并极具独立判断能力的司法官员。“对什么是法治,什么不是法治”,这些人头脑十分清楚。他们并没有因为地处一隅而眼界狭隘,并没有因为工作艰辛而心怀哀怨。相反,他们并不相信所谓独特中国模式下衍生的种种奇怪现象,他们愿意相信,全世界无论任何民族,或迟或早都可以共享某些基本价值观并采用相关的技术手段,尽管他们深知这些价值观和技术手段眼下还不能马上解决“中国的实际问题”。或许,从这个意义上说,我们倒也不妨在这里套用一下本文标题中那句滑稽的话语:没问题,放心吧!“到处都是我们的人!”

至少从法治进程的视角看来,今天处于痛苦转型中的中国再一次走到了一个关键的十字路口。如果说这个国家具有某种“特殊国情”的话,那就是:

这是一个人口众多但资源并不富有的中国;

这是一个从1840年鸦片战争开始就一直处于转型过程,但到现在还没有完成转型的中国;

这是一个被压抑了近百年后正常的人性欲望在20世纪末被释放后,无法收回也无法遏制的中国;

这是一个表面上人们信奉中庸之道——但实际上人们常常做不到适可而止、见好就收的中国;

这是一个我们在东房说话还唯恐西房有耳的中国;

这是一个法治很不健全、法律职业群体严重缺乏公序良俗文化的中国;

这是一个现代法治精神刚刚逼近中国的传统政治和社会伦理殿堂门口的中国;

这是一个改革开放三十年后有人想踩油门、有人想踩刹车、还有人想开倒车的中国;

这是一个改革和革命又开始赛跑的中国;

总之,它大致是一个“一半是海水、一半是火焰”的中国。最终,是火焰烧干了海水?还是海水熄灭了火焰?似乎仍然充满悬念。

如今,在这个十字路口上,各种激进的、保守的、现代的、后现代的、理智的、愚昧的、投机的、献媚的、愤青的、民粹的、怀旧的以及起哄围观的人们,已经蜂拥而至。如果我们一定要知道最后的结局和答案,那就只好先请大家来听听摇滚歌手崔健那首名叫“宽容”的歌:

——我没有力气/我也没有必要/一定要反对你/我们看谁能够/看谁能够/一直坚持到底!

中国法律职业群体的前世今生

一、中国法律职业群体曾经是中国近现代历史上最尴尬的一个群体

从严格意义上说,在一百年前,我们中国并没有一个真正的法律职业群体。回顾一下这个特殊群体在这一百年里经历的曲折、坎坷,我们不难发现,中国法律职业群体曾经是中国近现代历史上最尴尬的一个群体。

一百多年前,中国人开始学习西方。当我们开始把鞋分成左右脚的时候,将公路分成左右侧的时候,把学校分成小学、中学和大学的时候,把医院分成内科、外科、妇科、儿科的时候,中国人也同时把法律从业人分成了法官、检察官、警察、律师、法律教授这些专门的职业类型。中国的法律职业群体首先是个舶来品。

直到今天,我们有很多学者并不愿意正视,也不愿意叙述甚至不愿意承认这样一个基本事实:中国今天正在使用的一整套法律制度以及法律职业群体的分类,几乎全部是从西方发达国家借鉴和移植过来的。所以,它们基本上不属于我们所谓文化传统的组成部分。所谓传统,是本民族文化源远流长到现在仍然还在承继和习用的东西。但是,近现代法律制度、法律职业群体这些东西,在老祖宗留给我们的五千多年的文化里(确切地讲,有考古证据证明的是三

千多年)并不存在。

中国的法律职业群体在清末民初曾经初露端倪。

1905年,清政府宣布废除科举,此举突然断绝了天下无数读书人通过考取状元、进士、举人进入上层社会的唯一路径。一般西方学者只知道,中国是最早实行公开考试选优取士制度的国家,但他们并不了解,中国皇权专制统治下所需要的人才,往往只是依附于皇帝的奴才。在科举考试中,考题中并无自然和人文科学知识,几乎全部是体现儒家思想的伦理纲常的经书典籍。

因为通过科举升官发财的路被封闭,这一大群人顿时感到无路可走了。惊慌失措之际,忽然柳暗花明——刻苦读法律,来日当法官、检察官、警官、律师,成为很多读书人最新、最时髦的选择。清末新政中的修法运动,导致大量西方近代法律学说和法典被介绍和移植到中国。法学教育从无到有,风靡一时。在20世纪初的1907—1919年前后,全国法政专科学校如雨后春笋般涌现,学生达到数万名之多。国内专门研究民国法律史的俞江教授曾告诉我,他从研究资料中发现,当年仅在江苏武进(今属于常州)一地,法政学校就有不下30所之多。我们今天知道的著名东吴大学法学院(1915年在上海创办)、朝阳大学(1912年创办),都是当时诞生的著名法科学府。现在著名的兰州大学的前身,就是一所法政学堂。

1936年,毛泽东在延安的窑洞里曾对美国记者斯诺提及,自己在成为职业革命家之前,也曾经在湖南长沙试图报考"法政学堂"。他交了一块大洋的报名费,但最终他还是去读了湖南长沙第一师范。

然而,1919年的“五四运动”爆发后,社会变革开始走入激进的道路。那些早期革命倡导者们希冀以疾风暴雨式的变革来解决问题,拒绝接受同步渐进的制度演进和知识积累过程。在后来发生的一连串北伐战争、军阀混战、国共分裂和武装对峙中,法律职业群体整体陷入尴尬和失业状态。大量“法政学校”随即关门和倒闭。1927年,毛泽东在那篇著名的《湖南农民运动考察报告》中就曾用嘲弄的口吻写道:“开一万个法政学校,能不能在这样短的时间内普及政治教育于穷乡僻壤的男女老少,像现在农会所做的政治教育一样呢?我想不能吧。”

在各派势力混战的年代,当年法政学校的学生中有不少人弃笔从戎,成为军人。从军者,除了一部分人为了信仰外,还有相当一部分人是为了就业。在那个时候,中国社会大量农民失地破产、知识分子失学失业,当兵有军饷、有饭吃,当兵成为一种就业方式。我们知道,当时很多贫苦人参加红军,最开始很难断定他们真的搞得懂什么是共产主义理想。我看到一个老红军的回忆录,他说自己15岁参加红军。红军师长问他,你为什么参加红军?他说当红军升官最快,从小跟我一块放牛的人,比我当红军早3个月,现在已经当班长了。从无数个中国贫苦农民成长为掌握政权者的传奇故事里,使我们开始渐渐相信,最初的革命动力更多来自某种私欲和实际处境,而非实现某种“主义”这类宏大的意识形态。

说当兵是为了就业,那一代人中的“知识分子们”听了自然会不愉快。他们更乐于说自己是“职业革命家”。列宁曾提出,为了实现共产主义,需要培养和缔造千千万万个职业革命家。在那个年代,产业和技术专业十分不发达,很多小知识分子除了去当教书先生,似乎并没有太多的出路。今天,我们可以很认真地问一位大学毕业生:“您是干什么专业的?”回答可以是工程师、律师、会计师、医生,甚至可以是按摩师或发型师。可当年你得到的回答很可能是:“我不会干别的,我是干革命的。”向警予女士从法国勤工俭学回国后,去小乡镇做了不到一个月的小学教师,感觉十分沮丧,深感“大材小用”,然后毅然走上了革命的道路。类似向警予这样的选择绝非少数。

从1927年—1937年之间,法律职业群体的发育获得了第二次机会。此时国民政府基本上统一了中国,控制了中国所有的大城市。共产党的武装斗争在城市里转入地下,或活跃在极欠发达的崇山峻岭中,或者行进在万里长征的艰难路途上。此时,尽管当时也是“万恶的旧社会”,但整个国家,特别是城市生活基本处于相对稳定的发展之中。期间,相当一批在海外学习法律的人才纷纷回国效力,在很短的时间里,在经济较发达的大城市里,聚集了一大批学贯中西、身份独立的法律职业群体,这些人活跃在立法、司法、律师服务业领域,比如章士钊、王宠惠、董康、吴经熊、杨兆年、梅汝璈、史良等人,在国家的法律知识积累方面发挥了重要作用。国民政府在这个期间制定了著名的“六法全书”,设立了比较齐全的司法审判机构。不过,这些从西方照抄照搬过来的法律舶来品,对于当时的中国而言,如同“船虽大但池水浅”,这些东西无疑处于搁浅状态。

特别值得注意的是,在这个时期,以上海地区为主的外国租界内,却意外涌现和成长出一批本土法律职业人才。在华洋混杂的租界内,活跃着一批以法律为职业的群体。租界内的治外法权,显然是清末时期国家积贫积弱后丧权辱国的产物,对此,中国人将没齿难忘。然而,由于租界法庭直接实践近现代欧美国家比较先进的实体法和程序法的理念,使一批本土人士积累了知识和经验,并对其后中国法律制度的发展产生了重要影响。租界里的法律事件和人物,今后势必成为中国法律史学界不得不认真面对的生动有趣但又苦涩尴尬的研究课题。

1937年,日本人发动侵华战争,救亡成为压倒一切的呼声。法律职业群体面对战火烽烟再次无可奈何。尽管我们还可以从陪都重庆或上海租界里找到若干法律职业人士的背影,但这个阶段的法律群体显然很难进入人们的视线。

二次世界大战结束后,法律职业曾获得短暂的光环。特别是"东京大审判"中梅汝璈、倪征日奥、向哲浚这些法律专业人士的夺目光环,再次唤起很多青年人对法律职业的向往。那个时候,北方的朝阳大学,南方的东吴大学重新受宠,法律职业人才又开始活跃起来。

遗憾的是,好景不长。很快,国共之间和谈破裂,内战爆发。在中国共产党完成建国大业的时刻,原有的法律职业人一部分人留在大陆观望,还有一部分随国民党逃到台湾孤岛。留在大陆的法律职业人在经历了"镇压反革命"、"反右"、"文革"等数次运动后,相当一部分人被迫改行,也有不少人遭到不公正的待遇。在国内有限的几所政法学院和大学法律系里,教师们小心翼翼地模仿苏联法律教科书编写出简陋的教材,勉强讲授一些残缺不全的法律知识。

“文化大革命”中,大学停办。1968年7月28日,毛泽东在一次接见红卫兵领袖的谈话中,毫不掩饰地对法律教育表示出怀疑和轻蔑的态度。在谈话中,毛泽东表示大学还是要办的,但主要指的是理工科大学;在强调文科需要改革的同时,毛泽东特别说道:“法律还是不学为好。”在毛泽东讲话后不久,政法学院和大学法律系相继被撤销,出现了长达8年之久的法学教育中断。在当时国内公检法均被砸烂的情况下,法律职业和法学教育的命运可想而知。

话说逃到台湾地区的那批法律人,开始也度日如年,惨淡经营。但还可以残喘偷生。我2008年去台湾访问时,在台北的龙山寺一家旧书店里买到一本法律旧课本,是孟剑平先生1954年在台北出版的《民法原理》。由于印刷和装帧简陋粗糙,我已经不忍轻易打开翻看,因为每翻一页,均可能严重破损。当年台湾法律人的艰辛岁月,由此可见一斑。有趣的是,在蒋家父子几十年的军管统治下,1927—1937年间建立的民国法统基本保留下来了,并成为台湾在全球化潮流中经贸快速发展的重要砥柱。我曾和台湾法律界朋友开玩笑说,台湾地区后来经济起飞并成为亚洲四小龙之一,得益于老蒋带到台湾岛上的三件宝贝:一批人才、一船黄金和一本“六法全书”。

1976年9月9日,毛泽东与世长辞。27天后,以江青为首的“四人帮”被秘密逮捕。由此,中国历史出现重要拐点。1978年,中国启动了艰难曲折同时也是辉煌宏大的改革开放。此时的中国,如同“大病初愈”,“百废待兴”。一切迹象表明,此时此刻,中国这个大座钟的钟摆已经在一个方向上摆到了尽头,开始摆向另一个方向。

“四人帮”后来被押上临时组建的特别法庭上接受审判。出乎意料的是,中国律师此刻再次登台亮相。此后,政府开始全面启动国家的法制建设,国家在立法、司法、法学教育上又走进了蓬勃发展的新时期。法律职业群体由此获得了重生的历史性机遇。

二、经过三十年改革开放,中国已经出现了一个初具规模的法律职业群体

1. 中国法律职业群体的基本构成

一般来讲,从古到今,读书人的前途大致分成三条路:做官、做学问、做生意。但在古代中国,甚至在距今并不久远的30年前——改革开放以前的中国,中国的读书人能选择的道路中,其实并没有经商做生意这条路。在读书人面前,除了做官和做学问这两条路,没有其他更多的选择,如同足球比赛里一个被罚了点球的守门员,当球飞来的一瞬间,或者向左或者向右扑救,简单而明了。在法律职业群体中,具有智力服务性质的经商之路,比如像律师这样的职业,在中国历史上生存和发展的时间并不太长。

在此,为了研究和讨论问题的方便,我们有必要给这个群体的范围做一个适当界定。首先将这个法律职业群体规定在狭义的范围内。比如,我主张首先包括下列几类人员:法官、检察官、警官、律师,还有法学教育工作者。

当然,如果从广义上说,法律职业群体中还可以包括全国各级人民代表大会的人员,各级政府法制办公室的公务员,工商、税务、

海关、城管、公证、司法鉴定、新闻出版、审计、监察等部门的人员，企业专职法律顾问人员，当然，还可以包括拥有“双规”权力的各级纪律监察委员会的人员。

2. 中国法律职业群体在规模和数量上已然形成

既然是个群体，一定是有数量有规模的。经过初步研究，如果我们把中国法律职业群体狭义地限定在上述五类基本职业之中，中国法律职业群体的人数到底有多少呢？

研究的结果表明，改革开放以来，随着我国法制化的进程，法律工作者的数量和文化素质都获得了很大的提高。

（1）法官数量。

1981 年，我国法官（包括院长、副院长、庭长、副庭长、审判员、助理审判员）数量为 60 439 人。

《人民法院报》2003 年 3 月 12 日公布的法官人数 20.44 万。根据最高人民法院院长肖扬于 2004 年 10 月 26 日向十届全国人常委会第十二次会议所作的报告，我国各级人民法院共有 19.46 万名法官。笔者前不久在媒体上意外发现，2009 年中国女法官协会发布了一个消息，说法院系统有女法官 44 502 人，占法官总数的 23.48%。如果这个数字是可信的，我们用并不复杂的数学方程式计算出的全国法院法官的总数则是 189 532 人。统计数字表明，在法院系统就业的人数，全国大约有 30 余万人。

改革开放初期，人民法院百废待兴，急需补充大批干部。1978 年之后的两三年内，法院干部数量以空前的速度和数量激增。当时法院干警主要来源或者是从党政机关、企事业单位选调，或者从具有初中、高中文化水平的乡村干部、中小学教师和军队复转人员中选调。据1984年底的统计,当时全国法院干警总人数15万;大专以上文化程度的1.05万人,只占总人数的7%;大专以上文化程度中属于大学法律专业毕业的,还不到4 500人,不到总人数的3%。

2004年3月10日,最高人民法院院长肖扬在作《最高人民法院工作报告》时谈到,据统计,2003年全国地方人民法院的法官中大学本科以上学历的已经占全体法官的41%左右,比1998年增加了21%。

(2) 检察官数量。

1986年,这国的检察官有9.7万人,2004年的报告为12万人。

据非官方的统计,中国目前有检察官近17万人,整个行业就业人员大约近30万人。

在改革开放之初,检察官的来源极为复杂。近年来,职业化、专业化的水准明显提升。最高人民检察院检察长曹建明2012年10月25日表示,目前中国基层检察官中具有本科以上学历的占78.7%,比2007年提高了9.1个百分点;硕士、博士研究生人数比2007年增加近1倍。

(3) 律师的数量。

1981年,律师的数量为8 571人。全行业从业人员25万多人。

据前不久国务院新闻办公室公布的《中国司法改革白皮书》透露,截至2011年底,中国有律师事务所1.82万家;共有律师21.5万人;2011年,全国律师共担任法律顾问39.2万家;办理诉讼案件231.5万多件;办理非诉讼法律事务62.5万多件;承办法律援助案件近84.5万件。据2008年的统计,全国律师业务费达到309亿元,上交税收40多亿。

人们发现,在每一年的初春时节,在北京和全国各地的人大会议和政协会议上,活跃着越来越多的知名律师的身影。目前,全国共有3976名律师担任全国各级人民代表、政协委员,其中16名担任全国人民代表大会代表,22名律师担任全国政协委员。用张思之先生的话说,今日之中国,已经拥有了一支20万之众、集30年经验的庞大律师队伍。

(4) 公安干警人数。中国警察的构成非常复杂(其中还包括公安、森林、铁路等分类)。据来自非官方的数据,全国警察将近160万。

对警察是否应当属于法律职业群体,有人提出过否定的看法。这种看法无非是认为警察属于武夫阶层,文化素质可能参差不齐,尤其是中国的警察队伍目前常常因为一些“社会热点案件”而饱受社会各界的争议。

我以为,从理论上说,警察机构当然属于国家司法的重要组成部分,每一个警察理应成为专业人员。目前,国内从中央到地方的警察机构,都设有专业性极强的公安大学,警官学院。我们有理由相信,警察执法群体的素质在经过一段时间积累和训练之后,其中的专业化、职业化含金量将会不断提高。

(5) 法学教育。法学教育发展得非常快。我是1979年入大学读法律本科的,那时全国政法院校不到10所。2009年,全国法律院校将近650所;改革开放初期大专以上法律专业毕业生每年不足

1 000 人,如今已经发展到每年以超过 15 万人的规模投入就业市场。

总之,无论从狭义还是广义的视角来统计,中国的法律职业群体应当大约在350—400 万人左右,占全国人口 2‰—3‰(千分之二—千分之三)左右,而且每年还在快速递增之中。从数字和规模看,中国这三十年已经形成了一个比较稳定、庞大的法律职业群体,这一点不应该有所怀疑。这个规模至少意味着,一项比较纯粹的法律类产品(例如一本书、一家报社、一个电视节目、一部戏剧、纪录片或电影等)已经可以在中国拥有相当可观的消费群体。

三、中国法律人士的黄金时代真的到来了吗?

在我的记忆深处,在中国第一次出庭为被告做辩护人的情景,一直难以忘怀。

1982 年初夏,我和我的几个同学在四川省合川县(现在属重庆直辖市境内)律师顾问处实习期间,接受委托为一个参与抢劫的犯罪嫌疑人提供刑事辩护。为了普及和宣传法律知识,当地法院选择在案发地点云门镇的一个大庙堂内设立法庭。云门镇是个颇有特色的地方,嘉陵江从这里蜿蜒流过,然后在重庆朝天门与长江合流。这里曾经是中国儒学大家梁漱溟 20 世纪 50 年代初做乡村调查的地方。

记得开庭的当天,大庙里挤满了前来旁听的普通百姓,有的人还背着竹筐,带小孩子来的人把小孩子举在头顶或干脆把小孩子放在竹筐里。大庙里男女老少、人头攒动、喧声如潮。整个庭审和公诉的过程都难以安静下来。可是,当人们听到审判长说道“下面请辩护律师开始为被告辩护”时,整个大庙刹那间安静下来,人们的眼光全都聚焦到审判台上几位辩护律师的身上。我当时下意识地感悟到,在中国千百年的历史里,绝大多数百姓们,包括我眼前云门镇的这些普通百姓们,可能还是有生以来的第一次看到眼前正在发生的场景。他们常看到公安警察对嫌犯说:“跟我走一趟”,就把人抓走了;甚至也见到过执法人高喊着:“拉出去毙了”,就把犯人就地正法了;但从来没有亲眼看到过律师为一个犯罪嫌疑人辩护。我当时似乎有一种不可名状的自豪感,觉得此时此刻是在见证历史和创造历史。不过,这种自豪感在我的脑海里停留的时间很短,因为,我很快又意识到,当下自己作为一个辩护人,很大程度上是在这里“逢场作戏”——因为,为了防止出现意外,在我今天出庭辩护之前,我的辩护词是经过法院审判委员会审核的;等一会儿,审判长就要当庭宣读早已油印好的起诉书了。

我们也必须承认,这30年来,我们国家的法治是有明显进步的。我们在很多方面可以看到中国法治进步的脚印,比如从某一年开始,野蛮的民间私刑被禁止;从某一年开始,律师可以参加公开的法庭审判;从某一年开始,某一个不合理的政府条例被废止……我们看到,每一个庭审、法案、辩论,很多法律人都非常艰辛地默默推动着我们国家的进步。

而且,我们还注意到,和这类进步有关的,也许不一定是一次又一次的血与火的革命和战争,也许不一定是某个领导提出的一个接一个的理论口号,也许不一定是一轮又一轮轰轰烈烈的改朝换代。

很多证据证明,法律专业已经从过去的绝学变成名副其实的显学。这30年里,很多个案证明,在中国很多领域,法律专业的毕业生们已经可以比较自信地为自己谋得一份体面的工作。比如说很多读法律的当了政府官员、法学教授、法官、检察官、警官、律师、企业家、商业顾问、编辑和记者,等等。中国法律人刚刚翻开的,可能是中国法律发展史中最充满生机的一页。

著名历史学家黄仁宇在他那本著名的《中国大历史》的结尾部分,颇为乐观地写道:“中国缺乏西方式法治,西方人士经常提及的一个印象是,内中有多数安分守己的善良中国人民,又有一群贪污枉法之官吏,……这是一个不合时代的体制。因为它的缘故,中国上下在过去100年内外蒙受重大牺牲。今日它被铲除,只有极少的人为它流泪。这样的背景使我们想见今后几十年内是从事中国法治生涯人士的黄金时代。”

黄仁宇先生的书是在几十年前写的。他的预言似乎开始显现。但是,我们还是要执著地追问:中国法律人士的黄金时代真的到来了吗?

有人乐观地看到,尽管我们还难以展示,新型的法律潮流已经在中国顽固的传统习惯之中如鱼得水,但大致可以预言,在这个新的世纪里,中国人已经发誓要过上一种新的生活。法治在中国每一寸土地上的影响,正方兴未艾。中国法律人士们颇感生逢其时,他们正在享受着一段千载难逢的社会转型时光。

人们还注意到,这半个多世纪里,领导人的知识背景已经出现了引人注目的变化。在社会走向近现代化的进程中,第一代领导人往往是打天下的将领,他们的救世济国的口头语里往往有很多“战”字,比如游击战、麻雀战、持久战,战天斗地、战无不胜,等等,属于军人风格;第二代人往往是工程师出身,从政后成为西方政治学中称呼的“技术官僚”,他们的口头语里往往有“工程”二字,希望工程、三峡工程、系统工程、一卡通工程,等等;第三代人往往是法律和经管专业出身,不难预料,他们今后的口头语里估计会充斥着类似程序正当、案例分析、个案评估、当庭质证等词语。就在若干年前,我们中国的领导人,在记者面前站成一排,几乎全是工程师出身。不知道大家最近是否注意到,最近这一轮的中国领导人,在记者面前站成一排,其中已经有几个法学博士了。

借用房地产开发业界里某种可能不太恰当的比喻说,第一代领导人,是军人风格,打地基的;第二代领导人,是工科出身,搞大楼主体建筑的;而第三代领导人,则应该是法律和经济管理出身,搞内部装修的。不好意思,说着说着就把包括自己和在座的各位都划归到了第三代领导层里了。不过,咱们实在进不了领导层,去搞搞房屋装修也是挺不错的。这栋大楼主体已经造起来了,即便它还很不美观,还有不少蹩脚的地方,但我们最好不要轻易动用强力去把它推倒重来。摆在我们面前的重要任务可能是,把这栋大楼装修得更平稳、更采光、更通风、更舒适、更和谐、更人性化。

人们更意识到,中国的法治建设其实才刚刚起步,任重而道远。当我们在某一个晨光初照的早晨,看到被冤狱折磨多年的赵作海(们)疲惫地走出监狱的大门的时候;当我们在某一个夜幕降临的傍晚,看到司法公务员们在豪华餐厅里和“原告或被告们”频频举杯的时候,那些持乐观态度的人们开始发现,在和这个国家日趋膨胀的GDP数字并不相关的其他领域里,在和那一场场辉煌隆重且耗费巨大的举国庆典并不相关的其他领域里,我们的进步还微不足道。一个尊重法治和尊重人权的时代,一个成熟的法律职业群体的出现,其实距离我们还十分遥远。仅从法治社会的角度来说,中国还远未达到盛世。

无论如何,中国法治的发展,依旧在按照自己的逻辑前行,那些过于乐观的期待或过于悲观的猜想也许都无法改变这个漫长渐进的过程。无论是在背负着几千年封建传统的中国社会里积累法律知识的厚度,还是在实践中培育出拥有专业和道德素质的法律职业人群,我们还需要很长的一段时间。对此,中国的法律职业人似乎应当比其他领域的人具备更多的耐心。

中国人的法治基因

一位好友的女儿在美国的法学院读学位,最近正在写一篇论文。她确定好论文主题后,自信并兴奋地在电话里告诉我一个“最新研究成果”。她说,尽管自己在国内就读于某著名大学的法学院,但读到毕业也没有找到感觉,她觉得中国人很可能从来就不是个能自觉守法的民族。

最近,她在美国一个大城市的“唐人街”实地调查发现,在唐人街生活的中国人,并没有因为来到美国这个法治国家后就有所改变,暂且不论黑帮、人蛇、贩毒和谋杀这类恶性事件,日常生活里的偷税漏税、拒签劳动合同、损害公共卫生(不过华人自己家里却个个窗明几净)、违章建筑房屋等比比皆是。由此,她进一步证实了自己早年的“远见”。她这篇即将出炉的论文的结论是:中国人无论生活在哪里,血液里都没有自觉守法的基因。法治社会可能与中国人无缘。

我非常认真地告诉她,你的这篇论文的结论有点儿幼稚,甚至有些荒谬。如果你贸然将这篇论文交给美国法学院的教授,恐怕很难指望能得到一个好的成绩。

众所周知,唐人街最初由清末众多廉价劳工背井离乡后聚居而成。以美国某些大城市的唐人街为例,最初主要是由那些为了躲避家乡的兵荒马乱或异国他乡的排华风潮,聚集而成的华人群体社区。唐人街上的“唐人”们,虽然居住地是美国,但长期以来主要的生活语言既不是英语,也不是国语,而是带有广东台山口音的方言。尽管唐人街的经济、文化状况近年来已有很多改观,但仍然如同一个个严重先天不足的“飞地”,成为现代社会中的“孤岛”。

今日唐人街,已经大致成为西方发达国家的人们观光旅游的一个“景点”,西方国家的很多人至今都还将唐人街视为现代中国的模板。多年来,不少中国留学生都曾有过被西方人误认为是日本人的经历。当问起为什么会被误认为是日本人时,有些西方人会回答说:“You don’t look like people in Chinatown(因为你和唐人街的人不一样)。”

其实,早年第一代华人移民的后代们,大多已经离开了唐人街,有些人甚至深深地融入了当地的主流社会。比如,美国新任驻华大使骆家辉先生,就是早年唐人街上广东人的第三代华裔。100 年前,他的祖父漂洋过海从广东台山来到美国的华盛顿州;100 年后,这位早年华侨的孙子成了这个州的州长。越来越多的迹象表明,骆家辉尽管长着一张周吴郑王式的中国人面孔,血管里也流淌着中国祖先的血液,但他骨子里的“基因”早就变异了,他的思维方式早已经是个地地道道的美国人。所以,期待他“格外偏爱”中国的念头千万不要太多。

多少年来,全球华人心底苦闷和梦想交集的问题是:我们的国家或城市,是否也有可能沿着发达国家相似的规则发展出法治社会来?中华传统文化中的集权官僚、血缘宗法、人情世故以及凌驾于法治的泛道德思维方式等,与讲究社会契约、强调权利与义务的法治究竟能否接轨?法治是不是会降低政府效率?或者,以华人的公民素质,有没有资格实行成熟的法治?

显然,海外的唐人街并不是最理想的试验场所。所以,我建议这位年轻的女留学生,是否可以将目光看得更宽远些——超越"唐人街"的视角,比如,看看美国硅谷地区的中国新移民聚集的小城镇;比如,看看已经成为中国一个特别行政区的香港;比如,看看我们从小跟大人一起唱着歌"一定要去解放的"台湾;比如,看看东南亚那个以华人为主要居民的新加坡。

我们仅先观察一下那个距离我们最近的香港特别行政区。有一位北京大学法学院的女生,毕业后去了香港工作。她在自己的博客里真诚地告诉人们:"每次当我过了罗湖桥、踏上香港的土地,就发现人们自然不会随地抛垃圾、不乱穿马路,人们走在路上,总会依照道路规则,极少看到随地吐痰的人。"她最后写道:"守法,是香港社会的最高道德观。"

这位女生的话,正道出香港不变的核心价值。香港最重要的资产是什么?一言以蔽之,就是法治。在这个与中国大陆一桥之隔的弹丸之地,我们可以找到威严可敬的法官检察官,可以找到优雅雍容的行政官员,可以找到彬彬有礼的绅士淑女,更可以找到勤劳守法的普通民众。这里也曾经是一个荒芜的难民聚集地,但是法治的种子已经在这个终年闷热潮湿的城市里生根、发芽和结果。在苦涩和曲折的历史进程里,我们可以看见香港华人对理性和文明付出的深沉努力。

其实,所谓法治并不只是法官检察官警察还有廉政公署,也并不只是填写好选票然后轻手轻脚地将其投入票箱,法治是一种生活方式和思维方式，法治像是人们每天呼吸的空气、像是常人举手投足的教养，像是无处不在的空间，常常无形地溶解在生活点滴里。

到目前为止，在人类学、生物学、医学等方面都无法证明：中国大陆的人们与这个地球上的其他人类具有本质的不同。但吊诡的是，现代法治文明在欧美国家可以行得通，亚洲很多国家也可以行得通，同样是中国人的香港、台湾可以行得通，为什么我们中国大陆就行不通呢？再退一步说，我们今天或许行不通，是不是明天也行不通？或者说永远都行不通呢？唐人街在现代欧美都市中像是个孤岛，难道在这个地球上，中国大陆也是个可以拒绝接受这些人类现代文明的"孤岛"吗？

我向那位正在美国法学院读学位写论文的女留学生推荐了一本书。这是一位曾在香港担任过总督的英国政治家写的回忆录。他在书中写道："中国人的生活方式，在外人看来或许有很多是奥妙难解的，再加上多年封闭和极权体制使之变得更为神秘，但我实在难以相信，难道这种不透明度就可以让中国在自己的盟友内或世界上称孤道寡吗？"此话出自这位曾一度傲慢的英国人之口，听上去难以令人愉快，但却值得人们深思。

腐败官员进法学院

这些年里，不知从哪一天起，我开始关注那些因腐败而落马的官员的学历背景。当下，许多官员的名片上，常常拖着硕士、博士之类的学位，甚至还挂着教授、硕导、博导等称号。我吃惊地发现，有不少腐败官员都持有那些中国名牌法学院授予的“在职研究生”学历。

比如，刚刚因受贿罪被判处死刑（缓期二年执行）的深圳市人民政府原市长许宗衡的履历表明，许宗衡在1994年7月—1996年8月担任深圳海天出版社社长、总编辑期间，在中国政法大学研究生院民商法专业研究生班学习。用今天时髦的话说，他的学历属于“在职法律研究生学历”。

大概是个偶然的巧合，确切地说，许宗衡市长和我学的是同一个专业：民商法。在法律专业中，民商法并不容易读。我在20世纪80年代初在中国人民大学法律系读民法专业时，感到学习压力很大，看专业书、强化外语（包括第二外语）、翻译并精读经典原著、外出调研、写毕业论文，总觉得时间不够用，我和同学们几乎总是把星期天当成“星期七”在用。许宗衡当时身兼要职，正在日以继夜地为出版社扭亏为盈操劳不停，能有多少时间来读书、应付课程、考试和写学位论文呢？

更有趣的是，1998年秋天，笔者和许宗衡在深圳一宴会上相邻就座，有过一面之交，我当时曾主动告诉许先生我的专业是民商法

(我当时并不知道他的学历背景)。我至今还清晰地记得,许宗衡对我提到的这个专业名称竟没有任何反应。凭借一个普通人的想象力,都不难觉察到,许宗衡这个学历有点儿可疑。

原来以为,腐败官员们只是对金钱美女感兴趣,没有想到他们对大学校园里的学位甚至职称也感兴趣。这些年来,海内外以各种廉价方式出售给官员的学位主要是两种:法学和经济管理学。其中,在国内官场里,拥有在职法律学位(硕士或博士)的领导为数众多。千龙新闻网曾有报道说,3 年前,河南某县官场就"人才济济",从县委书记、县长、副县长,到乡长、派出所长,递上来的名片大都印有"法学硕士"、"经济学硕士"名头。可是,这个县尽管有那么多高学历高学位"人才",但至今还让全县一百多万群众戴着"国家级贫困县"的帽子。

突发奇想:官员们进法学院的很多,倒真的很少听说有官员们进医学院读学位的。写到这里,人们的思绪不由地会联想到十几年前贺卫方教授那篇引发强烈关注的《复员军人进法院》一文。贺卫方在该文中曾大胆发问:复员军人为什么被安排进法院而没有进医院?法学和医学难道不都是与人命相关的职业吗?今非昔比,如今复员军人进法院已经不那么容易了,但在职官员们进法学院倒是成了一道新的风景。说到底,我们的社会(包括法律人自身)还是太没有把法律科学当回事儿,和医学相比较,我们的法学门槛还太低、法学课程还太幼稚、法学论文还太容易抄袭、法学学位还太廉价。

近十几年来,官员们的学历年年跃进,文凭逐浪攀高。官员们喜欢读书,本是件可喜可贺的事情。可是,我们今天所见所闻的事实则大相径庭。很多官员平时 并不热衷读书,或忙于事务工作无暇读书,但他们却千方百计地利用手中的权力和公款,与一些高等教育机构(包括其中的某些自然人)“合谋”,以弄虚作假的方式——在短期内“大跃进”式地完成了“文凭交易”。那些身居高位或者准备身居高位的官员们,之所以需要这样一纸文凭,显然为的不是更新知识,而是在寻找一个冠冕堂皇的升迁铺路石。官员学历造假是一种不折不扣的腐败行为,不但损害了高校的学术风气,助长了官员造假之风,也动摇了整个社会的公平和信用基础。

如今,硕士学位早已不能满足官场的需求,随着“博士学位成为提拔指标”,博士学位开始变得供不应求。为了适应官场愈来愈旺盛的需求,各大学里已经展开了提高在职博士学位产量的新一轮竞争。中国人民大学校长纪宝成曾抱怨说,中国最大的博士群都在官场。但是,冷静下来仔细想想,这些廉价的文凭又是怎么被出售给这些官员的呢?难道我们的大学就没有责任吗?显然,没有某些高校法学院的“积极配合”,官员混文凭恐怕也难得逞。不知道从哪一天起,中国各地大学法学院的硕导和博导们,开始成为官僚政客们追逐的对象。在一次次觥筹交错之间,一桩桩将学历廉价出售的交易迅速达成。高校的官员们和导师们甚至为此公开互相攀比,看谁招募的官员数量多、官衔高、名气大——不以为耻、反以为荣。尤其对于那些显赫一时的现任或退休高官,别说区区一纸文凭,就连兼职博士生导师的职称,都有学校破格送上门去。

2009年中国法治蓝皮书指出:中国的法学教育至今没有制定出统一的教育准入制度,更缺乏完善的监督管理机制。调查数据显示:截至2008年11月,全国共设立法学院系634所,改革开放30年增长了105.67倍;法学本科在校生30万人左右,法律专科在校生达22万多人,30年增长了200倍;在校法学硕士研究生达6万多人,30年增长了260倍。2008年,中国法学博士毕业生人数1 700余人,法学博士招生人数2 500余人,法学博士在校学生人数8 500余人。此外,全国还大约有300万党校文凭的持有者,其中相当一部分人持有法学本科、硕士和博士文凭。方流芳先生在《追问法学教育》一文中尖锐地指出:"在21世纪的中国,每个法学院、系的名称都和'研究生课程班'、'在职研究生班'、'本科双学位班'、'专科升本科班'、'在职法律硕士班'、'法律文凭自学考试班'等光怪陆离的招生广告联系在一起,公立大学同时在经营着不折不扣的营利性项目。"

美国斯坦福大学著名教授劳伦斯·弗里德曼(Lawrence M. Friedman)在《二十世纪美国法律史》(*American Law in the 20th Century*)一书中回顾到,在一百多年前的美国,也曾有过各类法学院像野兔子一样野蛮生长的年代。当年,很多匆匆成立的法学院为了扩大生源,除全日制大学招生外,特开设了各种"法律夜校",并向夜校生发放法学文凭。前来读书的学生大多是蓝领工人和家境困窘的少数族裔群体。尽管"法律夜校"也曾培养出若干法律专才,但大量法律文凭的滥发,也导致整个法学教育质量的急速下滑。此刻,诸如哈佛大学法学院、宾夕法尼亚大学法学院等著名法学院就断然拒绝降低招生标准,不仅不随波逐流,反而顶风而上——提高招生门槛:要求法学院的学生入学前必须已经取得过一个本科的学位。到了20世纪30年代,几乎所有的美国法学院都采取了哈佛法学院的"高标准、严要求",由此奠定了美国法学院的崇高声誉。此后的年月里，这些世界著名的法学院，如同一只只美丽耀眼的孔雀，像爱护自己的每一根羽毛一样珍惜自己的名誉，从不以任何名义廉价“出售”自己的文凭。

为什么我们中国的名牌大学法学院可以为了区区小利“傍官员和大款”，低三下四地敞开大门让他们进出自由呢？看来，今天的中国，那些已经感觉自己是“中国最好的”以及那些打算成为“世界第一流的”法学院们，对什么是“真正的”法学院还知之甚少。我们今天只知道靠负债建设，在硬件上大干快上，只知道降低门槛对廉价卖文凭一路绿灯，但还不知道知识与学历大量注水后会严重扰乱公正公平，并阻碍社会的发展与进步！看来，在浮躁的生活烟尘中，功利主义和实用主义正在轻易地翻越我们法学院的神圣围墙。中国的法学院如果不能形成行业自律，如果继续纵容腐败势力，如果继续对招生舞弊等现象集体失语，中国法学教育的沉沦将指日可待。时至今日，悬崖勒马、未为晚也。否则，真的要被张爱玲早年那句漫不经心的话语所言中：“时代是仓促的，已经在破坏中，还有更大的破坏要来。”

这篇稿子写到这里，本应收笔打住。在关闭电脑前，又顺便在网上搜索了一下与许宗衡案牵连的另一位深圳落马官员余伟良的学历。不料，又有惊诧的发现：余伟良，深圳龙岗区原区委书记，在职硕士研究生学历（中国人民大学法学院经济法专业），因涉嫌腐败，已被“双规”。

请大家继续关注，看看到底有多少腐败官员曾经进过我们神圣的“法学院”。

谁来管住法院院长的妹妹？

也许我是一个想象力不够丰富的人。细心的读者也许留意到，我对很多事物的认识判断，大多与自己的亲身经历有关。我写的一些文章，也大多是我对亲自遇到的人、遇到的事情的叙述。这里，我就给大家讲一个我亲身经历的法律案件实例。

这个案例发生在 1998 年。我当时在美国为一个从中国移居美国的企业家富豪做投资法律顾问。这个富豪属于中国改革开放后最早发达起来的“地产枭雄”，他曾在中国沿海城市做房地产生意，几乎是一夜暴富，后来带着巨款到美国投资并定居。这个企业家个性豪爽、行事张扬，特别喜欢结交大量演艺界的明星。他告诉我，他在中国一个省会城市和一个女演员发生了不动产纠纷，希望我到当地法院去帮他处理。故事就从这里讲起。

我到达这个省会城市以后，找了一个当地律师跟我配合，这是个聪明能干的年轻女律师。在法院开庭的前一天晚上，女律师打电话给我说：“周先生，情况不妙，我已经查明，明天开庭时对方请的律师是该法院院长的妹妹。”我听到这个情况，深感此案可能背景复杂。但是也十分无奈，一切只有开庭后到法庭上见分晓了。

第二天法院开庭以后，果然看见那个身份特殊的“妹妹”就坐在我对面。大家知道，法院有一个申请回避程序。下边的事就很有戏剧性了。我举手请求发言：“审判长，现在坐在我对面的这位律师，据我们了解，是贵法院院长的近亲属。根据最高人民法院的有关规定，她在本案出任代理人是违反规定的。她坐在这里，会给庭审人员带来无形的压力，势必会严重影响本案的正常审理，并使案件审理发生不公正的结果。所以我申请这位女律师回避。”

有基本法律常识的人知道，我的这种说法是明显违背法律常识的。正常情况，我只能申请所有的法庭庭审人员（包括书记员）回避，而不能申请律师回避。但我不想这样鲁莽和搅局。我之所以要将错就错，目的是要通过这样的方式把这件事表达出来，并要求书记员当场记录在案。

此时，审判长只好宣布休庭，进入合议庭合议程序。合议结束后，审判长宣布说，刚才原告代理人提出的回避要求是不符合法律规定的，因为对方的律师不是庭审人员也不是书记员，不在回避的人员名单上，现在当庭驳回此请求，法庭继续开庭。我当场回答说：“我接受法庭的合议结论，但请求书记员记录在案。”但书记员并不愿意记录这一段内容。我当庭表示抗议。审判长这时说：“没关系，书记员不记录，最后你们还可以自己补上。”

当天，为了打赢这个官司，我特意从延安窑洞的电影拍摄现场请来一个非常关键的证人出庭证明。这是个说出名字可以掷地有声的影视明星。作为这个案件的受委托人，出于职业道德和保护当事人的隐私，我可能永远也不会说出这些相关知名人士的名字。总之，我们本以为是有理有据的。但面对法院院长“妹妹”介入其中，一审败诉的结果毫无悬念。跟我合作的当地女律师告诉我，这个官司的一审她已经尽力了，下一步我们应该上诉。但她临走前给我们提供了一个重要线索:我们即将去上诉的那家中级人民法院院长也有一个妹妹,而且也是当律师的。她的意图十分清晰:如果有办法请到这位"中院妹妹"出来办理此案,估计有扳回败局的希望。

我们最后真的通过熟人找到了那个"中院妹妹"。经反复商议,她愿意出来帮忙,但附加了一个条件:她本人并不直接出面,但让她事务所的律师和我们配合,她只在幕后做工作。她告诉我们,第一步需要请二审的分管法官出来吃个饭,看看能不能谈一谈案情,饭后还可以陪他打打麻将。我说,我真的不会打麻将。她说,没有关系,可以找会打麻将的人来帮忙。她提出这需要一些运转费用,并特别说明,这是大家都知道的游戏规则,否则就显得当事人"不懂事或不成熟"。

在这个"妹妹"的协调帮助下,我们把中院主审法官请了出来。我们请他吃饭时,预先订好了一个餐厅,但到达这个餐厅门口时,这位法官说你们先别进去,我先进去看看。他进去一看,说这个地方不行,我们院今天有人也在这里吃饭。我们就换了一个餐厅。也许是我们的幸运,这位中级法院的法官,刚从北京培训回来,看上去挺文质彬彬,神态还有些腼腆羞涩。大家谈得很投机很愉快,所以最后打麻将的事情也免了。他说你们的事情我会认真去办,仔细看看案卷后再联系。

事情并不像我们想象得那样简单,中国娱乐界的女演员的公关交际能力远比我们想象得要强。我们找的那个"中院妹妹"也根本不是被告的对手。后来,省法院的人都郑重提醒我们的这个"中院妹妹",劝她不要再插手管这个案件,因为这样一个小小的不动产纠纷案居然惊动了很多大人物。我们的诉讼最后以败诉告终。这段往事让我终生难忘、刻骨铭心、痛悔不已。

2011年年初，最高人民法院发布了《关于对配偶子女从事律师职业的法院领导干部和审判执行岗位法官实行任职回避的规定（试行）》。规定要求，凡人民法院领导干部和在人民法院审判、执行、立案、审判监督、国家赔偿等业务岗位工作的法官，其配偶子女在其任职法院辖区内开办律师事务所、以律师身份为案件当事人提供诉讼代理或者其他有偿法律服务的，应当实行任职回避：人民法院在选拔任用上述岗位工作人员时，也不得将具备任职回避条件的人员作为拟任人选。

其实，类似的规定和通知过去出台过多次，这次的规定只是着重对法官的配偶、子女从事律师职业作出任职回避的规定，其外延远未周全。法官子女从事律师的要回避，法官的父母、兄弟姐妹从事律师的，法官当然也应当要回避。法官配偶从事律师的要回避，法官配偶的父母和兄弟姐妹从事律师的，法官也当然应当回避。否则，谁来管住法院院长的妹妹（或妹妹们）？

并不是说法官的近亲属当了律师就一定会导致法官本人腐败，只是在人类本性还远非完美的今天，除了建立严苛的回避制度，似乎没有什么更好的良策。这一点，古今中外都没有例外。不同的是，有些国家的法律可以做到令行禁止，有些国家的法律则是形同虚设。

满身尽是黄金卡

今年年初,在张思之先生的倡议下,《律师文摘》杂志(孙国栋主编)主办了一场以“律师与读书”的年会。一位来自河北某市律师的发言给我留下的印象极深。他告诉与会者:读书肯定是快乐的,律师们何尝不想好好读书提高业务水平。但是现在律师们很难读进书了,除了工作忙时间紧等原因,很重要的一点是,读书并不能帮助他们打赢官司。春节前,他所在事务所的一个律师说,他这几天都在忙着跑法院,给法官们送购物卡。但是,他发现有的法官们身上的购物卡已经装满了各个口袋,俨然可谓之“满身尽是黄金卡”了。以至于其中一位法官见到又来了一位送卡的,一脸的不爽,竟直截了当地说,以后就不要送卡了,还是干脆直接送现金吧!

这位律师最后苦笑着说:“我们都知道有个歇后语‘孔夫子搬家——尽是书’,输和书是谐音。如果一线的底层律师真要是静下心来埋头读书的话,这肯定会大大净化我们的法制环境,但对当事人却肯定大大不利,因为靠读书打不赢官司,尽是‘输’了。”

不知道其他与会者的感觉如何,我对这位律师的发言深感震惊。会议茶歇间隙,我询问了其他几位参会律师,他们告诉我,这在当今的司法界并不是个别现象,几乎是公开的秘密,无非就是“黄金卡”的多少、数量不同而已。

我们中国是礼仪之邦,礼尚往来,似乎天经地义。通常,互相送礼是基于人情往来;单向送礼,就常有讨好巴结之嫌。显然,促发大量购物卡消费的,往往是后者。这些律师们在苦恼的同时,国家反腐部门也对购物卡的监控伤透了脑筋。有人提出将购物卡实名制,有人提出购物卡限额不超过1 000元,也有人提出干脆取消购物卡,等等。其实,这些都是为了"中国式腐败问题"而设想的雕虫小技,头痛医头脚痛医脚,到头来,只是杯水车薪,治标不治本。

我们的生活里有黑暗,主要原因是缺乏阳光。只有引进更多的阳光,才能揭露更多的黑暗。腐败的源头是缺乏约束的权力,如果不从制度完善上着手,建立一个相对有效的民主监督机制,各类新型腐败仍将层出不穷,问题只会越来越多。

其实,购物卡并不是我们中国人发明的,它是最近几年里来自西方发达国家的舶来品。在美国,各个大商店不仅都可以发售购物卡,甚至商店还专门为顾客打印好"礼品发票"(Gift Receipt),以方便收受礼品者更换礼品或退货后直接获得现金。用我们国人的讲法就是——为行贿受贿提供了极好的作案条件。不过,美国人到现在还真没有为购物卡这码事儿犯过愁。在美国很少发现用购物卡来行贿政府官员的案例,更不用说用来行贿法官了。有趣的是,购物卡一到了中国的土地上,马上就变成了"新型腐败的典型"。

2010年年底,时任美国加州州长的帕特森因为5张扬基队棒球赛的门票,收到了纽约州公职人员廉洁署开出的罚单,此刻距离他从纽约州州长的位置上卸任仅剩两个星期的时间。2009年,帕特森曾经带着两个助手、他的儿子以及儿子的一个朋友观看了棒球世界职业赛的一场比赛。他们5个人的门票是纽约扬基队赠送的,因此祸起萧墙。这 5 张门票每张的价格是 425 美金,总价值也不过 2 125 美元,但由于扬基队很多方面需要政府的帮助和支持,因此州廉洁署认为这就是变相的受贿。2010 年 2 月,纽约州公职人员廉洁署对帕特森进行了调查。帕特森最初辩称他是代表州政府出席,属于公务范畴,但纽约州公职人员廉洁署却发现并没有任何事情证明帕特森出席的必要性。帕特森又辩称,其实他有意支付票款,甚至将一张写好的 850 美元的支票(他和儿子的票款)带到了比赛现场,但由于种种原因未能支付成功。很可惜,他的辩解并未得到认可,62 125 美元的罚款中,2 125 美元属于球票应付票款,另 6 万美元是罚款,而且不允许他使用自己的竞选和工作基金来支付。这笔钱对于帕特森来说并不算小数目,因为他去年一整年的薪水才 17.9 万美元,6 万美元相当于他 4 个月的全部收入。也难怪,在收到罚单之后,帕特森异常沮丧地表示:"我并不是一个百万富翁。"纽约州公职人员廉洁署主席迈克尔·切尔卡斯基表示,帕特森为纽约州的公务员作出了极不合适的榜样。他的不诚实和不道德的行为与他的州长职位极不相称。

据说,印度几个留学美国的"海归"回国创业后,对无处不在的贪污腐败痛心疾首。他们便利用自己的专长,创建了一个"我行贿了"网站(ipaidabribe.com),供网民在上面匿名写出自己的行贿经历。此网站很受网民欢迎,一年之内便汇集了超过 1 万条腐败内幕,不少腐败案件由此屡屡破获。近日,中国也出现了类似网站的"山寨版"。或许有一天,中国某位律师不妨创建一个"我送卡了"的网站,诸位觉得如何?这个想法仅属一般创意,本作者不拥有垄断性的"知识产权",特此说明。

台湾法律人的幸福和忧愁

在我的记忆里，对台湾法律制度方面的最初印记，是来自大学校园里书商们贩卖的台湾法科盗版读物。在那个处于普遍文化饥饿的20世纪80年代初，这些来自海峡对岸的书籍，对我们那一代人影响和诱惑极大。记得有一天中午，在学校的饭堂门口的书摊旁边，我看到一个身穿军绿色上装且眉清目秀的校友，付了买书的钱款后，便站在饭堂门口旁若无人、如饥似渴地翻看起来。此人当时那种聚精会神的样子实在令人难忘。这位校友比我高一个年级，后来成了著名法律文化学者，他的名字叫梁治平。

说起来，真有点难为情。我自己当时也赶时髦买了一堆"台湾法律盗版书"，其中有王云五主编的《法律大辞典》、史尚宽的《民法原理》、王泽鉴的《民法学说与判例研究》等书，只是后来一本也没有认真读过。其中一个重要原因是，这些书当时不仅是繁体字，而且是竖排版。看了几行就感觉有点儿串行晕菜了。直到今天，我仍然无法愉快地接受竖排版的中文印刷品。

顺便说一个笑话，很多年前到了美国留学时，一个美国同学和我开玩笑说："你们中国人喜欢说 Yes，我们美国人喜欢说 No，你知道为什么吗？"我说不晓得。他幽默地告诉我："因为你们中国人的书是竖着看的，所以一面看书一面点头说 Yes，我们美国人的书从来就是从左向右横着看的，所以我们一面看书一面摇头说 No。"我也笑着回答他说:“中国大陆的书早就横着看了,我们早就开始说 No 了,只是我们的台湾同胞们还在竖着看书,还在说 Yes。我们的邻邦日本人最有意思,日本人是表面上说 No,但私下还是说 Yes。”

除此之外,另一个原因是,这些书中的很多用语,大多属于半文半白的句子。对于多数接受大陆语文教育的人们而言,常常感到很不习惯。比如“告诉乃论”这句半文半白的法律词语,就连大陆读法律的同学都可能感到费解。其实,这句话翻译成大陆的大白话,就是“告诉才处理”的意思。在后来的接触交流中发现,台湾法律界的朋友们在国学方面的确有着很好的积累和修炼。

最有意思的是,台湾朋友常常喜欢把学问好、功夫好的同行称为“各位先进”,还把法律行业内的资深人士(比如律师事务所的资深合伙人等)称为“各位道长”。我在台湾访问时,很认真地提醒台湾法律界的朋友们,“道长”这个词听上去倒是挺有文化的,不过,如果你们到大陆称别人为“道长”时,还是要格外小心,搞不好别人很可能以为你们是从“武当山”下来的。

海峡两岸的法律界人士之间的交流,始于 20 世纪 80 年代中后期,特别是在蒋经国开放党禁报禁以及准许台湾人士前往大陆观光访问之后。记得在 1988 年底,我在位于北京王府井大街附近金鱼胡同的台湾饭店见到来自台北的吕荣海博士。当时吕大律师正在房间里和另一位台湾律师谈话。我奇怪地发现他们谈论的法律术语,我居然听不太懂,比如 301 条款,电脑程式保护,等等。当时因为有些虚荣和要面子,一边听他们谈话,我还一边频频点头。大陆著名的民法学者梁慧星教授有一次告诉我,他有一次去香港开会时,也遭遇过类似的尴尬。

总体而言,大陆目前法律较之台湾的法律,在内容上还比较简单,或者说是线条上还比较粗。大陆立法部门称为“法律宜粗不宜细”。台湾地区的法律十分精细和发达。一方面,台湾地区基本上继承了“民国”以来的法统,20 世纪里发生在中国大陆的“西法东渐”的先进文明成果基本上在台湾岛上得到了保存和延续;另一方面,由于台湾地区参与全球化贸易活动比较早,台湾法律人在法律实践方面有更精细和深入的知识积累。

据报道,自 2008 年开放台湾居民参加大陆司法考试以来,每年都有不少台湾居民取得合格成绩,通过率十分可观。很难想象,如果台湾开放大陆居民参加台湾的司法考试,让大陆考生去啃嚼厚重和文白相间的《六法全书》,恐怕很难有人能闯过在这个小岛上平均通过率很低的高难度考试。

我们不难发现,近年来,大陆在立法和法学研究方面从台湾获得了很多借鉴,这本来是件很正常的事。不过,对这件事,在海峡两岸都引发了一些议论。

在大陆法学界,常常听到有人用不屑的口吻说,某教授有什么学问啊!他那点儿东西不就是从台湾搬过来的吗!我在台湾访问时,也听到一些台湾法律学者委婉隐喻的抱怨,他们发现来台湾访问的大陆学者们,当年来到台湾后如饥似渴地搜集各种专业资料,尤其是大量复印了台湾学者的一些最新论文资料。在这些大陆学者后来发表的研究成果里,常常不难看到台湾学者那些论文的影子。

当然,对有些大陆学者忽视学术规范的行为是需要批评和谴责的。不过,平心而论,台湾的现行的这一套法律制度及其理念,其实也是从日本、德国、法国、美国等西方先进国家借鉴而来的。在我们中国老祖宗留给我们的五千多年的文化里,大家实在无法寻觅到近现代法律制度这套东西。怎么办呢?我们只能从其他发达国家的先进经验中去学习。欧美离我们太远了,发现日本离我们近些,后来发现台湾和香港离我们更近。这些人类先进的文明成果,无论对哪个国家和地区、无论对哪个民族,都具有极大的普适意义。从这个意义上看,大陆改革开放以来出现的法治进步,的确处处不难看到来自海峡对岸的影响。

环顾世界,法律人步入政治殿堂的成功范例比比皆是。欧美国家和日本的总统、总理和首相们大多是法律人出身;俄罗斯的戈尔巴乔夫、普京、梅德韦杰夫也不例外。在一些自称极具制度特色的传统型国家内,很多年前,他们的领导人,如果在记者面前站成一排,要么是清一色打天下的军人们,要么是清一色改行从政的工程师们。在最近这些年里,人们开始注意到,法律专业背景的官员正在政坛上跃跃欲试,崭露头角。

法律学科长期以来在中国是不被重视的。那些早期革命倡导者们希冀以疾风暴雨式的变革来解决问题,拒绝接受同步渐进的制度演进和知识积累过程。这样一来,在20世纪的大部分时间里,在战争和动荡的年月中,中国的法律人士们成了历史这面镜子中最尴尬的一群人。

马英九先生在为台湾著名法律人陈长文先生的《法律人你为什么不争气》一书序言中谈到,他当年报考法律专业时,他的父亲很不高兴,要求他去报考政治专业。为此问题,父子二人曾争论了三十多年,最后谁也没有说服谁。马英九父亲的理由是,儿子学了法律后可能会“法治观念太强、司法性格太重,守经有余,权变不足”。

马英九先生分别毕业于台湾大学法学院和美国哈佛大学法学院。他谈到自己当年重要的两次选择,一次是从学理工科转入法律,第二次是在哈佛毕业后回到台湾担任蒋经国的英文秘书。这是一个在传统的东方国家里法律专才走上政坛的典型成功案例。几年前已经下台的台湾地区领导人陈水扁和副领导人吕秀莲也是学法律出身的(吕女士还是比我早毕业多年的美国伊利诺伊大学香槟法学院的校友)。2012 年参加台湾地区领导人选举的三位候选人(马英九、蔡英文、宋楚瑜),也清一色是留美回台的法政专业人士。对于他们的个人功过的评论,已经超出了今天我们讨论的范围。不难看出,法律专业人员在台湾政坛的立足显然已成定局。

其实,早年在台湾,也存在着严重的司法腐败,法律人的形象和司法威信一度遇到很大质疑。据说早年在桃园地检署,检察官办公室走廊中就能看到几个戴墨镜拿着大哥大走来走去的黑道人士,警匪勾结十分猖獗。当时甚至有这样一个说法:在日本如果你说法官会贪污,人家说你是疯子;在台湾你说法官不会贪污,人家也说你是疯子。当年的司法人员回忆说,有些出租车司机在路上“放鸽子”(拒载),就是听说客人是读法律的将来要去当司法官。有些台湾司法人士说,这和当时台湾经济起飞初期的粗放阶段有关。由于社会发展增速,需要补充大量司法官员,相当一部分来自军队的司法人员被转任补充到地方司法部门,这种现象也引发了对司法官专业素质和修养的冲击。

当时,台湾的司法腐败其实和司法人员的薪水偏低、无法养廉也有关系。据说早年有一个台南地方法院的院长,为了养家糊口,在家里养羊,然后挤羊奶向法院的同仁推销,下属们当然没有人敢不买。如今,台湾司法官的薪资十分可观。一位台湾女法官告诉我,今天台湾法官的薪水大致相当于岛内政府副部长的水准。

然而,这一切在台湾伴随着一系列的制度震荡和司法改革运动,伴随着一批又一批法律人前赴后继的抗争,终于在20世纪末期发生了质的变化。今天的台湾,尽管仍然会爆出若干司法官的贪腐丑闻,但司法官队伍总体上素质已经获得认可。没有人能告诉我们,哪一天是这种变化的"分水岭",但有一点似乎是可以肯定的,这就是,一种对权力产生制衡和监督的制度,可以重新塑造一个职业群体。一种新的价值观,可以使这个职业群体中的每一个个体得到启发、感染和提升。由此,一个公正廉洁的司法制度就可以获得期待。

以一个大陆法律人的角度来看,台湾地区的法律现状——法律人地位提升和法律人领衔执政的局面,是令人兴奋和羡慕的。然而,有些疾恶如仇的台湾法律人则并不满足,他们仍然在不停地抱怨台湾法律人"不争气"。在台湾著名律师、学者陈长文先生的一本新书中,他语重心长地指出:"社会如此善待法律人,法律人自己呢?又做出了哪些事情,对整体社会以德报德呢?当法律人担当政府重要职位之后,法律人治出了什么样的国家?……'法律人'的光明时代已经来临,但如果法律与正义却因为法律人的光明,而沦入更黑暗的世界,那么'法律人的光明'将只是一个丑陋的假象。"

孔子学院里的中国“关系经”

不久前,我在美国加州遇到一个早年和我做邻居的美国朋友,这是个单纯好学的美国中年人。他很兴奋地告诉我,他最近去一个由中国政府资助的孔子学院试听了几次课程。我好奇地问他,你在课堂上有什么收获吗?他告诉我,几堂课下来,他学会了一个新的中国单词:“关系”。使我惊讶的是,他的“GUAN XI(关系)”这两个字发音格外清晰。他告诉我说,之所以如此,是因为孔子学院的老师反复在课堂上讲这两个字,以至于他印象太深刻了。

他还告诉我,在课堂上中国教师很直率地告诉学生们,依照中国文化传统,一个人或一个企业如果想成功,必须要建立广泛的人际关系,其中的重要方式就是“请客和送礼”。他当时在课堂上就产生一个疑问:“请客送礼”的对象是否包括政府公务人员和司法人员呢?在美国,即便是给公司商业客户送礼,也不可以超出一定规格(比如80~100美元),否则也会构成商业贿赂的罪名。

近年来,在美国不少著名的商学院里,往往会开一门叫做“Doing Business in China”(在中国经商)的选修课程。前来听这门课的大多是有兴趣来中国经商的MBA学生们。我自己在一所美国商学院里曾旁听过一位开课教师的讲座,我发现,这门课并没有多少纯粹和中国business相关的东西,讲的内容几乎完全是中国的人情世故。授课教师所有选取的案例和进行的分析,最后得出的结论无非是:

想要在中国经商办事,就必须处理好各种“关系”,包括和中国政府的关系以及和中国民众的关系,等等。我注意到,课堂上的那些美国学生很积极坦率地参与课堂讨论,因为在他们看来,在社会上建立 network 并享受一个融洽和谐的人际关系是件光明正大、理所当然的事情。不过,我却发现,教室里那些来自中国的留学生们,却彼此面面相觑,表情上有几分尴尬,他们似乎内心中有些难言之隐。这到底是因为什么呢?

我隐约地感到,中文的“关系”与英文中的“关系”,在含义上还是有微妙的区别的。中国人在海外孔子学院里向这些蓝眼睛高鼻子的外国人讲述的所谓“关系”,显然并不是这些普通的社交关系,其中似乎隐含着更深更隐秘的含义,比如那些“只能意会不可言传”的具有中国特色的文化遗传密码的东西,比如那些可能包含着很多超越正常逻辑、超越道德和法律界限的东西。看起来,我们中国政府投入巨资在海外设立的孔子学院的课堂里,到底在给那些金发碧眼的外国朋友们讲些什么?说不定中国政府的那些主管部门自己也不一定很清楚。

美国政府严格禁止政府公务员基于如下两大要素从有利益关系的个人、公司等索要和接受任何礼物:一是利益关系;二是所从事的职位原因。美国政府所定下的礼物定义非常广泛:任何礼品、额外关照、宴请、折扣、款待、贷款、债务偿还期延伸或任何有金钱价值的物品。

很多人或许没有注意到,当美国安然公司、雷曼兄弟公司轰然倒下的时候,人们在这些大公司倒塌的废墟上看不到一个政府公务员贪腐的影子。美国企业的倒闭基本上是由于人性贪婪导致的商业欺诈以及企业不适当扩张造成的悲剧。

被民众选举出来的美国总统也有很多人性弱点,比如克林顿出现了婚外情。不过,这位世界大国的总统在这个婚外情中没有给他的情人送巨款、赠豪宅,也没有为她拿项目、跑订单,他甚至为她在华盛顿的联邦政府里找一份正式工作也难以启齿。有证据表明,克林顿只送给这个女子一条并不昂贵的丝巾,但这个女子却回赠给他一条价格不菲的领带。由于有效的权力监督机制,这个大国总统手中的权力并不像人们想象得那么大。美国的体制并非完美,但它的宪政体制对权力的监督和制约,难道不值得我们参考和借鉴吗?

据有关部门统计,至2012年1月,以“中国速度”在全球105个国家设立了358所孔子学院和约500个孔子课堂。其中以美国最多,48个州设立了81所孔子学院和299个孔子课堂。在基本定位尚且不明确的情况下,这种盲目扩张不仅带来了投资上的浪费,还引发了海内外各界在教育价值观方面的争议。我不知道这些孔子学院除了教授中文以外,是否还在有意无意地讲授中国的“关系学”乃至“厚黑学”一类的“学问”。看来,孔子学院的课堂,到底在给那些金发碧眼的外国朋友们讲了些什么?应该是好好规范一下的。不久前,美联社曾经撰文报道,中国“国家汉办”开设孔子课堂的建议在南加州一些地区遭到抵制。当地居民给报纸投稿质问说,中国的资本已经改变了当地的商业,难道中国还要改变美国的孩子?

对于孔夫子以诗、书、礼、乐教人育人的方法,我深表崇敬。孔子学院向海外推广中华文化,不乏建设意义。但是,对外推销的东西,称之为价值观也好,软实力也罢,首先不仅要遵守当地的法律法规,也要符合人类文明的文化内核。

有一天,我听到一个名叫 SHE 的歌手组合在无知无畏地唱着:“孔夫子的话 / 越来越国际化 / 全世界都在讲中国话 / 我们说的话 / 让全世界都听我们的话”。我多少有点儿为我那位年轻的美国邻居捏把汗,他现在正在孔子学院里接受中国文化的熏陶。我们中国文化当中最阴暗最恶劣最难根治的顽症,可千万不要传染给那些纯朴善良的人们。千万别把孔子学院办成柏杨先生所言的“酱缸”,无论是金瓜银豆,在里面浸泡过后都成了咸菜疙瘩。

二 法治细节

诉讼时代降临，我们准备好了吗？

美国斯坦福大学法学院著名教授劳伦斯·弗里德曼在他那部堪称研究美国近现代法律史的里程碑著作《二十世纪美国法律史》中指出，尽管侵权法曾经是这个世界上最古老的法律部门之一，但现代意义上的侵权法的产生，主要与工业革命引发的科技进步有关。具体而言，最初它只是矿山、铁路和工厂的伴生物。科学技术史学者的研究结果表明，尽管人类已经有几千年的生活历史，但是迄今为止，这个地球上 80% 以上的新技术和新事物，都是在过去的 100 年中出现的，而且其中的大部分是在二次大战后的半个多世纪中出现的。弗里德曼教授感叹道："今天，人们提出的各种诉讼，在 19 世纪、甚至 20 世纪初几乎都是不可思议的。"

现代工业文明无疑是把双刃剑。当人们在纵情地享受现代工业文明带给人们的成果时，也不得不接受它带来的后遗症和副作用。不管是否情愿，我们今天的确已经生活在一个公害危机四伏、侵权损害多发的世界中。车祸不断、空难频传；矿山爆炸、废气泄漏；新瓶假酒、真人假唱；猪肉注水、奶粉掺药；动物伤人，幼童致损；律师欺人，庸医误诊；鸡鸣狗叫、苛捐杂费；网络骇客、飙车族群；瑕疵推销、失职中介；恶意房东、无良房客；拳脚板砖、粗言恶语；诋毁他人名誉、窥探别人隐私；乃至楼上掉落花盆，路边绊倒孕妇，如此种种，不一而足。其中部分现象古已有之，但由于今日经济快速发展,科技日新月异,生活节奏提速,无论是否可以归因于人心不古、世风日下,这一切,当下的人们已经屡见不鲜。

如何防止或减少公共危害和侵权行为的发生,涉及社会管理、科技进步、制度完善以及道德教育等重大议题,显然不是侵权法所能承受之重。侵权法的功能在于,规定何种行为,侵害何种权益时,应当就产生的何种损害,予以何种救济和赔偿。这种在当事人之间不存在契约关系的情况下发生的民事责任,可能时刻发生在每个人周围,当它一旦被载入法律的栈道,便可能以加速度的方式将社会导入一个真正的“诉讼时代”。从对美国这个“诉讼社会”的研究中,弗里德曼教授极为敏锐地得出结论:“20 世纪侵权行为的故事,是一个损害赔偿扩张的故事。”

随着侵权法的不断发达完善,一大批被称为“救护车追逐者”(ambulance chaser)的边缘化律师群体应运而生,他们或游走于车祸、爆炸、火灾的现场,或竞逐在医院、殡仪馆的走廊,这些人必须跑得比其他人更快,不仅要跑在其他律师前面,而且还要跑在怀揣一大堆空白弃权书的保险公司理赔员的前面。

同时,在这些律师的委托人中,还会出现一些贪婪无耻的人,他们似乎“身怀绝技”,极其“善于”因香蕉皮而滑倒在地,或“成功地”将自己跌入路边未适当盖紧的下水道中。比如,在 20 世纪 20 年代,在美国纽约有一个名叫 Irving Fuhr (欧文 · 佛恩)的人,他就是一个“擅长在镶有透明玻璃的人行道上、下水道盖子上、地下室门旁跌倒的专家”。

还有,早年那些坐在你的床边问寒问暖的旧式医师将很快绝迹。他当年可以登门出诊,像是一个和善可爱的有经验的长者。尽管他可能会有失误并无法治愈你的疾病,但你绝对无法想象可以把他告上法庭,因为控告他就如同控告自己的一个忠诚质朴的老朋友一样。不过,这一切在今天已经发生了质变。在包括医疗在内大量专业服务领域里,人们不得不握着系在硬木板上的那只廉价的圆珠笔,在各类含有"知情并同意"(informed consent)的法律文件上不加犹豫地签上自己的名字。人们无可奈何地看到,当高科技和侵权法变得越来越进步的时候,这个世界也开始变得越来越没有人情味了。难怪王元化先生在晚年时发出感叹:"这个世界将不再迷人!"

不知道是有幸还是不幸,中国进入诉讼社会的时间几乎比欧美发达国家迟到了近一个世纪。统计数字表明,随着人们法律意识的普及和增强,中国各地如今诉讼到法院的案件激增,甚至形成"井喷"的趋势。2008 年,全国法院受理各类诉讼案件突破 1 000 万件,2009 年将达 1 200 万件。如果平均以一个案件涉及 4 个当事人计算,全国一年就有近 5 000 万人卷入诉讼。据统计,2007 年,全国法院受理权属、侵权纠纷一审案件达 98 万多件;2008 年上升为 103 万多件。众多的迹象表明,从现在开始,中国已经开始"提速"进入了一个诉讼时代。与此同时,在中国的街道上也已经出现了故意制造人身伤害事故的"碰瓷专家",在餐厅里,也出现了蓄意制造软饮料中毒事故的"索赔案件"。

人们已经开始担忧,中国会不会也像美国那样出现一群群追赶"救护车的律师"呢?目前此起彼伏的群体性事件,会不会有一天在精明的律师们的调控下转变为群体性诉讼呢?对这一切,中国的司法机关准备好了吗？

不少人认为，诉讼时代的到来主要和中国二十多年来不断坚持的普法教育有关。从1985年开始，中国开展了旨在提高全民法律素质的普法教育规划。这种普法教育五年为一个周期。2009年，中国正在经历第五个五年普法教育。其实，这种说法并不是问题答案的全部。无论是学者走进中南海给最高领导群体开课讲法，还是基层组织的强化灌输，如果这类宣传说教发生在无关个体痛痒的场合，其实际效果十分可疑。事实上，真正起作用的主要还是当下每日每时扑面而来的新鲜的生活方式。

有人发现，当我们今天打开一张大城市的日报，有生活经验的人们会发现，如今一天中发生的事情，比几十年前的大半年里发生的事情还要多。其中，发生频率最快最多就是社会各行各业中时刻发生的侵权责任纠纷。随着中国经济发展快速提高，到法院打官司讨说法，在民间调解解决不了、政府部门也不能有效解决纠纷的时候，法院将成为消解社会矛盾的最终汇集处。法官们将毫无悬念地成为这个社会中最忙碌的群体。

面对汹涌而来的诉讼潮流，很多迹象表明，中国的司法机构并没有准备好。他们还显得气喘吁吁、手忙脚乱。一方面是各级法院人力资源不足、案件严重积压，另一方面是社会上大量法律专业的大学生面临失业；一方面是最高领导层从来就不否认要用法治而不是人治来管理这个庞大的国家，另一方面是实践中又常常拒绝赋予法律应有的至高尊严和权威；一方面，中国司法机关的硬件设备（包括办公楼宇和电子装置）已经达到甚至超越了国际先进水准，另一方面,他们在思考软件上则仍在执拗不悔地主张运用前工业化(或前城市化)时期惯用的“马锡五审判方式”(比如在田间、炕头反复调解的方式)来解决呈几何级数递增的案件。一个令人苦恼不堪的问题将在今后很长一段时间里纠缠中国的法律职业群体:我们是否有可能成功地阻击住伴随着工业社会和城市化发展滚滚而来的诉讼潮流?到底是我们中国自己过去的“土办法”,还是别人已经基本奏效的“洋办法”更符合现代文明社会的规律?间或说,在这个复杂的社会转型中,“土洋结合”才是符合现实中国的权宜之计?

在2010年3月的“人大、政协两会”上,一位名叫张春贤的省委书记被记者意外问到一个法律问题:“社会冲突事件,是通过调解还是法院裁决更有效?”张春贤几乎未加思索就回答道:“长远看,加强司法裁决符合国际发展的一般规律,但从东方文化和东方现在发展阶段,加强司法调解是必要的。两者要结合在一起。”这位曾长期在机械、交通行业任职的官员能如此睿智从容地回答这样一个专业法律问题,可见近年来中国地方官员知识结构的变化和进步。

张春贤前不久被委以重任,担任了中国西北边陲的“封疆大吏”。接任他省委书记职务的周强先生,恰好是早年获得民法硕士学位并从事过民商法学术研究的学者。也许和他读法律专业背景有关,他的一些说法更为专业和坦率。据说,他常常对自己所领导的省内很多基层县、市的干部们说,希望大家脑子一定要搞清楚,现在的中国已和以往不可同日而语。中国今天已经进入了两个与以往不同的新时代:第一,中国现在已经进入了3G时代,你平时抽什么烟、开什么车,穿什么衣服、戴什么表,都有可能在一分钟内被网民曝光。第二,现在的中国已经开始进入法治时代,你们工作上不小心有了失误,后果已经不是写检查撤职这么简单,你是有可能在法庭上当被告的。但遗憾的是,还有太多人到现在还不明白这码事儿,等到出了麻烦后才后悔。

看来,诉讼时代真的到来了。我们除了积极应对诉讼时代的到来以外,似乎没有什么更好的选择。从现在开始大力推行法官职业化,不断创新和完善审判管理模式,加强审判监督,确保司法审判公平、公正、公开。这样才能与时俱进,推进中国法治社会有条不紊地前行。

在我们这个充满大国意识和历史悲情的国度里,很多人不愿意看到更不愿意承认,过去一百年里在欧美国家发生的种种法律路径和故事,会在自己的国家里亦步亦趋地重演。劳伦斯·弗里德曼教授似乎也不愿意过多叙说美国法律路径的普适性。他在《二十世纪美国法律史》这本书的结尾部分语气平和地写道:"本书的一个主题就是,科学技术的发展如何改变了我们生活的世界,还有,我们究竟要如何在这个世界上生活。如果世界改变,这个世界的法律也会改变。…… 法律事务就许多方面而言,依旧是非常地域性的东西。大部分律师都是地域性的。然而,另一方面,则存在着全球化的法律。有些事情看来正在渐渐酝酿成熟。如果文化和贸易正在全球化,法律也不可避免地随之效仿。"

听上去,这位享誉全球的法律学者对未来的判断是如此小心翼翼。有趣的是,在我们这个几千年里都没有让法治精神真正进入政治传统和社会伦理的国度里,在我们这个改革开放后重新回归人类理性正道才 30 年的国度里，在我们这个“孙志刚、佘祥林、赵作海”一类荒诞不经的案件仍在层出不穷的国度里，却常常可以听到有人轻率地断言：现代欧美发达国家的法治经验根本不适用于我们中国的国情。其中有人自信满满地要描绘一幅“中国人自己的法律理想图景”，或者其中有人殚精竭虑地要寻找一条“中国自主型法治进路”。其中的逻辑判断似乎是：现代欧美发达国家的法治经验是错的，而我们中国的国情是对的；需要改造和修理的是别人成功的经验，而不是我们不成功的国情。如果这些断言可以成立的话，我们大致需要耐心地期待未来的人类学、生物学和医学向世人证实：生活在中国大陆的中国人群（台湾、香港等境外国人不包括在内）与这个地球上的其他人类具有本质的不同，而且这种差别在未来不可能出现任何改变。

法治的细节

2008年夏天，在北京昌平区一个名叫纳帕溪谷的别墅区里，发生了一个名叫小叮当的5岁半女孩因为家中壁炉大理石装饰板坍塌而被砸身亡的惨剧。人们在悲痛和惋惜之余，在对如何追究开发商的责任问题上，人们莫衷一是，深感困惑。

建筑业内人士说，像纳帕溪谷那样的壁炉大理石，无论如何都是需要金属构件固定的，而在死者家中我们看到，仅仅用了胶水就把几百斤重的大理石粘贴在石膏之上。

最大的困惑在于，我国对于室内精装修方面的规范标准至今还处于空白状态。近些年，中国房地产业的发展突飞猛进，中国经济发达城市商品房多数都早已进入了精装修时代，但是，我们却看不到政府与时俱进地制定出任何有关精装修的规范以及相应工程验收的管理方案。相反，人们看到的却是开发商以次充好地大量建造精装修房产，甚至相当一部分开发商借精装修大举转移利润，以此成为项目逃税的重要手段。住房和城乡建设部曾于2002年3月5日发布过一个第110号《住宅室内装饰装修管理办法》的部令，同年，2002年7月8日，建设部颁布了《商品住宅装修一次到位实施细则》。认真查看这类"办法"和"细则"中的每一条款，其中对于工程细部的技术规范细则约定几乎没有，室内石材安装的规范标准几近空白，通篇都是些笼统性的要求，也没有详细的验收标准和惩处规定。

改革开放以来,建筑物及桥梁、堤坝、道路、隧道等构筑物,因设计、施工缺陷(所谓豆腐渣工程)导致垮塌造成人员伤亡的严重事件层出不穷。有位建筑业内人士曾经在媒体上讲过一个观点,他认为,现在老百姓买不动产住房,从某种意义上讲,是在赌开发商的人品。如果这个开发商为人厚道,老百姓买的房子相对会称心一些;而如果开发商属于贪得无厌不讲良心类型,消费者也只好一辈子服输。

中国社会科学院法学研究所的梁慧星教授曾亲自参加了汶川地震灾区有关部门的调查研究,通过在彭州、德阳、绵阳等灾区的实地观察,痛感此次汶川大地震之造成如此惨重的人民生命财产损失,确与建筑物质量有关。他在已变成一片废墟的北川老城,亲见一栋70年代建筑完好无损,另在彭州市龙门山镇,亲见距震中映秀镇直线距离8公里的宝山村十数栋新农村建筑完好无损,而该村其他建筑无一幸存。他深信,只要确保建筑施工质量达到防震减灾法规定的安全标准,尽量减少乃至杜绝“豆腐渣工程”,今后即使再遭遇汶川那样的大地震,亦可挽救千千万万人的生命。

如今,值得庆幸的是,在梁慧星先生和其他各界人士的极力主张下,我们有了《侵权责任法》第86条的规定:“建筑物、构筑物或者其他设施倒塌造成他人损害的,由建设单位与施工单位承担连带责任。建设单位、施工单位赔偿后,有其他责任人的,有权向其他责任人追偿。”

那个失去了自己可爱女儿的家庭已经获得了开发商的赔偿。但是,有一个问题还是留下了悬疑:建设单位和施工单位(或许还有设计单位、规划单位)承担了连带责任后,它们之间的责任如何认定呢？显然，其中涉及大量行业技术规则的范畴，对于这些问题，即便是最优秀的民法学者也无能为力。

依照我本人在国外对城市规划和房屋建筑领域的观察，发达国家政府对于建筑的建造规范细致之极，特别是对于涉及安全方面的规范约定，不仅仅规定钢筋的数量和水泥的标号，甚至详细到板材上钉子的具体数量。另外，一旦有关损害案例发生，政府若发现法律法规尚有漏洞，就会立刻召开市议会修改和完善法规，以利于日后从法律上辨清责任。在欧美、日本等发达国家，这方面的工作除去政府职能部门和立法机构之外，相关行业协会起到了非常重要的作用。

长期以来，人们一直片面地强调美国是个判例法的国家。其实，这个“判例法”国家的成文法规一点儿也不比我们这个成文法国家少。美国法律因袭英国传统，他们的法官可以通过判例“造法”，但这并不意味着他们的法律全部是法官所造。美国是个很务实的国家，表现在成文法法律制定方面，他们并不喜欢将宣誓性的标语和口号写入自己的法律里。从联邦、各州以及地方城镇，人们可以看到细如蛛网般的可操作性的法律规则。

看过美国好莱坞电影《空军一号》的观众也许还记得，当片中的美国总统生命受到威胁或遭到弹劾时，美国国会便行使大权，任命总统继承人为“紧急状态”下的美国总统，而国会所依据的正是1947年通过并在“9·11”后加以修改的《美国总统继任法案》。按美联社的报道，根据新的《美国总统继任法案》，假如“布什遭遇任何不测”，会由副总统切尼自动接替他的总统宝座；以下接班次序是：众议院议长哈斯特尔特、参议院临时议长特德·史蒂文斯、国务卿康多莉扎·赖斯、财政部长约翰·斯诺、国防部长拉姆斯菲尔德、司法部长阿尔韦托·冈萨雷斯等,在榜单上列最后一位的是退伍军人事务部长吉姆·尼科森,竟然名列第18位。华裔劳工部长赵小兰女士本应列于第12位,但因为她不是美国本土出生,依法没有资格继位。

再举个例子。美国法律规定,总统出访海外时,可以携带最亲近的亲属(Immediate relative,比如妻子、子女)出访,费用由政府财政支付。其他亲属可以同行,但费用一律自理。美国前总统克林顿当年携妻女访问中国的时候,就带上了自己的年过七旬的老岳母。中国政府有关方面可能不知道她是"自费"参加这次"旅行"的,否则真应该想办法为这位老太太省点儿钱。

上述细密的法律规则,在不少自称是成文法的国家里,特别是在那些主张"法律宜粗不宜细"的东方国度里,不仅显得有点儿多此一举,还显得有点儿憨厚可笑。

美国历史上最伟大的法官本杰明·N. 卡多佐说过:"法律就像旅行一样,必须为明天做准备。它必须具备成长的原则。"对于我们而言,成长可能还是明天或后天的事情。今天,需要中国法律人为明天做准备的一项重要任务就是:如何使"书面上的法律"(law in books)变为"行动中的法律"(law in action),从而使其最大限度地发挥现有法律的实际效果。应当承认,这是我国立法和司法领域内长期薄弱的环节。这个问题的解决,很大程度上依赖于不断的、复杂的和细致的法律解释。

在中国,每当提及法律解释,人们很自然地会想到最高人民法院的司法解释。其实,最高人民法院的司法解释固然很重要,但从各国的成功经验看,更重要的是行业规范。大量涉及专业技术领域的问题是不可能依靠民法学家们来完成的。需要依赖行业细则来规范,诸如医疗专业、房屋建筑专业、动物饲养专业、奶制品专业、网络监控专业、旅游专业、幼儿教育、律师服务业、市政管理,等等。

无论从司法解释的角度,还是从行业规范的角度,我们不得不承认,《侵权责任法》这部法律的适用性和实际可操作性仍有很大的提升空间。

例如,《侵权责任法》第73条规定:"从事高空、高压、地下挖掘活动或者使用高速轨道运输工具造成他人损害的,经营者应当承担侵权责任,但能够证明损害是因受害人故意或者不可抗力造成的,不承担责任。被侵权人对损害的发生有过失的,可以减轻经营者的责任。"

案例:2010年6月29日下午4时,深圳东部华侨城"太空迷航"娱乐项目发生重大事故,造成6人死亡,10人受伤,其中重伤5人。初步查明,"太空迷航"大型游乐设施12个座舱在运行中,第5号座舱因支撑系统失稳与活动站台发生碰撞坠地,随后的4号、3号、2号座舱相继与坠地的5号座舱碰撞并失稳。接着3个失稳的座舱又与活动站台发生碰撞造成不同程度损坏,由此导致部分座舱内游客伤亡。据悉,"太空迷航"是由中国特种设备检测研究院审批并检验合格的国家A类特种设备。项目由东部华侨城委托总装设计院研发、北京九华游乐设备有限公司生产的中国首个此类设备。据《南方周末》报道,2009年12月25日,为美国迪斯尼公司工作30年的香港工程师梁声,发现深圳东部华侨城的太空迷航没有自动停止系统,而且该装置的U型锁只有3厘米,这与巨大的舱体极不相称。他认为非常危险,就当场用英文写下问题所在,放在服务部门的办公室,但后来没有任何人与他联系。

此案给我们提出的问题是:对于某些高速运行的惊险类娱乐项目,是否适用于“高度危险责任”?是否可以被类推为“高速轨道运输工具”?

在上述重大事故案件中,深圳华侨城已经在第一时间赔偿死伤者经济损失。如果华侨城打算进一步查明事故责任的技术原因并追究民事责任,就有可能涉及一系列技术规范问题。比如,设备的设计是否有明显缺陷?生产部门是否有责任?判断此类产品的国际、国内行业标准是什么?等等。看来,在这个领域里,还存在很多行业技术规范上的空白。

例如,《侵权责任法》第59条规定:“因药品、消毒药剂、医疗器械的缺陷,或者输入不合格的血液造成患者损害的,患者可以向生产者或者血液提供机构请求赔偿,也可以向医疗机构请求赔偿。患者向医疗机构请求赔偿的,医疗机构赔偿后,有权向负有责任的生产者或者血液提供机构追偿。”第60条规定:“患者有损害,因下列情形之一的,医疗机构不承担赔偿责任:(一)患者或者其近亲属不配合医疗机构进行符合诊疗规范的诊疗;(二)医务人员在抢救生命垂危的患者等紧急情况下已经尽到合理诊疗义务。”

问题:在患者及时获得赔偿后,医疗机构和生产者或血液提供机构之间的责任如何判定?药品、消毒药剂、医疗器械的缺陷,以及不合格的血液判定标准是什么？什么是“符合诊疗规范的诊疗”？如何判定医务人员“尽到合理诊疗义务”？等等。

例如,《侵权责任法》第87条规定:“从建筑物中抛掷物品或者从建筑物上坠落的物品造成他人损害,难以确定具体侵权人的,除能够证明自己不是侵权人的外,由可能加害的建筑物使用人给予补偿。”

实践中可能遇到的问题是:如何证明“自己不是侵权人”,比如有人发誓证明那一时间自己家里没有人,在中国法庭不使用陪审团的情况下,法院判断证词真伪的法律程序是什么？如果使用测谎仪,其法律效力到底有多大？

例如,《侵权责任法》第17条规定:“因同一侵权行为造成多人死亡的,可以以相同数额确定死亡赔偿金。”

问题:几个人算是“多人”？确定死亡赔偿金的法律程序和标准是什么？同一侵权行为的具体含义是什么？是否仅指在同一时间、同一地点发生的侵权行为？同类侵权行为(比如假农药、假奶粉)发生在不同时间和不同地点,是否可以认为是“同一侵权行为”？这些都是目前悬而未决的问题。

2010年年初,著名台湾民法学者王泽鉴先生在北京师范大学法学院的一次演讲中,谈到《侵权责任法》。他诚恳并耐心地告诫中国的法律工作者们:“法无解释,不得适用。立法工作其实只是万里征途中最初的几步路,更艰难更复杂更细致的工作还在后面。”看来,除了祝捷庆功的愉悦之外,我们的民法研究者们今后还会体验到更多的责任感和危机感。

婚姻法中的天平

我认识一位在美国加州硅谷地区执业的华裔会计师，专事对付税务局查账的案件，终年勤奋工作，口碑和收入都不错。不过，熟悉他的人们大多知道他对客户们有个奇特的请求：每个月的1号那一天，千万不要给他打电话，因为这一天是他心情最难过和沮丧的时候——他在这一天要依照法庭判决的要求给他那位金发碧眼的前妻支付扶养费，他几乎要将自己一半的收入付给那个至今既没有工作也没有再婚的前妻。他时常痛心疾首地告诉自己的朋友们，自己的有生之年最想做的一件事，就是要推翻这个“不公平的法律规定”。

其实，美国各州的法律在判定夫妻个人财产方面并不荒唐和离奇。无论是采取夫妻财产共有制还是采取夫妻财产分别制的美国各州，都将夫妻一方在婚前取得的财产，夫妻一方在婚姻存续期间因赠与、继承取得的财产（比如从一方父母处获得赠与或继承的动产或不动产），以及此类财产日后产生的收益，认定为夫妻一方的个人财产。我认识的那位会计师朋友，在离婚后就自然依法取得了他婚后父母赠与他个人名下的房屋。在这方面，大多数美国人已经觉得天经地义、习以为常。这说明，男女婚姻关系的特殊性，并不足以撼动美国社会对私有财产保护方面坚如磐石般的基本原则。

然而，美国法律在确保夫妻一方个人财产不致因离婚而不当流失之后,同时也强调对离婚后弱势一方(大多是女方)的司法救济。在美国,离婚耗费的成本是十分昂贵的,这与涉及大笔扶养费有关。在美国,女人做家庭妇女的很多,即使是受过高等教育的女性,做家庭妇女也做得悠然自得。

美国的法官们认为,丈夫在职场上的成功,其中有来自操持家务的妻子的诸多奉献。一旦离婚,无论各方是否有过失,如果女方没有工作收入,法官通常会判决丈夫不断地支付前妻扶养费直到她就业或再结婚为止,而且扶养费的数额应当足以维持被扶养方先前的生活质量。如果有孩子,扶养费更要加码。如果前妻只交男朋友楞是不去扯结婚证,这扶养费还得照给不误,苦了自己舒服了别人,实在是让前夫们看在眼里、气在心头。看到这里,诸位大概可以理解那位会计师先生的愤懑和郁闷了吧!

据世界权威的财经杂志《福布斯》披露,美国篮球巨星迈克尔·乔丹和妻子胡安妮塔离婚后,需要支付给胡安妮塔大约 1.5 亿美元的扶养费。著名导演斯皮尔伯格与阿梅·艾尔文离婚时,因为结婚只有 4 年,所以斯皮尔伯格只支付了 1 亿美元的扶养费。好莱坞电影明星迈克尔·道格拉斯和迪安德拉两人 1998 年离婚,迪安德拉除了得到 4 500 万美元的扶养费外,还得到了在比佛利山和马乔卡的两处房产。近十年来,女性扶养前夫的例子也有所增加,但所占比例总体没有超过 5%。在欧美和日本等其他发达国家,在这方面的处理方式和实际情形也大致相同。

不过,美国的这种离婚后长年支付扶养费制度一直遭到社会的谴责和拷问,因为这种制度的副作用在于:使勤劳工作的一方饱受盘剥、不堪重负，同时也导致接受扶养费一方的好逸恶劳、贪得无厌。更不幸的是，有些夫妻感情已经破裂了，但由于负担不起离婚的代价，不和睦的夫妇只好勉强地捆绑在一起。

目前美国多个州正在着手将离婚扶养法律增加限制乃至重写，其核心在于把离婚扶养从一种长期权利变成一种短期过渡性权利。有些法庭为了避免法官的主观武断，还直接采用了专门设计的电脑软件，采集夫妻双方的各种数据后，甚至可以将夫妻离异后的财务补偿费用精确计算到个位数。

研究的结果表明，在夫妻财产法律规定方面，世界上各发达国家的做法基本上大同小异。看来，在市场经济的发展阶段，将夫妻财产划分为共有财产和私人财产显然是现代社会逐渐趋同的潮流。中国最近在婚姻立法方面出现的部分革新和进展，如最高人民法院出台的最高人民法院《关于适用〈中华人民共和国婚姻法〉若干问题的解释（三）》[以下简称《婚姻法解释（三）》]，看上去似乎也不由自主地在与西方发达国家的这些潮流同步并接轨。比如，将夫妻一方在婚前取得的财产，以及夫妻一方在婚姻存续期间因赠与、继承取得的财产（比如从一方父母处获得赠与或继承的动产或不动产）视为私人财产。这些规定的直接后果，可以使这些私人财产不至于因为婚姻关系破裂而导致法律上显失公平的后果。

“女人，你不是弱者！”这句话，作为宣传标语或广告用语当然是没有问题的。真实情况是，在中国，我们无法设想大多数女人都有很强的工作能力和独立的经济来源。尤其在农村，大量女性都是不能经济独立甚至没有什么房屋土地不动产的妇女。在城乡结合部与城市里也存在一批工资微薄、不能经济独立的妇女。而且,这些妇女婚后的房产形式基本属于男方父母赠与或男方个人在婚前投资购买。这部分妇女如果离婚,按照现行法律,很可能会一无所有并流落街头。

相形之下,中国的男人们的离婚成本还是很低的。联想到革命经典《红色娘子军》中那句著名的唱词,现代离婚恐怕大致是:美国的"战(男)士责任重",中国的"妇女冤仇深"。

可以看出,在从传统社会向当代社会转型过程中,让中国的立法者们在婚姻法中作出有违民事物权法基本原则的规定,实在有些勉为其难。然而在婚姻财产分割方面,仅仅恪守物权法的"物权登记原则"、"出资方意思表示原则"和"投资受益原则",也容易忽略对女性的非财务贡献方面(例如:生儿育女、操持家务、相夫教子、赡养父母等)的必要补偿。当然,这种补偿的缺位对于收入颇丰的职业女性可能影响不大,但对于一心一意照顾家庭的主妇们却依然显失公平。

两难之间,唯一可行的方案,恐怕应当是在离婚诉讼案件的实际处理上,借鉴其他发达国家的经验和教训,对处于弱势的一方(主要是那些无工作收入和无工作能力的女方,当然也不排除有些收入较少的男方)做出司法救济,即要求有经济实力一方(比如房屋拥有者或收入丰厚者)向弱势一方支付一定期限的过渡性扶养费,尤其是对拥有未成年子女抚养权的一方给予倾斜性财务补偿,由此获得权利和义务的平衡。这方面,看来是需要立法和司法机关进一步加以研究的。

以上这些包含有“财产分割、财务补偿”一类的言语，对于那些信奉“婚姻应当以纯洁的爱情为基础”的善男信女们来说，听上去确实俗不可耐。在这个世界上，婚姻法对于那些爱得如胶似漆死去活来的夫妻来说，实在是神马浮云、形同虚设；而对于那些反目成仇到丈夫狼如虎妻子毒如蛇的男女，婚姻法也早已无能为力——只能拜托警察和刑事检察官将他们擒拿归案。

然而，对于大多数普通的芸芸众生而言，所谓婚姻法，无论你情愿不情愿、认可不认可、高兴不高兴，它能解决的就是两个问题：一个是结婚，一个是离婚。古今中外，试图用婚姻法来巩固和保持婚姻温情的努力，从来没有被人们放弃过，只是至今并没有多少成功的记录。在这个纷纷扰扰、变化无常的世界上，婚姻法能做的，往往只是仓促迎战，定分止争。

杀人与偿命之间

说实话，药家鑫[1]案件曝光的最初阶段，我也不由自主地被各类媒体间“杀人偿命”的怒吼声所左右、触动和引导。不过，某一天当我在一个网页上反复端详药家鑫本人的照片时，我对药家鑫开始动了点儿恻隐之心。

不知是庆幸还是遗憾，我天生就没有长出北大教授孔庆东那对极富特色的眼睛——一眼就看出“这是一张典型的杀人犯的面孔，这种人一看就是罪该万死的人”。不同的是，药家鑫在我的眼里，真的还是个孩子，就是这个孩子，在紧张和惊恐中，临时起意，一念之差，他残忍地用刀刺死了一个无辜者的生命。的确，他犯的这个错误实在太大了，没有什么人能救得了他了。尤其是，在这个千百年来讲究“杀人偿命”的国度里，他的罪行难以得到公众的宽恕。2011年6月7日上午，药家鑫被执行死刑，年仅21岁。

看着药家鑫照片上那张还有些孩子气的脸，我脑海里浮现出另一个男孩子的脸，他是30年前我曾经手办理的一起杀人案件中的罪

---

① 药家鑫，西安音乐学院大三的学生。2010年10月20日深夜，驾车撞人后又将伤者刺了数刀致其死亡。2010年10月23日，被告人药家鑫在其父母陪同下投案。2011年4月22日，西安市中级人民法院一审宣判，药家鑫犯故意杀人罪，被判处死刑。5月20日，陕西省高级人民法院对药家鑫案二审维持一审死刑判决。2011年6月7日上午，药家鑫被执行死刑。

犯,这个男孩子当时只有 14 岁。

1982 年春季,我在读大学法律系三年级时,来到四川省合川县(现属重庆市)法律顾问处实习。这是摆在我案头的第一个案件:一个 14 岁的少年,当他放学回家时,看到自己的父亲因为宅基地划界纠纷和邻居发生争执和扭打,他突然从书包里拿出一把水果刀刺向对方,受害人胸部中刀,因流血过多在送往医院的途中死亡。当时,我接受法院指派担任这个 14 岁的男孩子的辩护人。

在法庭开庭之前,受害人的家属成群结队地来到法院请愿和示威——强烈要求法院判处被告人死刑。法院的审判人员对他们耐心劝阻无效,就让他们来法律顾问处找我谈谈,希望我能对他们做些普法的工作。那天下午,当我看到这些满脸怒气、手持棒棒的男女老少走进我的办公室时,我有生以来第一次感到,律师这个行当大致是个高风险的职业。

走在最前面的是死者的父亲,一位 70 多岁的长者,面孔酷似画家罗中立那幅著名油画《父亲》的人物外表。他坐下后第一句话就问我:"你说,杀人要不要偿命?"我回答说:"杀人偿命,这是民间老百姓的说法,并不是法律语言。我们还是要看看法律是怎么规定的。根据刑法,已满十四周岁不满十六周岁的人,犯杀人、抢劫、放火等严重罪行时,应当负刑事责任。不过,犯罪的时候不满十八周岁的人和审判的时候怀孕的妇女,是不能判死刑的。"听到这里,这位年长的父亲好像突然明白了,他说:"你的意思是说,现在暂时不杀,先把他关在监狱里,等养到 18 岁时再杀。"看着这位饱经风霜的老人,我只有沉默。我不想去纠正他对法律条文的误解。此刻,这种误解或许是对他内心最大的安慰。看着他们离开的背影,内心十分感慨:在中国文化传统中,“血亲复仇、杀人偿命”的观念是何等根深蒂固!

人们注意到,药家鑫案事发后,被害人家属通过其代理人——张显,向社会传出来的意念只有一个:杀人偿命。为了达到这个目的,张显作为非法律专业人士,无视司法领域内公认的职业规则,他利用自己位于舆论风口的特殊身份,不遗余力地向公众发送各种后来被证实为谣言的不实之词,激起一波又一波对药家鑫及其家人的社会公愤,由此给司法系统施加压力。一时间,除了“宰了他”的声音外,媒体内似乎不允许有别的声音。

此时,对于“既要讲法律更要讲政治”的中国法官来说,药家鑫不死,可谓“不足以平民愤”。很多人都说,依照现行法律,对这个在一念之差中铸成大错并有主动且诚实自首情节的药家鑫,是可以刀下留人的,至少,判死缓并不违反法律条文和原则。死缓作为一种重刑,其威慑力对这类罪犯已经足够。

在此,我无意为药家鑫的恶行辩护。谁不惋惜无辜被害者张妙的惨死?谁不痛恨药家鑫的愚蠢和残忍?于是,每当有人对药家鑫表示出“恻隐之心”时,就有人理直气壮地提出一个假设:“如果扎你8刀,你怎么说?”然而,这些人可能忘记了另一个相反的假设:假如药家鑫是你自己或你自己的亲友呢?你期待一个司法程序如何公正地对待你自己和你的亲人?或许那一刻,你就会明白了——你应当怎样公正地去对待别人。在中国目前许许多多大致相似的家庭里,谁又能百分之百地保证,在自己家族里,就不会出一个类似药家鑫这样的本应“前途无量”的愚蠢年轻人呢？

目前，世界各地对死刑的态度主要分为三类。第一类是完全废除死刑，比如欧洲各国、中国香港等。第二类是仍然保留死刑，但是少杀慎杀，能不杀最好不杀，或者即使杀也要等判了死刑后十年八年后再杀，比如美国有些州。第三类是对罪犯喊杀叫死，主张“杀人偿命”、“立即执行”、“不杀不足以平民愤”，而且杀了以后还要挂横幅放鞭炮。显然，中国现在就属于这一类。

在对于死刑的态度方面，中国人需要和外面的世界接轨吗？今天，关于废除死刑的讨论已经展开，争论仍在继续。看来，对于一个身处转型期的国家而言，只要未来仍然值得我们期待，不难预料，此类公共辩论中所释放和培育的新思想和新观念就会逐渐深入人心！从这个意义上说，药家鑫不仅为自己，而且为这个社会支付了代价。

接下来的问题是，张显[①]（或张显们）是否也需要支付一些代价呢？即便是象征性的那一元人民币的代价。

---

① 2012年7月31日下午，药家鑫父亲药庆卫诉张显名誉侵权案在西安雁塔法院开庭宣判，要求被告张显在判决生效后立即停止侵权行为，在3日内删除微博和博客上的造谣诽谤言论，于判决生效之日起10日内在其新浪微博、新浪博客上连续30日分别刊登致歉声明（声明内容须经法院审查，刊登期间不得自行删除）。

“看着我的眼睛”

——证人出庭的意义

接连两季的“李庄案”，再一次将一个困扰中国法律界多年的问题彻底浮出水面：到底是被告人在说谎作伪证？还是证人在说谎作伪证？

记得年幼的时候常看一部名叫《列宁在一九一八》的苏联经典电影。影片中的捷尔任斯基（早年苏联克格勃领导人）在审问一个内部奸细时大声地喊道：“看着我的眼睛！看着我的眼睛！你这个叛徒！我当初怎么就没有看出你来！”小时候生活阅历太浅，并不太理解这句台词的真正魅力。后来越来越悟到，在这个世界上有很多人在说谎，说谎的人往往是不愿意走出来让别人正视他（她）们的目光的。

人类的长期生活经验告诉我们，人们在以下情况下是很容易说谎的，比如，打电话的时候；写检查的时候，写揭发材料的时候，当然还有写法庭证词的时候。因为，此时此刻，我们看不到他们的真实眼神。所以，在法庭上，我们必须要让证人出庭质证，看到他们诚实或虚假的表情和神色。因为，即便是再有功力和经验的法官也实在无法审问一张张无人类表情的书面证言。

在那些发达国家的法庭里，除非特殊情况，证人仅仅提供书面证言而拒绝出庭质证是不准许的。在法庭上,需要对证人的证词作出质证。从心理学的角度看,如果一个人作出了虚假的证词,面对法庭上控辩两造的诘问,一个没有受过特殊训练的证人,很容易露出破绽。所以,人类一度发明了测谎仪来检测一个证人作证时的心理和生理反应,比如心跳、脉搏、血压乃至眼皮的眨动次数,等等。实践证明,测谎仪的测谎结果的正确概率十分可观,因而很多国家将测谎结果作为重要的法庭断案依据。所以,证人出庭质证并不能取决于个人意愿,而是取决于人类对科学的认知,取决于一个国家司法制度对先进科学技术的态度。

事实上,无论是被告人对证人的对质权,还是公诉人对证人的对质权,不仅是现代法庭诉讼活动中的一项重要的内容,也是当事人的一项法定权利。相对应的是,出庭作证也应当是相关证人的一项法律义务。

从感性上说,这是一种眼球与眼球之间的权利义务的博弈。在法庭上,如果证人试图当面说谎或诬陷被告人,或者试图说谎替被告人脱罪,都将面对法官、陪审团、律师等反复的质询,因而为此承受巨大心理威慑力。同时,法庭也将通过对证人的直觉判断,评估其证词的可信度,形成正常和完整的自由心证。

从理性上说,即便是仅仅为了确认书面证词是否出自其本人的意愿和笔迹,也只有通过证人亲自出庭才能完整、准确地向法庭叙述证词制作过程,同时澄清有关矛盾和模糊之处,防止诉辩双方断章取义、误导法庭。我们有时注意到,在目前的国内民事诉讼中,如果证人不出庭,法院通常是不予采信的;但是,在涉及个体生命和自由的刑事诉讼中,在证人不出庭的场合,法庭居然可以采信。疑问在于,既然可以找到证人做笔录,为何法庭不可以传唤他们出庭履行法律义务呢?这种情形实在让人感到匪夷所思。

几乎在任何涉及法律事件的场合,我们都可以将“以事实为根据,以法律为准绳”这句话作为经典无瑕的口号来呼喊。但是,在实践中,我们法律职业人士面对的局面远非高声呼喊口号这么容易。在现代文明社会中,最困难的选择就是我们如何辨认哪种证据可以作为事实?或者说,到底什么是事实的真相?这就涉及两个令人兴奋和战栗的法律字眼:证据。

在人类历史上,刑讯逼供、未经授权的搜查和“钓鱼执法”等,都曾经是廉价的非正义的取得证据的方式。然而,社会的进步昭示,司法系统不仅应当在真相的基础上实现正义,还应当以正义的方式发现真相。对于不正义的取证方式,表面上是为了达到实体正义的目的,但是用牺牲程序正义换来的所谓“实体正义”,往往对社会的整体性进步得不偿失。大量冤假错案的出现,常常迎头痛击了这个貌似公正的假说。野蛮的和不正义的手段本身践踏了人类的文明,同时也破坏和扭曲了实体正义。

诚然,一个公正的法律过程往往是非常费时、费钱和费神的。这个过程显然不是面对当事人或证人高喊“看着我的眼睛”那么简单、轻松和廉价。现代法庭庭审的过程并非像一集集的美国电视连续剧那样生动有趣,其中经历的曲折、纠缠、矛盾以及物质和身心消耗,足以使很多人丧失继续以法律为业的耐心。我们期待最完美的法律程序和最有效的刑侦技术,但是,目前看来,我们别无选择,在一个现代文明社会里,几乎没有什么更重要的东西能超出对一个人的权利(比如财产权,特别是生命权、自由权)的剥夺和限制。换言之,人的财产权、生命权和自由权是至高无上的。对这些权利的褫夺只能是一个慎而又慎的过程。衡量的标准就是我们主张的“公正的法律程序”。如果说其中还有一个主观标准的话,那无非就是:假设你自己或你的亲友身陷囹圄时,你期待一个司法程序如何公正地对待你,你就会毫无障碍地理解到——你应当怎样去对待别人。

我们注意到,中国刑事诉讼中,证人出庭率低,一直是个老大难现象。比如在连续两季的重庆李庄案中,证人都没有出庭质证,只提供了书面证词。我们并不是说这些证人都在说谎,也无意由此推断——李庄其人纯正无瑕。退一步说,李庄即便是个坏律师、黑心律师,法院也不应忽略正当程序,政府必须提供令人信服的证据,而被告应享有公平的辩护机会。重庆当局大概没有充分预料到,在强大无比的公权力面前,再次运用15个不愿意出庭的证人书面证词来起诉李庄这个小人物,势必引发包括全国20万执业律师在内的甚多民众对李庄的深切同情。投鼠忌器,得不偿失,结果可想而知。

由于该案被各类媒体高度追逐和曝光,证人出庭质证这个核心问题被明显突出出来并摆在了中国司法改革的高端台面。诚然,证人出庭同时涉及一系列法律问题,诸如证人的保护、传闻排外、交叉询问、污点证人、证人补偿、伪证惩罚等相关配套制度。但是,在这方面,找到可借鉴的成熟可行的国外立法经验并不困难。看来,尽快启动新的司法改革,已经迫在眉睫。

事实上,并不是所有案件都需要等候一个国家的立法系统工程完善后才能运行。在重庆的法庭上,我们不是也可以听到李庄对法庭字正腔圆地说道:“请让××证人出庭和我对质,只要他(她)来,我一个眼神就可以将他(她)击倒。”这话听上去有点过于自信,但是,仔细想想,倒也不无道理。

如果把判决比作电灯，调解就是蜡烛

先给大家讲个有趣的笑话：在不久不久以前，一个法官发现自己正在上小学的儿子在练习因果关系造句"如果不……就……"时写道："如果不让我上网，我就不去学奥数。"心里十分不爽。儿子去问当年当过红卫兵的爷爷，爷爷脱口而出的造句是："如果走资派不投降，就让他灭亡。"法官更为不爽，便随手给儿子造出如下句子："如果你不愿意调解结案，就让你败诉。"

如今，有事实表明，这不仅仅是个笑话，有些法官是这么说的，也是这么做的。

这两年来，越来越多的人开始发现，中国法院内司法调解的功能正在被加速放大，司法判决的功能急速萎缩。这一现象正在引发包括法官、律师和法学学者们的关注和思虑。与此相关，不久前，有一部由最高人民法院参与监制的电视连续剧《苍天在上》被搬上荧屏。剧中讲述了20世纪中共陕北抗日根据地有一个名叫马锡五的司法干部，日夜都奔走在黄土高坡的乡村市井，不辞劳苦地在田间、地头以及窑洞的炕头边调解着各种法律纠纷，成绩卓著而且言行感人。不过，当下的年轻人似乎并不喜欢这类题材。为了招揽顾客，这部司法人物的情节剧常常被那些在街头出售盗版影碟的小贩们描述为：这是一部"延安锄奸反特"的悬疑剧。

有一位长期研究中国法律制度史的知名教授私下对我说，无论是翻箱倒柜还是挖地三尺地寻找和发掘,在中国几千年的法律历史里,源于中国“原创”并且对今天还有点儿实用价值的东西,恐怕非“调解”莫属了。依据今天学术界的共识,中国千百年来就有深厚的“息诉止讼”、“和为贵”的文化传统,这是中华民族独创的化解矛盾、消除纠纷的解决方案。我们的古代先贤们曾经一直在寻找着一条既不伤害中国人传统的人情世故,又能息事宁人的两全其美的途径。在几千年专制皇权政体的巨大阴影中,这种努力成为儒家礼教治国的重要组成部分。在漫长的自给自足的农耕文明时代,人们依赖乡村熟人关系社会中的若明若暗的规则,足以维系社会结构和秩序,尽管这类秩序常常与公平正义无关。

其实,今天被人们所津津乐道的所谓“中国法学”中的全部知识以及它们的分类,几乎都是近百年中从西方发达国家引进和借鉴而来的。是福是祸暂且勿论,过去一百多年里,特别是最近三十多年中,虽历尽曲折和坎坷,中国开始从一个封闭落后的农业社会进入了一个依赖现代科学技术的都市工业化社会。同时,古老的中国几乎别无选择地全面移植、启用了与现代市场经济休戚相关的西方现代法律制度——包括法院、检察院、现代警察体系、律师以及日趋完整的法律法规。在新的时代背景下,调解在法治社会的重要性甚至正当性开始遭遇广泛质疑。随之,那个曾经在黄土高原上辛勤奔波的马锡五法官的身影,已经渐渐被人们淡忘。

众所周知,当人们的权利受到侵害后,通常有两种选择,一是采取私力报复,以牙还牙地去实施报复;二是到依靠国家政权机器设立的司法机关提起诉讼。在今天的现代文明社会,人们当然应当选择后者。现代法院通常有两个重要的功用:立案和执行。然而,在今天的中国法院,立案不易,执行更难,以至于有人终于发明了一个幽默的中国法律术语为“法律白条”。我们说,在和平年代里,国家的公信力的最有效的体现就是法律和法院判决得以实施。然而,“法律白条”的出现,无疑是对司法的公正性和合法性的鄙夷。面临困境,在司法权威和“法律白条”这黑白两极之间,我们的法官们或许觉得“调解”大致是一条可以走出困境的灰色蹊径。

看过央视电影频道播放的一部名为《乡村法官之养老树》的影片后,我深感不安。电影描述了一个乡村法官,为了调解一起家庭赡养纠纷案,将被儿子儿媳遗弃不管的蛮横老妇人接到自己家中居住,遭遇到当事人羞辱和亲友的误解,经过几次三番历尽艰辛地劝解和说和,最后取得了众人皆大欢喜的结局。看这个电影时,有人被感动得流泪了。我深知,这是个电影,其中可能有很多艺术加工。但这的确又反映了中国乡间生活的真实,在无力顾及严格的法律程序的背后,我们的确看到了这块土地上令人无奈的“本土资源”。然而,中国毕竟还要向前发展。这种由不被人敬畏的法官迫不得已充当民间调解委员的状况,是不值得过度赞美的。如果我们将这种状况作为中国法治“可持续发展的”美好画面,它只能从反面证明,我们这一代人还无力在中国铸造法治文明的大厦。

从包公、海瑞、马锡五的办案逻辑中不难发现,在我们的传统法律文化中,道德关怀总是多于法理关怀,情理因素总是重于逻辑因素,实体法理总是重于程序法理。尽管民事诉讼法要求法官应当在事实清楚的前提下进行调解,但是调解本身的天然缺陷恰恰在于:

妥协和让步是调解的灵魂,至于为什么要妥协、为什么要让步,道理不需要太多,调解文书也不必公开。法官们为了化解冲突或追求维稳,在调解过程中往往可能模糊事实、淡化权利义务、忽视解决纠纷的正当性,最终使实体和程序正义都得不到保障。

当我们极力推崇"宋鱼水"这样的以调解方式创造出"高结案率"的"优秀法官"时,除了赞叹宋法官正直勤奋苦口婆心的敬业精神以外,还让人们看到的是:司法威信在技术层面的自我退让。这种肇始于革命根据地"马锡五式的办案方式",一直被不容置疑地沿用至今。它至少无奈地告诉人们,司法作为今天中国社会公正的最后一道防线,它的底气还明显不足。

随着中国经济快速的发展,到法院打官司讨说法,在民间调解解决不了、政府部门也不能有效解决纠纷的时候,法院将成为消解社会矛盾的最终汇集处。法官们将毫无悬念地成为这个社会中最忙碌的群体。一个令人苦恼不堪的问题将在今后很长一段时间里纠缠中国的法律职业群体:我们是否有可能总是用农耕社会时期的方式阻击伴随着工业化城市化发展滚滚而来的诉讼潮流?众所周知,司法裁判是明辨是非、阐明法义的最佳方式。每一个公开公正的裁判,都可能为一个个体行为或一个行业行为奠定起相关的典型规则。如果我们的法院过分注重调解、长期忽略司法裁判的功能,我们的法律如何才能从"纸上的法律"变成"行动的法律"?

从20世纪初到现在,中国司法脱离传统轨道、学习西方以寻求理性的司法制度已有一百多年了。然而,中国法制前进的步履和其他领域相比较,始终显得艰辛异常。

我们相信，电灯可以给这个世界带来光明。当然，能带来光明的并不只是电灯。在有些不通电或者因为电压不足常常断电的地方，蜡烛、煤油灯甚至火把也可以照亮暗处。电灯带来的光亮有时候还有些耀目和刺眼，人们有时还需要蜡烛、煤油灯带来的朦胧与温和。从发展的眼光看，电一定会有的，电灯也会有的；不过，蜡烛、煤油灯乃至火把似乎仍有存在的必要。

中医民事侵权:一个被法律遗漏的角落

人们或许已经注意到,如今发生在人们周围的绝大多数医疗纠纷,通常都发生在现代医学(或称西医)的领域。这个现象让人们很容易产生一个错觉,传统医学(或称中医)领域不太可能发生医疗纠纷。其实,这种认识是非常片面的。大量事实表明,中医领域内发生的民事侵权问题,其实是被中国法律界严重遗漏的一个角落。

很长一段时间里,有关中医领域内的纠纷,通常都表现为两个极端的处理后果。一是将有些不法行为定性为利用中医的名义诈骗钱财,人民法院以刑事诈骗罪予以惩罚;二是司法机关对有关中医医疗纠纷常常无计可施、熟视无睹,现有民事侵权规范往往无所作为,最终使案件不了了之。有很多混迹于江湖的骗子和庸医们,除非闹出轰动全国的惊天大案,通常都会人财俱全、安然无恙。显然,这种现象与民事侵权法在这个领域内的缺位直接相关。

如果我们稍微细心观察,就会发现这样一个有趣的现象,如果是病人到法院状告中医误诊,法院常常判病人败诉。

几年前,中央电视台“经济与法”节目播出了一个很有趣的案例。北京的一位年近五十的妇女怀孕后没有去医院做化验和透视检查,而是去看了中医。该中医完全没有摸出这位中年妇女的“喜脉”,而是误诊为“更年期综合征”,结果导致这位妇女延误了堕胎的最佳时机,最后给自己和家人的身心和财力带来损伤,她的丈夫还因为违反计划生育法规而被单位辞退。这位妇女将中医院诉至法院并要求赔偿财产和精神损失。但法院的判决理由是:作为一个有正常民事行为能力的人,你自己应该知道自己会怀孕的。你为什么不去化验而去让中医摸自己的“喜脉”呢?

最后,这位妇女的官司打输了,只好自认倒霉。反过来说,假如被告是西医,法律上的举证责任就只能倒置了,法官会毫不犹豫地判决:作为一个医生,你是怎么做的化验和透视?这位西医可能被吊销执照并赔偿损失。

电视节目的主持人最后提醒观众说:生了病最好到正规的医院去看病。言外之意,中医院似乎不属于正规医院的范畴。不知道中国卫生部的官员们看了这个节目会作何感想?

让我们先回到问题的源头。严格地说,将医学分为“中医和西医”并不准确,准确的说法应当是分为“传统医学和现代医学”。如同世界各地在历史上都产生过各自的传统医学一样,中医是产生在中国的传统医学。从某种意义上说,在显微镜和手术刀正式登堂入室之前,东西方在医药方面并没有今天所说的中西医的体系分野,全世界各族人民都在天然的植物、动物和矿物中求医问药,此现象并非“中国”特有。在英国伦敦的大英博物馆里,人们可以看到一本这方面记载周详的《1618 年伦敦草药典》,中国人可能会惊讶地发现,传统西方医药处方里居然也有多味草药之间的搭配,与中医的复方十分相似。不过,没有任何证据证明,此书是中国明代李时珍大夫《本草纲目》的“山寨版”。可见,中医和古典西医并行不悖,说明人类曾有过一个“统一的古文化”。

巨大的变迁发生在欧洲工业革命时代,现代医学在19世纪兴起,到20世纪中叶逐渐成熟后,许多直接来自植物、动物和矿物的传统药品被医学界抛弃。主要原因是这些药物无法通过严格的检验,要么无法通过毒性测试,要么被证明无效。

人类学家发现,在地球上的人类,无论什么肤色和种族,人体构造是基本相同的。这意味着,同样的身体或者同一种疾病,应当适用同一的科学理论加以解释。现代医学作为现代科学的一部分,现在已经被全世界绝大多数文明国家所接受。

虽然各国的传统医学在各自国家发展的历史上也许多多少少起过一点治疗疾病的作用,但传统医学的衰亡是必然的。时代的发展,现代医学必然取代所有的传统医学。尽管传统医学的一些有价值的东西可以被现代医学所吸收,但不代表传统医学作为一个整体还有存在的价值。目前世界上大部分国家对传统医学采取的是依法取缔或自生自灭的态度。中国近百年的历史中,关于取缔中医的呼声和呐喊一直没有消失过。从梁启超到陈独秀,从胡适到鲁迅周作人兄弟,也都曾对中医持轻视和否定的态度。

对中医持否定态度的人们至今提出最有说服力的证据就是,直到今天,并没有任何直接的证据证明,世界上某一种医学难题是由中医攻破的。相反,像天花、白喉、麻风病、伤寒、肺病等危害人类生存的疾病,无一例外是由现代医学克服的。2011年,国内有些媒体将中国科学家屠呦呦(获得2011年度拉斯克临床医学奖)主导研制的青蒿素(用于治疗疟疾)称为中药。医学界则认为,青蒿素并不是中药,而是从植物中提取的成分单一、结构明确的化学药。屠呦呦早年毕业于北京医学院药学系,接受过现代药学的专业训练。她自己说当年是从古籍《肘后备急方》中的相关记载,才悟出加热会破坏青蒿素的道理,从而设计出用乙醚低温萃取青蒿素的方法。药物加热可能会受到破坏,对药学院毕业生而言,属于常识性问题,把它说成是从中国古代典籍中得到的启发,多少有些牵强附会。

由于中国政府的特殊保护,中国的传统医学(其重要代表是中医药)在中国还有很大的市场。很多支持中医的人甚至觉得中医是世界上很多传统医学中的另类,其他传统医学应该灭亡,而只有中医可以和现代医学分庭抗礼、平起平坐。媒体和民众间屡屡出现爆炸性新闻,现代医学不能解决的医学难题,都让中医解决了。所以,很多迹象表明,在未来很长的一段时间内,传统医学或称中医,将成为我们这个民族身边难以摆脱的宿命。

中国现行《宪法》第 21 条中有关"发展现代医药和我国传统医药"一语,可以理解为一部国家根本大法对中医的支持,以至于中医界一直有"谁反对中医就是反对宪法"的呐喊。中国《宪法》中的此类宣传标语类的表述,在世界宪法史上实属另类。长期以来,国内中医界的一些人士并不因此而满足,他们曾再三上书国家最高立法机关,主张用国家立法的方式明文规定——中医是科学的。假如这部法律颁布,无异于用国家的暴力机器警告众人:如果将来谁再说中医"不科学",有可能被"无产阶级专政机关"绳之以法。届时,一个学术争论领域的问题,将有可能荒唐地导致一干众人"引言获罪"。

我自己的祖父不到 50 岁就去世了。据我父亲说,祖父当年得了一种很普通和很典型的肺炎(肯定不是"非典")。当年在江南的无锡城里，他面临两种选择，一个是想办法去上海托人买一支链霉素，另一个就是找江湖郎中开中草药方。结果，为了省钱，他选择了后一种方法，结果病情急速恶化，眼看着生命被江湖庸医给耽误了。后来发现，当初只需一针抗生消炎的西药，生命绝对安然无恙。换句话说，如果当时没有中医这个选项，或者说，只有西医作为唯一的选项，我祖父绝不会如此早地离开人世。

为了避免某种不必要的误解，需要说明，我本人对中医所持的高度怀疑态度，其实和我那位从来没有见过面的祖父的早逝遭遇基本无关。我也不是与生俱来就对中医持有偏见。只是，现实生活中的大量事实告诉人们，中医这个领域里，非常容易造就各类稀奇古怪的传说和骗子。在最近这些年里，类似胡万林、张悟本、李一这样的人物接二连三地粉墨登场，一场场闹剧丑剧轮番上演，的确令人感到触目惊心。

2011 年 4 月 19 日因乳腺癌去世的复旦博士于娟，生前写下的抗癌日记感动许多人。在生命的最后阶段，于娟有过一次令人痛心的求医经历。最近常州警方发现，于娟生前的最后一个多月，受骗于一伙自称神医、打着“中医”以及“专治疑难杂症”的人们。由于采用了子虚乌有的饥饿疗法，企图饿死癌细胞，最终导致于娟的病情急速恶化提前辞世。她在博客中写道：“我曾经一度犹豫是不是把下面的文字写下来，然而，我想若是不写出来分享给世人，可能会有更多的人上当受骗，被谋财，被害命。”①

---

① 载 http://www.ce.cn/celt/wyry/201208/28/t20120828_23625053.shtml。

近年来,我们常能看到一些关于中医药"墙内开花墙外香"的报道,大意是说,尽管中医在国内不受国人重视,但中医中药在海外却受到外国人的热情追捧。不过,遗憾的是,这一说法并不符合事实。

事实上,国际医药学界近年来对中草药的上市审批已经高抬贵手。比如美国食品药品管理局(FDA)对草药的要求,相对于现代药物已经大大放松。根据2004年FDA发布的植物药产业指南,中药只需要证明两点就可以申请新药:第一是无毒,第二是必须证明有效。中药要证明有效,不需要鉴定出活性成分,不需要搞清楚精确的药理,只需要做有安慰剂对照的临床试验,证明确实有一定的疗效即可。

遗憾的是,迄今为止还没有一种中药通过FDA的认证上市。如今,在美国,中药是作为食品、作为"膳食补充剂"来销售的。以我国保密配方药——云南白药酊为例,它在美国的销售网站上就标明:"该产品不能用于诊断、治疗或预防任何疾病。"依照我在国外生活多年的观察,以美国为例,包括中医在内的所有的传统医学都不受主流社会的承认和重视。除了按摩、正骨、静坐以及太极拳等这类世界各地都擅长的民间养生服务外,中草药等传统中医并没有像人们想象得那么受到特别重视。

2004年,为了加强对植物药的安全使用和监管,欧盟出台了《传统植物药注册程序指令》,要求所有植物药生产企业必须在2011年4月30日前完成注册,否则不允许在欧盟境内销售和使用。事实上,欧盟规定的这一注册程序并不苛刻,它不要求像其他药物一样进行安全和功效测试,而只需要提供应用年限证明。对来自中国或印度等国家和地区的传统植物药企业而言,实属千载难逢的良机。然而,即便是面对这样一个低标准的简化注册程序,2011 年 4 月 30 日之前,中国的中药企业最终没有一家完成注册。这意味着,中国的中药企业在进军欧盟市场的道路上已全军覆没。因为此前这些中药产品在欧洲是作为保健食品来销售的,它们并不是药物。

据说,在美国斯坦福大学的一个医学研讨会上,一名来自国内的著名中医向会议宣讲自己新开发出的一个具有"排毒"功能的新药。当场就有一位美国医学教授很有礼貌地提出异议:尊敬的中国医生先生,我本人对中国的古老文化不曾抱有任何偏见。但是,关系到治病救人这样的大事,我在此不得不问一句:您的药到底排的是什么"毒",您是怎么排的"毒"?不难预料,对中医来说,这是个过去几百年里或今后几百年里都难以明确回答的尴尬问题。

在冯小刚的《我把青春献给你》一书中,提到读心理学出身的导演英达认为,中医的唯一作用就是心理暗示,但心理暗示不是医学的范畴。英达的说法有些绝对,但也不无道理。中医中药在还没有获得令人信服的研究成果之前,需要承认,它对信奉中医的人们具有强烈的心理暗示功能。其实,在现代医学中也有所谓精神安慰剂之类的说法,这和传统中医的这类效用倒是异曲同工。假如服用中药后既没有副作用又可以获得精神安慰,何乐而不为呢?

或许有人会反驳说,中医和西医是两种不同的医疗体系,不能用西方的标准来衡量中药,中医药只能根据个人的经验进行系统的辨证施治,不适合用临床试验的方式来验证。这种似是而非的说法,听上去还是过于玄虚莫测,中医的"望、闻、问、切"的诊治方法,总让人感觉类似相面算命先生的技法,经不起严格推敲。在有些方面,科学理论无法证明中医是错误的,但实验技术可以证明中医的荒谬。比如,中医理论认为:心主思,即人的思维活动发生在心脏部位。这已被人体解剖实验证明是彻头彻尾的错误。但是中医界人士又反驳说,中医说的心,不是解剖学意义上的心,而是一个形而上的概念。这种说法,听上去云遮雾罩,无异于哲学上的诡辩。

法学教授方流芳先生的大学本科时的专业是中医。20 世纪 80 年代中期,我和他一起毕业留校后共事于中国人民大学法学研究所。有一天,我突然问他,你是学中医的,你觉得中医这东西到底灵不灵?老方没有回答,只有一脸的苦笑,记得他当时不停地摇头,头摇得像拨浪鼓一样。我了解老方的为人,执著、认真、正直。我不需多问,已经不难想象,方教授当年"弃医从文"的决定,除了不乏鲁迅式的"拯救国人灵魂"的念头外,恐怕还多少有些对中医专业的失望和无奈。

如今,在国内从中央到地方的电视台里,我们常常看到各类"大师们"在那些以中老年妇女为主要观众的电视节目里,滔滔不绝地讲述如何"排毒、养颜、滋阴、壮阳、润肺、养胃、保肝、壮胆"之类的"养生治病"方法,其中不乏"吃啥补啥"、"谁用谁知道"之类哗众取宠的说法,以至于相声演员在调侃"吃啥补啥"一说时,告诫参加奥运会的运动员们,——田径速跑运动员(比如刘翔政协委员)应当去吃鹿脚,拳击运动员当然应当去吃熊掌。有趣的是,在欧美发达国家,这样的节目十分罕见。因为,任何具有东方神秘主义色彩的、朦胧的、不负责任的说法,都可能给观众带来误导,甚至可能导致法律纠纷。

尽管我们的政府领导人每年在人大、政协会议上总是不厌其烦地重申,一定要坚定不移地保护和支持中医药事业。但是这些领袖们身边的御医,大多是海外学成归来的西医。即便在闭关锁国的年代,他们更相信吴阶平这类在美国传教士创办的协和医科大学毕业的西医,不到万不得已,大致不会先去看什么中医,更不会去天天喝绿豆汤吃生茄子,而是要去发达国家购买最昂贵的药品。

我们知道,良医有两种:一种是自己能够把病人治好;一种是知道自己治不好而把病人推荐给治得好的医生。我以为,无论是中医还是西医,都应当铭记希波格拉底的那段著名的誓言:“我将牢记医学是一门(严谨的)科学……我不知道的时候就要说‘我不知道’,我不应该感到羞愧。如果其他专业的人士能帮上我病人的忙,我会请求他们的帮助。我一定要避免两种不正当的倾向:过度治疗和无作用治疗。”我想这才是作为一个医学工作者的职业道德底线。

我本人无意介入酣战淋漓的中西医辩论,我也不同意那些对中医持完全否定态度的观点。无论如何,我们的祖先给我们留下了迄今为止世界上最丰富的传统医术典籍,有必要深入研究。只是觉得,号脉也好,用听诊器也好,写处方用毛笔也行,用钢笔也罢,作为一个医生,在人命关天这个事情上,来不得半点虚假和盲从。因此,从法律上对中医采取“究医验药”,势在必行。

或许,中医的“系统”,是一个未经实证也难以否证的系统,要接受它,无法依赖客观实践,更多的是依靠主观信仰。不幸的是,法律职业人的思维方式通常是形而下的。有关中西医在认识论层面的争论,大致已经超出了法律职业人思考的范围。从法律的视角看问题,中医领域内民事侵权责任的长期缺位,很大程度上对中医领域内的诈骗行为起了放任和纵容的负面作用。

一个行医者,既然你有勇气面对前来问医求药的患者,就应当为自己的言行承担法律责任。在专业信息严重不对称的医患关系中,对中医行医者的法律责任有必要在法律上予以严格规范。这样做,并不是出于对中医药和传统失敬,反而恰恰是对中医药传统的尊重和保护。如果我们诚心期望发展中国的传统医药,唯一的出路就要让中医药坦坦荡荡、清清白白地造福人类并为国争光。

实际生活中,中医的民事侵权行为通常表现在以下几个方面。

其一,中药的不良副作用导致损害发生。尽管中医药已经存在了数千年,但对其确切成分的深度分析则始于最近的几十年间。2012 年 4 月,来自澳大利亚默多克大学的迈克尔·本斯(Micheal Bunce)博士所在的实验室的一份报告表明,来自澳大利亚海关的 15 种中药里发现含有多种有毒物质。[①] 百年老字号同仁堂的龙胆泻肝丸会导致肾衰竭、被上亿人服用的维 C 银翘片安全性存在问题。中药中的朱砂、雄黄对人体有害是不争的事实,对儿童的危害则更大,有关专家在不断呼吁对含有这两种成分的中成药进行清理和重新规范。诸多事实提醒人们,中医的悠久历史以及中医文化的博大精深并不意味着中药具有天然的安全性和可靠性。如果有证据证明,损害的产生与某种中药的不良副作用有直接的因果关系,就可以认

---

① 载《南方周末》2012 年 5 月 6 日,http://www.infzm.com/content/74890。

定侵权责任的存在。

其二,中医师实施无效治疗和过度治疗导致损害发生。无效治疗和过度治疗不仅仅发生在西医行业,同样也发生在中医行业。有些中医师为了谋取私利,给患者多开药或开出与诊治疾病无关的药品,由此导致患者的财产损害,以及由于延误病情而带来的人身伤害。

其三,中医师夸口医术、涉嫌欺诈导致损害发生。中医师以虚构或夸大事实的方式误导患者,由此导致患者的财产损害,以及由于延误病情而带来的人身伤害。

总之,今天,我们在对中医药的安全性监控以及对中医医疗纠纷领域的民事侵权的立案和审理方面,应当从根本上进行反省。必须对那些虚假的、对社会造成危害的中医严格追究法律责任,将这个长期游离于灰色地带的医学误区纳入民事侵权法的轨道。这样,有利于减少中药领域内长期以来屡禁不止的庸医欺诈案件。从法律意义上说,这样做有益于维护社会的公平正义,绝非多此一举。同时,此举与“爱不爱中国、振兴不振兴中华”这类宏大命题也毫不相干。

有感于深圳市长许宗衡落马

2009年6月9日中午，我登上一架飞往北京的国航航班，系好安全带，关闭手机，开始阅读一份飞机上提供的英文报纸。霎那间，一条让我吃惊的新闻映入眼帘：Hong Kong media reports say: Xu Zongheng, Mayor of Shenzhen in corruption probe（香港媒体报道说：深圳市长许宗衡因腐败被调查）。

许宗衡，一个熟悉的名字，还有那张令人过目不忘的脸庞。10年前，我和此人有过一面之交。

1998年，我回国途经深圳。一日，与一位深圳当地的资深女律师相约一起晚餐。女律师主动建议将餐厅订在罗湖区一家颇有名气的湖南餐厅，并说今晚要顺便为我引见一位"绝对非常值得认识"的人物。

和这位女律师谈完工作后，女律师径直带我走进这家餐厅的一间豪华包房。在包房里设宴招待客人的主人是一个身高在1.65米左右的中年男子，看上去神采奕奕、满脸笑容。女律师介绍说，这位领导是深圳市委党校的许宗衡副校长，今天在座的十几位客人都是来自北京中央党校的客人。

我随即被安排在许宗衡的右侧就座。许副校长告诉我，最近他刚从美国访问回来。在美国期间，他和代表团成员们专门去美国独立战争时的名城费城参观访问。他说，美国这个国家实在是伟大，真了不起。在费城的纪念馆里他看到美国独立宣言中的一段话，印象深刻。随即，他当着客人的面，开始背诵这段话的大意：人人生而平等，上帝赋予他们神圣的权利，其中包括生存权、自由权和追求幸福的权利。我在海内外遇见过国内各级各类领导，他们在美国的访问通常是走马观花，对美国的宪政文化如此有心关注的官员甚少。顿时，我不由地对这位许副校长开始刮目相看。

晚餐快结束时，许宗衡带头在包房里唱起卡拉 OK。他把那首台湾歌曲“爱拼才会赢”唱得字正腔圆、神气抖擞。

那位资深女律师也登台献艺，女律师人过中年，当时还是个单身，不仅风韵犹存，还能歌善舞，既可以唱女声情歌，还可以唱男腔京剧。开场时的一曲“打虎上山”，气冲霄汉、嗷嗷叫响，满堂生辉。接下来，女律师唱起一曲人们熟悉的情歌。当女律师唱道：“因为明天/我要成为别人的新娘，让我/最后一次想你……”一句时，许宗衡竟隔着餐桌大喊一声：“不可能。”令在场的人们提神侧目，面面相觑，搞不清许校长这“不可能”的一嗓子中，有多少是酒后的调侃，有多少是个性潇洒使然。

尽管只是一面之交，但许宗衡却给我留下了极深的印象。我发现，他是个能力超强、精力充沛、思维敏捷、性格豪爽、行事张扬的官员。晚餐结束后，许宗衡告诉我，今年他还会有机会去美国访问，希望不久的将来能在美国和我再见一面。（回到美国后，我曾和许通过一次电话，他说访美计划因其他安排取消了。）

当天晚上，在和几位深圳各界朋友喝茶谈天中，我提及今晚有幸和一位名叫许宗衡的领导一起晚餐的事，不料，在座的几位在深圳定居的湖南籍人士，个个两眼放光，他们对我今天晚上“能和许宗衡一起吃饭”羡慕不已。其中一位湖南人道出真情：“许宗衡是我们湖南老乡，这个人现在在深圳官场很有威望，几乎是我们湖南人在深圳的灵魂性人物。许宗衡尽管现在只是在深圳党校任职，但他有魄力、讲义气、人气旺。这个人将来可不得了。”

早就听说深圳的湖南人很多，究竟多到什么程度，到现在也没有看到具体的统计数字，估计是因为来自湖南的流动人口太多，统计上的确有一定难度。在深圳市熙熙攘攘的街头，几乎每一个角落都可以找到湖南人的身影。很多人说，深圳几乎就是“第二个湖南”。不可否认，成千上万个湖南企业家和湖南民工的确对深圳今天的繁荣美好功不可没。

记得我当时听到关于许宗衡将来“仕途无量”的说法时，竟不以为然。觉得对深圳这个如此重要的城市，北京历来是用“空降干部”的方法来控制的。像许宗衡这样的至今还在党校任职的地方干部，他的官运能好到哪里去呢？

以上是发生在1998年秋天的事情，此时距离许宗衡升任深圳市长还有6年多的时间。他简直如同一匹“黑马”，创造了从党务系统向政府“一把手”成功跨越的典型，这在全国范围内极为罕见。2005年，当我从报纸上获悉许宗衡真的当上深圳市长的时候，我才发觉自己当初真的是看走了眼。

最近在人民网上看到许宗衡的简历，他的升迁时间表大致如下：

1994年7月—1996年8月，深圳海天出版社党委书记、社长、总编辑(副局级)；

1996年8月—2000年1月，中共深圳市委党校常务副校长(正局级)；

2000年1月—2000年5月，中共深圳市委组织部副部长(正局级)；

2000年5月—2003年8月，中共深圳市委常委、市委组织部部长(2000年6月)；

2003年8月—2005年6月，中共深圳市委常委，市人民政府常务副市长、党组副书记；

2005年6月后，中共深圳市委副书记，市人民政府市长、党组书记。

2008年春季的一天，我在北京南二环附近的深圳大厦里和几个朋友一起午餐。下楼时看到许宗衡市长正在被二十余人前呼后拥着走出电梯。他的身材还是那样短小精悍，一套质地考究的西装紧紧包裹在略显发福的身上，头发整齐油亮，大概是喝了点酒，显得红光满面。只见有人在殷勤地给他点烟，也有人在他耳边窃窃私语。我料定他已经不会记得我这个10年前和他有一面之交的人。因为酒店大堂的几个出口都被他们这一大群人堵住，我和朋友们只好默默地等着他们散去后才得以离开。

此刻，我想起了当年在深圳遇到的那几个湖南籍朋友，从他们那一双双渴望的目光里，我看到了他们多年来都期盼着能有个够哥们讲义气的湖南籍领导在深圳为他们撑腰撑面子。这一天终于到来了。

据学者吴思研究后得出的结论，中国早在明朝时就有规定，官员不许在本乡本土当官，怕他们受人情的影响，不能坚持原则。可是深圳这个由移民组成的城市算是谁的家乡呢？广东人说这里其实是湖南人的天下，湖南人则说这里本来是广东人的地盘。

许宗衡就任深圳市长后，我在报章上不时会看到许宗衡在深圳发出的各种“动静”。比如许宗衡观赏《士兵突击》这部电视剧后也提出了比许三多还要强悍的“三不理论”，即：“不漂浮、不作秀、不忽悠”，同时作为一市之长，他还承诺在任上要“不留败笔、不留遗憾、不留骂名”。

许宗衡的确是有能力的。有一次，我在香港的一份报纸上看到，许宗衡在深圳即兴大谈城市规划问题，他并不是学城市规划专业的，但说起城市规划来有板有眼、言简意赅、口若悬河。凤凰卫视的评论员何亮亮点评说，这样的人，最可能是嘴上说一套，实际上是另一套。工作能力很强，但腐败的能力更强。

我本人和许宗衡先生之间并无恩怨，对他的落马亦深表惋惜。早知道今天，他当初就不应该来当这个深圳市长。自然，事后诸葛亮的话谁都会说。许宗衡当初人在江湖，没有不想当市长的道理。就是他自己不想当，他周围的父老乡亲们也可能会想方设法让他当。水能载舟，亦能覆舟，这话用在许宗衡的身上，也颇有道理。一直就有人在议论：深圳的湖南人已经在许宗衡的仕途上撒下了不少钱。如果真是如此，严重的问题来了：是谁出的钱？出了多少钱？到底是给谁送了钱？

诚然，作为法治社会，我们理所当然应当主张“无罪推定”的原则。作为从事法学教育和研究工作多年的专业人士,尽管我不难理解众多网民的直觉和情绪。但我还是不得不说,目前网络间的任何指控都可能涉及某一公民的名誉和人身自由,可能涉及某个家庭的命运。我们最终需要提供事实和证据,而且这些证据必须经过严格的法律程序予以认定。

但是,必须看到,在我们这个法治理念还在不断完善的国家里,违反国法和违反党纪之间其实仅仅是一步之遥。许宗衡未来的命运肯定是凶多吉少。这几天里,频频引发我深思的是,在中国目前的制度环境下,许宗衡这样年富力强的人进入政坛高层并不奇怪。但为什么这类有能力有才华的干部最终还是逃不脱自古以来的“新官堕落定律”呢?这到底是他个人品德上的扭曲?还是什么其他的原因?

写到这里,我不禁想起10年前,许宗衡先生在餐桌前背诵的那段美国独立宣言中最精彩的段落:“我们认为下述真理是不言而喻的:人人生而平等,造物主赋予他们若干不可让与的权利,其中包括生存权、自由权和追求幸福的权利。”(We hold these truths to be self-evident, that all men are created equal, that they are endowed by their Creator with certain unalienable rights, that they are among these are life, liberty and the pursuit of happiness.)

可惜的是,对于许宗衡们来说,紧接下来的这一段话才是真正需要背诵的:

“为了保障这些权利,人们才在他们中间建立政府,而政府的正当权力,则是经被统治者同意授予的。……政府所依据的原则和组织其权力的方式,务使人民认为唯有这样才最有可能使他们获得安全和幸福。”(That to secure these rights, governments are instituted among them, deriving their just power from the consent of the governed. ... laying its foundation on such principles and organizing its powers in such form, as to them shall seem most likely to effect their safety and happiness.)

从经典影片《十二怒汉》想到孔庆东的言论

据美国媒体报道,4 月 9 日早晨,奥斯卡终身成就奖获得者、美国著名电影导演西德尼·吕美特(Sidney Lumet)病逝在纽约曼哈顿的家中,享年 86 岁。西德尼·吕美特导演的首部电影《十二怒汉》(1957)使他备受尊荣,这部以法庭陪审团为核心剧情的电影在世界电影史上堪称经典,历久不衰。

20 世纪 90 年代初,我在美国的一所法学院读书。对于很多西方人来说,像我这样的一个亚洲人——特别是来自中国的年轻人,在这个陌生的西方国家学习一种与自己本国法律传统差异甚大的学问,实在是一件很艰难的事情。一天,我和一位美国律师共进晚餐,席间他几乎一直在用同情的目光注视着我,看得出他很愿意帮助我,但又茫然无措。他对我说,攻读法律学科对于普通美国人来说都不是件容易的事,你一个母语不是英文的外国人怎么能扛得下来呢?他非常善意地告诉我一个理解美国法律制度的捷径——建议我一定要去看几部经典的美国法庭电影。他随手在一张雪白的餐巾纸上给我写了几部与法庭案件内容有关的美国电影。他写下的第一部电影的名字格外醒目——"12 Angry Men"。

说实话,我并不喜欢《十二怒汉》这个酷似中国武侠电影的译名,但是如果把它译成"十二个生气的人"又显得太没文化。我觉得将其翻译成"十二个争辩的人"或许更为贴切。

这是一部50年前的黑白电影,开场非常沉闷。如果不是在大学的教室里强制性地放映,今天80后的年轻人估计没人有耐心把它看完。电影所有的场景集中在狭窄的陪审团休息室内。由12个男人组成的陪审团需要对一个涉嫌杀害自己父亲的男孩子作出有罪或无罪的判决。依照美国的法律,如果12个人中有1个人对有罪持反对态度,本次庭审将陷于失效或面临重审。如果这12个人对有罪意见达成一致,这个男孩将被送上电椅处以死刑。

终于,影片的勾人心魄的魅力在10分钟后出现了。陪审团休息室里的11个人判定这个小孩杀父有罪,但有一个人以"合理怀疑"的态度投了"not guilty"(无罪)的一票。于是,这11个人中有些人开始愤怒了,他们当中有人想着早点去看球赛,有的人急着想去看股市行情,有人想去尽快推销自己公司的产品,也有人随大流完全没有主见,他们大都希望随便举手表决一下就结束无聊的讨论,然后尽快离开这个闷热得让人难忍的休息室。

接下来的镜头是这部电影中最精彩的一个片断:那个由著名演员亨利·方达扮演的陪审员表情冷静——他就是最初唯一对这起谋杀案有罪结论投反对票的人。他坦诚地对其他11名打算轻率定局后早点儿回家的陪审员们说:"我其实也没有太多的把握来反对你们的判断。我只是觉得,当我们要把一个年轻人送上电椅之前,难道我们就不能在这个房间里坐下来好好讨论讨论吗?"这位谁都不知道他的姓名的第×号陪审员是建筑工程师出身,并不是法律专业人员。他之所以能这样想,凭借的是一个普通人基本人性中的理性和良知。

之后,一个接一个疑点出现,一个又一个陪审团成员被说服,最终,1∶11 的局面被扭转为了 12∶0。男孩最终被判为无罪,影片到此结束。此刻,男孩子是否杀了自己的父亲,已经不重要,重要的是人们可以在民主宪政的氛围里保持独立思考并融入理性思维。我们看到,人性中的公平、理性、良知、偏见、虚荣、恻隐、自私都在这部经典作品里得到最好的诠释。由于有太多解不开的谜团以及无法证明的怀疑,看过这部电影的观众已经可以理解和接受“疑罪从无”的现代文明社会的规则。我想,这也许是我们人类之所以称自己为高级动物的理由之一。作为人,当我们无法证明一种罪恶时,是否可以宁愿给予某种正面的信任?试想,如果我们执拗地坚持人性本恶,“宁可错杀,不可放过”,这个世界是否还值得我们生存和留恋?

看过这部影片,环顾今日中国庞大而复杂的司法环境,让人感叹的是,让良知和理性成为这块土地上的中坚力量,不知道还需要多少代人的努力!眼前最鲜活的例子,莫过于刚刚看到的那个叫孔庆东的北大中文系教授对药家鑫案件发表的言论。在一家名为“第一视频”的网络媒体上,当主持人说在法庭上的药家鑫“看上去很天真很学生气而不像是一个杀人犯的样子”时,孔教授怒火中烧:“天真?……真正天真的是你。他长的是典型的杀人犯的那种面孔。你不懂。一看就知道是罪该万死的人。杀人犯长的都这样……这是典型的坏学生。你看人要看气质,你不要看什么肤色啊、五官啊,要看气质。这是一个杀人犯的气质。”对于律师在法庭上提出的自首情节,孔教授还说:“……干了伤天害理的事情,过了一定的界限,你怎么自首都是没有用的。你愿意跑你跑吧,跑到天涯海角,我把你满门抄斩,这才是严肃的法律。”还有,他还痛骂某某文章的作者(指某一篇描述药家鑫案件经过的文章作者)“简直应该断子绝孙”,等等。网络上,跟随在孔教授的发言后面的,是众人们的腾腾杀气和阵阵狂欢。

药家鑫是否应当被判极刑,法院可以依据事实和法律作出裁判。但是,孔庆东作为一位在北京大学教书的高级知识分子,在21世纪的今天还在说“他长的是典型的杀人犯的那种面孔”以及“满门抄斩”这等话语,不禁让人倒吸一口凉气,不胜欷歔。

不知道为什么,当我看到孔庆东的这些言论,我几乎下意识地会想起电影《十二怒汉》中某位陪审员那张脸,狂躁、执拗、偏激、武断、暴戾、冷血、自以为是,再加上似乎与生俱来的咋咋呼呼。有兴趣的读者不妨去看一遍这部经典电影,估计不难在里面找到这张类似的面孔。

顺便说句题外话,如果孔教授真的具备凭借一个人的长相和气质就能辨别罪犯的“特异功能”,我们的公检法就索性关门罢了,美国法庭的陪审团也解散算了。

从唐骏的“西太平洋大学”到许宗衡的“美国国际东西方大学”

近日，现任新华都集团总裁唐骏先生［曾任微软（中国）有限公司总裁］正在遭遇一件很尴尬的事儿——被指博士学历涉嫌造假，引发公众舆论的激烈争议。他最初几乎是被迫向公众承认自己并不是美国加州理工大学的博士，而是一所来历稀奇古怪的“美国西太平洋大学”的博士。但是，更严重的问题似乎接踵而至，很多迹象表明，这所名为“西太平洋大学”似乎是一所以卖文凭“享誉”美国的大学。

美国 Pacific Western University（西太平洋大学）究竟这是一所什么样的大学？我浏览并在网间初步核对了《羊城晚报》记者查阅的相关资料，谜底大致如下：根据维基百科官方网站的英文版资料，西太平洋大学成立于 1977 年，曾分为两部，一部位于夏威夷，一部位于加利福尼亚州，为同一股东持有。其中夏威夷的分部在 2006 年遭到夏威夷政府消费者保护办公室起诉，被法庭判决解散；而唐骏宣称自己所在的加州分部，则在 2006 年发生了股权变更，次年更名为“California Miramar University”（加利福尼亚米拉玛大学）。

不过，据资料显示，该大学在 2009 年 6 月才获得美国远程教育和培训委员会的认证，2009 年 12 月才获得美国独立院校认证委员会的认证。目前,这所大学也仅能授予大专、本科和硕士学位,并不能授予博士学位(http://www.calmu.edu/)。《羊城晚报》记者在美国总审计局(General Accounting Office)官方网站上,找到该局2004年提交参议院的一份关于Diploma Mills(文凭工厂)问题的调查报告原文(网址:http://www.gao.gov/htext/d04771t.html)。报告把加州分部的西太平洋大学列为未经美国教育局认证就发放学位的几所“文凭工厂”之一。文件还曝光了该校对相关学位一次性收费标准:科学学士2 295美元,工商管理硕士2 395美元,博士2 595美元。

唐骏于1990年进入美国留学,1994年进入美国微软公司工作,他到底是哪一年获得的该校博士学位的呢?如果当初唐骏是上了这个学校的当,或是当初曾以不恰当的方式取得了博士证书,作为一位多年被青年学子们仰慕的公众人物,唐先生需要向公众说明并道歉。

从唐骏的美国“西太平洋大学”,让我联想到去年因“严重违纪”落马的深圳前市长许宗衡的几处学历记录,其中也有一所稀奇古怪的美国大学的影子,不禁令人感触良多。

据人民网2008年1月公开的资料,许宗衡在1996年8月—2000年1月期间,担任中共深圳市委党校常务副校长,市行政学院、市社会主义学院、市经济管理学院常务副院长,其间,1997年8月—1999年8月在美国国际东西方大学工商管理硕士研究生班学习。

1998年,我在深圳与许宗衡先生有过一面之交。当时,许宗衡其实理应正在这所名叫“美国国际东西方大学”的“工商管理硕士研究生班”学习。但许宗衡只字未提此事。

美国国际东西方大学是个什么学校?听上去,里面既有“美国”、又有“国际”、还有“东西方”，在这个世界上，恐怕只有我们中国人会在美国把学校的名字起得如此顶天立地、华而不实。在网上一查，这所大学果然是一位华人在夏威夷创办的，最初开设的课程是语言（汉语和英语）短期培训、哲学（主要是易经和儒学），后来又增加了管理学。在学校的网站上充斥着大量中国的培训团、旅行团的照片，还有这位华人大学校长访问中国时受到各种款待的照片（其中与中国人民大学校长兼国学院院长纪宝成先生的合影最为醒目）。

最有趣的是，这所位于美国本土的“美国国际东西方大学”的网站居然只是中文的，英文的网站根本就打不开（或许根本就没有）。让人匪夷所思的是，在美国著名的夏威夷大学里倒是有个世界著名的软科学战略研究机构叫“东西方研究中心”。由于信息的严重不对称，这所也位于夏威夷的“美国国际东西方大学”，让在中国的同胞们乍一听上去，好像和举世闻名的“东西方研究中心”有什么特别的关系。

在海外生活时间久了的人，其实对这一套已经习以为常。美国等发达国家的商标登记法上通常没有大名称的限制。在美国做事，叫什么名称往往不重要，关键在于你的实力和信用度。在世界各地的唐人街上，诸如“国际人参中心”、“环球××事务所”、“世界珠宝行”等巨大无比的名称比比皆是。那些从美国回到中国的人里，动不动就把村长（或镇长）说成是市长、把会员说成是院士、把家庭小公司主管说成是集团公司总裁的人也总是大有人在，与其说是自大，还不如说是自卑。

在美国注册成立一所大学的难度并不比注册成立一家公司的难度大很多,关键是你能否招到学生并拥有品牌和知名度。20世纪90年代初,当克林顿当选美国总统时,有几个华人就马上在北加州注册成立了“克林顿大学”,在本地招不到学生,就专门到亚洲去招生。最终还是门可罗雀以关门收场。有人称这些大学为“野鸡大学”,这种说法尽管十分不雅,但也基本接近事实。

“姜太公钓鱼,愿者上钩”,那个在夏威夷创办“美国国际东西方大学”的老先生或为酷爱中国文化或为生活所迫,其所作所为倒也并不违法。问题在于,我们那些可怜的党政高级领导干部们、企业精英们,还有那些每天都在管理着大量人事档案的组织部门,难道会对此没有一些基本的辨认能力吗?

从我这些年和这些人的交往中,我发现他们一个个既不呆也不傻,都是些明白人,并不缺乏基本的辨别能力。但是他们还是愿意“上钩”,因为这里门槛低、因为这里有捷径、因为花的是公款、因为这里有美国那些著名大学不愿轻易交付的廉价证书……还因为有太多的中国同胞们仍旧蒙在鼓里,尤其是在这个大多数人还没有机会获得大学学位证书的国度里,尤其是在这个大多数人还来不及弄清楚国外大学的文凭是咋回事的国度里。

在千万个刻苦读书、奋发努力的海外留学生眼里,货真价实的美国文凭是不容易得到的,其中不知道要付出多少心血,熬过多少不眠之夜。当有一天有人告诉他们,只需要花些钱或象征性地来美国走个过场,也可以得到一张看上去一样的学位证书并在中国的职场上派上用场,此时此刻,你能想象他们愤懑和绝望的表情吗?如果一个社会让这些弄虚作假、投机取巧的行为大行其道,那些刻苦读书的人还有什么希望?这个社会的文明进步和公平公正又在哪里?

然而,旅居美国的这些年里,每逢中国的节假日,我时常可以看到一些来自国内的官员和企业家们从中国匆匆赶来,象征性地在一些名称奇怪的美国大学里参加几天的课程培训后又匆匆返回。他们在百忙之中不辞劳苦、耗费巨资,目的就是要在美国大学里获得一张廉价的学位证书,然后可以洋洋得意地写入自己的履历之中。他们在国内都是些有身份有地位的人士,有的人已经很有权,有的人已经很有钱,他们在中国已经是"赢家",但他们还是想"通吃",他们甚至贪心到还想要一个虚假的"美国文凭"来装潢门面。难怪那些名校毕业的"海归们"回国找不到工作了,因为类似"西太平洋大学"和"美国国际东西方大学"的毕业生们,早就提前回国就业了。

这些年来,海内外以各种廉价方式出售给官员和企业家的学位主要是两种:法学和经济管理学。其中,在国内,以法律学位居多(比如,2009 年深圳市被"革职落马"的 3 名重要官员中,有两人取得过国内著名大学法学院的民商法和经济法在职硕士学位);在海外,以经济管理居多(诸如"美国国际东西方大学"等 MBA 学位)。

我愿意相信,在这个世界上,比我智商高的人有很多很多。在我之前,一定有很多人都看出了其中的虚假和丑恶。但这么多年来,很少有人愿意去揭穿它。原因何在?难道大家都是欺骗者的利益同盟?或者是觉得公布自己被骗是种更大的耻辱?也许,大家已经在一个基本共识面前集体失语:那就是,我们的社会并不看重诚信这两个字应有的位置?于是,我们的媒体开始有恃无恐地编写某个公众人物的神话,我们的名牌大学也可以为了区区小利“傍官员和大款”,低三下四地敞开大门让他们进出自由。

看来,在浮躁的生活烟尘中,我们的民族已经丢失了基本的良知。我们很难指望纪检部门真的会去逐个查清,即使查清了也不敢奢望真的会做出严肃处理。眼下,为了使功利主义和实用主义不再轻易地翻越我们良心的底线,除了不断将黑幕揭露于阳光之下,似乎没有什么更好的办法。

庆幸的是,不少人还存有基本的羞耻感。据《法制晚报》记者从互动百科得到最新消息,自唐骏“学历门”事件之后,3 天内已经有 100 多位名人对自身的学历、履历等个人资料进行了更改。这些名人来自娱乐圈、商界、学术机构等多个领域。据了解,此次修改资料的名人以“60 后”、“70 后”为主,其中男性占绝大多数,其海外学历大部分来自美国以及东南亚。

而接下来的一个问题就是,有些人在国内那些大学取得的“虚假”学历难道就不需要修改了吗?

因此,我隐隐中总有一种担心,那些已经身居高位的领导们或企业精英们,今后是否还有必要把自己身居要职期间在“百忙”之中于海内外获得的“硕士”或“博士”学位透露给将来打算提拔自己的上级?或宣布给底层那些开始变得越来越“狡猾”和越来越挑剔的百姓们?看来,这种做法已经越来越有点儿“因小失大”的危险。因为,一旦让上级和百姓们发现其中的“软肋”或“把柄”,实在是太难为情、太“不好意思(Yi Xi)”了。

保险的力量

美国斯坦福大学法学院教授劳伦斯·弗里德曼发现，在美国，到了20世纪末期，侵权责任诉讼的波浪似乎出现退潮的迹象。这是因为，无孔不入的保险业"为那些已经投保的被告们，拔出了侵权行为的刺"，"保险公司几乎在法庭外面，依据实际经验和保险公司的指导性规则，就解决了所有的案件"。世间万物，总是一物降一物。人类的智慧在很大程度上是可以信赖的。保险，这个由聪明的犹太人早在古罗马时期就发明出来的避险理财产品，出乎意料地成为今天人类定分止争的重要工具。

台湾资深民法学者王泽鉴教授曾指出："责任保险与侵权行为法的发展，具有互相推展的作用。侵权责任的加重，促进了责任保险的发达。"今天，人们已经来不及争辩侵权法的存在是否符合人类生活的本意，一个现实的考虑很快开始蔓延，那就是，越来越多的人需要为今后生活中可能出现的令人烦恼和沮丧的侵权事件购买保险。

各类强制保险和非强制保险开始成为人们日常生活的组成部分。机动车拥有人、不动产拥有人、房屋出租人、动物饲养人、加油站、马戏团、游乐场、烟草公司、建筑师、医生、律师等无数行业将悉数被保险公司揽入怀中。自然，保险费用的支付与增长，势必产生反弹，水涨船高，这一切将被毫不犹豫地转嫁给其他消费者。有目共睹，今天已经步入市场经济不归路的中国，保险业也正在急速发展中。对支付了保险费的人们而言，“保险付了钱不用很痛苦，用了更痛苦”。无论我们是否情愿，这都是一条无法避开的选择。

在《侵权责任法》中，有“高度危险责任”(第70—74条)一章，专门规定了若干带有高度危险性质的行业相关的侵权责任，诸如从事高度危险作业造成他人损害，民用核设施发生核事故造成他人损害，民用航空器造成他人损害，占有或者使用易燃、易爆、剧毒、放射性等高度危险物造成他人损害，从事高空、高压、地下挖掘活动或者使用高速轨道运输工具造成他人损害，遗失、抛弃高度危险物造成他人损害。

为了说明侵权赔偿与保险的关系，在此简要剖析一下有关条款。

法条分析——《侵权责任法》第70条规定：“民用核设施发生核事故造成他人损害的，民用核设施的经营者应当承担侵权责任，但能够证明损害是因战争等情形或者受害人故意造成的，不承担责任。”

其中值得讨论的是“但能够证明损害是因战争等情形”一语。据查，台湾地区的“民法”也有类似的规定。这里出现两个疑问，第一，如果能够证明是损害因战争情形引起的，难道国家就可以不承担责任吗？现代化战争中，核设施已经成为对方导弹攻击的主要目标。一旦遭到攻击，处于核设施附近的平民就会成为直接受害者。政府可以仅仅以“战争情形”为理由为此不承担任何责任吗？如此，有谁愿意把核设施建立在自己的房屋附近呢？第二，该条款中还令人不解地使用了“战争等情形”一语,其中的“等”字意味着什么呢?是否还包括其他不可抗力的情形呢?看得出,立法者在这个问题上的踌躇和为难。这个“等”字,大致意味着立法者在为未来的司法解释和判例留下回旋的空间。

事实可能是,这个问题已经不需要民法学者们去冥思苦想,最佳的解决方案就是用法律强制力要求核设施管理者和拥有者购买意外保险。否则,无论政治家和法学家如何辩解,让核设施损害之受害人对所谓“战争等情形”承担举证责任并承担损害都是缺乏道义基础的。

有关资料显示,从第一座核电站于 1954 年在苏联建成至今,全世界已经建成近 500 座核电站。中国的第一座核电站建成于 1994 年,至今已有 11 座核电站,每年发电量为 900 万千瓦时。中国核电站尽管起步较晚,但极有可能在未来 10 年内后来居上。切尔诺贝利核电站事件的发生曾经让世人谈核色变,该事件至少让全世界的核电站发展停顿了 20—30 年。由于核风险的极其特殊性,强制性核设施保险已经成为世界潮流。1999 年,中国成立核保险共同体。10 年间,国内承保能力已从 1999 年成立初期的 0. 46 亿美元增加到 4. 158 亿美元,增长了 8 倍,排名世界第五。例如,中国太平洋保险承保了田湾核电站项目,总保额为 15. 8 亿元人民币。

此外,在欧美发达国家,由于各种侵权责任纠纷的频发,除了从商业保险公司购买保险以外,人们已经习惯于采用各种自我救济式的预防性措施,以避免意外事件的发生。换句话说,即便买了保险,有时也需要避免使用这份保险。

记得当年在美国读书时，每当冬季雪花飘扬的时候，我的那位名叫阿耐特的美国房东老太太就会将一张20美元的纸币——这是她请我替她扫除门口道路上积雪的报酬——放在厨房的桌子上，这是我最初搬进她的别墅时就和她达成的口头约定。她告诉我，这样做是为了避免行人在她门前摔倒受伤。我和很多中国留学生一样，最初会以为这是来自美式房东纯粹的善举。但很快（不需要在美国法学院学习了侵权法后）就醒悟出其中的几分道理。这类主要是为了避免自身陷入意外伤害侵权诉讼的做法，从某种意义上说，与其说是为了别人，倒不如说是为了自己。

不过，也不要因此就马上把美国想象成冷漠无情的诉讼社会。和很多美国人一样，房东阿耐特女士在为她自己购买了充足的各类保险后（包括付费雇人清扫她门前的积雪），成了一个没有太多后顾之忧的人。她是一个社区教堂里乐善好施的慈善活动家。每个星期天，她都要去大学图书馆做一整天的志愿者，热情地指导那些刚刚入学不久的外国留学生和本科生如何使用可以迅速查找资料的软件。我想，如果中国古代的孟子有知，大概会在他那句“有恒产者有恒心”的名言后面补充一句：“有保险者有善心”！

跨国欺诈的道具:美国州务卿的签字及中国领事馆的盖章

最近阅读报刊时发现,在一件件涉嫌跨国欺诈的案件中,总是有两件"道具"在其中时隐时现:一个是美国某个州务卿的签字,一个是某个中国领事馆的盖章。

案例一:唐骏的"美国西太平洋大学"文凭案件。前些日子里,著名的"打工皇帝"唐骏先生遭遇极为尴尬的博士证书事件。媒体的调查显示,西太平洋大学似乎是一所以卖文凭"享誉"美国的大学。但是,有位名叫禹晋永的"西太校友"站出来为唐骏辩护,他说,西太平洋大学不是所卖文凭的学校,因为他看到了美国加州州务卿和中国驻洛杉矶总领事馆出具的"证明"。另一位"唐骏校友"、北京某投资公司的叶姓主管告诉记者:"我就是班上整个验证手续的经办人,2003 年我自己到美国办手续,先是在美国公证处花了几十美元作公证,然后又拿到了加州州务卿的签字证明,最后还有加州总领事写的认证。"

案例二:"全球水电工业公司"案件。据《南方周末》2010 年 7 月 8 日报道,一家鲜为人知的名叫"全球水电工业公司"的美国企业,2008年底突降中国。过去两年里,该公司携"太空太阳能"等高科技概念,以动辄数十亿欧元投资作饵,搅动了大半个中国的太阳能行业,成为众多地方政府争相追逐的座上嘉宾。不过,该公司频频出场的除了一位据说是"美国高干子弟"的霍华德先生,其他人都是海外或港台华人。据媒体调查的迹象表明,该公司大致是个"皮包公司",明显涉嫌在海内外"做局融资"。其间,该公司用来迷惑大陆官员的公司证明文件主要是:美国内华达州州务卿的签名,以及中国驻旧金山总领事馆的公章。

人们不免会发生疑问,为什么这些涉嫌虚假的文件上会出现美国州务卿的签字和中国驻美国的领事馆的盖章呢?回答这个问题,我们必须要从根本上了解,美国的公证制度与我们中国人通常所理解的公证制度之间,存在着重大区别。

美国作为一个"普通法系"制度的国家,并没有一部在全国范围内统一实施的公证法,也没有一个全国性公证协会。根据美国法律的规定,公证法律由各州分别制定,各州通过各自的立法对本州的公证事务加以规范。公证在美国的社会体系中起的作用,主要是验证签名和防止欺诈。美国的公证是一个辅助性的职业,公证仅是形式审查,仅仅证明形式的合法性。这意味着,公证人的权限不包括提供法律咨询或确认文件的真实性和合法性。在美国,除非有相反证据,经公证的证明需被推定为真实、明确。但是,这一假定仅仅包括确认签字的真实性。

美国没有像中国那样的政府名下的公证处。美国的公证人

(Public Notary)一般是个人执业,没有任何官方身份。他们可能是银行的职员、会计师、律师或其他公民个人。这些人通过专门的考试获得公证员的资格,以自己的品行和诚信执行公证业务。在美国的唐人街上,这类公证员常常被华人称为“地保官”,这种称呼可能与早期华裔移民借用晚清民国的类似词语有关。

通常情况下,美国的所谓公证程序大致如下:

第一步,当事人通常在自己打算公证的文件的前面附上一页纸,上面写上“我保证,如下提供的文件是真实可靠的”规范术语,然后在公证员面前签字。

第二步,公证员在你的面前签字并盖上专用的公证章,上面有公证员的执业号码。同时,公证员需要核对签字人的身份证件(通常是驾驶执照或护照等),并收取适当费用(通常每个签字15美元左右)。

第三步,前往州政府大楼,请州务卿(Secretary of State)办公室的办事人员核实公证员的有效身份后,在电脑里打印出一份带有州务卿签字的文件并盖上州务卿的印章。州政府的认证费用大约为30美元。

第四步,前往附近的中国领事馆,请领事馆的领事(Consul)认证州务卿的签字和印章是真实有效的,中国领事馆的工作人员会在电脑里打印出一份说明文件并盖上领事馆的专用印章。领事馆的认证费用大约为80美元。有迹象表明,领事认证费用是外交部驻外使领馆的重要财源之一。

如果读者觉得上述解释还有些繁琐和费解的话,我在这里不妨换一种说法。

上述公证过程表明,这只是个锁链式的连环认证,即,公证员只能证明文件提供人的签名的真实性;州务卿只能证明公证员资格的有效性和签章的真实性;中国领事馆只能证明州务卿签章的真实性。其中,最吊诡的是:无论谁盖章、签字,无论收费多少,都不能证明文件内容本身的真实性,而只能证明签字和图章本身的真实性。

于是,有些身份诡秘的人就专门利用人们对美国法律知识的误区,带着这几页"法律文件"开始漂洋过海、远涉重洋了,他们这些年前往的目的地,主要是太平洋对岸的中国。

其中有人来到北京大学的校园里,告诉那些打算"团购学历"的人们,这所"美国西太平洋大学"是真实可靠的,因为加州州务卿和中国驻洛杉矶总领事馆都出"证明"了。

其中也有人来到中国内地省份湖南的益阳市,他们向那些渴望获得"巨额投资"的地方政府官员们展示一张名曰"全球水电工业公司"名称的公司登记证明。自然,一定会在上面附上美国内华达州州务卿和中国驻旧金山总领事馆出的"证明"。通常这张公司登记证明会显示,该公司的股份可分为 1 千万甚至 1 亿股。后来发现的事实可能令人大失所望——也许该公司的每股价格可能连一美分都不到;也许该公司仅仅刚刚发起成立——里面一分钱也没有(美国成立公司不需要审查注册资金)。

朋友们,今后,假如有人再拿着带有美国州务卿和中国领事馆签章的文件来向你证明某个"宏大话题"(比如,"美国西太平洋大学"或"环球某大集团公司")的时候,千万要警惕!你的第一反应可能是,这个人十有八九是个骗子。

另外,除了谴责这些“骗子们”以外,我们有时候也需要做些必要的自省。

几千年的中国皇权专制历史传统,使我们中国人一直习惯于向官僚权力投去无条件信赖和崇拜的目光。无论是美国州务卿办公室,还是自己国家驻外的领事馆,它们的一个共同特点就是:他们名义上都是官方的代表。但是,它们所拥有的权效,无论在深度还是在广度上,都和国内的权力机构具有很大差别。恰恰是人们对官职和公章的迷信,导致了很多人陷入由于文化法律传统的差异形成的误区之中。

对于美国某个州务卿的职能,我们几乎没有理由提出指责,其依法行政已成常规和惯例,是我们自己酿出的苦酒,没有必要怨天尤人。但是,对我们的驻外领事馆出示的各类“证明”,似乎尚有讨论的空间。比如,注意到长期以来国人对领事认证文件的可能发生的误解,我国外交部门是否可以总结一下以往多年的领事认证实践经验,以期避免上述各类荒唐事例的不断发生。今天看来,是到了在实体和程序方面对领事认证制度作出必要的完善和补充的时候了。

我们还注意到,更有趣的是,当骗局被揭穿后,我们不仅可以看到一些上当者的沮丧和愤怒,还可以看到一些该“骗局”受益者的不甘和抵抗。无论是有意还是无意,总是有人发现,利用假洋鬼子的面具,最后可以催生出“中国人骗中国人”的秘方。不过,假的就是假的,伪装最终要被揭露。那些还想“将计就计”地保持最初的那份荣耀和不被质疑的尊重的人,在信息世界愈来愈透明、公开的今天,则显得多么幼稚可笑。

对身份证登记指纹信息的思虑

新近修改并刚刚通过的《居民身份证法》修正案规定:“公民申请领取、换领、补领居民身份证,应当登记指纹信息。”中国公安部负责人此前在向全国人大会议作说明时表示,在居民身份证中加入指纹信息,国家机关以及金融、电信、交通、教育、医疗等单位可以通过机读快速、准确地进行人证同一性认定。

不过,这个消息一经发布,引起坊间阵阵哗然。

支持者认为,指纹比携带照片和出生日期等信息资料的单一身份证更准确,能够帮助解决目前愈演愈烈的冒用他人身份证件问题。指纹形成于胎儿阶段,一经形成,其花纹类型和细节特征的总和终生不变,指纹的重复几率只有几十万分之一,如果再加上出生日期和照片,重复的概率几乎为零,试图伪造一张指纹和照片都一致的假身份证,几乎不可能。所以,在身份证中加入指纹信息“是个进步”。据若干年前的《检察日报》透露,中国每年有近 100 万人丢失身份证。近年来,由于获取他人身份信息相对简便、成本低廉,导致盗窃身份信息的违法犯罪行为不断增多。

然而,反对者们担忧的是,身份证加录了指纹信息,是否就能有效避免信息被盗用的情况出现,会不会出现公民个人信息的泄露?还有人甚至提出,《居民身份证法》的这次修改,无疑又是一次给予警察机构扩权的机会,由公安部门出面将普通公民的指纹登记在身份证中,意味着政府开始将普通公民当作犯罪嫌疑人一样防范。他们甚至担心自己的国家有一天会陷入“警察国家”的泥淖。

其实,和世界上其他国家和地区一样,有关居民身份证制度在社会管理中的作用,一直存在着类似的争论。在中国香港地区,包含指纹识别的智能身份证已经开始使用,这项制度在酝酿阶段,也曾经由于很多民众担忧个人隐私的泄露,经历过激烈的争论。

据悉,目前世界上已有 56 个国家和地区在证件中加入指纹信息。目前,在世界范围内对数字身份证可行性的讨论仍在继续,西班牙、马来西亚、比利时、印度等国已经发行了数字身份证,但同时,英国、美国、澳大利亚等国却因为担心这种多功能的身份证不利于保护个人隐私,而一直持质疑和抵制的态度。

这里,容易被人们忽略的一个问题是,在绝大多数国家和地区,身份证的制作和发放并不是由警察部门,而是由社会民政部门或社会福利保障部门承担的。所以,对这些国家和地区的大多数民众而言,首先在主观心理接受能力和客观行为配合方面,并没有引起对“警察国家”的忧虑和恐惧。我们遗憾地发现,中国大概是目前世界上极少数仍然由公安警察部门制作和发放身份证的国家之一。

众所周知,由于历史和现实的原因,中国公安部门的触角已经深深地涉入对中国社会管理和控制的各个角落。这一现状固然对“维稳”十分有利,但在本质上与“和谐社会”的要义不相契合。从温州动车事件中,稍微细心一点儿的人们就能发现,当人们想搜集遇难者名单时,在已经扫描了乘客身份证的铁道部门手里,竟没有购票人的名单,原因是,他们在列车开动之前就已经将名单交给了公安部门。

很多证据证明,公权力在警务领域内的不断膨胀以及相关特权的滋生蔓延,无疑对现代公民社会的正常发展有害而无益。所以,从体制上增强对这一领域内的公权力的制衡和监督,同时将与民众日常生活有关的活动从警务化管控向社会化服务转移,应该成为执政者需要认真面对的问题。

对此次《居民身份证法》的修改,笔者并不持异议,但对今后的具体技术实施过程则表示担忧。

指纹专家认为,每个人的一枚手指上平均有 75 ~ 175 个特征。在常规状态下,指纹鉴定人员在作出认定结论时运用的相匹配(或者相似点)的数量,从 8 个到 16 个不等。目前,指纹鉴定专家在世界上已经发现了两个人的指纹有 7 个相同特征的例子。他们坦承,对于这样两枚指纹,一个具有多年经验的鉴定人员也可能作出错误的鉴定结论。

可见,因为不同人的指纹可以有少数纹线特征相同,进行指纹对比存在差错率,对此各国均有案可查。另外,在指纹登记或比对过程中,指纹会因手指在辨识器上产生的压力、姿势与湿度产生变化,疤痕、茧与裂痕也很容易导致指纹特征变动,甚至一般的家用清洁剂就可能轻易磨损手指纹路,从而影响判读数据。新修改的《居民身份证法》中增加的指纹信息不仅用于辨别罪犯,还要广泛应用于国家机关以及金融、电信、交通、教育、医疗等单位。如果在指纹采集和登记中出现差错,不仅关乎人权保护问题,而且也会给相关民众的生活带来极大的困扰。

目前看来,对这一关系到亿万人身份同一性认定的具有高度责任心的工作,能否做到万无一失,的确还不容乐观。据公安部有关人士证实,中国从20世纪80年代开始实行居民身份证制度,由于发展条件所限,管理不够规范,曾一度致使160万人民群众的身份证号码发生"重号问题"。

中国社会庞大而繁杂,地区之间人力素质和管理水平方面存在着巨大差异。中国政府之所以被称为"大政府",主要还是因为其"基层"巨大无比,即基层干部占了中国公务员总数的绝大部分。他们总体上忠诚并勤勉,肩负着管理中国社会大局的重任。但是,他们的个人素质和工作环境又是复杂多样的。在可预见的未来,在亿万中国人数码身份证的制作过程中,让每一张身份证都能经得起时间的检验,不啻为一项十分庞大的伦理和政治工程。在这项工程中,一定还可能遇到已经预见到或尚未预见到的种种问题。因此,循序渐进、严格把关,实乃至关重要。

强制拆迁,理应从“行政”转向“司法”*

越来越暴力的拆迁场面和越来越激烈的拆迁矛盾,再一次将目前正在适用的《城市房屋拆迁管理条例》推上民怨的风口浪尖。有关报道显示,中国各地的土地征用和房屋拆迁纠纷此起彼伏,民怨逐步升温。而在此前发生的有关事件中,被拆迁人拒绝选择司法的途径解决问题,而是要采用令人扼腕叹息的非理性的方式,足以令人警醒,令人深思。

针对近段时间城市拆迁引发的大量社会矛盾,北大法学院的5位学者,通过特快专递的形式向全国人大常委会递交了建议书,建议立法机关对《城市房屋拆迁管理条例》进行审查,撤销这一条例或由全国人大专门委员会向国务院提出书面审查意见,建议国务院对《条例》进行修改。

我国的《宪法》修改后的第13条新增第3款规定:“国家为了公共利益的需要,可以依照法律规定对公民的私有财产实行征收或者征用并给予补偿。”这里包含了两个基本的法律精神:

第一,世界上其实并不存在所谓绝对的神圣不可侵犯的财产,当国家为了公共利益的需要,可以依照法律规定对公民的私有财产

---

* 此文是作者2009年12月初应《新京报》约稿而撰写的时事评论(2009年12月9日该报第2版发表时稍有删节),新京报编辑部妙笔将题目改为:《强制拆迁,理应从“行政”转向“司法”》。

实行征收或者征用。这是国家出于重大的正当理由,对公民财产权和意思自治的限制。显然,这是一个行政法的范畴。

第二,虽然政府可以不依照民事契约行为而强行取得他人的财产,但并不意味着政府行政权力可以不受限制、为所欲为。国家征收征用公民的私有财产并不是无偿剥夺,而应当给予补偿。如何补偿或补偿多少,则涉及民事法律的范畴。

今天的中国,无疑是在经历一个飞速发展和新旧交替的时代,城市规划建设每天都在进行,政府对土地的征用和房屋拆迁当然难以避免。但是,当残垣断壁在推土机的轰鸣声中纷纷塌落时,我们社会中的某些传统屏障却始终冥顽难移。这种严重的不协调,势必导致社会矛盾的严重激化和相关恶性案件的频频发生。

应当说,在实体法律的规定方面,我国的《宪法》、《物权法》在这个领域内已经基本一致和到位。但是我们十分遗憾地看到,在有关程序法律的规定方面,则出现了严重落后、脱节和混乱的局面。我们已经基本上解决了过河的目标问题,但在如何解决过河的方式方法上,则一直踯躅不前、一筹莫展。

依照现行《城市房屋拆迁管理条例》的有关规定,政府依据城市规划提出了对公民不动产的征收和征用的指令后,通常是将"拆迁人(多为房地产开发商)"推至前台直接面对"被拆迁人",自己"淡入"幕后,扮演一个"行政仲裁人"的角色。即使拆迁人和被拆迁人对簿公堂,政府也可以回避涉讼的责任和义务。这种"运动员兼任裁判"的方式,虽然颇具"中国特色",但实在令人费解万千。这样做,固然减轻了政府机构的压力,但同时也无异于为政府官员的官僚主义和无视民众疾苦提供了一个合法的借口。有关恶性事件成因的诸因素中，官僚的冷漠和资本的贪婪，显然是引发民怨的重要因素。由于政府拥有对土地和城市规划的垄断权力，所以，政府通过规划指令拆迁或授权开发商拆迁，本身就是政府的行政行为。显而易见，由于征收、征用发生的法律关系中最重要的应当是行政法律关系。至于在某些场合可能形成的开发商和被拆迁人之间的民事关系，则处于依附的位置。对此，世界各国早已形成共识。

更为有趣的是，依照现行《城市房屋拆迁管理条例》的有关规定，兼任“运动员和裁判员”的一方，还可以转身兼任“法官”——行使最后的强制执行权。固然，在有些领域内，行政当局为了公共利益，并不排除行政强制力的使用。但是，在涉及公民宪法权利的重大理由面前，我们是否还可以纵容这类行政强制力的使用或滥用？

人世间大致有两大类公民的基本权利，一是公民的人身权；二是公民的财产权。对上述两种权利的剥夺或限制，现代国家几乎无一例外是通过法院的诉讼程序完成的。如今，在我们的国家，如果要剥夺或限制公民的人身权，需要在法庭内严格依照《刑法》和《刑事诉讼法》的规则办理（轻微的治安管理、交通违章案件除外）。我们遗憾地发现，在近现代大多数文明国家里，中国是至今还保留有直接用行政强制措施处理不动产征收、征用问题的极少数的国家之一。

在一个法治的社会中，司法原本是解决社会矛盾、寻求社会公平与正义的最有效的手段。尤其是，当我们需要对公民财产权和意思自治采取极端限制的时刻，即便出于重大的正当理由，也必须慎重行事。因此,为了避免“铲车和汽油瓶”之间原始对抗的频频发生,是到了我们考虑将“行政强制权”从政府手里收回的时候了。将这个领域的最终强制权统一归于司法领域,是最终解决拆迁暴力冲突的必由之路。

尽管我们还不能向人们证明,司法解决方案在中国已经可以高枕无忧。但是,司法程序的相对公开、透明,证据呈供的严格、律师的法庭辩论以及对弱势群体提供司法协助等,显然可以发挥一定的透析程序、缓解矛盾、夯实纠纷的作用。同时,通过镇定而费时的司法程序,可以间接地减缓城市发展的速度,大致也会契合当下“科学发展观”的要求。

若干年前,有些海外友人曾给中国官方献计说,当一个发展中国家人均收入在1 000美金徘徊时,是地方政府开展大规模城市规划建设的最好时期。因为这个阶段的拆迁成本和法律成本最低。其中的潜台词无非是说,此时期的被拆迁群体尚处在弱势和懵懂之态。也许这一说法并非居心叵测或并非毫无事实依据,但我们必须对此说保持警惕。近年来,我们在对待弱势群体等问题上看到,资本的贪婪和野蛮已经在我们并不完善的市场经济中露出了卑鄙的面目。显然,在征收征用的法律规定领域内,有关遏制资本之贪婪和野蛮的努力,已经有明确进入人们视野的必要。

我们衷心期望通过这次修法,从政府手中彻底收回在不动产征收领域的“行政强制权”,并将这个领域的最终强制权统一归于司法领域。现在看来,人们终于开始对此持有乐观的期待。从前期的立法动态看,立法者曾依旧倾向于为政府保留“行政强制权”。其中的博弈,也许是出于地方各级政府对权力的贪恋,或者是出于法院系统对这个“烫手山芋”的推诿。无论如何,在法规最终出台之前,仍然值得人们密切关注和期待。

中国要想彻底解决城市土地和房屋征用和拆迁中的失序状态,仅靠行政命令显然是不够的。政府要认真明确立法理念,对中国现行的法律法规进行修改与完善。在目前情况下,亟须对个别明显滞后和混乱的法规和规章进行及时清理与废止。最终使公正有效的司法程序及时、有效地介入这个社会矛盾空前聚集的领域。在司法实践中,充分发挥司法维护社会公平正义的作用,保障社会的稳定与良好秩序。

世界法律文明史表明,一种游戏规则,只有当大多数人承认其公平公正而甘受其约束时,这种规则才可能发挥真正的效力。如果规则缺乏正当的道义和公平基础,只依靠习惯的强力压制来维持,不满与危机就会在暗地里蔓延。所谓和谐与稳定只能是表面和暂时的假象,社会不安和灾难就会不期而至。

2011 年 1 月 19 日,国务院通过《国有土地上房屋征收与补偿条例》。新拆迁条例规定取消行政强制拆迁,被征收人超过规定期限不搬迁的,由政府向法院申请强制执行。笔者无意说明,这是国家立法部门采用了自己的立法建议,更愿意相信这是社会理性思考群体的“不谋而合”。取消行政强制拆迁并将此规范付诸实施,是中国步入文明国家的历史性进步。我们衷心期待新的《房屋征收与补偿条例》能尽可能体现社会大多数人的正当道义和公平基础,由此解决城市土地和房屋征用和拆迁中的失序状态。

依法强制拆迁前政府应预付保证金

在整个城市房屋征用和补偿过程中,其中最为人诟病的,莫过于最后的“强制执行”部分。至于今后称为强制“拆迁”还是强制“搬迁”,其实真的不重要。重要的是看它在实际操作内容和程序上设计得是否公平合理。

依照最近国务院法制办公布的《国有土地上房屋征收与补偿条例(征求意见稿)》(以下简称《征求意见稿》)第28条的说法,“被征收人以及与房屋征收决定有关的利害关系人对补偿决定不服的,可以依法申请行政复议,也可以依法向人民法院提起行政诉讼;在行政复议、行政诉讼期间,不停止补偿决定的执行;逾期不申请行政复议也不向人民法院提起行政诉讼,又不履行的,由作出房屋征收决定的县级以上地方人民政府强制搬迁,或者依法申请人民法院强制搬迁”。“实施强制搬迁前,房屋征收部门应当按照补偿决定,对被征收人先予货币补偿或者提供产权调换房屋、周转用房。”有学者将此条解读为“强制搬迁前应先予补偿”的原则(虽然《国有土地上房屋征收与补偿条例》于2011年1月颁布,但这一问题仍没有解决)。

但令人费解的是,在这种对峙双方已经失去最后和解可能的状态下,所谓“先补偿”其实是根本无法具体操作的。因为,此时此刻,用老百姓的话说是“大家已经撕破脸了”,政府想让对方接受补偿款后及早搬迁,但对方因为某种理由坚决不接受,最后政府迫不得已只好依法“强买强卖”。此时,被拆迁一方质问,为什么没有给我补偿前就来强拆我的房子?政府方则说,因为你是拒绝接受补偿方案的“钉子户”,除了强拆别无他途。其最终结局说到底还是一种绕不过去的“先拆迁后补偿”。因此,所谓“强制搬迁前应先予补偿”一说,即便不是形同虚设的“21 条军规”,也是个空中楼阁式的伪命题。

如何才能走出这个困局呢?就像 30 年来我们在其他领域里的做法一样,我们不妨参考和借鉴一下世界上其他发达国家的经验。通常,在当今很多发达国家,当政府和公民之间遭遇类似僵局后,最后的解决方案大都是通过“官告民”或“民告官”的行政诉讼程序解决。在争议诉讼期间,为了不影响公共利益,政府方也可以请求法庭在最终判决前提前强行取得被征收财产,但必须预先向法庭支付一笔适当数额的补偿金作为定金(除非财产所有人举证说明该定金的数额过低,法庭将维持定金的数额不变)。

今天,我们还没有理由否定政府对城市建设和城市规划的特殊权力,同时也需要承认政府发布的城市规划文件具有一定的法律强制力。但是,既然政府拥有了这种独特的权力,反过来说,它也应当为这种权力的持有支付一定的成本和提供必要的保证。如果我们假定政府的征收行为是符合公共利益的,也假定补偿费用的数额也是符合市场价格的,那么政府为了取信于民,不妨在合法动用强力拆迁民宅之前,预先向无利害关系的特定机构支付一笔定金(比如,预先将人民的币交给人民的法院保存一下)。定金只是对履行承诺的保证,并不是额外的付出。如果强制执行中止,定金可以退还。如果连定金也不想支付或付不起,问题就“很严重”了,被拆迁人一定会“很生气”。

这样做,既不是多此一举也不是杞人忧天。人类的智慧和经验表明,政府其实从来就不是一盏“省油的灯”。政府也会有失信和违约的时候;政府也有领导换届后继任者不认账的时候;政府也会有财政入不敷出的时候;或者,政府事先约好的投资方的资金也会有不能到位的时候;或者,拆迁补偿款也有被贪官挪用和贪污的时候。到那个时候,谁又能为百姓们做主呢?到那个时候,再去法院打官司或去京城上访,该是件多么闹心和麻烦的事儿!

在强制拆迁前由政府事前支付保证金的做法,既可以给被拆迁人一种实际的心理安慰,也可以减少对峙的双方在强制执行后再次发生面对面直接冲突的机会。看过《秋菊打官司》这部电影的人,大概还记得秋菊上门去村长家领取赔偿金时遭遇的困窘和事后引发的冲突。在强制拆迁前由政府事前支付保证金的做法,在一定程度上或许可以避免和减少一些摩擦和暴力事件的发生。也许,只有这样才能算是名副其实的“先补偿后拆迁”。

王明的那点儿“婚姻法律问题”

这里说的王明，不是别人，就是那个在中共党史词典里被注明犯了数次机会主义错误的王明。

延安整风运动结束后，王明被逐出中共领导核心。后来王明到哪里去了呢？包括中国法律界人士在内的很多人都曾忽略了一个重要的史实：王明在新中国建立前后直到他去苏联养病这段时间里，曾经担任过新中国的“立法大臣”，官至中央人民政府法制委员会主任委员，用当今时髦的表达方式，这个称呼后面还要加个括号——（正部级）。

法制委员会的主要工作，就是为中央人民政府起草各种法律和法规。我们后来从新中国老一辈司法领导人谢觉哉先生的日记中可以看到，当时不少法律起草和研究会议是王明在北京的住所——孟公府胡同2号那间宽敞幽静的四合院里进行的。[①] 这段时间里，王明在他的报告和文件中，署名皆用陈绍禹这个名字。

从古罗马的年代开始，每当战争和革命的硝烟散尽，人们渴望娶妻生子的愿望便油然而生。新中国的成立，意味着战争年代的结束。城乡内外各类娶妻、休妻、退婚、再嫁等婚姻案件急剧增加，新政府迫切需要制定一部新的婚姻法。因此，制定一部婚姻法，就成

---

① 参见《谢觉哉日记》1949年4月10日和1949年7月28日。

了王明担任法制委员会主任委员后摆在案头的第一件立法工作。

然而，王明在制定婚姻法的过程中到底起了什么作用的问题，却在近年来引发了一些争议。

2001年，有一本名叫《环球文汇》的杂志转载了某位作者写的《毛泽东指定王明起草婚姻法》一文。当时，有一位名叫罗琼的前全国妇联领导人看到此文后十分不满。她特意写信给该杂志，严肃指出，《婚姻法》起草和修改过程中的大量工作是在邓颖超同志主持下由中央妇委进行的，罗琼本人也是参与起草者之一，王明没有参与起草，也没有参与讨论。全国妇联也对此事格外重视，“本着对历史负责的态度”，还专门为此事报请中共中央文献研究室作了核查。中共中央文献研究室回复认为，罗琼同志的意见，基本符合实际。

不过，无论是罗琼详细叙述当年妇联组织工作成绩的信文，还是中共中央文献研究室简单草率（只有结论，没有论据，这是此类研究室惯用的做法）的回复，都回避了如下这样一个重要的事实：王明（陈绍禹）在制定新中国第一部婚姻法的过程中是否做过重要工作，并发挥了重要作用？

《王明传》一书的作者曹仲彬、戴茂林先生曾在20世纪80年代专门采访过当时参加婚姻法起草工作的法制委员会委员李光灿先生（我国已故知名法学家，曾担任中国社会科学院法学研究所副所长）。据李光灿先生回忆，1950年4月1日，在中央人民政府第七次会议上，王明代表法制委员会向会议提交了《中华人民共和国婚姻法草案》，并作了《中华人民共和国婚姻法草案起草经过和起草理由》的报告。这份报告的初稿是由王明口述并由李光灿当场记录的。李光灿说,这篇23 000字的报告初稿,王明在17个小时里几乎一气呵成。[1] 李光灿的这一说法稍微有些夸张,但从李光灿先生在中国法学界的学术威望和人品口碑来看,他绝不会蓄意编造。借此,我们也不乏从一个侧面看出王明的文字口述能力和对婚姻法内容制定的详熟。

今天,我们还不难在各大学法学院的图书馆里查阅到这份王明起草的报告,同时也可以查找到一些当年妇联组织研究婚姻法的报告。从一个法学研究者的角度作些观察和比较,王明的报告明显在法律理论和文字水准上都高于妇联组织提供的报告。我们无论如何无法想象,一个“既没有参与起草,也没有参与讨论”的人,可以凭空写出如此条理逻辑清晰、内容丰富完整的“婚姻法草案起草经过和起草理由的报告”。

王明在延安分管过妇女工作,后来又担任过延安女子大学校长和中央法律问题研究委员会主任,作过一些妇女法律问题的研究。王明是属于学院派的理论家,做事之前,先得引经据典。据《王明传》一书作者披露,在起草制定《婚姻法》过程中,他要求法制委员会的工作人员必须很快熟悉这一方面的马列论著;同时,一条一条地审理中共在战争年代制定过的有关婚姻的法规和条例。这些都成为王明当时研究、起草新中国《婚姻法》的基本参考内容。同时,为了充分借鉴苏联、东欧等社会主义国家的婚姻法资料,他还亲自翻

---

① 参见曹仲彬、戴茂林:《王明传》,吉林文史出版社1991年版,第373页。

译了《苏联婚姻、家庭和监护法典》。[①]

历经41稿,新中国第一部《婚姻法》在1950年5月1日起在全国施行。从那一天起,这部《婚姻法》在中国使用了30年,到1980年才开始修改。有海外评论家称,这是毛泽东时代唯一的一部货真价实的法律。

记得当年在法学院大二年级修婚姻法课程时,我在学校图书馆里查阅婚姻法的资料时曾意外发现,1950年审议《婚姻法草案》时,除了公开发表的《中华人民共和国婚姻法起草经过和起草理由的报告》外,王明还有一份没有公开发表的内部口述报告。

印象最深的是,王明在这份内部口述报告中讲了一个令人啼笑皆非的"段子"。他说,新中国建立初期,各地为了搜捕隐藏的国民党敌特和反革命分子,晚上经常组织民兵在田野中巡逻。但各地纷纷报告说,民兵们在玉米地里时常抓到一对对"野合的未婚青年男女"。结果各地的敌特反革命分子没有抓到多少,村公所里倒是关满了这类"不法男女"。对于这样一个今天看来再容易定性不过的问题,当时就连国家的"立法大臣"王明也不知所措。王明在口述报告中说,他们特地为此事请教了苏联专家。苏联专家的意见是,这类问题属于道德领域内的问题,适合采用批评教育的方法,而不能用法律制裁的方法。听了苏联专家的建议,王明等终于如释重负。这个段子,即便在今天,放在任何一个比较正式的场合来讲述,还是显得有伤大雅。不过,这在当初的确是一个十分严肃和紧迫的法律

---

① 参见曹仲彬、戴茂林:《王明传》,吉林文史出版社1991年版,第371页。

问题。因为它关系到不少人的罪与非罪的定性问题。

诚然，罗琼女士信中的有关说明和补充是有积极意义的。但是，如果我们仅仅从罗女士个人的观察视野中得出“王明没有参与起草，也没有参与讨论”的结论，就未免是从一个极端走向另一个极端了。《婚姻法》起草历经41稿，参与的部门不仅仅也不可能只是妇联一家。罗琼女士的信中谈论的都是妇联组织在起草、讨论婚姻法过程中的各类活动，王明也许没有具体参与；但是中央法制委员会在起草、讨论婚姻法过程中，罗琼是不是也没有参与过呢？此时王明是不是也可以得出罗琼“没有参与起草，也没有参与讨论”的结论呢？如果每个人都可以单凭自己的经历如此主观臆断历史，何谈历史的真实和客观呢？

2009年，中央电视台在组织拍摄《法律的故事》系列纪录片。笔者在为“婚姻法的故事”一集撰写的解说词初稿里，提及王明参与过新中国第一部婚姻法的制定工作。但是，有关部门觉得“王明”这个名字过于敏感，最后还是将与王明有关的内容全部删去了。其实，我们今天讨论这个历史遗留问题，完全无意为王明的历史问题“平反”或“翻案”（那是中共组织部门的事情），这里只是本着中国共产党一贯主张的实事求是的精神，在具体细节上还原历史的本来面目。换言之，我们不能因为王明在中共历史上的其他错误而否认或遮蔽他曾经为这个社会作出过的部分有益贡献，哪怕这些贡献可能十分有限。

最后顺便说一句，全国妇联在这件事情上站出来“维权”，也是可以理解的。有很多证据可以证明，当时的妇联组织为筹备、组织、研究和起草《婚姻法》做过大量工作。但是,当时王明毕竟是政务院法制委员会的主任委员。妇联负责主管妇女工作,但毕竟还不能完全取代当时国家法定的立法起草机构——法制委员会的地位和作用。我想,长期以来,人们似乎总有某种不恰当的误解,以为主管婚姻问题的机构是妇联组织,或以为研究婚姻法的专家学者非女性研究者莫属,久而久之,《婚姻法》听上去总是感觉像是一部“妇女权益保护法”。记得过去在法学院读书时,时常会听到有些女生问老师:“老师,您看我将来研究什么法比较合适?”有些老师的回答往往是:“你是个女生,我看你还是去研究婚姻法吧!”当然,这是句题外话了。

法律人眼里的鸡蛋和围墙*

——从周立波的一个清口秀节目谈起

春节期间,我在凤凰卫视的“壹周立波秀”中看到,那位以“海派清口”而著名的表演艺术家,正在上海某剧场里带领着上千观众笑侃那句2010年流行语——“我爸是李刚”。

周立波(出场):“举头望明月,我爸是李刚。”(观众笑)

周立波:“下面请大家和我一起来,说得整齐些。日日思君不见君……”

观众(齐声):“我爸是李刚。”(观众笑)

周立波:“桃花潭水深千尺,不及……”

观众(齐声):“我爸是李刚。”(观众大笑)

周立波:“同是天涯沦落人,我爸真的是李刚。”(观众爆笑)

在一阵阵狂欢般的笑声中,我忽然在想,在李启铭交通肇事案件中,我们固然也许更应当同情那几个在车祸中伤亡的同学,但此时此刻,在这个剧场里,是否有人会想到,对住在中国北方河北省保

---

* 今年春节期间,本专栏作者在“中国法学网”、“爱思想网”上发表了《法律人眼里的鸡蛋和围墙——从周立波的一个清口秀节目谈起》一文,后被腾讯网等国内外众多网站转载并引发网民热议。

定市某一座居民住宅里——因为儿子闯了这么大一个祸而陷入巨大耻辱和尴尬的李刚一家人,是否也需要给予些(哪怕就那么一点儿)同情和安慰呢?在这个国家一年一度最重要的法定假日里,在中国最文明发达的上海滩上的豪华大剧院里,上千个男女老少齐声对一个中国公民及其家庭如此般地羞辱和贬损,是不是有点儿过分了?我不知道,在世界表演艺术史上,这种事情是否有过先例?

看来,观众们真的是中了周立波的"诡计"。周立波随后对观众们说:"我知道你爸是李刚,我代表李刚谢谢大家。"谁都有一时糊涂的时候,当人们在高喊着"我爸是李刚"的时候,大概把自己的亲爹那码事儿给忘了。如果我是周立波,大概会模仿当年样板戏《红灯记》里的著名台词告诉自己的观众:"可是,李刚他不是你们的亲爹,李奶奶也不是你们的亲奶奶!"

不过,我还是发现,"恻隐之心,人皆有之"这句话,实在是千古真言。周立波还给观众们播放了一段李刚在电视里为自己的儿子的行为痛哭流涕的镜头,然后用嘲笑的口吻说道:"看他这个难受的样子,知道的,他是在道歉悔过;不知道的,还以为是他自己的儿子被车撞了呢?"不知道周立波发现没有,这一次,观众们没有爆笑,掌声也十分零落。

2009 年 2 月的一天,日本著名小说家村上春树来到以色列领取耶路撒冷文学奖。他表情肃穆,在领奖词中向世人道出了那句可能会千古流传的词句:"在高大坚硬的墙和鸡蛋之间,我永远站在鸡蛋那方。"

情感丰富是小说家的语言特质。不过,当有一天我听到一位法律学者在斩钉截铁地复述这句话时,不免心存疑虑。因为,事实上,在法律的天平上,所谓墙和鸡蛋的位置在一定条件下是可能发生调换的。

比如,当年,在那“万恶的旧社会”,当地主老财剥削欺压贫苦农民的场合,贫苦的农民们显然是弱势的“鸡蛋”;但是,当贫苦农民们举着火把和大刀来烧杀地主时,地主们可能也成了“鸡蛋”;

比如,“四人帮”在台上的时候,他们专横跋扈恶贯满盈,是又臭又硬的“石头”;但是,当他们被逮捕入狱后,假如没有一个文明的法律程序加以限制,愤怒的人们同样可以采用“四人帮”过去对待他人的做法——罗织罪名、代人受过乃至刑讯逼供。此刻,江青等人也同样可以成为政治斗争这块砧板上任人宰割的蛋卵。

比如,当邓玉娇在巴东的洗浴中心遭受官员欺侮的时候,这个弱女子显然是无权无势的“鸡蛋”,但当此案在媒体大面积曝光后,全国人民几乎万众一心地站在弱女子一边之时,那个被刺死的官员邓贵大所在单位以及他的家人,此时似乎也成了人人喊打、噤若寒蝉的“鸡蛋”。

比如,当李启铭开车在校园里撞人并口出狂言“我爸是李刚”时,被撞伤亡的同学和在场的行人是弱势的“鸡蛋”,但是当媒体间已经将“我爸是李刚”这句话造出36万条搞笑段子的时候,当周立波在上海某剧场领着上千名观众齐声高喊“举头望明月,我爸是李刚”的时刻,李刚一家人似乎也成了可以供亿万人民煎蒸炒煮的“鸡蛋”。

我在想,无论天底下有多少人都在义无反顾地“仇富或仇官”,

至少作为法律职业人士,我们是否需要多少保持一点儿理性思考呢?否则,我们这些人花这么大工夫来学这个名为“法律”的东西,对社会的公平正义(或称和谐)又有什么意义呢?

1976年10月初,以江青为首的“四人帮”被秘密逮捕,中国历史开始出现重要拐点。在关押了他们3年时间后,中国最高领导层深感到,这个国家不应当再这样无法无天下去了,他们决定设立一个临时特别法庭公开审判这些人的罪行,而且还要聘请律师为他们在法庭上辩护。然而,对大多数中国人来说,这件事是那样新鲜好奇和难以理解。

有人可能还记得,在电视剧《一年又一年》中,曾有过这样一个有趣的场景。

> 场景:北京胡同居民小院。一中年男子(演员刘威扮演)进门后与自己岳母的对话:
>
> 中年男子:“妈,今天晚上看电视新闻吧,审判‘四人帮’。”
>
> 岳母:“还审什么呀,直接枪毙算了。”
>
> 中年男子:“直接枪毙也不解气,应该先打一枪,别打死,救活过来,再打一枪,再救活,然后再打一枪……”

据当年的“林彪江青反革命集团”案辩护律师组组长张思之先生回忆,当时,在大部分人的意识中,谁替“四人帮”辩护,谁就是“四人帮”的同伙。在法学界内部,也存在种种疑问和顾虑。由于与“四人帮”积怨太深,最初司法部物色的律师名单中,不少法律界的知名人士都拒绝参加。今天回过头来看当年的情形,我们不得不对邓小平、彭真等领导人的眼界和胸怀所折服。事实上,由于在"文化大革命"中遭受的迫害和承受的苦难,他们比其他人有更多的理由采取冤冤相报的方式来对付这些政治上的夙敌。但是,这一次,他们没有这样做。

或许是个偶然的巧合,就在这一年,美国哈佛大学刑法学教授、纽约著名执业律师艾伦·德肖维茨(Alan Dershowitz)来到北京。在和中国同行的座谈中,他不可思议地听到一个提问:"为什么政府要花钱为破坏社会主义法治的人辩护?"惊讶之余,他还是耐心而镇定地回答说:"司法正义,不管是社会主义,资本主义或者其他种类的,都不仅仅是目的,而且是一种程序;为了使这一程序公正地实行,所有被指控的罪犯都必须有为自己辩护的权利。……决定一个被告是否应被认定有罪并受到惩罚,政府必须提供证据,而被告应享有公平的辩护机会。"

几乎毋庸讳言,"四人帮"确属祸国殃民,巴东的邓贵大确属死有余辜,重庆的文强确属在劫难逃,保定的李启铭确属罪有应得。但是,当我们把他们押上审判台的时候,难道不是也有必要坐下来好好研究一下,尽可能负责任地举出证据,再对他们定罪量刑吗?换句话说,罪犯也是人,他的家人和亲友也需要得到应有的同情和尊重,而不是肆无忌惮的嘲笑和歧视。

2011年开春第一期《南方周末》在专题"十五位父亲和他们的世界"中,刊登了原重庆司法局原局长文强之子文伽昊回忆父亲的文章。新中国成立以来,媒体刊登亲属回忆已被处死贪官的文章,这在中国实属罕见。我第一眼看到这篇文字,就预感到:此文将引发争议。果然,那个发誓要反对“普世价值”的司马南先生,大年三十都过得不开心,他看过此文后,除夕之夜就在自己博客里激扬文字,愤怒地给“南方周末的老爷们”戴上了一顶“公然唱黑打红”的帽子。在我看来,无论是“南方周末的老爷们”的专题报道,还是司马先生的博文,都属于宪法保护的“言论自由”范畴,双方各有继续争辩的空间。我所最感兴趣的,只是该文中的如下这段内容:

> 文伽昊在采访文章里说,文强被执行死刑当天,他被通知与爸爸见面。文强流着泪说:“娃儿,给我磕个头吧。”文伽昊照做了,但他不知道那就是他们最后一面。文伽昊说,“老汉儿(重庆人对父亲的称呼——作者注)离开这段时间,还是有人对我好。有一回,我坐出租车,的哥好像认出我了(我的名字和照片在媒体上出现过),车上他一直跟我聊打黑,聊文强,偷偷观察我的反应,我假装看着窗外。下车的时候,他跟我说,好好保重自己。”文伽昊最后说:“我不知道人们什么时候能够淡忘了我父亲,那时候我可以过得正常点了。”

促使我在春节假日期间写下这篇文章的另一个原因,是我从众人笑侃“我爸是李刚”这个故事里,联想到20年前发生在美国爱荷华大学校园里那件令人惊悚的案件。

1991年11月1日下午,中国留学生卢刚枪击杀人血案震惊全美国。在美国的中国学生们被惊恐、哀伤、慌乱的气氛笼罩。大家担心美国会发生仇华排华的暴动,第二天很多人都不敢上街。有的人甚至把值钱一点的东西都放在车后备箱里,准备一旦美国境内发生排华暴动,就驾车远逃。

被卢刚无辜枪杀的美国教授里,有一位名叫安妮的副校长。安妮是教育学院的教授,是传教士的女儿,生在中国,自己无儿无女,但她待中国学生如同自己的孩子。安妮中弹后在医院里急救时,她的3个兄弟弗兰克、麦克和保罗,火速从各地赶来,守护在病床前。

当医院在宣布安妮死亡后,三兄弟围拥在一起祷告,并写下了一封给卢刚父母亲友的信。信里写道:“我们刚刚经历了这突如其来的巨大悲痛……在我们伤痛缅怀安妮的时刻,我们的思绪和祈祷一起飞向你们——卢刚的家人,因为你们也在经历同样的震惊与哀哭……安妮信仰爱与宽恕,我们想要对你们说,在这艰难的时刻,我们的祷告和爱与你们同在……”后来,安妮的三兄弟希望这封信被译成中文,附在卢刚的骨灰盒上。他们担心因为卢刚是凶手而使家人受歧视,也担心卢刚的父母在接过儿子的骨灰盒时会过度悲伤。唯愿这信能安慰他们的心,愿爱抚平他们心中的伤痛。在安妮的追悼会上,中国留学生们看到这封信,都忍不住哭了。通过这件事,他们突然发现,自己几十年里在国内建立起来的价值观、人生观,似乎从根本上被摇动了。他们仿佛依稀看到另一扇微开的门,门那边另有一番天地,门缝中射出另一束来自文明世界的光。

在我们今天日益兴隆的国学里,不是天天在讲“仁者爱人”吗,不是在讲“中庸之道”吗,我们不是“礼仪之邦”吗?看来,这些东西也许更近乎于中国人生活中的童话,想起来舒服,看起来美妙,说起来容易,真正做起来太难了。在我们过去多年的思想教育里,我们讲的更多的是“痛打落水狗”,“宜将剩勇追穷寇”,是“对敌人要像严冬一样残酷无情”,是“誓将反动派一扫光”,是“把牛鬼蛇神打翻在地再踏上一万只脚,让他们永世不得翻身”,面对他人的不幸和灾难,更多的是幸灾乐祸,是墙倒众人推,是趁火打劫,是顺风扬尘,甚至是落井下石。

去年初冬的一天下午,我在北京某高校法学院里给研究生们放映并讲解美国著名的影片《十二怒汉》。在进入讨论环节时,同学们结合中国实际讨论起了李启铭交通肇事案件。有个女同学情绪激动地说,从李启铭的言行看,他的犯罪性质应当属于故意杀人。显然,这个女同学的结论属于偏激之词。我没有打算为此讨论中国刑法的具体条文和犯罪构成要件,而是当场特别提醒她回顾一下,那个由著名演员亨利·方达扮演的陪审员对其他 11 名打算轻率定局后早点儿回家的陪审员们说的那句话“我其实也没有太多的把握来反对你们的判断。我只是觉得,当我们要把一个年轻人送上电椅之前,难道我们就不能在这个房间里坐下来好好讨论讨论吗?”

千万不要揣测我可能是河北保定人,更不要推定我可能是李刚家的亲朋好友。我只是比有些人多了些额外的思虑。我曾在课堂上启发同学们对如下问题作出思考:李启铭闯祸的时候还是个 22 岁的年轻人,他当时是在什么语境下说的“我爸是李刚”这句话?他的父亲李刚在事后几乎成为子债父还的“主犯”,举国的媒体大有不吞噬李刚父子誓不罢休的来势。这些情形,难道不是也值得我们坐下来好好讨论讨论吗?

写给“李刚门”受害者亲属的一封回信

尊敬的小跃先生：

感谢你的来信，也看到了你发来的网友的若干评论。我今天白天忙于工作，今晚才看到你的来信。因为你告诉我，你是“李刚门”受害人的亲属，所以，即便此时已近深夜，我觉得，无论如何，也应该给你写封回信。

如果我的感觉没有错的话，我觉得你和不少网友误解了我文章的本意。我并没有为李启铭开脱罪责，更没有对受害人失去同情（我在文字中特别提及这一点），当然，我更不是李刚家的亲朋好友，更不会去充当某个利益团体的所谓“廉价枪手”，同时我与周立波先生也无恩怨（我甚至喜欢他的很多脱口秀节目）。在我的其他文章中，你大概也不难看到我对专制权贵的批判、对司法腐败的痛恨以及对其他社会不公的声讨。李启铭的所作所为，理应获得法律的制裁。李启铭的父亲李刚也需要承担对儿子失教之责。在很多基本问题上，我们并不存在根本分歧。

一位我熟悉的学者看过我的文章后，也善意地给我指出，在没有通读全文的前提下，其中有个别文辞（比如文章开始部分“李刚一家人过年”等）可能会引起大众误读。假如此文引起你和其他受害人亲属的误解、不快和恼怒，我在此深表歉意。

关于犯罪人（或犯罪嫌疑人）及其家人的人格权保护问题，在中国还是个新问题。或许对这个问题的探讨在中国还为时过早,因此我的文章注定要引起争议和误解。也许我自己真的像有些网友说的“有些天真和幼稚”,无论如何,对这个问题,我们仍需要更多的时间和耐心去思考和观察。对于网络评论的一些粗言秽语,我不太在意,也不会生气,这是网络虚拟空间里常有的现象。我欣赏小跃先生你这样的来信,也愿意继续和你交流和探讨。

我以为,“李刚门”这件事,其实只是中国复杂现状中的一个小小缩影。按照很多网友的偏激情绪,中国似乎还应该来一次“重上井冈山”式的暴力革命或“十年文化大革命”,才能解决各种社会不公问题。在这次的网络讨论事件中,我惊奇地发现,一些“文革”时年纪甚小,甚至还没有出生的年轻网民们,其思维逻辑和语言表达方式竟然处处显示着“文革”的风格和烙印。看来,非理性的暴力性思维不但很容易成为我们这个民族的集体无意识,还可以像文化一样代代相传。

我想,假如中国人真的无力营造起一个非暴力的法治大厦,当无法无天的失序之日真的到来的时候,受害的家庭就不只是一家两家人的事情了。真到了那一天,今天在网络上习惯用粗言秽语来“伸张正义”的人们,明天很可能就是街头或丛林中“横刀立马”的暴民。今天让口水飞,明天就会“让子弹飞”;今天痛恨李启铭的人,可能明天就是另一类新的“李启铭”。如果大家不信,看看中国的千百年历史,答案都在里面。

有什么样的政府,就会有什么样的社会,反之亦然。在中国的土地上,一天不建立起一个有现代宪政制度保障的公民社会,在我们可以预见的未来,一个公平公正、和谐稳定的强盛中国的可能性和合理性就永远是个疑问。

我和我的法律界同事们,尽微薄之力,也只能做些简单的启蒙工作。看来,情况并不乐观。正像你说的,会让别人失望,自己也不免失望。

很高兴你曾分享过我的《北京往事》一书。此书最近将由出版社再版,会增加一些新的篇章(你不喜欢的这篇肯定不会列入),并附有彩色图片。如果你不拒绝,出版后我可以送给你一本,请你继续批评指正。

先写到这里,有空再聊。元宵佳节祝福!

周大伟
2011年2月16日深夜

附:“李刚门”受害者亲属的来信

你好,周先生:

事情不是发生在你身上,你想李刚怎么过年?有没有想我们这些受害者家属怎么过年?我是受害者的小舅,我们这个年过得有多痛苦,你何曾知道。对您这样的法律工作者能写出这样的评论我们很失望,亏我还读过你的《北京往事》。

你去看看网友对您的评论吧,有多少是支持你的,有多少是笑你无知的,你只学会了法律,却连基本的道德观都不具备吗?

真想当面和你论证。

小跃
“李刚门”受害者家属

房东与房客之间的法律断想

展开主题之前，先让我们看看相隔大半个世纪前的若干新闻报道：公元 1930 年 6 月 15 日上海《申报》报道："陶尔斐斯路一大房东将该屋以巨额顶费顶给别人，通告客户限期迁让，否则停止水电，并招来十余人前来示威，在房间内堆放马桶，还殴辱了 2 位妇女……" 1949 年 10 月 7 日《申报》载：上海市一开棺材店的房东，为向房客收回房屋，竟率众运去棺材 11 口放置房客家中；甚至将死婴放到房客室内，久不收殓……

距离我们今天不远的数年前，2002 年 2 月某日《青年报》报道：秦皇岛市一承租人和房东就房屋租金问题不能达成一致，承租人又执意不肯搬出。女房主为驱逐房客使出"高招"，在用砖头将店门的玻璃砸破后，将自己租出去的两间门店内分别泼入了一桶大便，满屋的污秽让房客无法停留。双方因此再起纠纷。又据北京千龙新闻网报道，数年前，北京宣武区一房东为了逼房客搬迁，竟派人将屋顶掀除，导致房客无处安身。

人们自然会发问，如果说发生在大半个世纪以前上海滩上的旧闻，是由于"历史条件的局限"和"旧社会的恶习"，而本世纪初发生在那些已经开始步入现代化发展城市里的"新闻"，大概是偶然发生的吧？调查研究的结果表明，情况并不像人们想象得那么轻松和乐观。

笔者曾在几年前专门走访了深圳和广州等地的私房租赁聚集区。对房屋租赁纠纷中的有关案例进行了实地调查研究。在深圳的白石洲、下沙等地,我反复地追问这些房东们一个简单的问题:当房东与房客发生纠纷的情况下(比如追讨房租未果等),房客又滞留在物业内不愿搬出时,你们房东怎么办?得到的答复几乎是异口同声:先断电,再断水;如果房客仍坚持不搬出,还可以派人上门打闹并将房客的家具杂物等扔出门外并强制换锁,等等。在这些房屋租赁集中的地区,由此矛盾升级,最终大打出手的案例屡见不鲜。其情景很容易让人联想起老电影《七十二家房客》中一连串经典镜头。

我提醒这些房东们,这类的方式是非理性的、粗暴的,不人道的,也是违法的。如果房间里有婴儿或老人,你们也采取这样粗暴的“驱逐房客”方法吗?为这种事闹出人命来值得吗?看得出,这些房东们对此类问题从来就不屑一顾。

我还告诉他们一个真实的案例,在美国的旧金山,有一个老华侨靠租赁房屋为生,因为与房客发生纠纷,就采取了断水断电的方法对抗房客们。最后该华侨被警察逮捕并被判刑坐牢数年。说到这里,这些房东们似乎更理直气壮,他们说:“美国永远是美国,中国永远是中国。中国永远都不会搞美国那一套。”的确,在中国民间习惯看来,这些粗暴的方式往往又是异常“便捷有效”的。不难想象,倘若有人打算将这类非理性的纠纷处理方式纳入有中国法制特色的“本土资源”的话,大概不乏有人信之诚笃。

自1949年新中国成立以来,房东这两个字对大多数中国人而言,曾是很陌生的。

有充分的证据表明，一个被称为“房东阶层”的群体正在中国勃然兴起。这一阶层在改革开放之初就应运而生。以北京市为例，据有关资料表明，北京市可用于出租的房屋面积早已超出上亿平方米，按比例，北京市房屋总量的40%以上都可以用来出租。北京流动人口多，同时北京每年要增加10万以上常住人口，每年五六万对青年要组成新的家庭，另外房屋拆迁过程中对租房也有需求。北京市对出租房的需求量极大。随着市场的活跃，买房用来租赁投资的人也越来越多。有报道说，有一温州人在北京有近50处房产用来出租。

在深圳，人们习惯称那些用土地换取足够房产并倚赖出租为生的人为原住民房东。曾有数据显示，深圳有大约近亿平方米的建筑为这些老房东们所有，如果按照深圳2003年的房地产销售面积来计算，大约可以继续销售10年。若干年前，深圳福田城中村改造将拆除620万平方米的建筑，75%的私宅将被拆除，近半新增建筑将用于支付这些老房东的赔偿。显然，房屋出租业已经成为这个群体的旱涝保收的行业。

房东房客双方发生纠纷后，如何合法地驱逐房客？对很多包括法律专家在内的人来说，听起来似乎是个很简单的问题。其实不然。房屋租赁纠纷发生后，争议可能触及的不仅仅包括租赁合同法律关系、不动产的物权关系，还涉及房客本身的人身权利；以及由于被驱逐的房客在步出私人领地后如果“无家可归”还可能给社会公众带来负担，由此导致国家的公权力涉入这个传统的私法领域，等等。毫不夸张地讲，长期以来，如何依照各国的实际国情，设计一个切实可行的驱逐房客的法律程序,并最大限度地降低社会为此付出的成本,已成为一个亟待解决的法律难题。

毋庸讳言,这是一个我国法学界长期以来未曾加以充分研究过的一个领域。我们遗憾地发现:和民法和民事诉讼法学中其他的问题相比较,有关处理房东房客之间租赁纠纷的理论研究和实践,已经被人们忽视到了惊人的程度。

值得庆幸的是,今天的中国,不可能是深圳下沙村的房东们想象的那样“永远”不变的中国了。20 世纪的中国法律体系(尽管已经被中国领导人宣布成功“建成了”)已经无法挽回地进入了国际制度的竞技场,无论是宪政改革这样的高端法律理论,还是“房东房客纠纷”这样的低端法庭技术,都已经被烤在了国际法律制度和法律技术之格斗广场的火炉上。谁让地球不仅是圆的,而且还是平的呢?

如同改革开放 30 多年来我们的习惯做法一样,我们不得不来环顾一下欧美发达国家在这方面的立法和司法经验。

不动产租赁现象可以追溯到早期的封建农业社会。据西方权威法律史专家考证,在并不存在公寓楼宇和购物中心的古代中世纪,甚至上溯到整个 19 世纪期间,不动产租赁法律调整的主要对象还是指用于耕作的农业土地。

由于沿袭了英国早期的法律制度,在英美法中,房东一词至今仍然和地主(Landlord)一词混合使用。然而,“地主”这个词汇在新中国的政治词典里,曾经是个同欧洲中世纪“异教徒”一样可怕的罪名,至今还让不少人心有余悸。在国内,人们更乐于使用房东或业主这类词汇。(不过听说,近年来“情况正在起着变化”。在大学里,有些同学谈起自己的家族,喜欢说自己爷爷以前那辈并不是放牛娃而是大地主,大家每每投以羡慕的目光,叙述者自己也感觉倍儿有面子。至于“俺爹俺娘”当红卫兵“打砸抢”的那段可耻经历,绝少有人提及。)

在美国这个世界上最富有的国家里,其实并不是人人都当地主和房东的。据有关统计,在美国,大约有40%的人不拥有房屋并需要常年靠租房居住。所以,有关房东(Landlord)与房客(Tenant)之间的法律诉讼在美国十分常见,以至于在美国不少州的法院里设有专门处理房东房客纠纷的一个法庭,名叫 Unlawful Detainer Court (非法占住案法庭,有人径直称其为“驱逐房客法庭”);相关的诉讼称为 Unlawful Detainer Lawsuit(非法占住之诉)。这个法庭的法官十分忙碌,除了节假日外,几乎天天开庭,通常每天要审理十几个案件。因为此类案件情节并不复杂,绝大部分案件都是当天作出裁定并及时获得执行。法庭的权威和效率之高,令人惊叹。

在美国,房东要驱逐房客,如果协商无效,依法必须先经法律程序,获得法官的司法裁决。任何擅自采用私刑手段(包括中断水电,威胁恐吓以及其他暴力方式)驱逐房客的房东,都有可能触犯刑律并承担刑事责任,给房客财产和精神造成侵害的,还应当承担民事赔偿责任。

在美国加利福尼亚州,依据法律,房东在驱逐未按时付房租的房客时,可先以口头通知房客欠缴房租。如房客依然欠缴房租,房东3天之后可向房屋法庭申请驱逐,法院会通知房客出庭说明原因。

若房客未按时出庭,法官将采信原告说词,进行缺席宣判。

驱逐房客可用的理由有两种:当房客无法按时交房租时,可以未付房租(non-payment)为由驱逐;而当房客违约对房屋的使用超出原先协议的范围,如私下转租,契约期满仍不搬离,或对邻居的生活形成妨碍时,可以以霸占(holdover)为由驱逐。

在有些场合,房东在法庭上并不是理所当然的赢家。如果房客有证据表明房东的过失或送达通知的错误,整个诉讼程序可能会增加到数月才能完成。如果房东败诉,租约不仅将继续履行,有时还要赔偿房客的相关损失。

如果房东胜诉并取得判决书(Writ,英美法称之为恢复不动产占有的执行令状)后,只有法庭警察负责执行法院的驱逐令,房东不得以任何私人手段借机对房客采取精神或实体的威胁与骚扰。房客必须在限定时间内自行搬离。房客搬离后,房东才有权换锁。如果房客在限定时间拒绝搬离,或搬离后再次返回房间,房客有权报警。警察可以依法以非法侵入私人物业的罪名将房客逮捕并起诉。房客搬离后,房东有权换锁,并将房客的私人物品在限定的时间内妥善保管。

这些规则看上去具体而繁琐,但其实质上体现出一个法治国家在处理"不动产强制程序"方面的基本原则:理性、和平、有序和公平。其法律意义实际上已经超出了房东房客纠纷中"驱逐房客"这样的具体案由。

除了美国的司法经验外,笔者还研究了法国和加拿大等国的类似法规和司法案例。尽管这些西方发达国家存在着司法传统方面的差异，在具体处理方式上各有特点，但在基本原则方面是一致的，这就是：对不动产占有人采取强制驱逐，必须进入法律程序，无论是政府行政机构还是民事权利主体，都不得以任何强制方式行使此项行为。尽管西方国家早年在这个领域的确也曾有过野蛮的记录，但今天这些做法，无不昭示着人类的文明与进步。

在西方国家19世纪前后的法律法典中，法律明显地倾向于保护不动产所有人（如房东）的权利，并对承租一方设置严苛的条件，例如，对承租人而言，如果超期占有不动产超过期限（哪怕是超期1天），也要在法律上承担支付不动产所有人整个期间的租金。在英美的普通法里，法律给了土地所有人过多的权利，而对承租人对抗土地所有人方面则保留了极为有限的空间。包括马克思在内的社会主义思想家们，都曾对此提出过深刻的批判。

值得注意的是，人类进入20世纪后，情况开始发生改变。欧美国家在最近几十年的立法和司法实践中，开始注意保护社会弱势群体的权益，比如在有些人口密集的大城市内，立法禁止房东任意提高房租和恶意驱赶房客。比如，在有租房管控（Rent Control）的城市里，房东必须有正当的理由才可以终止租约。有统计数字表明，在欧美发达国家里，那些“无家可归”的流浪汉中有不少人是被房东赶出房门后流落街头的。所以，这些国家的政府纷纷制定法规，在限制房东对房客实施“恶意驱赶”的同时，对这些“弱势房客群体”提供必要的社会救济，包括协助支付房租和设立免费庇护所等。

今天看来，需要反复提醒人们的是，马克思在《资本论》中所解剖的资本主义，不过是资本主义的初级阶段。资本主义也在不断发展、演变，以适应时代的要求。今天的资本主义社会已经是一种含有许多社会民主主义因素的社会，这个社会在高税收高福利、救济老人、儿童、失业者、贫困者的福利方面，甚至远远超过那些社会主义国家。

遗憾的是，在中国，不动产租赁活动尽管历史悠久，但是千百年来整个社会并没有发展出成型的和复杂多样的商业模式，国家也没有对应的法律协调和管理制度，历代统治者往往都视不动产租赁活动为私人琐事而听任民间习惯法支配。

如果我们的想象力稍微丰富一点儿，不难想象到，中国千百年里农民起义的缘由几乎也和这块土地上缺乏一个合理的“不动产强制程序”有关。很多研究案例证明，在“旧社会”，当农民欠缴地租或拒交地租的时候，地主通常会选择从农民手里收回土地以更换新的佃户，但农民往往拒绝交还土地。在缺乏成型的司法制度而且官府又袖手旁观的情况下，地主则往往建立私人武装（如团丁等）并私设公堂，可能由此引发地主和贫苦农民之间的大量暴力冲突。此类矛盾积累到一定程度，大量破产的农民便揭竿而起，起义或革命势必发生。

还有，中国今天聚集着的城乡各类矛盾焦点的“强制拆迁”，其中也充满了各种各样的“民间私刑”，难道不是也和这块土地上长期缺乏一个具体合理的“不动产强制程序”有关吗？最具讽刺意味的是，最早将“不动产强制法律程序”带来中国的，竟是1900年后占领了天津后力图恢复社会秩序的八国联军（《南方周末》曾有专文叙述此事）。

最后,想和诸位分享一下张艺谋的经典影片《活着》(根据余华同名小说改编,至今在大陆未获公映)里的两个有趣情节,与本文讨论的“不动产强制程序”有点关联,十分令人回味。

情节一:嗜赌如命的富贵(葛优扮演)在赌场里将自家仅剩的一座房产输给了本镇皮影戏班子老板龙二。依照“万恶的旧社会”说法,“赌债也是债”。所以,按照“老规矩”,在镇上长老们的监督下,双方按手印画押,房子过户给了龙二。我看到这个情节时,不禁想到,假如富贵不愿意搬出房子,龙二该怎么办呢?显然,那个年代是没有什么法院来管这码事的。除了找人来动手打闹,估计龙二不会有什么更好的办法。

情节二:富贵把房子输给龙二以后不久,共产党在国共内战中获胜并取得了政权。此刻戏剧性的情节出现了:在新政权划定的阶级成分里,龙二成了地主,富贵成了贫民。政府搞土改要没收龙二的房子,龙二拒绝交出房产搬家走人,并且一把火将房子烧成了灰烬。接着龙二被作为“反革命分子”判处死刑立即执行。枪毙龙二那天,富贵听见了枪响,吓得尿湿了裤子。急忙跑回家和太太家珍(巩俐扮演)说:“一共五枪,打得实实的,把龙二给毙了。当初如果我不把房子输给龙二,这五枪肯定就会打在我身上。”从法律上说,这也算是个“不动产强制执行”案件吧!不过,看到这个情节,学法律的人大概会失魂落魄的。在革命的年代,有谁会来听你讲“强制驱逐不动产占有人的法律程序”呢?

为什么不能直接报警救助乞讨儿童?

记得是20世纪90年代中期,我回国时经香港到深圳开会。在晚餐后回酒店的路上,我看到酒店门口不远处有一个看上去两岁左右的幼童和另一个十六七岁的残疾大男孩在乞讨,那个幼童不停地在地上爬行,满脸是泥土,头上脸上还有不少跌撞磕碰和蚊虫叮咬后留下的血痕,样子十分凄惨。但是过路的行人大多只是轻蔑地看上一眼,然后绕行而过。我回到酒店房间,那个可怜的幼童的样子在脑海里总是挥之不去。我自己也有个儿子,当时也和这个乞讨幼童年纪差不多大。我想,如果这件事情发生在美国,早就有1 000个电话打给警察局报警了。我实在无法入睡,披衣下楼,看到那个可怜幼童仍然在街道上爬来滚去,我在他身边的乞讨盒子里放进了100元人民币。我注意到,有几个过路行人向我露出了麻木不解的目光。

从那一天起到现在,十几年的时间过去了,中国好像真的举世瞩目地崛起了。但是,街头乞讨儿童——这个令中国人在世人面前无地自容的问题,不仅没有解决,反而日益严酷和恶化。不能不令人深思的是,当我们的社会越来越富裕越来越文明的时候,为什么救助乞讨儿童这样重要的事情竟可以这样长期被每天耸起的高楼大厦所遮蔽、被都市街道上川流不息的车流轰鸣声所湮没呢?

看来,我们需要设计出一个新的制度,以便从根本上解决问题。

如果人们走在大街上发现某处起火了,大家通常会马上打110报警。但是,当人们看到一个衣衫褴褛或者智障残疾的可怜幼童在街上乞讨,大家往往都熟视无睹、无动于衷。其实,在一个现代文明国家里,这两件事都是可以打电话报警的。

访问过欧美国家的人不难发现,无论在美国纽约曼哈顿的百老汇大街还是在法国巴黎的香榭丽舍大道上,从来不乏见到成人在乞讨,但唯独见不到任何未成年的儿童在乞讨。儿童乞讨,在一个现代社会里简直是不可思议的事情。西方发达国家早已形成一套完备的保护儿童的机制,如果某一个衣衫褴褛或者智障残疾的孩子在街头乞讨,一般人的第一反应是打911报警,警察会马上赶来把这个孩子连同大人带走。大人为此可能会被指控虐待儿童罪。美国有个半官方机构叫CPS(Child Protective Services),即儿童福利保护部,如果CPS认为父母有类似对儿童虐待的行为或被证明不能善意地照顾孩子的(比如有吸毒酗酒暴力恶习者),他们会进行强行干预,孩子会被送到一个社会机构暂时庇护;父母没有抚养能力,相应社会机构即可帮助抚养。

马克思和列宁都曾发现并预言,在资本主义国家也会保留某些社会主义的因素。但是,后来的历史发展让人们不幸地发现,事实上,在很多所谓资本主义国家里,社会主义的因素竟然会比那些自我标榜的“社会主义国家”还多得多。到底是什么原因呢?看来,不知道还要过多少年,我们才能从容地说出其中的谜底。

我国刑法尽管已经明确规定,以暴力胁迫乞讨,尤其是胁迫儿童乞讨是犯罪行为。但是,人们发现,目前全国上百万乞讨儿童中,被拐卖的数量并不多，被强迫行乞的比例也很有限。大部分仍属于由自己亲生父母带来沿街乞讨。对此，我国在立法和执法方面仍属空白。不难设想，如果不从立法和执法领域入手，这个困扰我们已久的问题就永远得不到根本解决。

有人说，这件事最终要从源头上解决问题，那就是要发展生产力、提高全民生活水平，然后建立起覆盖城乡的社会保障体系。这句话，无论在何时在何地说出，都是永远正确无误的。问题是，远水永远解不了近渴。千里之行，始于足下，我们必须立即采取实际的行动。

首先，全国人大有必要紧急立法。法律应该明确，不管是暴力还是非暴力，带儿童出来乞讨，都属于违法行为。公安机关在大街上发现一个就立即处理一个，重者适用《刑法》，轻者适用《治安管理处罚法》。即便是亲生父母带孩子乞讨的，也应该对这些父母采取强制措施。

其次，有必要紧急设立各级儿童救助服务机构。对认定是亲生父母带孩子乞讨的，先由该机构临时监护。然后设法由公安机关安排父母带孩子回家；如果父母有遗弃或虐待孩子的行为，则将孩子交由专门的社会福利机构抚养，避免孩子受到伤害。尽管将孩子与乞讨父母相隔离并不是个尽如人意的办法，但“两害相权取其轻”，为了儿童的身心健康，这显然是个不得已而为之的良策。

有人说，乞讨是一个人的自由，禁止未成年人乞讨，可能涉嫌侵害公民人身自由。这种说法让人想到 20 世纪 60 年代的大饥荒年代。那是个封闭的年代，饥饿的人们的确就连出门乞讨的权利都没有,要饭也不能离开自己的村庄。今天不同了,我们的国家改革开放了,和国际接轨了。我们的法律从来不禁止成年人上街乞讨。但是对少年儿童,国家法律一定要严格保护。因为他们是稚嫩的弱者,因为他们没有完全的行为能力,因为他们是国家的未来。

有人说,这个事儿我们要好好研究一下,我们要下工夫寻找到一条具有中国特色社会主义的办法来解决这个问题。我百思不得其解,在这件事情里,到底有多少中国特色和国情需要考虑?难道中国的儿童和其他国家的儿童有什么本质上的不同吗?等你们研究出所谓有“有中国特色”的解决方案,天底下不知又有多少乞讨儿童的悲剧发生了。

还有人说,你说得很轻松,救助乞讨儿童这笔钱从哪里来呢?问题问得很好。今天,中国已成为世界第二大经济体,2010 年财政收入超过 8 万亿元。中国各级政府掌握着巨大的财力和资源。世界上有些事情,其实并不像有些人想象得那么千难万难,关键是你愿不愿意真正去行动。执政为民、以人为本,怕就怕只停留在口头上。环顾世界,其实办法不是没有,办法是现成的,就看你愿不愿意采用。救助乞讨儿童能花费多少钱呢?难道还能比名牌公车、奢侈庆典、豪华宴会、大型会议和出国旅行更昂贵吗?更何况,不是还有来自民间慈善组织的帮助吗?

如果有人觉得这种说法还不够具体,我们在这里不妨换一种说法。如果以全国目前有一百万乞讨儿童为例,以中国现有的 700 个中等城市平均分摊计,每个城市需要救助的乞讨儿童还不到 1 500 名(即使暂时不考虑北京上海广州等大城市的特殊救助能力)。锦上添花的事情可以少做一件，雪中送炭的事情要赶快去做。我举双手赞成《新京报》评论员提出的建议：为了让乞讨儿童在中国大地上绝迹，需要倾全社会之力救助乞讨儿童。首先需要穷尽一切公权力的救助能力和救济渠道，要穷尽所有的制度资源。即使还有一千个理由告诉我们政府工作忙、项目多、钱不够用，但是一定会有一万个理由告诉我们说：大型庆典、宏大活动、豪华项目可以减少或取消，但是救助乞讨儿童势在必行、刻不容缓！

估计有些政府部门的领导们看到这些文字会感到尴尬和恼怒。记得 68 年前，毛泽东在延安为一位普通士兵举办的追悼会上，说过这样一段诚恳温馨的话："因为我们是为人民服务的，所以，我们如果有缺点，就不怕别人批评指出。不管是什么人，谁向我们指出都行。只要你说得对，我们就改正。你说的办法对人民有好处，我们就照你的办"（毛泽东：《为人民服务》，1944 年 9 月 8 日）。

如果明摆着能为人民做的事老是拖着不办，就显然辜负了那位执政党缔造者的期望。他老人家如果九泉有知，刚才那句名言可能就要反着说了：因为我们不是为人民服务的，所以，我们如果有缺点，就怕别人批评指出。不管是什么人，谁向我们指出都不行。只要你说得对，我们就不改正。你说的办法对人民有好处，我们就不照你的办。

于建嵘先生发起的"随手拍照解救乞讨儿童"行动，无疑是个极好的开端。但是等用手机拍照后再发到网络上，动作还是太慢了一点儿。我们期待在不太久的某一天，人们能以法律的名义，像要救火救灾一样，打电话直接报警！

引经据典的苦恼

在教条主义横行的年代，人们往往习惯于从革命领袖的经典著作里为自己的行动和决策寻找依据。这样做，不仅冠冕堂皇，而且还心安理得。这大概是今天的年轻人所没有充分体验过的。

这里有两个比较极端的例子。

第一个例子与“文革”中被“四人帮”称为“老夫子”的陈伯达有关。最近在阅读一位“文革”亲历者的回忆录时看到，陈伯达在“文革”中虽然身居中央“文革”小组组长之高位，但却饱受江青等人的嘲弄和侮辱。他曾多次私下对人说，江青逼得他活不下去了，他准备自杀。为此，他还专门去查了马克思、列宁等人的经典著作。他发现，著名职业革命家拉法格自杀后，列宁还亲自参加了他的追悼会并写了纪念文章，这充分说明，共产主义者也是可以自杀的，自杀并不会失去晚节。不过，这位给毛泽东当了一辈子秘书的人，还没有来得及自杀，就因为在1970的庐山会议上上了林彪的“贼船”——搜集整理了一本“马克思恩格斯列宁斯大林论天才”的资料而被整肃和坐牢，晚年凄苦而终。颇有讽刺意味的是，当年那个“逼得他活不下去”的江青，倒是在判刑后的保外就医期间上吊自杀了。

第二个例子发生在改革开放后不久的80年代初。当时，政治气候稍稍回暖，中国沿海地区出现了个体经济雇工现象。有人说，这不是“资本主义复辟”了吗？还好，天无绝人之路，有人绞尽脑汁地翻阅马克思的《资本论》,最后终于从字里行间找到了一点儿似是而非的界定。依照马克思的意思,个体经济的雇工不能超过8人,超过这个数目就不是普通的个体经济,而是资本主义经济,其性质是资本家剥削。根据这个论断,1980年出台的中央75号文件,对个体经济的帮工和学徒数目进行了明确限定,不允许超过雇工8人的个体经济存在和发展。可见,中国私营经济的融冰,就从这点点滴滴开始,汇聚成今天的大海汪洋。

在我自己从事法学研究的经历中,也曾遭遇过"引经据典"的苦恼。20世纪80年代中期,我应邀参加了《中华人民共和国技术合同法》的起草工作。在这项立法实践中,首先就触及一个理论禁区——技术到底是不是商品?我们也试图从经典文献中探究依据,但最初的尝试并不乐观。

首先需要查阅的经典文献就是马克思的《资本论》。当年在中国人民大学法学院读民法研究生时,《资本论》是课程里的重中之重——两个学期、三卷原著、笔试加口试,同学们叫苦不迭。记得刑法专业的研究生们(他们不需修《资本论》课程)狡黠并幽默地称这门课为"人大新刑种",言外之意,谁要是不老实,就让谁去读《资本论》。记得第一学期,进考场笔试《资本论》第一卷的那天早晨,一位经济系的研究生在宿舍走廊里模仿马克思的语言大声喊叫着:"拿我们的皮去鞣吧!我们失去的只是锁链,赢得的是整个世界!"引来大家阵阵哄笑。(前一句话来自《资本论》第一卷,后一句话来自《共产党宣言》)

我们遗憾地发现,在马克思博大而恢宏的经济学经典著作中,并没有提出技术商品的范畴。

马克思在揭示商品的内在矛盾和货币的起源时曾指出:商品首先是一个对象,一个靠自己的属性来满足人的某种需要的物。所以,有些人以马克思这句话为根据,认为凡是商品都应当是有形的物质产品,而知识形态(或信息形态)的技术不是商品。

有趣的是,我们通过研究发现,马克思在自己的著作中其实并没有使商品的概念孤立,静止地停留在"物"的概念上,而是随着自己研究对象的变化,将商品的概念不断扩大到了"物"以外的范畴。

首先,马克思在研究剩余价值来源时,把劳动力这种无形的"体力和智力的总和"视为一定条件下的特殊商品。

其次,马克思在研究运输业时,又一次突破了商品是物的概念,指出,"运输业所出售的东西,就是场所的变动"。由此,物的"移位",也是一种商品。

最后,马克思还将"服务"视为一类特殊商品。他说:"……由于这种劳动的自己的物质规定性给自己的买者和消费者提供服务。对于提供这些服务的生产者来说,服务就是商品。服务有一定的使用价值(想象的或现实的)和一定的交换价值。"

更令人印象深刻的是,马克思还干脆说道:"说商品是劳动的化身,那仅仅是指商品的一个想象的即纯粹的社会的存在形式,这种存在形式和商品的物体实在性毫无关系。"

看到这里,估计每个人都会"犯晕"了。导师马克思说的商品到底是什么呢?是经典著作原文的问题还是中文翻译的问题?无论答案是什么,此刻,我们已经不小心触摸到了一个棘手的深层理论问题,这就是对马克思的剩余价值理论的疑问。

依照剩余价值理论,商品价值的产生是由不变价值、可变价值和剩余价值组成的。这里,马克思并没有把科学技术的因素和管理决策这类软性劳动所创造的价值的重要性考虑进去。依照马克思的本意,只有工人的劳动才能创造价值,剩余价值就是工人劳动所创造的价值除去资本家付给工人的报酬后的剩余部分。

问题的严重性在于,如果我们一旦默认或承认这种无形的脑力劳动的产品也可以成为商品,令人烦恼的问题便会接踵而至;如果科技人员的技术成果可以创造价值的话,资本家本人(包括其代理人)的管理活动是不是也属于一种技术呢?他们的劳动是否也可以创造价值呢?如果说,瓦特发明了蒸汽机可以创造价值,福特设计的“流水线工作法”是不是也可以创造价值呢?

一百多年前,当马克思听到蒸汽机的轰鸣时,深感到资本主义腐朽的生产关系已经容不下快速增长的生产力的发展,资本主义生产关系这个外壳要撑爆裂了,剥夺者就要被剥夺了。不过,马克思的预言并没有大面积地如期发生,或者可持续地发生。遗憾的是,马克思生前没有见到过飞机、电视,更没有见到过核能、电脑和互联网。马克思身后的一百多年来,这个世界出现了比蒸汽机更令人炫目的科学技术奇迹,被巨大生产力撑破的,并不是资本主义私有制生产关系的外壳,而是被马克思赞美和推崇的社会主义公有制生产关系外壳。

我们无意挑战和颠覆马克思的剩余价值学说。但是,问题毕竟已经浮出水面。这个问题无疑将交给当代最优秀的理论经济学家去回答,我们法律学者已经无能为力了。

当时,我们稍感轻松的是,马克思毕竟还阐述过科学技术是生产力的英明观点。歌德老人说过:“理论是灰色的,生命之树常青。”还是暂且把深奥的经典理论搁置一下,眼下,除了“摸着石头过河”,没有什么更好的办法。

小额速裁程序:从民工讨薪开始

有人专门测算过,如果依照现行的中国民事法律程序,如果一个民工试图追讨被拖欠的1 000元人民币薪酬,即便是相当保守的估计,大致也需要18个月的周期,每个案件的综合维权成本(包括个人开销、误工费以及调解、仲裁、诉讼、法律援助等政府成本)为1万元左右。

迟来的正义导致正义失效,得不偿失的裁决导致司法信用蒙羞。此种现状常常引发部分讨薪者采用自残、跳楼、跳桥、占领塔吊以及暴力要挟等非理性的私力救济方法,对债务人和政府施压。近年来的大量新闻报道表明,讨薪者尽管利用非理性的私力救济方式频频得手,但在其自身付出违法成本(坐牢或罚款)的同时,也对社会正常秩序造成致命的危害。

中国现行的劳动争议解决程序明显过于复杂和繁琐:至今一直在沿用着多年不变的"一调一裁二审制",即一个简单的劳动争议需要经过调解、行政处理、仲裁、法院一审、上诉二审等诸多程序,几乎比普通的民事诉讼更为复杂。其结果,导致司法正义对这个最需要法律保护的弱势群体遥不可及。

上述境况,显示着我们的社会在立法、司法和执法领域存在着严重的制度供给不足。随着时代的变迁,一个正常社会必须保持同步的法律制度创新。我们注意到,司法界正试图确立一种新型的民事诉讼程序类型——小额诉讼程序，目的在于通过简化程序、快速审理等机制来解决当事人之间的纠纷。据有关部门的统计，我国农民工的数量约为1.2亿人，大量劳动争议的标的都在1万元以内。《民事诉讼法》的这一修法亮点，无疑给多年来积重难返的劳动争议案件处理带来了福音。

小额诉讼制度发源于欧美发达国家。最近几十年里，尽管各国学术界对小额诉讼的范式和效率一直存在争论，然而，一个不争的事实是，小额诉讼的模式正在被越来越多的国家和地区（包括香港、台湾等地）所借鉴和采用。“繁简分流、节省司法资源，提高审判效率”的趋势，已经成为进入经济全球化的世界各国和地区难以拒绝的法治路径。

据我本人对美国小额诉讼的多年实际观察和研究，尽管美国各州立法略有差异，但总体上小额诉讼程序都具有如下共同特点：程序设计及实际运作追求简易、迅速、低廉和非职业技术性；一般排除律师参与；简化起诉（多数采用表格式诉状）和送达方式；多数州的小额法庭可以在周末或者夜间开庭审理案件；审理前法官积极规劝并促成当事人和解；诉讼费低廉或对低收入者免除费用；对上诉加以限制（如只准复议，或只准许被告上诉等）；诉讼标的额一般在1 000至5 000美元之内。另外，在一定期间内对原告利用小额诉讼程序提起诉讼的次数进行限制，防止出现“恶意诉讼”现象，等等。

在美国，小额诉讼程序审理的案件大多在立案后1个月左右开庭审理。开庭审理一次为限，大多数案件审理不超过半个小时；有不少案件可以当庭作出判决；从起诉到作出判决平均不超过60天，几乎只是普通程序平均审理期限的1/10。

在中国现有的民事诉讼程序中,尽管一直存在“简易程序”的程序规定。但是实践表明,简易程序既不“简易”,更不及时、迅速和低廉,在实际运行中,简易程序依旧无法解决目前司法领域中日益增长的累讼矛盾和刚性需求。小额诉讼程序的设立已经迫在眉睫、势在必行。

实施小额诉讼程序,目前国内争论最多的就是对所谓“一审终审制”的理解。其实就世界范围而言,至今也没有一个国家对小额程序实行绝对化的一审终审。通常,为了避免由于偏重诉讼效率而丧失公平,各国大都会以不同方式为当事人提供一个救济渠道。比如日本的做法是,一审终审后不可以上诉,但允许当事人申请复议,由同一法院组成合议庭进行再审理。

此外,在目前中国法院法官道德素养普遍不被信任的背景下,由于小额诉讼的“低廉、及时、迅速”的特点,也许可以出乎意料地成为减少司法腐败大面积发生的一记良策,由此积累法官们在民众和当事人心目中的信誉。

我想推荐刘俐俐同学去读法学院

春节前,一段来自天津卫视职场节目《非你莫属》的视频——“80后海归女孩刘俐俐PK主持人张绍刚”在网络爆红。在这段视频中,这个打算找一份“咬文嚼字工作”的刘俐俐,与主持人张绍刚以及现场老板团进行了一番唇枪舌剑的较量,女孩在反抗和挣扎中显示出沉着、机智、敏锐和不失礼节。掌握权力的裁决者们最后能做的,就是行使全体灭灯否决权,把这个小姑娘驱逐出场。随后这段视频引发网络热议。据说,最近,每天都有十几万刘俐俐的支持者在忙着围攻张绍刚的微博,一浪接一浪,此起彼伏,声势壮观,连过年过节,这些人都没打算闲着。

我是看了凤凰卫视的“锵锵三人行”节目后,才知道有这个名叫《非你莫属》节目的。我在网上反复看了两遍这段视频,并记录下其中关键的细节。最后的感觉是,如果说它刚开场还像是个求职节目的话,但看着看着感觉它有点像一个“原告和被告之间”唇枪舌剑、斗智斗勇的“法庭辩论”节目了。如果法学院里开设有关法庭对峙技巧的课程,这倒不失为一个可供学生讨论的教学案例。

如果我们把那些坐在那一排“龙椅”上的老板们比作“法官”,张绍刚比作公诉人(或原告),刘俐俐就如同一个被告(或被告代理人)。

最初的冲突隐患是由于刘俐俐所提及的主持人和老板们都听

不懂的“莎士比亚英雄体”埋下的。在接下来的交流中，刘俐俐很聪明，脑子的确“转得快”，她在极短的时间内明白了，她可能无意中冒犯了这个名叫张绍刚的主持人。对话中，她曾礼貌并小心翼翼地问道：“我让你生气了吗？”她想给张台阶下，但为时已晚，张绍刚的确已经“生气了”。剩下的时间里，几个精彩回合，小姑娘连连得分，她开始像刺猬一样保护自己——“我可以不要你赐予我的工作，但我需要得到平等和自尊”。

第一个回合：

刘：“我在新西兰待了3年，发现中国变化好大……”

张：“等下！为什么我在和你沟通的时候，浑身一阵一阵犯冷呢？”

刘：“我让你生气了吗？”

张：“这是我们自己的国家，我们待在自己的国家里还要用大写来称呼吗？”

刘：“那请问，您与别人说话的时候，都说我的祖国吗？祖国也是大写啊。”

张：“我说我们这儿！”

刘：“我觉得这里需要很书面的语言，所以我都说敬语，我跟您说话的时候我跟您称‘您’。”

（张略显目瞪口呆状。）

对这段对话，我左思右想，实在没有发现刘俐俐错在哪里。说“中国变化好大”到底有什么错呢？难道“中国天津电视台”非要称为“我们这儿天津电视台”，“中国人民大学”一定要称为“我们这儿人民大学”才对吗？难道需要这个24岁的年轻海归对着观众们假惺惺地说：“我在新西兰读书的时候，每当我想起自己的祖国，泪水就止不住地流”，才能让人们觉得“浑身一阵一阵犯热”吗？

刘俐俐同学在此不仅辩论切题、据理力争，而且提升了立论的层次，做到了立论有据，辩之有理。

两年前，在凤凰卫视“一虎一席谈”的一场电视辩论会上，一位以“爱国海归”身份闪亮登场的中老年女性嘉宾像朗读话剧台词一样告诉观众：“当我1991年去移民局，我发现我要摸着我的胸口对加拿大人宣誓，我永远忠实于加拿大的时候，我觉得我应当永远忠实于我的祖国，因为我是中国人。”这句足以让人们“浑身一阵一阵犯热”的爱国豪言壮语，当场赢得了众人的满堂掌声。但是，事后人们冷静下来稍微想一想，就很快会发现，她这句豪言壮语中，包含着令人啼笑皆非的谎言和浅薄。实际情况是，移民通常是一个人或一个家庭的自主选择，通常符合移民条件的外国人自己提出申请，然后外国政府的移民部门审核后发出批准文件。当她“发现要摸着胸口”开始宣誓的时候，后悔其实已经来不及了，——所有的法律文件和手续已经准备完毕，移民入籍已经是“一只煮熟的鸭子”。此时，她如何可以出尔反尔——撕毁所有自己已经签字并递交的移民法律申请文件呢？

其实，这个有关称呼“中国”还是“我们这儿”的问题，在二十几年前就预演过一次。在20世纪80年代的一次春节晚会上，出国留学的电影演员陈冲回国探亲，被大家请上台来讲几句话，结果一不留神，在“中国”前面忘了加上“咱们”二字，引发轩然大波，导致举国的男女老少万众一心的声讨，吓得陈冲后来好几年都不敢回国。时过境迁，物是人非，如今中国的百姓们对这个问题宽容多了。我发现，在网上发表评论的网民们，几乎95%以上的人都认为，这个“中国”问题纯粹是张绍刚对刘俐俐的无理刁难。

第二个回合：

张：“接着说你的经历，从新西兰回来之后，为什么选择自考？”

刘：“因为高考很难啊，数学根本不会啊！”

张：“自考为什么又去考一个英语专业？因为你的英语已经很好了。”

刘：“那为什么我们要学语文呢？”

（张略显目瞪口呆状。）

刘俐俐显然听懂了张绍刚的质疑，而且回答得太妙了！她敏捷地按照张的思维逻辑作出推理：如果英语好就不用考英语了，中国人的中文那么好，大家为什么要学语文呢？这个问题还可以延伸下去，钱锺书文学这么好，为什么还要去学文学呢？李开复的电脑那么好，为什么还要学电脑呢？

刘俐俐在这里无意中使用了法庭辩论技巧中的“设问否定法”，即并不直接回答对方提出的问题，而是引申出同类逻辑思维的问题反问对方，只要对方回答了你的问题，他提出的问题就自然露出破绽，等到对方自觉难以自圆其说时，后悔已晚。这种使对方陷于被动、自打嘴巴、自受其辱的战术,不失为一种极有效的辩论手段,常常能出其不意而辩胜。

第三个回合:

老板陈某:“你能告诉我你的家庭情况吗?”

刘:“可以呀!父母健在呀!”

张:(不满地)“他只是问问你父母的情况,没问你别的。”

刘:“你不觉得这是一种幽默吗?”

(张再显目瞪口呆状。)

老板陈某大概感觉有点儿“hold 不住”刘俐俐。人们不难从他的问话中嗅出一句不太厚道的潜台词:有什么样家庭就有什么样的子女。刘俐俐显然迅速捕捉到了这句问话背后的内涵,她机敏地说了句“父母健在啊”,其技巧如同法庭辩论中的避实就虚、金蝉脱壳(据悉,老板陈某已经在网络上就自己的“很愚蠢的提问”向刘道歉)。同时,她试图用这句幽默的话语来化解已经被主持人搞得尴尬紧张的气氛。遗憾的是,此时的张绍刚已经丧失了所有的耐心和幽默感,他再次气急败坏地将如此绝妙的“幽默”视为“攻击”,从而错失稳控局面的良机。

对这个提问,自己有些个人经验可以与朋友们分享。我自己在参与企业管理的过程中,也曾经面试过一些前来应聘的年轻人。从心理学的角度看,作为管理者,的确非常想知道每个应聘者的家庭背景。通常,为了表示对求职者的尊重,我们在“能告诉我们,你的父母是做什么工作的吗”或“能告诉我们,你的先生(或妻子)是做什么工作的吗"这类问题后面,我们通常都会加上一句:"这个问题你可以回答,也可以不回答。"因为,这个问题对很多"我爸是李刚"的人来说,常常喜闻乐见;但对那些家庭背景尴尬(比如家境贫苦、单亲家庭等)的人而言,则多少有些难以启齿。后来,我们为了尊重应聘者,决定在面试询问列表里勾去这个有可能伤及应聘者个人自尊的问题。

第四个回合:

张:"你的优势是什么?"

刘:"文笔还不错,脑子转得快。"

张:"怎么证明脑子转得快?"

刘:"刚才脑子转得就很快啊!"

张(恼羞成怒):"我很少对一个求职者彻底失去兴趣……"

一女老板:"你的站姿不好,看上去很累。另外,你现在这个性格一定和你在海外留学时融不进当地社会有关。"

刘:"我从小的时候,我的祖父母就教我这么站着!这个站法我一点都不累!另外,我在海外留学时很快就融入了当地的社会。"

在这里,刘俐俐面对这位中年女老板毫无直接证据的猜测,采用了正面陈述法,直截了当地告诉质问者,你说得不对,真实情况只有我作为当事人才知道。反驳得鲜明和有力。根据我个人的观察,通常,出国留学的同学里,年龄越小,融入当地社会的可能性越大。从刘俐俐在回答这个问题时的神态看,她对此十分自信。我多少有点儿怀疑,这位女老板是不是在依据自己个人的经验来评断眼前这个看上去不那么驯服的小姑娘。

> 第五个回合:
>
> 在对话中,刘俐俐也主动出击了一次。当她发现一位男性老板不礼貌地打断一位女性老板的问话时,表情非常认真地说:“不好意思,我想插句话,女士在说话时还没有说完您就插话,这样很不礼貌。”男性老板倒是态度很好:“对,这是我的错。”可见,在辩论过程中,除了在实体证据方面据理力争外,利用对方在程序方面的瑕疵来占领制高点,也可以使对方陷入被动。

有人说,这是个娱乐节目,大家何必这么认真?可是,不知道究竟为什么,当最后一盏灯熄灭时,千千万万个普通人内心的另一盏灯却被意外点亮了。看来,一个小小的舞台浓缩了一个社会,也折射出了当今中国的最深刻的问题,那就是:高高在上和不受控制的权力傲慢对社会公正、个人尊严造成的伤害和威胁。

刘俐俐离开后百思不得其解:“这到底是怎么回事儿啊?”我打算告诉刘俐俐同学的答案是:那些“法官们”其实也是身不由己,他们的身份并不独立和超脱,他们的任命和提拔都受制于这台节目的“主人”。当他们发现“主人”恼怒后,要么选择“集体失语”(比如“不予置评”或“放弃”等),要么就为了讨好“主人”而顺手痛殴“被告”。

张绍刚在刘俐俐走后也感到心情郁闷,他甚至觉得与其让人痛打一顿,也比和刘俐俐斗智斗勇来得爽些！我给他的答案是:张主持人从一开始就扮演了一个“公诉人”的角色——一方面试图将自己“侦办”的结论展示给“法官们”,另一方面希望“被告”接受“坦白从宽抗拒从严”的宿命,由此达到左右“裁判”的目的。然而,出乎意料的是,这个在你眼里属于“弱势群体”的“被告”,不仅懂得比你多,而且还反应比你快,你当众恼羞成怒了,心里能不郁闷吗？至今,还没听说过“被告”在法庭上痛打“公诉人”这码事儿,倒是报端常常有“公诉人和法官”联手将“辩护律师”逐出法庭的新闻。

我觉得,刘俐俐这个女孩去其他商业职场工作未必是盏“省油的灯”,但她好像是个当律师的材料。如果她有兴趣,我想推荐她去读一所法学院。从某种意义上说,法律专业其实就是个“咬文嚼字”的工作。如果她愿意,将来毕业后最好能去做一名诉讼律师。

最后,顺便告诉刘俐俐同学一句,你所来自的那个湖北省,不仅出“九头鸟”,在中国法律界(对了,应该说在“我们这儿法律界”)的确出了不少湖北籍的精兵强将！

认识现代城市,从下水道开始

早年出国留学的人在国内学英文时,大都不知道欧美餐厅里常用的吸管(straw)一词的说法。国内简陋的英文教材里只有一个叫"pipe"的单词,但pipe一词在英文里,通常指的是下水道或输油管之类的大管子(有时也可以理解为男人用的烟斗)。有的留学生到了欧美国家后,在餐厅里问侍者要一根吸管时说道:"Could you please give me a piece of pipe(能给我一根大管子吗)?"让侍者们听上去整个儿一头雾水。在餐厅里喝饮料时用的吸管(straw),它可比钢铸或水泥材质的下水道pipe要细小多了。

然而,对下水道一词的正确表述,我们更是孤陋寡闻。很多年前,当我在美国第一次收到来自市政厅寄来的水费账单时,对上面的"Sewer Service Fee(下水道服务费)"一词十分茫然,唯恐政府管理部门收费有误,还特意打电话给市政厅的水费管理部门询问。在国内时,已经习惯了街道办事处老太太们挨门挨户地收取十分低廉的水费,还从来没听说要交"下水道服务费"这回事儿。直到今天,在中国的很多城市里,水费和排水费也一直没有被明确分开。

至少在大半个世纪以前,中国基本上属于一个农耕文明的社会。无论住在平原的村庄里,还是住在山区的窑洞里,排水排污都不足以引起人们的重视。即便在人口有限的若干城市里,历史上大多采用明渠和暗沟相结合的排水系统。

如果从排污、厕所以及城镇供水排水这些视角来观察,中国其实算不上是一个"文明古国"。一种不能解决排污排水问题的文明,必然是一种残缺不全的文明。中国人拥有在舌尖上独步全球的饮食文化,但在很长时间里,并没有下足够的工夫去解决"吃了之后怎么办"的问题。

在北京,以"天子"自居的皇帝,居住在号称拥有九千九百九十九间半房间的紫禁城里,大殿、寝室、书房、御花园、博物馆等样样齐备,就是没有一间拥有现代化排污系统的厕所。包括皇帝的"太液"在内的宫中各色人等的排泄物,均装于木制马桶之中,并集中于专门的粪车上,迅速运出宫廷。紫禁城内修建了众多明暗排水沟,构成了良好的防洪排涝系统。不管下多大雨,纵横交错的地面、地下排水沟把雨水导入内金水河,然后注入护城河。紫禁城中虽然没有一个厕所,但仍然能够保持足够的清洁。不过,这类"文明"只限于宫廷之内,只限于由皇帝和他的妻妾、太监们享用。宫廷之外,哪怕是洪水泛滥或臭气熏天,则与皇帝(们)无关。直到今天,还有人对"故宫的排水系统的优越性"津津乐道,由此博得稍欠深思的围观者们廉价的喝彩。

据考证,"下水道"一词是从日语里传来的舶来词。"下水"二字表明在功能上它是用来收集和排放城市生活污水、工业污水、大气降水和其他弃水的;而"道"字,则象征着"地下廊道式"的城市排水设施。这样的排水廊道往往深埋在地面几十米以下,有着巨大的物理空间。例如巴黎和东京的下水道都是在地面50~60米以下,宽逾5米;宏大之处不亚于一座地下城郭。而我国城市中普遍采用的是

“地下管网式”排水设施,在较浅的地下埋藏着口径多在一米左右的排水管。严格地说,只能称之为“排水管”,而实在是称不上是“下水道”。

20 世纪 50 年代初,中国建设城市排水系统方面,主要的经验来自当时的“苏联老大哥”。北京、广州、天津、武汉等一批新兴工业城市,在苏联专家指导下建设起了现代化排水工程,苏联的“地下管网式”排水设施被全盘复制到了中国。

一位研究 1949 年后中国高等教育发展史的朋友告诉我,50 年代初当北京海淀区一带的地下排水管铺设完成后,恰好迎合了学院路地区高等学校的基本建设热潮。但唯独中国人民大学对此无动于衷,这所办学历史最早可以追溯到“陕北公学”的“新中国第一所大学”,为了发扬“艰苦奋斗、勤俭节约的延安作风”,执意坚持在校园里翻盖大量的平房。据说当时的著名建筑学家梁思成教授指责说,在已经铺设了“这么好的排水管道”的地面上盖平房,这并不是勤俭节约,这是在挥霍浪费。看来,那些刚刚从延安窑洞搬进大城市的人们,对什么是城市、什么是“城市的用水和排水”,实在是所知甚少。由于缺乏对城市“不动产以及相关设施”的理解和重视,中国人民大学这所拥有优秀师资和生源的著名大学,如今尴尬地成为北京城内狭小和拥挤的大学校园之一。

不过,即便是被梁思成先生称之为“这么好”的排水管道,在设计上其实是极为保守的,小口径的排水管承载能力极其有限,很难应对大流量的来水。与位于高寒地带、大部分地区降水较少(莫斯科的年平均降水量为 582 毫米,列宁格勒为 585 毫米)的苏联不同,中国秦岭淮河以南的广大地区年降水量都在800毫米以上,广州更是高达1600毫米。记得20世纪80年代初,我和几个同学乘江轮经长江三峡抵达武汉,上岸后遇到一场暴雨,真正体验了“夏季到武汉去看海”的场面,在这个中国中部最发达的城市的各条主干道上,看到了一片汪洋的景象。

不能不看到,中国的城市排水系统建设还一直存在着“重污水,轻雨水”的严重问题。因为大部分城市没有专门的雨水管道,雨水管和污水管是混合在一起的。在人才培养和科研方面,城市排水也一直偏重于污水处理技术的研究。从这一个角度看,中国大部分地区的排水设施还只属于“污水管”,与“下水道”一词的含义相去甚远。

一座城市的排水系统,与所有市民的生活质量休戚相关。近年来,每临暴雨袭击,北京、武汉、广州等大都市都因排水不畅而成为一片泽国。这样的硬件短板,显然与现代城市的属性相背离。

一百多年前,维克多·雨果在《悲惨世界》中写下的“下水道是城市的良心”一语,已经被国内众多媒体引用。从小说故事情节看,雨果这句话的本意很可能指的是巴黎下水道对无辜囚犯逃逸的救赎。但是,如今这句话已经不容置疑地被越来越多的中国人用来谴责城市管理者们的不作为。

据悉,目前中国正在兴建的摩天大楼总数超过200座,几乎相当于美国所有的摩天大楼数字的总和。古人云,水满则溢。无论是污水还是雨水,缺乏适当的排泄,水就自然会泛滥成灾。这是就连普通小学生都能明白的道理,难道那些城市的管理者们和建设者们真的不知道吗？然而，在一片片高楼大厦崛起之时，面对管理的失序、资本的贪婪以及浮躁的氛围，许多人都选择了沉默。唯有在一次次的从天而降的瓢泼大雨中，让人们反复去品尝大自然无情回报的苦果。

最新上映的好莱坞大片《蜘蛛侠4》中，最精彩的打斗场面是在纽约市的下水道里拍摄的，宽敞绵延的地下空间，让人看上去像是座地下迷宫。这样的拍摄场景在中国是找不到的。不过，另外一部好莱坞科幻影片倒是融入了不少中国元素：当这个世界因为地震和海啸变成了一片泽国的时刻，世界各国的政要和显贵们纷纷赶往中国，去搭乘唯一可以求生的“诺亚方舟”。这部电影的名字叫《2012》。

从北京三环路旁那块“最牛农田”谈起

前不久,有人惊奇地发现,在寸土寸金的北京北三环联想桥南旁边,居然还存留着一块中国农业科学研究院的试验田。每年当地里的麦子熟了的时候,金黄色的麦田和周围的鳞次栉比的高楼以及车流穿梭的街道形成有趣的对比。由此,它被网友们戏谑称为“史上最牛农田”。

其实,在工业革命后期的欧美国家,这类奇怪的图景也曾出现过。然而,当一个国际城市规划领域和房地产法律规范中的术语——Zoning(土地分区规划或土地分区制度)作为法律常识确立之后,这类奇怪的现象便彻底消失了。

用英美法的概念来说,Zoning 是指政府(通常是市或者郡政府,City or County)根据具有强制性的警察权(Police Power)对土地使用所划分的公众限制。其主要的作用在于将土地分区规划,以合理地使用土地,有效地控制和引导城市的发展。最简单的说法是,它以土地的不同用途来规划,如农业地只能限于用做农业耕地,住宅用地不可以用于商业设施的开发,公共商业用地不得滥用等强制性法律规范,例如在美国加利福尼亚州,通过 Zoning 规范将土地区分为:R—住宅用地(Residential);C—商业用地(Commercial);M—工业用地(Manufacturing);A—农业用地(Agriculture);P—停车用地(Parking)。

Zoning 显然是个来自西方的概念。它最初在欧洲大陆产生,在20 世纪传入美国后,开始成为国际城市规划领域的一个流行的法律概念。在西方,包括 Zoning 在内的城市规划之所以成为高度法律化的活动,不仅仅因为规划本身通过一定的程序被社区采纳后便具有明确的法律效力,而且是因为众多涉及城市规划规则的最终确认竟来自法院的裁决。值得注意的是,尽管土地分区的规则自 20 世纪20 年代已经明确建立起来,但是由于法院判例的发展,相关的规则约束条件仍然在不断调整和修改之中。Zoning 规范的确立是 20 世纪的欧美财产法中最重要的事件之一。

19 世纪的美国,类似芝加哥、洛杉矶和西雅图这样的大城市还没有成形。进入 20 世纪后,大规模的城市开发活动开始像雨后春笋一样在北美大陆蔓延。但是,由于缺乏规划,当时的城市的外观是杂乱无章和丑陋不堪的。当时的美国人自嘲地说,他们的城市像是"在华丽的客厅里养猪"(The pig in the parlor)。

19 世纪末,开发城市的先驱者们很快地发现,如果不对城市加以科学规划,其后果是灾难性的。只有通过政府具有强制力保证的法律手段,才能制止财产私有者对自己的私有财产权的滥用。1893年在芝加哥召开的世界博览会上,人们第一次提出了美化城市的概念。纽约首先制定了 Zoning 规范。曼哈顿第五大道上那些高贵的服装店的老板们,在欣喜若狂地看着那些纺织厂陆续迁往这个城市的北部地区时,他们又被那些遮天蔽日的摩天大楼的崛起而懊丧不已。仿效纽约的做法, Zoning 规范开始在美国迅速实施开来。

在亚洲,城市的发展大约比西方推迟了半个多世纪。1964 年 11

月的一天早晨,时任新加坡自治邦总理的李光耀先生在他的政府办公室里向窗外眺望,当他的视线扫过碧绿的广场绿地时,他惊异地看到几头牛正在悠哉游哉地吃草。几天后,他得到报告说,一名律师驾车经过市区边缘的公路时,因为撞到一头牛而不幸身亡。李光耀立即召集有关部门开会,拟定了解决这个长期困扰城市居民生活的问题。其手段就是以政府的强制力颁布法律,将城市的生活娱乐区域将农牧业区域严格限定,违反者将受到法律的严厉制裁。当你今天看到新加坡这个终年清洁翠绿的热带花园城市时,你无论如何也难以想象上面的那幅图景。

研究结果表明,美国的法官们,包括来自华盛顿的美国最高法院的法官们,尽管他们毫不怀疑私有财产的神圣性,但当他们面对可能给自己居住的城市带来秩序和文明的 Zoning 规范,也纷纷持赞成和同情的态度。1926 年,发生在美国克利夫兰市郊区的一个 Zoning 诉讼案件(Village of Euclid v. Ambler)一直争执到美国联邦最高法院才见分晓。被告试图在一个独家别墅住宅区域内建筑高层公寓,被地方政府告上法庭。最高法院的法官指出,将居民区、商业区和工业区加以明确隔离无疑是个绝妙的构想。作为具有商业意图的公寓楼宇,将使低密度的居民区域失去原有的舒适和安全,导致交通拥挤并使儿童失去游乐的空间。“将公寓楼宇寄生在别墅区域内, 如同一头猪跑出猪圈进了客厅,去错了地方。”实施 Zoning 规范,给一个城市带来影响是显而易见的:农业和工业设施被迫外移、居民的住所搬迁、土地价格的波动、土地市场的投机行为和被搬迁者对政府规划命令和相关经济补偿的司法挑战等。

坐落在北京三环路边的那片“农田”，显然是中国城市发展过程中的另类。不难想象，这块地倘若不是属于农科院的“试验田”，而是当地郊区农民的“集体所有制的土地”，恐怕早就被政府征用拆迁后卖给开发商盖满高楼了。无论如何，大家还应当感谢农科院的领导，他们这些年倒是没有想方设法、急功近利地把这块地卖掉变成成捆的钞票为职工们发福利。

Zoning（土地分区规划或土地分区制度）毕竟已经成为人类城市科学发展的共识。北京这块“最牛农田”未来的处境一定是尴尬的。在浓厚的城市阴霾和机动车尾气的覆盖中长出来的“农业产品”到底价值几何？十分值得怀疑。这块“最牛农田”未来被腾空的命运不会等得太久。只是，人们由衷地希望，这块地腾空后，仍然保留城市绿化用地的规划，千万不要再把它填满钢筋水泥和玻璃幕墙。

装房子、买家具，我只来居然之家？

“装房子、买家具，我只来居然之家！”

最近，在有些收视率较高的电视频道中，人们不难看到：年过半百的著名演员陈宝国、赵奎娥夫妇，身着新郎新娘般的服饰，迈着轻盈的步履，行走在一家国内知名的家居建材市场里。最后，这对著名的夫妻在镜头面前停下脚步，大声对观众们说出了上面这句充满溢美内涵的广告词。

不止一个朋友和我说起，每次看到这个广告，总感觉有些不对劲，好像什么地方出了问题。到底是什么问题，他们也一时说不清楚。据我观察，这些朋友中，没有一个是从事建材零售行业的，也没有迹象表明他们和“居然之家”之间有什么纠葛恩怨。从这些人朦胧的感觉里，我似乎再次体悟出自然法的魔力——或许在宇宙间的确存在着一种人类制订的协议、国家制定的法律之外的、存在于人的内心中的自然法，这种自然法昭示着宇宙和谐秩序以及正义合理的价值标准。

我从一个法律人的视角，告诉这些朋友，你们的感觉是对的，这则广告的确存在着不公正的因素。轻则属于用词严重不当，重则涉嫌在广告中使用了排他性的不正当竞争用语。

《中华人民共和国广告法》第 7 条第 2 款规定，广告不得使用国家级、最高级、最佳等绝对化用语。“装房子、买家具，我只来居然之家”一语中,问题出在“只来”两字,尽管话语中没有直接露骨地使用“最高级、最佳、最好”等字眼,但它释放出的信息昭然若揭:只来我家店,勿去他人家。独此一家,别无分店。即便是一个具有普通文化程度的人,也不难听出其中的弦外之音。公正的市场竞争应当是善性的竞争。“只来居然之家”之语境明显属于绝对化、排他化用语,故应适用前款法律规定。在欧美国家的反不正当竞争的案例中,也曾有过类似的涉诉案例。

丰田汽车公司曾有一句著名的广告词说:“车到山前必有路,有路必有丰田车”。不过,这句很精妙的广告用语在法律上并没有任何问题。它只是幽默地提醒消费者,购买丰田车的人很多,此车在全球的销量非常可观。举目所及,此言的确不虚,基本接近事实。

不过,当人们听到陈宝国夫妇大声嚷嚷着“我只来居然之家”的时候,估计没有多少人会真的相信,陈宝国夫妇自从“装房子买家具”以来,从来都是“只来居然之家”。不难想象,陈家自从拥有了不动产以来,大到空调冰箱写字台,小到地板油漆水龙头,恐怕不会都是从居然之家采购的。况且,“居然之家”成立于1999年,它的鼎盛期也只是最近这几年。一家企业固然可以借助明星、名人的推介而使自己一举成名,但应当切忌在广告中夸大失实和偏锋走火。

应当承认,居然之家在家居装修零售行业中,是家口碑不错的成功企业。假如真的有足够的证据证明,它在这个行业中是最好的和最佳的,即便多些赞美和夸奖之词,充其量也属于在叙述一种既定事实。遗憾的是,任何产品和服务的优劣其实都是相对的、比较而言的,同时还具有地域和时间阶段的局限。在广告中使用此类的绝对化语言,违背事物不断发展、变化的客观规律,客观上起到了抬高自己、贬低其他竞争对手的作用,不利于公平竞争,同时也是《广告法》所不允许的。如果此事发生在"律师满街走"的欧美国家,这样的广告词估计会招惹民事官司的。

美国有一家驰名世界的汽车轮胎公司,英文名叫"Goodyear",登陆中国后取名为"固特异"。我总是觉得这个译名起得很生硬和蹩脚。有一次,我在海南博鳌遇到了该公司驻亚太地区的一位市场主管。我向他建议,最好把这个译名改一下,改成"固大爷"(因为Goodyear一词的发音,很接近北京人说的"固大爷",地道的北京口语里常常把"大"字,发成"的"字音,比如,"现大洋"、"袁大头"等说法),这样一来,既发音相近又含义贴切,而且还容易被人们熟记。

这个美国人好奇地问我,"大爷"在中国话里意味着什么?我告诉他,"大爷"指的是一群人里的"老大",有最牛最好最棒的意思。听到这里,这位美国人开始皱起了眉头。他说:"这个译名好是好,恐怕在法律上会有些问题。估计中国的工商管理部门不会批准这个名称的。"他的话,真让我这个中国法律人觉得有点儿难为情。

有人会说,你们学法律的人天生有种职业病,就是喜欢在鸡蛋里挑骨头无事生非。写到这里,我自己也觉得,对这件事的过多指摘,是不是有些吹毛求疵和小题大做?不过,仔细想想,人类社会的生活规范从来都离不开对点滴细节的纠偏与追问。一个良序市场经济的原理,并没有多少深奥的秘密,其实都是些通俗易懂的常识。然而,这些常识却需要通过人们不断地讲、重复地讲、你讲、我讲、他也讲,才有望以后慢慢成为大多数人的共识。有位语言学专家的研究结果表明,据统计规律,只有当一个生词在七十多个场合被使用时,才可能被一个常人掌握。一个良序市场经济的原理何尝不需要如此呢?

相反,如果所有的人都对各种不公正、不规范的事情置若罔闻、听之任之,我们的社会就会真的像那首令人哭笑不得的民谣中所说的——“红灯,我们习惯了闯;座位,我们习惯了抢;说话,我们习惯了嚷;创造,我们习惯了仿;恶人,我们习惯了让;媒体,我们习惯了挡”。最后,无非是:法治不彰,大家都不爽!

过程与结果:区分民事法律行为的新标尺

医生没有把患者的疾病治愈,为什么病人仍然要支付医药费?高科技开发项目失败,为什么投资人仍然要支付开发方项目研发费用?律师没有替客户打赢官司,为什么客户仍然要支付律师费?证券经纪人不仅没有替股民创造收益反而让他们投资亏损,为什么股民仍然要支付服务费?外聘教练没有带领咱们的中国足球队"冲出亚洲、走向世界",为什么仍然要按照合同约定支付高额的教练费?听上去,这类问题像是"一加一等于二"那样不言自明。不过,作为法律研究者,还是要给公众一个"为什么一加一等于二"的说法。

在传统民法的法律行为分类中,通常将合同分为单方法律行为和双方法律行为、有偿法律行为和无偿法律行为、要式法律行为和不要式法律行为等类型。我一直以为,长期以来,有关民事法律行为(主要指契约法律行为)的分类理论中,忽略了一个十分重要的内容。这就是,没有将"过程与结果"确立为划分契约类别的重要标尺。

从传统意义上说,契约通常基于某种承诺而发生,契约法所规范的法律关系乃是包含一个或多个承诺的交易。承诺可以做什么,保证可以达到何种结果和目标,是人们订立契约的动因。这种承诺或保证,实际上是在以明示或暗示的方式在告诉另一方:你可以指望我,你可以信任我或者你可以依赖我。承诺方的目的,明显在借此承诺诱使另一方与其签订契约,而且这类契约往往是包含商业利益的有偿契约。

在大多数民事契约中,履行过程和结果之间通常不存在明显的冲突。比如,人们为了定制一件服装而签订的承揽加工合同,或为将货物从甲地运往乙地而签订的货物运输合同,等等,这类法律行为在履行的"过程"中,大多会有服装尺寸、面料的变化,或运输距离以及方法的差异,但不存在合同追求"结果"难以实现的风险。

然而,随着科技的发展,当代社会生活日趋纷繁复杂。人们发现,有很多法律行为的发生,往往只能对某种过程和手段予以承诺,但对结果和目的无法提供确定性的保证。这种现象是客观存在的,并非来自人们的主观臆想。因此,我主张,应当在民事法律行为分类中,增加一类新的分类:过程类法律行为与结果类法律行为。相应的,在合同分类理论中,不妨将合同分为"过程类契约"和"结果类契约"。笔者为这一问题专门请教过著名民法学者梁慧星先生,梁先生告诉我,在他的记忆里,曾注意到有些日本民法学者曾主张将契约分类为"手段类法律行为"和"目的类法律行为",这个说法与本文的议题在思路上大致相同。

在现实生活中,我发现,至少有以下N种合同,可以纳入这一思路。

1. 医疗服务合同。这是最典型的一类"过程类民事合同"。作为医院和医生,只能承诺依照现有的知识和经验为患者治病,但无法承诺一定可以把患者的病治好。即便患者的疾病经过医生的努力仍然医治无效,患者也必须支付必要的医疗费用。

小时候看样板戏《沙家浜》的时候,记得里面有一个地下党领导扮装成"常熟城里三代祖传世医"的"江湖郎中"——在"春来茶馆"里高调招揽生意:"不需病人开口,便知病家根源。说的对,吃我的药;说得不对,分文不取。"早年,这类"郎中"行走于大街小巷,来无影去无踪。今天如果人们听到一个医生说这类话语,大家会觉得这个人十有八九是个骗子。如今,这类吹嘘能"洞悉包治百病"的江湖骗子大致已经销声匿迹了。但是,在"侵权责任法"愈来愈发达的今天,那些以往坐在病人床前问寒问暖的旧式医师群体也开始随之消失了。为了避免愈演愈烈的医患纠纷,在医疗专业服务领域里,医生们除了向保险公司支付高额职业保险费以外,还要求患者们握着系在硬木板上的那只廉价的圆珠笔,在各类含有"知情并同意"(informed consent)的法律文件上不加犹豫地签上自己的名字。

2. 技术开发合同。技术开发合同的标的是新技术、新产品、新材料、新工艺,由于合同的标的并不是现有的技术成果,而是必须经过探索、试验、研究才能获得的成果。在相当多的场合,为了鼓励科技探索和创新,技术开发合同的委托人需要以自己承担风险的条件委托科技开发方展开工作。委托方不仅有义务向研究开发方提供约定的研究开发经费,还有义务依照合同约定承担由于研究开发风险造成的项目开发失败、投资落空的风险。这一点明显区别于一般的民事承揽加工合同。在普通民事承揽加工合同中,风险通常是由承揽人全部承担的。近年来,笔者曾特别收集了大量各级人民法院审理结案的技术开发合同纠纷案件,研究后惊讶地发现,其中没有一例技术开发合同的争议涉及风险承担的内容。显然,这和目前国内大量技术开发内容的创新程度不足、风险程度不高有直接的关系。

3. 律师诉讼服务合同。人们进行法律诉讼的目的,当然是要打赢官司。然而,官司的输赢,又是律师们无法掌控的事情。官司即便打输了,由于律师们在其中付出了心血和时间,作为委托人也应当按照约定支付律师费。无论是过去还是现在,都存在有"包打官司"的人,这类人群曾一度被社会舆论视为"讼棍"。至于有些律师采用"风险代理"的方式来招揽业务,显然已经超出了本文讨论的范围。

4. 技术咨询合同。技术咨询合同是指当事人一方为另一方就特定技术项目提供可行性论证、技术顾问、专题技术调查、分析评价报告所订立的合同。然而,当技术咨询合同的委托方采纳和实施顾问方做出的咨询报告和意见后,如果出现一些不良后果,这种风险应当由谁来承担呢?技术咨询本身也是一项复杂而具有探索性的工作,咨询报告是在力图寻求创新的基础上对大量客观现象进行分析或对多种技术方案进行比较而形成的。但是,由于种种原因,技术咨询的结果本身也会受到各种不确定因素的影响而带有风险性。因此,顾问方不可能保证为委托方提出的种种棘手的技术问题提供奇迹般的答案。

5. 投资理财服务合同。今天,股票和基金理财活动已经进入公民的私人生活。以股票投资理财服务合同为例,股票投资是有风险的,其风险来源于股票市场价格的巨大波动。股票的价值始终受到各种因素的影响,股票的价格处在不停的波动之中。投资股票的魅力和刺激也在于此。股价的大幅度波动可能给投资者带来巨大收益的同时,也有可能带来难以预料的亏损。我国的股票市场开放之初,曾发生过有些股民不懂得股市的游戏规则,股票亏损后纷纷状告证券公司以及地方政府的案例。这种现象的出现,与人们对委托理财合同的性质缺乏正确理解有关。

需要特别提及的是,在委托理财合同中,受托方与委托方之间设立的“保底条款”常常引发争议。委托理财实质上是一种投资委托管理或资产委托管理的行为。保底条款是一个生活俗语,并无明确的法律定义。根据我国《民法通则》中的委托代理制度和《合同法》中的委托合同制度的相关规定,被代理人、委托人对代理人、受托人的代理行为承担民事责任。除非代理人存在故意欺诈、恶意串通、明显不当代理或存在过错外,代理人不对自己的代理行为承担民事责任,不承担因不可归责于代理人的事由所造成的被代理人损失的责任。根据权责相当的原则,代理人不需对被代理人承担任何保底责任,而投资操作亏损是不可归责于代理人的事由,其后果不应当由代理人承担。所以,从委托代理制度本身的特征分析,司法实践中倾向性的做法是认定委托理财合同中保底条款无效。

《证券法》规定,证券公司不得以任何方式对客户证券买卖收益或赔偿证券买卖的损失作出承诺。这样的规定实际上是否定了从事全权委托投资和保底条款的法律效力。中国证监会曾经颁布《关于规范证券公司受托投资管理业务的通知》,也规定受托人可以管理受托投资但不得向委托人承诺收益或分担损失。显然,这是从信托模式上构建制度的,而根据《信托法》,任何形式的保底条款也是不允许的。可见,保底条款在法律理论和司法实践中难以获得认可和保护。当然,作为当事人投资逐利的合理反映,保底条款未必不是合同各方当事人约定的真实意思表示。只要当事人愿打愿挨、自愿履行且不损害他人利益,本属两厢情愿、无可厚非。然而,如果请求司法强力救济和法律保护,法院显然不会轻易认定保底条款的有效性。

6. 应试教育培训合同。目前,社会上有大量针对各类应试教育举办的培训项目,诸如高中生高考、各类专业执照培训,以及私人家庭教师等。如果培训机构和家庭教师适当履行了义务,被培训方即便最终没有考取预定的科目,仍然应当依照合同支付约定的培训费用。

7. 婚介服务合同。婚介是个特殊行业。作为“红娘”的婚介公司,通常可以承诺为会员们提供一个相互结识的平台(网络平台、直接介绍相亲或交谊舞会等),但通常对会员提供的信息资料的真实性(如“高帅富”、“未婚”、“高薪”、“有房有车”或“白富美”等)难以核实,对男女双方结识后能否形成恋爱关系乃至能否步入婚姻殿堂,完全无法预料和控制。近年来,曾经发生多起因为在交友网络平台上遭遇欺骗而引发的会员起诉婚介公司的案件。

婚介公司只提供“手段”,无法承诺“结果”。在欧美发达国家,并无专门法律法规要求婚恋交友网站对用户的信息承担实质审查义务,且基于言论自由原则,对用户信息也不做特别规定。不过,用户若在婚恋网站上发表涉及色情、暴力、种族歧视等内容,有可能引发相应的法律责任。网站通过用户注册前的协议、声明等尽到尽职通告等义务,用户签署协议、阅读声明的行为则应视作对其中内容知情并同意。

此外,诸如地质矿藏勘探合同、体育竞赛教练聘用合同等民事契约也具有类似的特征。

将过程与结果(或手段与目的)作为区分民事法律行为的新标尺,对于准确厘清不同性质的民事违约责任,不乏重要意义。过程和结果,或手段和目的,大致属于哲学的概念范畴。上述过程与结果、手段与目的之间的割裂现象,本质上来源于现实生活中各种终极目标的不确定性。因此,契约双方当事人在缔约时,不应当对法律行为直接指向的结果或目的抱以不合理的期待,任何超越了合理的现实条件而作出的契约承诺,有可能因为违背了基本的科学规则,而被视为无效法律行为。诸如轻信医生承诺“包治百病”、律师承诺“包打官司”、教师承诺“百考百中”、婚介公司承诺“保证一见钟情、白头偕老”之类。夸口者固然有欺诈的嫌疑,但轻信者对相关法律后果也难辞其咎。

可见,在判断上述各类契约的民事违约责任时,最重要的原则不是某种相关联的终极目标,而是义务方履行法律义务过程中的诚实信用原则和勤勉尽职原则。诚信原则要求民事主体应当以诚实和善意的心理状态从事民事活动,行使权利不侵害他人与社会的利益,履行义务信守承诺和法律规定。勤勉尽职原则是指义务方应当本着对客户高度负责的精神,遵循和熟悉行业的技术标准和行为规范,不应出现重大遗漏与失误。

咨询公司的风险法律责任

前不久,一家在北京从事项目咨询的公司遇到了不小的麻烦。该咨询公司曾为一家金融和房地产投资公司提供了一份投资项目的咨询报告,委托方采纳该报告,但后来该项目投资失败并遭遇经济损失。委托方十分恼怒,最近声称要起诉该咨询公司并要求赔偿经济损失。双方为此争执不休。

在汉语中,“咨询”含有询问、谋划、商量的含义,早在东汉时期许慎著的《说文解字》中已经有了“咨询”的记载。与之相对应的英文 Consulting 或 Consultation,也是磋商、会诊、评议的意思。古往今来,凡举大事者,必有同谋,凡成大事者,必有善谋。而在今天,谋断来源早已突破了宫闱帷幄,而带有社会性、专业性和多学科交叉合作的鲜明特色。

当技术咨询合同的委托方采纳和实施顾问方作出的符合合同约定的咨询报告和意见后,如果出现一些不良后果,这种风险责任应当由谁承担?对此,《中华人民共和国合同法》第 359 条第 3 款规定:“技术咨询合同的委托人按照受托人符合约定要求的咨询报告和意见作出决策所造成的损失,由委托人承担,但当事人另有约定的除外。”研究的结果表明,合同法的规定主要基于如下理由:

首先,这是由咨询报告所固有的可选择性所决定的。技术咨询是一项复杂而具有探索性的工作,它是以对大量客观现象进行分析或对多种技术方案进行比较并力图寻求创新途径为基础的。但是,由于种种原因,技术咨询的结果本身也会受各种不确定因素的影响而带有风险性。因此顾问方不可能保证为种种棘手的技术问题提供奇迹般的答案。这意味着技术咨询结果(报告或意见)所固有的不确定性和可选择性。联合国国际劳工局的专家们曾对此强调指出,咨询在本质上是项参谋性服务工作,这就是说,咨询顾问不是受聘的管理机构,代表处在困窘状态的管理人员作出微妙决定的,而是提出建议的人。他们的职责是要提出高质量、完善的建议,客户要承担采纳这种建议所产生的一切后果。

从民法原理上的分析,如果受委托人的活动是严格按照合同进行的,他就不应对能否得到预期的结果负责。因此,根据上述原理,咨询顾问在受委托对特定项目进行可行性论证时,应当以自己最大的责任心,充分利用自己所掌握的知识、技术、经验等条件,按合同规定完成咨询任务并保证所提出的可行性论证报告和意见达到合同规定的要求。作为委托方,则应向咨询顾问阐明进行可行性论证的具体问题和注意事项,提供必要的技术背景材料及有关技术资料和数据,并且应当按时接受咨询顾问的工作成果和支付约定的经费和报酬。

如果由于研究开发方的过错致使可行性论证不符合合同要求的,应视其具体情况,减免部分或全部经费和报酬。然而,如同律师在代理诉讼过程中不承担败诉风险一样,当委托方按照顾问方的咨询报告和意见作出决策并实施技术项目时,由此而发生的损失,顾问方不承担责任。除非合同另有其他的约定。

其次,这是由顾问方和委托方各自应尽的不同职责决定的。在咨询活动中,咨询顾问的任务在于“多谋”,即在民主自由的气氛中,经过独立思考,向委托方提出自己的各种真知灼见。而“善断”则是领导者、决策者(委托方)的职责。作为决策者,在几种不同的可能行动方案中选出一个最佳方案,我们称为决策。决策是一种判断,最终表现为当事人对行动方案的最终选择,即人们常说的“最后拍板”。其实,人们对行动方案的确定不能突然作出,要经过从提出问题,确定目标,到分析评价,最后选定方案等一系列活动环节。而“拍板”仅仅是决策全过程的一个环节而已。

经验表明,顾问方在合同中只是一个提出参谋性建议的人,而委托方则应善于对这一参谋性建议进行及时评价和分析并作出适当选择。委托方最终是否在其工作中采纳顾问方提供的咨询意见或建议,并不构成委托方是否应当支付咨询费用的必要条件。换言之,在顾问方按合同约定的要求提供咨询报告和意见的情况下,该咨询意见和报告尽管没有被委托方采用,顾问方应得的报酬亦不得因此而免除。

在咨询实践中,对顾问方提供的“参谋性”咨询成果进行评价的义务是由委托方承担的,顾问方不应该也不必要以自己承担一切风险和后果的方式将自己的主观见解强加于顾问方。如同顾问方在咨询过程中会受到许多条件和信息的限制一样,委托方选择技术咨询方案时也会受到许多方面因素的影响,在几种相近的技术方案面前,有时委托方并不一定能够选择出最佳的咨询建议。

由于委托方享有采纳或抛弃任何一种咨询建议的全部权利,因此从法律意义上说,应当对经过决策采用顾问方提供的咨询意见并实施技术项目所发生的损失承担一切责任。倘若委托方(决策者)一味地要求咨询顾问承担决策风险,势必强人所难,其结果必然会使咨询顾问丧失直言陈情的勇气和信心。

《中华人民共和国合同法》第 359 条第 3 款的规定最先出现在 1987 年颁布实施的《中华人民共和国技术合同法》相关规定中。当年在起草《中华人民共和国技术合同法》时,草案初稿里的写法是“技术咨询合同的委托人按照受托人符合约定要求的咨询报告和意见作出决策所造成的损失,由委托人承担,但当事人另有约定的除外”。笔者有幸参与了当年《中华人民共和国技术合同法》的起草过程。记得著名民法前辈学者王家福先生当时在起草小组会议上提出,应当在“咨询报告和意见”后面加上“作出决策”四个字。今天看来,这实在是画龙点睛之笔。

拒绝“法律套话”的江伟教授

2012 年 9 月，我刚从美国加州回到北京的第二天，一位法学界的好友告诉我，中国人民大学法学院的江伟教授因病于 2012 年 9 月 15 日在北京逝世，享年 82 岁。

江伟，1930 年出生于河南开封的一个开明爱国知识分子家庭。早年曾投笔从戎。1952 年进入中国人民大学法律系读书，毕业后留校任教。在各种“政治运动”风起云涌的年代，从 1956 年到 1972 年，江伟在人民大学仅为法律系本科生授课 16 个课时。1978 年，人民大学法律系恢复重建，江伟回到母校，担起民诉法学科的教学重任。江伟是我国当代著名的法学家和法学教育家，新中国民事诉讼法学的重要奠基人之一，是中国人民大学法学院民事诉讼法学科的奠基人。

6 年前，在 2006 年庆祝江伟从教 50 周年暨民诉法学术研讨会上，他曾对年轻的一代学人发表感言说：“人生是很短暂的，你们现在所处的是最好的时代，要懂得珍惜。像我，名为从教 50 年，实际上从教只有 28 年，也就是从 1978 年算起吧。我这个助教当了 22 年。希望这种现象永远不再出现，工作的权利不再无端地被剥夺。”

20 世纪 80 年代在人大法学院读研究生时，导师佟柔先生特意安排江伟教授给我们几位民法研究生开民事诉讼法课。今天回忆起来，当年与其说是听江伟老师讲课，倒不如说是在听他和我们轻松地聊天。当时的江伟教授50多岁,看上去年富力强、慈眉善目、平易近人、坦诚直率。当时,江伟教授正在参加《民事诉讼法》的起草工作。他知道,照本宣科地给研究生们讲那些书本上的东西是乏味的,大家最感兴趣的是有关国家立法实践中的最近进展。

在教学楼内一间小型教室里,我们6个研究生围坐在江伟老师的身边,听他讲述起草《中华人民共和国民事诉讼法》过程中的"故事"。几节课下来,大家都觉得很有兴致。在私下,我们还偷偷地模仿江伟教授颇有特色的地方口音,比如把"民事诉讼法",发音为"民事诉讼发"。

记得江伟教授告诉我们,在有些国家级大法的立法讨论会上,主持会议的通常是早年担任过某省的省委书记的高层领导,他们有着丰富的地方和部门的工作经验,但是对起草法律这个领域大致都属于外行。学者们和这些领导们在一起讨论法律草案时,常常会遭遇到一些令人尴尬的场面——在会议上时常要用极大的耐心听这些领导们说一些完全不着边际的空话和套话。比如,有位领导发言时,讲着讲着就走题了:"话说当年,我们那边儿的八百里秦川,可是麦浪滚滚、鸟语花香……"此时,会场上的大多数人只好屏住呼吸,默默倾听。江伟老师说:"这样的事儿第一次勉强还可以忍受,可是下次开会时这位领导又动不动往'八百里秦川'的方向扯,我就实在坐不住了。只好起身离开会场回学校了。我说学校里还有学生在等我上课,你们接着开会,我就先走一步了。"

听空话和套话,对大多数人而言,出于对发言者的尊重,还是多少可以忍受的。不过,作为一个法律职业人,当你发现有人要在法律条文里写进空话和套话的时候,恐怕就很难忍受了。这方面,江伟教授的个人经历极为经典。

江伟教授告诉我们,当时在起草《民事诉讼法》时,有人提出应当把由延安时期“马锡武审判方式”中引申出来的“依靠群众、调查研究、调解为主、就地解决”的“十六字”方针原封不动地写进《民事诉讼法》的总则部分。因为这是新中国几任司法界老前辈、老领导留下的宝贵遗产。面对这样的局面,很多人都会不假思索地附和和赞同,以示“政治正确”。可是,耿直坦率的江伟教授则站出来大胆提出异议。他认为,这“十六字方针”只是一句宣传口号,还是不应该作为法律条文来规定。“文革”期间人们动不动就用最高领袖的语录衡量是非曲直,那是“极左”路线泛滥的时代,我们今天应当避免这种情况的出现。

当时的中国,还是“文革”结束不久的年代,江伟教授说这番话还是有风险的。据说,听到江伟提出的异议,有人当场就拍桌子了:“你讲这个话是什么意思?你这不是在污蔑我们这么多年来的革命审判实践吗?”面对这种“文革式”“打棍子”和“扣帽子”般的指责,江伟教授并不畏惧,他仍然坚持己见、据理力争。他反驳说,这“十六字方针”的精神实质可以吸取,但是并不等于可以把它们原封不动地作为法律条文来规定。你说“依靠群众”,但法官们如果没有依靠群众或者根本无需依靠群众,只是依据法律和证据就公正地审理了案件,你怎么办呢?你能说这样做违法吗?你说“调解为主”,是不是就意味着“审判为辅”呢?你说“就地解决”,人家没有在田间里或炕头上解决,而是在法院大楼大厅里解决,或者在异地开庭审判解决,你拿人家怎么办呢?

一个开始步入文明社会的国家,最终还是要遵循客观规律的。法律是一门科学,同时也是一门技术,它必须遵循其中的逻辑和规律。后来的立法实践证明,江伟教授的争辩无疑是正确的。一个普通的学者,能够不避艰难,试图以一己之力,逐渐改变法律界的生态,当属难能可贵。从这一点不难看出,江伟老师并不是一个纯粹书斋型学者,而是将法律精神输入法律实践的学者。抚今追昔,江伟教授那一代前辈学者的贡献在于,在新中国全面复制苏联法律体系后所形成的僵化学术环境里,如何凭借个体智慧来寻找若干个相对“安全”的缝隙,以便带领年轻学子们逐渐摆脱这块土地上法律总是沦为政治附庸的重围。从过去三十多年的立法和司法实践看,这项工作的长期性和艰巨性其实已经远远超出了人们的想象。

很久以来,人们总是有些困惑,有些法律从起草修改到最后颁布,少则七八年,多则几十年,其中恐怕有不少时间耗费在一些标语口号类写法上的纠缠和争执上。在这里,有必要谈一个不算多余的话题——那就是法律条文和宣传口号之间的关系。众所周知,法律的组成部分是法律规范,法律调节的是人们的实际行为。可是,今天当我们翻开颁行的各种法律时,发现各种根本不属于法律规范的宣传标语口号随处可见,它们或者对人们进行某种号召,或者进行某种道德勉励,或者发出某种声明或誓言。可谓:法律法规不够,标语口号来凑。可是它们能够被作为“法律”适用吗?

有些豪迈雄壮、斩钉截铁的口号,在群众游行队伍里喊一喊是可以的。一旦写进法律里,问题就复杂多了。比如,我们的《宪法》

庄严规定："社会主义的公共财产神圣不可侵犯"，而公民的私有财产是不是也属于"神圣不可侵犯"呢？顾此而失彼，是不是有失公正呢？还有，我们的执政党是由主张"无神论"的无产阶级先进分子所组成，是谁这么糊涂，居然把"神"（GOD）一词写入自己的宪法？看来，都是这些法律条文里的标语口号惹的祸！

在江伟教授的背影离我们远去的时候，我们不禁感念这位老法学家的一生，也感念一个民族在法治建设领域筚路蓝缕的时代。江伟教授永远离开了我们，但他的坦荡真诚、实事求是、不畏权贵、坚持真理的风格值得我们永远传承。

中国到底有多少法官在办案?

小时候,祖母在教我算术时,总是用庙里的和尚来说事儿:从前有座山,山里有座庙,庙里有N个和尚在念经,N个和尚在砍柴,N个和尚在烧饭。说说庙里的和尚到底有多少?以至于直到今天,我对数字的敏感程度主要还都保持在清点人数的层面。

中国到底有多少家法院?法院里到底有多少个法官?法官的数量是足够多还是远远不能满足?法院里的法官们到底有多少人在实际办案?前不久由国务院新闻办公室发布的《中国的司法改革》白皮书中,主要"记载了我国司法改革的坚实步伐和丰硕成果",对涉及上述内容的一些核心数字,则是未置一词。

《人民法院报》2003年3月12日公布的法官人数20.44万。根据最高人民法院院长肖扬于2004年10月26日向十届全国人大常委会第十二次会议所作的报告,我国各级人民法院共有19.46万名法官,似乎在1年半的时间里,莫名其妙地减少了将近1万名法官。笔者前不久在媒体上意外发现,2009年中国女法官协会发布了一个消息,说法院系统有女法官44 502人,占法官总数的23.48%。如果这个数字是可信的,我们用并不复杂的数学方程式计算出的全国法院法官的总数则是189 532人,似乎5年里法官的数量又减少了5 000人。看来,中国法院里到底有多少法官?法院里的法官们到底有多少人在实际办案?很可能至今还是一件没有完全整明白的事儿。

不过，尽管官方至今没有一个精确的统计数字，但上述信息还是告诉我们，在中国法院系统内，法官的数量大致在20万人左右，在整个中国法院系统内就业的人数（包括助理、书记员、法警和后勤人员等），大约30万人。如果按中国13亿人口计算，每6000人中约有1名法官。

在欧美发达国家，所有法院的法官人数已经纳入法律的严格规定，不得轻易增减。比如，美国联邦法院和州法院共有法官3万名（其中，美国最高法院里只有9名大法官），在美国近3亿人口中，每万人中大约有1名法官；英国的正式法官为500余人，总人口0.58亿，每万人中不到0.1名法官。在我们的东方邻居日本，全国法官共有2825名，总人口1.23亿，每万人中只有0.23名法官。

由此看来，中国法官的数量不但绝对数在世界位居前列，而且从人口比例来说也颇为可观。但是，我国法官在数量上的优势并没有导致审判效率成正比地成长。这个判断主要来法官结案数量的比较。

有统计数字表明，在1990年，美国联邦上诉法院每位法官处理案件的平均数为234.7件；联邦地区法院每位法官处理案件的平均数为464件。在我国，据肖扬院长2004年3月10日在第十次全国人民代表大会第二次会议上所作的报告，2003年，最高人民法院共审结各类案件3587件，地方各级人民法院共审结各类案件5687905件，平均每位法官年结案数为27.8件，加上执结的2343868件，平均每位法官年结案数为39.3件。

然而，从法院办案第一线传来的抱怨声始终不绝于耳：案件积压、工作繁重、人手不足、法官薪酬过低、没钱买房买车乃至积劳成疾，等等。从实际情况看，这些说法并非虚构。真实的数字是，目前，在中国法院法官助理人员配备严重不足的情况下，每个实际办案法官的每年办案数量，大都在200件以上，和欧美国家法官的办案量大致相仿。这么离奇的数字差异是怎么产生的呢？看来，问题出在"法院里的法官人数"与"法院里实际办案的法官人数"的差额之中。在中国的法院里，的确存在着不少"身为法官但并不直接办案"的法官们。

长期以来，我国对法官管理直接套用了行政机关公务员式的管理体制，法官与法院的其他工作人员一起被统称为干警。法官的审判职务在不同地区相应对应不同的行政级别，全体干警的工资福利、考核、晋升等均按公务员管理中的做法进行。同时，在人民法院里，还拥有与党务和政府内大致相同的文宣、组织、纪检等非业务部门。在这样的体系中，自然会产生相当多的拥有法官身份而不直接工作在审判岗位上的人员，这些人（尤其是持有院长、庭长等不同级别官位的人员）显然可以因为行政级别的优势而享有较高的待遇。

据报载，2006年，湖南省长沙市中级人民法院原副院长唐吉凯，这位湖南省法院系统里有能力、有资历、有潜力、有学历的"明星法官"，在"升迁"的紧要关头，为了获得尽快提升，热衷于靠金钱和关系去"跑官"、"买官"，屡次向上级大肆行贿，最终被湖南沅陵县人民法院以受贿罪和行贿罪一审判处有期徒刑7年。

一位在某市中级法院任职的法官私下告诉我，他未来五年的人生规划是:争取上级早生慧眼能把他提拔为庭长或院长,这样自己就可以离开繁忙辛苦的办案第一线;如果当不上庭长或院长,他就准备离开法院,下海去当律师。他说,在第一线办案的法官太辛苦了,半夜醒来,一想到还有上百个案子压在自己手里,就再也难以安然入眠。近来有媒体称,每年大约有5 000名法官辞职离开岗位。但愿这些人离职的理由不要都是因为"升迁受挫"。

由于体制的截然不同,在欧美发达国家的法院里,几乎没有院长、副院长、庭长、副庭长之称谓,每个法官在地位上都是平等的,所有的法官在"法官独任制"的体制中,只对自己审理的案件负责。至于欧美国家司法体系中的所谓"首席法官"一职,权力也不过是分配案件,兼管一些杂事而已。而在我国,院长、副院长与其他法官之间,是不折不扣的"领导与被领导"关系;副处、正科等行政级别相比起法官的专业称呼,更具有身份上的决定意义。无法想象,在一个有上下级法官之分的法院里,公正审判所亟须的独立精神从何谈起?

看来,那些高高在上的、并不审案的法官已经成为众多法官们终生奋斗的目标。在司法高度行政化的趋势下,他们一朝当上了带"长"的法官,就可以脱离办案,用更多的时间安排"开会、讲话、考察、视察、调研"等行政事务。假如有一天能当上"第一把手",更意味着手握本院的财政、人事及业务管理大权。因为,在法院这样一个本应格外强调法官个体独立的国家机构内,我们的现实生态恰恰是不折不扣的"一把手说了算"。

西风东雨

觉醒与松绑

——中国崛起的秘密

2011 年夏季的一天晚上,我在美国 CBS(哥伦比亚广播公司)的晚间节目里,看到一位著名的脱口秀主持人采访著名的外交家基辛格博士。谈论的内容是有关中国的话题。

主持人首先以搞笑的方式问基辛格先生:“博士,先问你一个问题,当年那个中国的大门是你最先打开的,对吧?”基辛格谦虚地回答说:“话不可以这样说,我只是这件事的主要参与者而已。”主持人:“你知不知道?在这件事上,你犯了个重大错误?”基辛格:“这话怎么讲?”主持人:“你把这个门打开后,忘记关上了!”(基辛格和台下听众都大笑起来)

此幕情景,不禁令人想起不少中国人都熟悉的法国拿破仑大帝早年那句名言:“中国是一头睡狮,醒来后她将震惊世界。”不过,1958 年 12 月 1 日,美国《时代周刊》在封面的右上角用英文标出了拿破仑的这句话的原文:“Let China sleep. When she awakens, the world will be sorry.”如果我的语言感觉还算正常,我以为这句话的意思直译应该是:“让中国睡觉,当她醒来,世界会后悔的。”看来,《时代周刊》上的那句拿破仑名言,与中国人群中流传的意思显然存在着不小的区别。

据前美国总统尼克松的日记回忆,40 年前的 1972 年 2 月 28 日,是他结束那次获得巨大成功的“改变世界的一周”的中国之行的最后一天。他在上海虹桥机场登上“空军一号”之前的某一刻,内心似乎有一种难以言表的忧虑:中国的大门似乎是被他打开了,但是在未来的时间里,他本人以及他所代表的美国将如何与这个意识形态截然不同的庞大国家相处呢?在这个地球上,这个历史悠长并拥有世界上最多人口的国家将来会变成什么样子呢?

大约 4 年后的 1976 年 1 月初,尼克松的女儿朱莉娅和她的丈夫戴维·艾森豪威尔(美国前总统艾森豪威尔的孙子)应邀来到北京。朱莉娅后来在自己的回忆录中写到,在中国旅行的日子里,她和她的丈夫这两个美国人像是被空降到了另一个星球上一样:这是一个与世隔绝的、沉闷而毫无幽默感的国度。每天晚上 9 点半左右,几乎所有的中国人都关门睡觉了,和芝加哥的规模大小相当的北京城,在黑黑的夜幕中,静谧得像一个中世纪的农场。这对年轻的夫妇无论如何也想象不到,在他们离开这个似乎沉睡的国家后的不到 1 年的时间里,一座积蓄多年的火山在“改革开放”的新政中爆发了。

从那一天起到现在,将近 40 年的时间里,中国发生了翻天覆地的变化。尼克松当年访华时看到的中国,还是一个“文革”中的中国,那是一个高度封闭、行为荒诞、人性压抑和命运多舛的时代;今天的中国,则是一个经过改革开放后的八仙过海、人欲纵横、信仰多元和众生万象的中国。正如写过小说《活着》的著名作家余华所描述的,在这个历史过程里,国家、社会和人都发生了巨变。这样的变化,在西方,从中世纪到现代工业社会的欧洲,要经过 400 年发生发展期。而在中国只用了短短40年。人类文明史上的两个极端,已经而且正在为很多中国人所经历。类似我们这个年纪的人们,经历或目睹了“疯狂文革”和“改革开放”两个反差极大的时代,经历了中国历史上最集中和最大的变化。其中的大部分记忆已经成为我们人生的重要部分,我们的命运、经历都与这个时代的变化息息相关。

这些年里,总有很多美国朋友充满好奇地问我,为什么中国这样一个曾经是贫穷不堪的国家可以在短短的几十年时间里变得如此富有和强盛?说老实话,我真的不知道该如何确切地回答这个问题。但是,如果一定要让我告诉他们一个中国经济成功的所谓“秘诀”,我想,那就是“松绑”两个字。

不难想象,十几亿被松了绑的中国人,即便把他们放在这个地球的任何一个类似的角落,其迸发出的巨大创造力,一定会震撼这个世界。如果有些人一定要说其中有一个“中国模式”的话,那也许就是,在中国这块土地上,由于政策、制度和资源配置的失误而受到长期压抑的正常人性欲望和经济增长潜能,在这几十年的改革期间,伴随着全球化的契机爆发出来了。我不赞成有些人把这一切归功于“大国集中力量办大事”和“国有企业占垄断地位”的说法,因为这种说法无法解释,同样是在“高度集中和垄断”的“计划经济时期”,为什么“国民经济几乎到了崩溃的边缘”。

当然,经过改革开放后的中国,今天又一次面临复杂多变的国际和国内矛盾。眼下,大概也没有什么人可以给这个已经拥有13亿人口、经济总量已经居世界第二的大国开出一劳永逸的灵丹妙药。我以为,如果有的话,恐怕也只有两个字——“开放”。

我相信,中国千百年遗留下来的顽症,并不一定只能依靠中国土生土长的地方性药品来医治。近百年的历史发展表明,这个国家在与世界接轨的过程中,是有希望实现根本的社会变革的。在不断的改革开放中,如果说,当这个国家的人们经过"第一次松绑"已经在衣食住行方面获得了基本满足的话,这个国家的人们是否有足够的理由期待着在个人尊严、自由、法治、科技创新,以及社会公平、公正等方面获得"第二次松绑"?

“月亮代表我的心”

——我看中西方文化的差异和互补

在这些年的各类媒体里，我们常常可以看到，一些“国学大师”们在极力赞美中国传统文化的同时，还会旗帜鲜明地表明，自己是坚决反对“西化”的。不过，到底他们反对什么样的“西化”？是不是美国的东西、欧洲的东西统统属于他们不喜欢的“西化”？这些东西是不是就是不如我们中国自己的文化？中国的传统文化优越性究竟是什么？是不是仅仅优越在那几句圣人格言、几首唐诗宋词，或几幅书法绘画上？其他人听明白没有我不知道，反正我是常常听得一头雾水。

其实，早在20世纪40年代，中国学者就早已用“现代化”这个概念代替了“西化”的概念。哲学家冯友兰就说：“西洋文化之所以优越，并不是因为它是西洋的，而是因为它是近代的或现代的。我们近百年之所以到处吃亏，并不是因为我们的文化是中国的，而是因为我们的文化是中古的。”（冯友兰《新事论》）我们说，“近代的”和“现代的”之所以先进，是因为它积累先进科技文化知识多，进化的起点高，更符合人类追求自由、尊严和幸福的本质要求。

千百年来，由于国人长期不知或忽视了地球上其他各国人的存在，自视为天下的中心，中国的儒教文化逐渐发展成为一个烂熟到极点的、与西方文明大异其趣的静态美学文化。在古代中国,除了家传的天文、算学外,社会上重文章诗书(还有发达到极致的私房饮食文化)而轻科学技术和工商管理,“巫医乐师百工之流,君子不齿”,在儒家的传统观念影响下,知识分子的主要精力被吸引到“齐家治国平天下”的政治目标和自我道德修养上来了。直至近代,冥顽不化的封建士大夫们,还斥西方先进技术为“奇技淫巧”,对其不屑一顾。四大发明中的火药在中国只能作为节日的渲染,指南针则成了风水先生的法宝。

传统中国推崇的是“通人之学”。在历代书院内,孔门儒教是读书人的命脉之学,至于医学、算数、工艺、军事等,乃属于“边缘性的知识”,不是读书人的正途。几乎所有读书人都在钻研作为国家意识形态的儒家学说,其目的是通过科举考试,然后成为国家管理机器中的一分子,从而达到“齐家治国平天下”的理想。几千年来儒家因循守旧,崇尚“义理”,轻视“方技”的价值观,严重阻碍着中国社会的进步和发展。这种文化的结果,只能使极少数才子佳人或皇亲国戚享受高高在上、与世无争、飘逸闲适的生活,而社会大多数民众则与此无涉。底层民众如果想享受这种高贵的生活,只有饱读诗书,想方设法挤入“书香门第”的殿堂,才能光宗耀祖、恩泽后生。

一百多年前,中国人开始学习西方时,开始将公路分成左右侧,把学校分成小学、中学和大学,把医院分成内科、外科、牙科、五官科,在给轮胎包上橡胶的同时,还去除了中国女人小脚上的裹布,当时人们都觉得是惊世骇俗的创新。

发端于欧美的近现代文明,是一种具有巨大创造力和扩张性的动态文明。从西方工业革命在欧洲发生以来,西方的崛起成为整个世界最引人注目的事件。从那时起,西方文明几乎所向披靡,从胜利走向胜利。近百年来,试图与西方文明对抗的其他文明,无一不以失败而告终。结果,要么关闭国门,将西方文明拒于千里之外;要么歇斯底里不择手段与西方强手拼个鱼死网破;再有,就是打开国门,接受西方文明的规则,步入全球化的经济和科技进步浪潮中。回顾中国一个多世纪以来的文化变迁,西风东渐之势不可逆转。我们一方面看到了商业化和全球化对本土文化带来的破坏力,同时更看到了旧文化被破坏后所产生的巨大创造力。包括这些国学大师们在内的大多数国人,在每天 24 小时里都享受着近现代文明给人类带来的恩惠。

显然,中国传统的静态文化生态,在今天世界范围内市场经济的扩张性和信息的巨大流动性面前,不具备太多的生存能力。如果我们恪守中国传统的静态文化生态,肯定会造就东坡肘子水煮鱼四喜丸子佛跳墙这类美味佳肴,还有四书五经唐诗宋词二人转这类雅俗文娱产品,但不会造就惠及全人类的电灯电话飞机电脑互联网这类高科技创新成果;肯定会造就李白、苏东坡、唐伯虎、王羲之、徐志摩、郁达夫这样的才子,但不会造就达尔文、爱迪生、牛顿、居里夫人、福特、比尔·盖茨和乔布斯,甚至也不会造就杨振宁、钱学森、袁隆平、柳传志和马云。

自然,尽管中国传统文化缺乏竞争性、创造性和扩张性,也并不应该构成对它的这种静态美学特点的全部否定。比如在中国这样一个宗教信仰不普及的社会中,中国文化中的宽容、淡泊、和谐、家庭伦理、人情义理等要素,仍然对这个世界有着重要的救济力量。

不过,在近现代的社会发展中,的确有忽视中国国情,废弃中国文化、盲目照搬西方的倾向。但在我看来,这类现象最严重的并不在当下,而是在20世纪中期。那个时候,出现了货真价实的全盘"苏式西化",政府叫"苏维埃",军队叫"红军",经济体制、教育体制全盘苏联化,中国传统文化倒真正成了"四旧"、糟粕和垃圾。那个时候的"西化",曾让那些国学大师们六神无主、绝望悲愤;如今的"西化",才让国学大师们闲庭信步、身价百倍。看来,我们今天真正缺少的,可能正是对前一个"西化"的反思和忏悔,以及对后者的正视和感动。

真正让人感到吊诡的是,有些口头上公开高喊抵制和反对"西化"的人们,却往往是那些当年一有危险就躲在"帝国主义租界"里的人们;那些把朝鲜说成是我们"最亲密的朋友",而欧美国家是"境外敌对势力"的人们,则是在私下里千方百计通过关系把自己的子女送到欧美国家去深造和留学的人们(至今还没有发现他们把自己的子女送到朝鲜留学的记录);有些喜欢一天到晚身着中式唐装招摇过市的人们,则是在出行时酷爱乘坐进口奔驰宝马炫富的人们;有些口头上鼓吹"中医有神奇疗效"的人们,则是在一有头痛脑热就领着家眷去欧美国家问医寻药的人们。在这个世界上,谁是土匪流氓,谁是贵族绅士,这些人心里其实是很清楚的。不知道到底是什么原因,让这些人多年来可以肆无忌惮地在众人面前说着一套做着另一套,而且还有众多的人在不停为他们鼓掌喝彩。

其实,在我看来,西方文化和东方文化的差异和互补,有点像是白天的太阳和晚上的月亮,如同阳历和阴历的区分,西方文明更接近前者,东方文明更接近后者,一个凸显动态,一个凸显静态:一个外露透明,一个内敛隐晦;一个火热四溢,一个悠然淡定。不过,遗憾的是,当有人试图总把这两种文化极端地对立起来的时候,简单的事情就马上变得复杂起来了。如同刘欢那首高昂忧郁的著名歌曲所唱:“天上有个太阳,水中有个月亮,我不知道,我不知道,我不知道,哦噢,哪一个更圆?哪一个更亮?哎嗨哎嗨呦 ……”!

“我不喜欢花纳税人的钱”

2011 年 1 月,以扮演硬汉出名的电影演员阿诺·施瓦辛格正式卸任美国加利福尼亚州州长一职。加州州府萨克拉门托市的州政府大楼里迎来了一位老熟人:第二次当选加州州长的杰里·布朗。不少加州人都心里有数,这位布朗州长一直有个不可救药的“缺点”,这就是:节俭和吝啬。他有一句常挂在嘴边的口头禅:“我不喜欢花纳税人的钱”!

2011 年 1 月 3 日,加州首府萨克拉门托市举行新任州长杰里·布朗就职典礼,会场内宾客云集,就职典礼后照例举行招待会。不料,招待会端上来的食品令来宾们惊诧不已:没有美酒也没有佳肴,而是热狗加薯条。最初,整个就职典礼的预算是 77 万美元,已经少于以往任何一届就职典礼的耗费,但最后结算下来也只用了 12 万美元。当天,加州的媒体都报道了州长就职典礼的盛况,很多人都在各类媒体上注意到了布朗州长和他的夫人以及贵宾们在宴会上手捧热狗细嚼慢咽的可爱镜头。

加利福尼亚州首府萨克拉门托市(Sacramento)和中国山东省省会济南市是姐妹友好城市。有人告诉我,这么多年来,济南的领导和百姓们总是觉得这个英文名字说起来绕口,也不容易熟记,所以径直用山东口音称之为“三块馒头”。美国人吃热狗加薯条,大致和山东人吃煎饼卷大葱的情调水准差不太多。难以想象,假如山东省或济南市的领导举办此类宴会,光吃煎饼卷大葱将会是何种情形!

加利福尼亚州位于美国西部,濒临太平洋,是美国人口最多也是最富裕的州:人口3 800万,约占美国人口总数的1/8;北加州有引领人类进入数码时代的硅谷,南加州有先进的机械、航天和军火工业,加州有著名的斯坦福大学、加州伯克利大学、加州洛杉矶大学等世界级知名学府,有飘散葡萄酒香的纳帕酒庄以及展示美国文化娱乐特色的好莱坞影城。加州在经济发展上,GDP占全美的14%,一度和整个中国的GDP接近。假如加州“独立”,仍将是世界第八大经济体。不过,加州属于“藏富于民”的类型,即老百姓很富有,但政府财政却连年捉襟见肘。布朗上任,面对州政府高达240亿美元的财政赤字和高达12%的失业率。如何平衡预算和增加就业,并不是件轻松的工作。

布朗1938年4月出生在加州旧金山市,算是出身“州长世家”。他的父亲埃德蒙·布朗从1959年开始当加州州长。在父亲的影响下,天资聪颖的小布朗先后入读著名的加州伯克利大学和耶鲁大学法学院,毕业后当过律师和法官。1970年,32岁的他当选加州州务卿(Secretary of State),从此踏上政坛。

1975年,36岁的布朗当选州长。虽然出身名门,又是一州之长,布朗却格外节俭。当年,豪华的州长官邸修缮完毕,他不住,自己掏钱在州议会大厦附近租了间小公寓。政府给州长配了司机和豪华轿车,他也不用,每天开一辆毫不起眼的普利茅斯牌轿车上下班。他的名言是:“我知道应该如何有节制地生活。简单地说,不喜欢乱花自己的钱,也不喜欢乱花纳税人的钱。”

如今他已经72岁,第二次当选加州州长,是加州历史上年纪最大的州长。36年前的一头浓密的头发已经基本上荡然无存。只是,36年间始终不变的还是布朗的节俭,而且吝啬的本性似乎“变本加厉”。有证据证明,布朗州长曾西渡日本和印度修禅6年。他是美国的政治人物中唯一修禅的州长。

这次与布朗竞选州长的对手,是共和党女将惠特曼,她曾担任全球著名网络拍卖公司电子湾(eBay)的总裁。惠特曼自掏腰包,持有竞选经费1.7亿,比布朗的竞选经费多出数倍。但布朗仍稳健胜出。多少年里,有些人总是孜孜不倦地告诉我们,西方的选举是金钱至上的虚伪骗局,真不晓得布朗的获胜属于侥幸还是例外?

今年2月10日,当选后的布朗州长赴洛杉矶参加洛某商会的年会。洛杉矶是富豪商贾和影视巨星聚集之地,街上豪华车队司空见惯。但身为美国堂堂加州一州之长,布朗此行竟然不带秘书和警卫,独自乘坐常常出售廉价机票的美国西南航空公司的经济舱前来赴会,并且以老人优惠价购买的机票。上了飞机,乘务员动员他多加16美元升级商务舱,被他拒绝。同舱乘客认出他,争相与他照相,他来者不拒;乘客纷纷与他对话,他有问必答。一场公务旅行下来,布朗只向州政府报销了一张大约100美元的来回机票。

在美国,除了为总统、副总统提供官邸外,其他政府官员,无论职位高低,都需要自己去找房子居住。美国各州,为州长提供官邸的情形也不普遍,使用公车的情况甚少,甚至连副州长这样级别的“领导”,大多自己开车上下班。比如,20世纪90年代担任加州副州长(Lieutenant Governor)的里奥·麦肯锡先生,家住在旧金山,平时从萨克拉门托回旧金山湾区时,就是多年自己一个人驾车往返。

看来,无论何时,无论何地,无论何人,无论什么思想,什么主义,什么社会,都不在于嘴上说得如何动听,而在于实际行动的昭示。如果权力不是人民赋予的,如果权力得不到人民与法律的监督与制约,所谓人民当家做主,所谓为人民服务,大致都是空谈。

两年前,我应邀参加了中国长三角地区一个地级市在南加州洛杉矶举办的投资招商会。所见所闻令人十分困惑。该招商会由市委书记带队,随行队伍上百人。为了显示气派,这个在中国"先富起来"的城市包下了一座五星级豪华酒店的一大半楼层和所有豪华客房,同时向参会客商发放了大量珍贵礼品并免费提供价格不菲的美食正餐。这种做法颇让参会的客商心生疑窦。

一位美国商人私下对我说:"他们已经这么有钱了,为什么还要来我们这里招商呢?我们美国人应该去中国招商才对。另外,如果我们真的把钱投资给他们,他们这些官员用来如此挥霍浪费,还有人敢去投资吗?"

我的想象力比这位美国商人更为浅近。在这个招商会上,我不由联想到自己家族里那些一直居住在这座城市里的亲友们。他们其实并不像美国人想象得那样"有钱"。这些亲友们一家老小年复一年地辛勤工作并依法纳税,每个家庭都在过着普通得不能再普通的生活——经常在为一日三餐精打细算。在这个官员们无所顾忌地挥霍浪费纳税人金钱的富裕城市里,他们这些普通人想要谋出一番好的生活光景,多少年来都不是一件轻而易举的事情。不过,从来没有人向他们出示过官方出国开销的账本,他们也从来没有意识去问问这码事儿。“民主”这两个字,对他们来说,从来就不带有“当家做主”的含义,而更多的是期待有清官来“为民做主”。

有件事也是发生在几年前。属于这个地级市管辖的一个富得流油的县级市的市委书记率团来加州伯克利大学培训。这位在早晨8点多乘坐美国联航(他们不喜欢乘中国人自己的“民航”)公务舱飞抵美国加州旧金山国际机场的“县太爷”,下飞机后提出尽快进酒店入住。旅行社的朋友再次(曾在国内预先告知过他)提醒他,美国(其实不仅仅是美国)酒店的房间正在清扫中,至少要在午餐后才能入住。但是,这位“县太爷大人”竟在伯克利大学的校园内当众发飙,大声抱怨旅行社的安排。事后,有位“好心人”提醒旅行社,应该在头一天晚上就把酒店的房间全包下来,免得“招待不周”。旅行社的朋友说,这可是每天晚上500多美金的豪华套房,这样太浪费了吧!“好心人”说,你们太天真了,这都是共产党的钱,你们何必替他们节省这个钱呢!

此公并非戏言。如今我们的党早就不像以前了,腰包里已经装满了钱。对政府财政的钱,不少官员视同去吃“合法自助大餐”——大家可以随便吃,只要不拿回家,法律上只认发票不认数额。他们这些人有权在位时不吃更待何时呢?可是这共产党的钱又是谁的钱呢?难道不是千千万万普通纳税人的钱吗?

其实,更严重的事情还在这些海外朋友们的想象力之外。就在前几天,江苏某县级市的卫生局长在微博上与情人调情时无所顾忌地写下如此问句:“在上海买东西了吗?我可以报销啊!”请问,他到哪里去报销呢?报销的钱从哪里来?肯定不会是自己掏腰包吧?

难道还是用我们纳税人的钱吗?

实践再一次证明,没有有效的监督制度和道德自律,平时道貌岸然总把和谐幸福挂在嘴边的“领导”,稍不留神就是个举止失态挥霍无度的“俗人”;微博里情人眼里的菩萨,瞬间就可以变成一个公权力磁场里的魔鬼！千万不要以为只要富起来以后口袋里装满了钱,其他都可以不变,接下来就可以和谐或幸福了。可能吗?

为什么执行死刑在美国要等这么久的时间？

今天，很少人会想象得出，在 20 世纪上半叶的美国，执行死刑的过程曾经是一种大型的公开露天表演。

1913 年的一天，美国密西西比州，有将近 5 000 人像赶集一样前往一个名叫斯达克维勒的小城——他们是去观看两个黑人被执行绞刑。行刑现场为前来观看的人们准备了免费的三明治和包括柠檬汁、苏打水在内的软饮料，当然还有若干位政治候选人歇斯底里并慷慨激昂的演讲。行刑结束后，5 000 多人开始轻松地享用他们的午餐，在这座只有 2 000 左右人口并盛产棉籽油的闲适小城镇上空，此时正回响起从未有过的陶瓷器皿和金属刀叉之间的碰撞声。

不过，就在第二次世界大战后，在美国法律界，大概再也找不到比死刑的变化更富有戏剧性的事情了。今天，美国的大多数州虽然保留了死刑，但真正被执行的死刑数量却少之又少。最令人匪夷所思的是，受诸多因素影响，美国的死刑犯大多数不是立即执行。有些死刑犯，从判决到执行常常要等很多年，甚至老死囚室。据统计，美国一个死刑罪犯从被判决死刑到最后执行死刑平均要花 11 年时间，个别案件多达几十年。

1948 年 6 月 25 日，一个名叫凯瑞·切斯曼的人被加州法院判处死刑。但是，在判决作出后，他在死牢里等候了将近 12 年，其间，他竟然在牢房里写了 3 本精彩的书，以至于包括比利时皇后、音乐家布鲁诺和梵蒂冈神父等人，都前来呼吁法庭能放他一条生路。不过，最后，他还是在1960年5月2日在毒气室中被执行了死刑。

卡拉·塔克是一个被德州法院以谋杀罪犯判处死刑的女犯，1983年她和男友曾以极其残忍的手段杀害一男一女。在狱中，她皈依了上帝并真心悔罪，她几乎成为一个连地上的蚂蚁都不愿意踩踏的善者，还嫁给了监狱牧师。许多人被她感动，甚至教皇约翰·保罗二世也写信给当时任德州州长的小布什，要求他废除塔克的死刑。但是，在被判处死刑16年后，她还是于1998年2月3日傍晚在德州的亨茨维尔监狱被注射毒针处死。

为什么处死一个罪犯要等这么久的时间呢？以我个人的思考和观察，主要有以下三个主要原因。

首先，美国法律为死刑案件设计了多轮上诉复核程序。美国社会认为，即使是死刑犯，其人格、人权仍需得到最大限度的保障，所以应该给予死刑犯们最大的机会去纠正可能的错案。美国的杜克大学曾经有一项研究结果指出，在花费纳税人支付的费用上，美国的死囚犯比一个判处20年徒刑的囚犯要高两倍。其中很大的一部分开支，就是每个州都必须成立一个独立的、专为死囚辩护的律师团。他们的责任是协助死刑犯进行向上级法院的一轮轮上诉。在一切程序走完之后，根据美国宪法，总统还有赦免罪犯的权力，不必提供任何理由。各州的州宪法也有类似的规定，死囚可以要求州长赦免。

主张废除死刑的人们，常常一厢情愿地相信，死刑对于那些罪犯们来说，并不比长期监禁更具有威慑力。至今为止，世界各地的有关犯罪率高低和死刑存废之间相互关系的统计数字,也无法得出一致的结论。但是有一点似乎是肯定的,那些被关在死囚牢房的罪犯们,他们不停地更换律师,从一个程序上诉到另一个程序,从一个法院申诉到另一个法院,目的大致只有一个:想办法能继续活下来。

其次,由于宗教氛围导致的“恻隐之心”,也在死刑问题上发挥着无形的作用。有一些美国人反对死刑,是从宗教的角度出发的,就是人类社会不能“扮演上帝”的角色,只有上帝才有权力夺走一个人的生命。即便是那些在罪犯被定罪时站在法院门外高喊着“杀了这个畜生”的人们,当真要对这些罪犯执行死刑时,也不免有些心慈手软。有人可能还记得美国电视剧《越狱》里那个监狱典狱长的台词:“无论死刑是否正义,但夺走一个人的生命并不值得庆贺,今天(执行死刑)的气氛不可能欢快!”今天在美国,当一个罪犯被执行死刑那一天,街头有人挂横幅、放鞭炮这类事儿,恐怕很难再见到了。

最后,出于对冤案发生的强烈忧虑。美国刑事审判的一个很大困扰,就是有许多案子是有争议的。美国的宪法修正案保障被告人的权利,例如,不能强迫被告人自证其罪。在陪审团定案的时候,必须严格根据“超越合理怀疑的证据”,陪审团必须对判决取得一致意见,等等。由于严格禁止刑讯逼供,犯罪嫌疑人享有包括沉默权在内的各种权利,几乎大多数案件没有罪犯的直接口供。许多死囚犯直到执行死刑的时候,仍然坚持说自己是冤枉的。许多案子,就像著名的辛普森案那样,谋杀案可能是没有目击证人,甚至没有凶器这样的直接证据。判决只能是陪审团根据呈堂的合法证据衡量之后,再作出自己的判断。尽管如此,仍然不能绝对保证没有冤案。

一旦人头落地，便覆水难收。尤其是，DNA 技术被应用于刑事鉴定后，不少死囚都在美国各州被无罪释放。因此，死刑执行程序显得更加审慎而严格。

在很多中国人看来，这些都是难以理解并被认为是多余而无必要的。然而值得我们深思的，却是其中程序正义理念的诸多精髓。

美国高铁建设为什么这么慢?

前不久回到美国加州,发现不少邻居门前的草地上都插上了一块蓝白相间的标语牌,上面写着:“Here comes high speed rail. There goes the neighborhood”。翻译成我们中国人的大白话就是:“高速铁路要铺到我们这儿来了,邻居们,这儿住不下去了。”

高速铁路是今天世界范围内一种极具竞争力的交通方式,正受到很多国家的关注。然而,相形之下,美国的高速铁路的发展却举步维艰。高铁计划原本是美国总统奥巴马刺激经济的一大宏图,如今却陷入停滞不前的困境。不仅遭遇经济利益相关方(如石油公司和航空公司等)的抵制,还遭遇了不少普通民众的抵制。

美国总统奥巴马是“高铁梦”的热情支持者。在一次演讲中,他以其特有的煽情式演说告诉美国人:“想象一下吧,火车以超过100英里(160公里)的时速呼啸穿过大大小小的城镇,起点站离家门口不过几步路之遥,终点站距目的地不过几个街区之远。这是一项多么伟大的工程,有了它,我们就能重振美国雄风。”

然而,总统浪漫的演说词并没有打动亿万美国人。自从美国人开始讨论在佛罗里达州修建一条高速铁路开始,围绕美国高铁计划的争论,已经进行了35年。高速铁路已经在欧洲和亚洲载着亿万乘客奔驰了几十年,但在美国这个世界上最发达的国家,修建高速铁路的计划仍然像是个遥不可及的梦想。这是让我们中国人十分难以理解的事情。与中国相比，美国也许实在是太慢了。

中国有人往往会习惯性地说，美国高铁发展缓慢是因为美国石油大亨或航空大亨们在从中作梗和操控政治。其实，问题不像有些人想象得那么简单。此事恰恰折射出美国社会复杂的政治生态和美国人比较特殊的生活方式。其中首要的原因，其实还是个“钱”——“纳税人的钱”的问题，它包括建设资金的来源、建成后的运营维护费用，以及高铁能否真正盈利等。

美国尽管是世界上最强大的国家，但这是一个货真价实的“藏富于民”的大国。从联邦政府到州政府时常为启动巨大项目而捉襟见肘，他们手里可以拍板动用的财力和中国政府简直没办法比。有分析人士认为，目前美国政府正陷于财政困难，奥巴马政府目前投放的130亿美元，根本不够兴建加州高铁路线的1/4，更何况其他31个州的高铁路段。如果没有数千亿美元投资作保证，高铁计划就有可能成为画饼充饥之谈。而美国联邦铁路局已经明确表示，政府已经投入的80亿美元资金，无法完成跨州的高铁系统，希望借助外来资本，才能完成客运高铁的计划。

高速铁路建成后能否收回成本并盈利？多少年来一直就是个世界性的难题。在美国更是如此，不要说收回成本，就连高铁能否保本维持运营可能都是个问题。2003年，丹麦的奥尔堡大学（Aalborg University）评审了1927年至1998年间五大洲20个国家建设的258处交通基础设施，结果发现9/10的设施花费都高于预期。而就铁路而言，实际花费比预计超出了45%左右，客流量预计则往往被夸大。

佛罗里达州从1976年就开始研究高速铁路的可行性,但至今也很难看到高铁获利的前景,州政府不敢浪费纳税人的钱财盲目投资建设。无论是加利福尼亚州还是佛罗里达州,数年研究后,依然“没什么证据”表明高铁路线“一定会迎来大规模客流”。如果将来高铁的大部分车厢空无一人,谁来担负它运行的费用呢?奥巴马提出的高铁计划,拨付24亿美元给佛州,佛罗里达州政府因无法保证盈利,又把资金退还给联邦政府。

在美国,看不到各州官员们“跑部钱进”地蜂拥首都华盛顿去争抢联邦政府高铁投资的情景。吹牛之前还是先要打个草稿,账还没有算清楚之前,没有什么人敢去抢这个“烫手山芋”。用喜剧演员范伟的口吻说话:都是当领导的,怎么和我们中国有些一味追求当年GDP短期效益的省市领导们这么不一样捏?

此外,美国多年来注重发展高速公路和航空业,在铁路上几乎无任何领先技术和专利,与铁路有关的制造业也早已关门停产,大小城市里的火车站已经成了像北京名人故居之类老四合院一样的博物馆。即使高铁全部资金到位,几乎所有技术和设备都需要进口,最大的受益者很可能就是中国。这对本想利用建设高铁来刺激内需和增加就业的美国人而言,更是得不偿失。

家庭汽车在美国十分普及,很多幼童都是陪着大人每天在摇摇晃晃的汽车轮子上长大的。这种多年养成的出行习惯,让美国获得了“汽车轮子上的国家”的称号。据美国运输部的一项统计,长途出行时,美国56%的人选择私人汽车,41%的人选择飞机,2%的人选择长途汽车,只有1%的人选择火车。很多美国人一辈子没有坐过火车。美国高速公路连通了所有50个州,且美国人平均每年都要在这些公路上行驶数千英里。而据专家预测,如果高速铁路真的建成,则美国人平均每年乘坐它们的英里数不会超过60英里。

美国地广人稀,乘客出发地和目的地高度分散化。有位名叫罗伯特·萨穆尔森的专栏作家在《华盛顿邮报》的专栏里谈到过人口密度的话题,譬如说日本,每平方英里就住着880个人,而在美国,每平方英里只有86个居住者。美国超大规模的城市不多,城市间的航空运输非常普及,同时城市内的公共交通和出租车业并不方便。如果没有私家车,美国人在城市里的旅行会伤透脑筋。假如人们乘高铁旅行的话,不得不在终点站或者终始两站都备好轿车(比如临时租车),结果是费时、费钱又费神。所以,高速列车虽然在欧洲和亚洲的某些地区(比如日本和中国)运行顺利,却未必适宜地广人稀的美国。

高铁尽管得到了环保主义者们的大力赞扬,将其视为缓解高速公路拥堵、节省燃油和减少短途航班污染的一个途径,但是它无法获得那些酷爱驾驶着私人汽车在广袤的郊区自由驰骋的美国人的青睐和偏爱。很多美国人,他们可以对远在天边的非洲难民捐款捐物,但从来不愿意有人来轻易改变他们安逸自由的生活方式和生活质量。或许有一天,当地球上的石油资源濒临枯竭的时候,美国才会意识到乘坐火车的必要性。

在美国的分权体制下,地方政府、居民、环境组织都有很大话语权并构成对高铁发展的约束。2010年,斯坦福大学所在的加州帕洛阿尔托市市政委员会官员曾通过了一项针对加州高速铁路局的“不信任”决议。其反对意见主要包括:财务开支方面的担忧、商业计划的不周、资产价值缩水、交通堵塞加剧以及噪音和震动问题。该委员会直言不讳地指出:“高铁对我们几乎没有任何好处”。威斯康星政策研究所去年11月底进行的民意测验显示,该州52%的居民反对修建密尔沃基至麦迪逊的高速铁路,35%的居民赞成,其他人态度不明。

在中国,“火车开进咱山寨”或“高铁从我门前过”,通常会充满了敲锣打鼓载歌载舞的喜庆气氛。与之截然不同的是,有不少美国人竟会为此心情沮丧。比如,加州高铁虽然号称能够带来数十亿美元的经济增长以及大量就业机会,但当地民众并不领情。他们担心时速二三百公里的高速铁路将会严重破坏市区规划。一些居民认为兴建高铁将会使附近农田遭受永久性破坏。很多美国人认为,伴随高铁带来的人群、噪音、治安等问题,将导致附近的学区质量下滑、治安下降,然后就是“There goes the neighborhood”(好邻居们住不下去了一走了之)。最终导致铁路沿线的地价房价同时贬值。其实,人的本性和本能都是差不多的,早年的美国人也是信奉“火车一响,黄金万两”的。只是不同的经济发展阶段以及相关的自然资源条件,改变了人们的思维方式和生活方式。

穷则思变,富则思不变;穷则思快,富则思不快。快有快的麻烦,慢也有慢的苦恼。美国的宪政体制决定了这种政治制度是普通公民可以通过他们的选举权来进行参与和干预的,以至于在这个庞大的国家里,政治既是某些政客们的主业,同时又是全体国民的“副业。”这种制度安排的本意当然是为了防止不民主的人治因素(如超乎法治的政治强人或领袖）左右公共事务的决定，以及对不同意见的压制。但是令人感到不安的是，这种体制似乎有点儿“发展过度了”（Overdeveloped），以至于造成了政府功能的停滞、僵持和经常出现的瘫痪状态。

《世界是平的》一书的作者托马斯·弗里德曼（Thomas L. Friedman）两年前在一次演讲中说，真希望美国能过一天像“中国”那样的日子，不用太多，只是用这一天的时间，先把所有要办的大事拍板定下来（当然，我们也可以想象一下中国能过一天像“美国”那样的日子，这一天里，报禁党禁全部放开。这一天里，所有的媒体都可以畅所欲言；这一天里，酒店包厢里或湖边游船上挤满了从全国各地赶来参加“X 党第一次代表大会”的代表们）。当然，这都是些玩笑话。看来，在我们可以预见到的未来，不少美国人还是宁愿政府无所作为，也不愿轻易放弃他们视为生命一样珍贵的“民主自由”和“制衡政治”；如同他们明知道枪支泛滥的危险，也不愿意放弃宪法第二条修正案赋予他们拥有持枪自卫的权利一样。

所以，要让这些可能一辈子也不会乘坐高速列车的美国纳税人，眼睁睁地看着几百亿资金被用在试验“国家领导人的宏伟蓝图”上，他们能置身事外吗？于是，这就是我的美国邻居门前那些蓝白相间的标语牌的来历。

前日，有几位穿着讲究彬彬有礼的男女来敲我的家门。先前来的一男一女代表着“支持加州建设高铁”的环保民间团体，他们诚恳地告诉我，高铁的每个坐席/公里的单位能耗为飞机的 1/6、汽车的 1/3。为什么要对“高铁”说不呢？第二批来访的一男一女则来自另一个“自愿抵制高铁的民间社团”。他们都问我,是否有兴趣支持他们的主张并同意由他们做代表向政府提出议案,如果可以,他们可以免费为我提供一块可以插在门前草坪上的标语牌。我很抱歉地告诉他们,对这个问题我还需要时间来考虑。我目前的确还没有到“被代表”的时候。他们带着一脸灿烂的笑容离开,然后向另一家人的房子走去。

这就是美国普通老百姓民主生活的一个真实侧面。要民主就会有代表,被别人代表的事情是经常发生的(如同毛泽东早年说的,要奋斗就会有牺牲,死人的事情是经常发生的)。不过,在美国,无论什么人想来代表你,必须要得到你的授权。那种软硬兼施地“非要代表你不可”的事儿,大概早就不复存在了。

美国大学里没有班干部

听有些海外留学生们讲笑话说,有些来自中国大陆的留学生在美国大学上第一堂课时,会不由自主地向老师和同学们提问:“我们班的班长是谁?”对他们来说,这是个再普通不过的问题了。因为,在他们自幼所经历的教育环境里,从小学到中学、中学到大学,每班每级都是有班长之类的“学生干部”的。特别是到了大学,学校里有学生会干部,每个班级里不仅有班长,而且还有“书记”。

当年,我刚进入美国大学校园读书时,一开始就感到了四个方面的不习惯:

其一,大学里几乎没有“同班同学”一类的概念,这是因为大学课程基本上实行灵活的学分选修制,学校不可能把每个人固定分配在一个班集体里。教室里的同学们流动性很强;有的同学可能听了几个星期课后,感觉这门课的老师讲得枯燥乏味,或者预感到这个班里强手如林,自己在这个班里得不到好成绩,然后就拔腿走人,从此不见人影。

其二,美国大学的宿舍不是以系科来划分居住的,学生住得很分散,同专业的学生常常不住在一起。而且,到了高年级和研究生阶段,学校不再提供宿舍,大部分学生都在外面租房子居住。你和谁住在一起?同住在一栋公寓或别墅里的房客到底是什么人?因为涉及个人隐私,学校从来不予过问。

其三，在课堂上，教授们讲课极少照本宣科。尤其在法学院和商学院，教授们在课堂里和学生们互动频繁。有时聊到高兴时，教授们径直就盘腿坐在讲台上和学生们在课堂里争论起来。一堂课下来，学生们讲的话比教授还多。

其四，学校里几乎没有我们国内观念里的那类“学生干部”——不仅没有“书记”，而且没有班长、班委和小组长们。当然，更没有我们习惯中的“学生会主席”。

同时，美国大学里也没有宣传部、组织部、档案科等部门。在国内，很多同学在中国养成的聆听别人教诲宣传的习惯，自己的思想就是CCTV和人民日报的思想，同时也就是班主任、支部书记和班长的思想。一时间，没有了他们，有些年轻的留学生们会觉得头脑空空，不知所措，好不自在。不过，很快这些同学们就习惯了美国校园的生活。他们发现，在这里，每个人都是自由的，可以自由地去想，可以自由地表达，可以自由地判断，可以自由地选择你认为正确的社团。

其实，美国的大学校园并不是“无组织、无纪律”的一盘散沙，校长们从来也没有“人心都散了，队伍不好带”的忧虑。学校里其实也有“学生领袖”级的人物，这些“学生领袖”大多是在学生独立社团活动中涌现出来的。通常，每个美国大学校园里都会有几百个不同种类的学生俱乐部和社团，几乎全部是由学生自行组织和领导的。每年新生入学时，人们会看到在学校报到处周围的办公室走廊里或校园的草坪上，排满了各种社团招揽会员的五颜六色的招牌。

以斯坦福大学为例，除了传统的用希腊字母标记的男生联谊会和女生联谊会以及各学生宿舍的"团体"外,还有596个志愿性学生社团,其中包括学术社团、体育社团、服务社团、艺术创作社团、民族文化社团、健康卫生社团、媒体出版社团、哲学社团、政治社团、娱乐消遣社团、宗教社团和社交社团等。学校鼓励学生参加现有的社团,但如果学生感到现有的社团不能满足自己的需要,也可以与学校有关方面联系,申请建立一个新的社团。

过去人们总是认为课外活动只是课堂教学的一种补充,然而美国大学的证据表明,"所有对学生产生深远影响的重要的具体事件,有4/5发生在课堂外"。课外,美国大学生除了个人学习外,还积极参加各种社团活动,在活动中激发了创新精神,强化了实践能力。

美国大学里的学术期刊往往由学生主持编辑。绝大多数院校都鼓励学生出版各种刊物,如日报或周报、年刊、文学期刊或幽默杂志,这些刊物的编辑和出版经理有相当大的责任,亦受到广泛尊敬,因此这些职务成为许多学生奋斗的目标。

在有些美国大学校园里,也有一种类似工会的"学生会"组织,但和我们国内大学里的学生会并不相同。这类学生会是一个完全独立于学校行政的一个学生组织。学生会的负责人由学生依照合理程序选举产生,学生会的资金也来自学生,没有校方或政府的资助,因而它的行动都是独立的。这类学生会的目的主要是在重要事件发生时,用以维护学生权益,同时作为学生和校方之间的沟通渠道。例如校内公车服务、学费上涨、图书馆设备改善,等等。

我本人在国内读书阶段,曾担任过不同"级别"的"班干部"。回首往事,酸甜苦辣尽在其中。总体说来,我不赞赏这种将官场行政生态在校园内加以复制的愚蠢做法。其中主要的弊端在于:不利于发挥大多数同学的潜能、导致“学生干部”在名利面前迅速异化、严重扭曲学生之间单纯和公平的人际关系。

当然,凡事都有利弊。人总是有差异的。对于那些思想比较成熟、独立性比较强、有自律能力的学生,在美国大学的环境里就可以应付自如。但对于那些性格腼腆内向、独立生活能力差的学生,就很难取得好的成绩,甚至不能完成大学学业,在美国名校里尤其如此。有些美国名校为了捍卫学术水平而不得不牺牲学生。据统计,美国每年都有很大比例的大学生因为没有完成大学学业而退学。

对此,准备来美国留学的学生和家长要有一定的思想准备。有的中国学生家长常常不能理解,为什么花了那么多钱,把孩子送到国外上大学,五六年了,还没有个结果。估计其中很大部分原因是:美国的大学是“不怎么管”学生的。就在这样一个既没有班主任循循善诱又没有班长书记们以身作则的环境里,如果你的孩子也“不怎么管”自己,那就真的是“黎叔很生气,问题很严重”了!

在美国登记公司的“秘密”

近年来,国内有很多中小企业家到美国去注册公司。其实,在美国注册公司非常简单。美国实行登记主义原则,不需要验核注册资金、无需注明经营范围,法律没有禁止的事情你都可以经营。如果新公司的名字跟现有的公司名字不重复,只要提交简单备案表格、一页纸的公司发起条款以及100多美元的注册费,通常只需30分钟左右,公司登记手续就完成了。这对很多中国商人来说,简直不可思议。

多年前,我在美国认识一个天津的小老板,他跟自己家乡的一些中小企业家吹牛说,我用一个下午的时间就可以在美国为你们成功注册一家公司,费用只要一万美金。天津有一些小商人都想到美国去“淘金”,他们简直不相信用半天的时间就可以把一个美国公司注册下来。其中有人回复说,那就你先办一个试试,给我们大家看看。如果真有这么简单的事,想办的人有很多。

结果这个在美国的天津人真花了几个小时就把一家公司注册下来。他说当天晚上用传真机将州政府的公司登记文件传到天津时,他听到电话另一端有一些人的惊叹和欢呼声。他家乡的朋友问他,你怎么有这么大的本事,公司登记得这么快呢?他故弄玄虚地回答说,我们“在州政府里有人”。后来,有不少人就付钱给他在美国办公司。结果这些人到了美国以后便大呼上当。

如果说,在美国办公司真的有什么“秘密”的话,那就是它的低门槛、申请程序简易,而且费用低廉——只是100多美元,肯定不是10 000美元。总体上说,美国的创业环境相当自由,创办公司不需要向政府提出申请并获得批准。在美国,没有像中国那样的工商管理局、对外贸易委员会这类的政府部门,美国也没有外汇管制和物价管制。对于来自海外的投资者,在法律上享有和美国当地企业同等的地位,权利义务完全相同,这就是我们在国际贸易法上所讲的“国民待遇原则”。

美国《时代周刊》曾报道过一个叫卡麦隆的人,此人截止到23岁,已经累计创办了12家公司,而他的第一家公司创办于他9岁的时候,公司地址就在他的卧室,公司名叫“欢笑和眼泪印刷公司”,主要业务是印刷和制作贺卡。也正是这样一个简陋的小公司让他赚到了人生的第一桶金——600美元。如今他已经累积了近千万元的财富。假如换在一个有工商管理局的国家,别说年龄上不符合公司法人的标准,光是高昂的注册资金、手续费,十几家申请单位来回跑,办公司这类“壮举”也只能停留在那些天才少年的梦境之中。

1976年,16岁的高中生斯蒂夫·乔布斯和20岁的辍学生斯蒂夫·盖瑞·沃兹尼亚克在乔布斯父母的车库里开办了苹果公司,从此开创了苹果公司传奇般的创业史。在美国的硅谷地区,很多传奇般的高科技公司在开办之初,都是在非常简易的登记注册条件下创立的,例如如今名声显赫的惠普公司、谷歌公司、雅虎公司都是如此。不难想象,假如美国有个“工商管理局”对于开办公司规定需要“九证俱全”——营业执照、财政登记证、税务登记证、统计登记证、组织机构代码证、外汇登记证、社保登记证、公积金管理证、发票登记证，今天的世界上肯定连苹果、谷歌等高科技巨人的影子都找不到。

另外，在美国登记注册公司没有大名称的限制。如果你想把自己的公司冠以“宇宙”、“环球”、“世界”、“北美洲”、“美利坚”、“太平洋”或“西太平洋”，绝对没人会跑出来说这个名字不符合规定。在美国，公司名称登记的底线是不能和其他现有公司的名称重复或近似，除此以外，没有其他硬性规定。比如，苹果公司在美国的注册名字是“Apple Inc.”，在中国，这样的名字恐怕是通不过审查的，你必须写成“北京苹五果六电子产品科技有限公司”，光是工商注册处这一关就过不了。在美国，公司并不需要每个月报出税表，通常是每年 3 月份报一次。你想偷税漏税吗？这可不是开玩笑的，一旦被抓住，会罚得你这辈子再也不敢偷税漏税。

不要以为美国政府脑子缺根弦，有权不用闲着作废。其实，这正是他们的精明之处。中小企业是经济的血脉，鼓励有更多的人去创业，必然会创造更多就业机会，自然会创造更多税收。一个企业能不能创造财富做大做强，不在于注册资金多少，也不在于企业名称大小。涉及创业公司自身的生死存亡的事情，属于典型的私法领地，政府不必插手。更何况，人间有法律，天堂有上帝，这两双无形的手并没有闲着。

鼓励创业的文化和理念与一个国家的历史传统和制度建构有很大的关系。在有些国家的衙门里，对那些前来登记注册公司的人们而言，大致印象如下：(1) 容许你们开公司是政府赐予你的洪恩，三叩九拜都不算离谱;(2) 尔等开公司的人十有八九都是奸商,必须从头到脚对你们严加监管。为了规避监管,企业不得不行贿受贿,以至于逼良为娼。

如今在中国,创业也成了一种时尚潮流,各级领导到处鼓励年轻人创业,到处是新建的创业园区的高楼大厦。其实,中国的创业环境和美国相比,差的不是硬件,差的是软实力;如果制度和理念不变,中国永远打造不出硅谷这样的高新科技发源地。

法院百年路漫漫

没有仔细留意过中国法律制度历史的人,可能不太愿意相信如下这个说法:从古代到一百多年前的中国,是没有独立的法院组织的。

中国现代司法制度并非直接从自己的历史传统中演变而来,而是传统司法在西方司法文明的冲击下渐次转型而形成的。古代中国没有分权制度的设计,行政与司法高度合一。知县和知府,既是拥有行政管理权的地方官员,又是拥有司法审判权的法官大人,同时还是教化地方民众的道德楷模;县衙门既是地方行署的办公所在地,又是民刑案件的过堂听讯处。同时,在古代中国,民事诉讼和刑事诉讼没有区分,即没有检察官,更没有律师。在衙门内,根本不讲究证据规则,对当事人施行刑讯逼供的现象比比皆是,完全谈不上近代意义上的人权保障机构。加上法律的道德化及其判决的不确定性等,使古代中国的司法权的运作呈现出非理性特征。

著名旅美华裔历史学家黄仁宇先生在他的一篇演讲中,讲到一个有趣的故事。明朝时南方某地有一个县官,上任后颁布了一条新的规则:今后凡是来他的县衙门打官司的人,过堂时无论原告还是被告,统统要先按在地上打几大板,然后再站起来陈述各自的理由。他的理由很简单,凡是到我这儿打官司的,都是有辱儒道的家伙,没有一个是好东西。所以,先要让你们吃点苦头。这样一来,县衙门倒是门庭冷落、几可罗雀,可是乡间依旧是争斗不绝、盗匪横行。

有位历史学家说过,假如你要了解一个国家的状况,最好的办法之一是看它的法院以及相关的法律体系。因为,这是当时的社会关系、文化状况、国家管理状况的集中体现。1810 年,中国的法典(《大清律例》)第一次翻译成英文出版,英国的一份报纸《爱丁堡评论》说,看来,中国人在很多方面的知识都是不足的,我们发展很快的东西,他们都不知道。

1839 年 3 月 10 日,林则徐作为钦差大臣抵达广州。在禁烟文告中,他责令外国鸦片贩子 3 日内必须呈缴鸦片并签署保证书,若有再贩,"一经查出,货尽没官,人即正法,情甘服罪"。当时很少人想到这个文告竟为日后中英冲突埋下隐患。从中国人的立场来看,林则徐的做法没有什么不对,中国官人自古以来就是这种思维方式和一贯做法。但是,英国人却强烈抗议。英国人的逻辑是,一个人犯了法,必须经过法院的合法程序进行审判,根据其行为触犯法律的程度给予恰当的处罚。而"人即正法",未经合法审判就被处死,显然有违英国人的程序正义的原则。可当时中国的"法院"在哪里呢?

清末司法改革是中国古代传统法治开始转型的起点。在 20 世纪初的清末修律中,中国政府开始引进西方近代资本主义的法院组织机构,建立起全新的法院体制。光绪 32 年(1906 年)9 月 20 日清政府颁布法令宣布:"大理寺改为大理院,专掌审判"。随后,大理院又拟定借鉴国外经验,建立大理院、高等审判厅、地方审判厅、初级审判厅四级机构,并实行四级三审制。同时,在创办检察机关、尝试司法回避制度、庭审辩论制度方面，也有所建树。尽管其中还带有中国传统社会的痕迹，但其主要内容无一例外是移植西方国家先进经验、制度和原则的产物。这一切，对于中国官员和亿万百姓来说，全是闻所未闻的新鲜事。

在西方宪政理论与实践的影响下，清末司法改革循着分权方向，致力于司法权与行政权的分离。立法权在议院设立之前，名义上由资政院代行；行政权属内阁与各部大臣；大理院掌管司法权，负责解释法律，主管审判。虽然清廷不可能实行真正的宪政改革，但形式上司法独立原则的确立，毕竟是对以皇帝为首的各级行政官员总揽司法权的否定。

效仿西方和日本，改变地方司法与行政合一的体制，推行四级三审制也是清末司法改革的重要内容。地方以省议会为立法机关，以总督、巡抚为地方行政机关，以高等审判厅为地方高级审判机关。同时在府、州县设地方审判厅和初级审判厅。

我们同时还注意到，在清末修律的过程中，不仅移植了大量西方近代的司法制度和原则，也引入了不少西方资本主义社会的司法观念，诸如公开审判、司法独立、人权保障、律师辩护、平民陪审、无罪推定等。由此，中国初步建立起与西方接轨的司法体制，近现代中国努力摆脱专制主义传统、走向法治社会的序幕正式拉开。

诚然，我们必须看到，自清末开始的移植先进的诉讼制度和司法体系，以及原则和观念，随着王朝更替和岁月动荡，大部分都半途夭折，留下了诸多遗憾。尽管中国第一批现代法学先行者们真诚地希望学习西方法制以强国富民，付出了巨大的艰辛，但是由于在专制体制内,这些学者们毕竟不是直接的决策者和执政者,由此导致他们诸多努力往往事倍功半,付之东流。显然,这是历史的无奈和悲哀。不过,当年这场颇为轰轰烈烈的修律与移植西方法律运动,对后来的中国社会产生了深远的影响。不难想象,在中国顽固的传统中,域外法律移植的本土化并非一帆风顺。但虽屡经挫折和风雨,其具有的普遍价值和意义始终没有泯灭。

它如同从域外文明引进了先进的法律种子,播撒在中国这个文明古国的大地上。后来的历史发展证明,一旦适宜的气候降临,这些种子就开始生根、发芽、开花、结果。可谓:“野火烧不尽,春风吹又生。”

美国的经验:不动产征收中的司法原则和判例

在惜墨如金的美国宪法中,其第五条修正案专门规定:“非依正当程序,不得剥夺任何人的生命,自由或财产;非有合理补偿,不得征用私有财产供公共使用。”联邦宪法第十四条修正案要求,州政府依据正当法律程序取得私有财产并保证不得拒绝法律对公民的平等保护。各州宪法对此问题也有类似规定。

美国宪法的文本,二百多年来没有作过一个字的改动,它的基本内容非常稳定。它所增加的内容都是以修正案的形式补充进去的,权利法案就是整个美国宪法的前10条。对于修正案的增加,美国国会也非常谨慎。从1789年以来,尽管曾经有三千多条修正案被提出,但是,至今为止,美国国会只通过26条宪法修正案。其中,直接涉及政府财产征收的就有两条。可见这一问题的举足轻重。

在美国,征收主要分两种形式。第一种属于无偿征收,或称政府警察权,英文称为taking,是政府为了保护公众健康、安全、伦理以及福利而无偿对所有人的财产施以限制乃至剥夺的行为。这种无偿征用的方式得以适用的场合非常有限,并受到相关法律的严格限制。第二种是有偿征收,这里涉及一个重要概念,“国家征用权”(Eminent Domain)。国家征用权是英美法系中一个历史悠久的概念,它是指政府实体为公共目的征用私有财产(尤其是土地和房地产),同时支付合理补偿的权力。本文讨论的主要是针对第二种征收形式。

美国联邦宪法第五条修正案关于有偿征收(Eminent Domain)的规定具有决定性的意义,该修正案规定了征收的三个要件:正当的法律程序(Due process of law);公平补偿(Just compensation);公共使用(Public use)。

1. 正当的法律程序(Due process of law)

作为正当的法律程序,通常征收行为应当遵循如下步骤:

(1) 预先通告。

(2) 政府方对征收财产进行评估。

(3) 向被征收方送交评估报告并提出补偿价金的初次要约;被征收方可以提出反要约(Counter-offer)。

(4) 召开公开的听证会(Public hearing)说明征收行为的必要性和合理性;如果被征收方对政府的征收本身提出质疑,可以提出司法挑战,迫使政府放弃征收行为。

(5) 如果政府和被征收方在补偿数额上无法达成协议,通常由政府方将案件送交法院处理。为了不影响公共利益,政府方可以预先向法庭支付一笔适当数额的补偿金作为定金,并请求法庭在最终判决前提前取得被征收财产。除非财产所有人可以举证说明该定金的数额过低,法庭将维持定金的数额不变。

(6) 法庭要求双方分别聘请的独立资产评估师提出评估报告并在法庭当庭交换。

(7) 双方最后一次进行补偿价金的平等协商,为和解争取最后的努力。

(8) 如果双方不能达成一致,将由普通公民组成的民事陪审团确定“合理的补偿”价金数额。

(9) 判决生效后,政府在30天内支付补偿价金并取得被征收的财产。

2. 公共使用(Public use)

“公共使用”是有严格界定的。首先,法律上的所谓“公共使用”,一般是指全体社会成员都可以直接享受的利益。如机场、公共道路交通、公共卫生、公共图书馆、灾害防治、国防、科学及文化教育事业,以及环境保护、文物古迹及风景名胜区的保护、公共水源及引水排水用地区域的保护、森林保护事业,均属于符合社会公共利益的“公共使用”。其次,法律对公共使用的内涵也适当采用了广义的解释,即公共使用并不意味着政府征收的财产只能或给一般公众使用。政府征收少数人财产又立即转让给多数私人使用,同样构成公共使用。诸如城市规划中的“旧城改造”、“成片住宅开发”、“超市购物中心”等。这里,公共使用的规则排除了政府利用行政权力损害某个个体利益的同时使另一个体收益,比如征收A的住房给B开设零售商店,就不能构成公共使用。

案例1:土地所有人诉夏威夷州政府

1959年,夏威夷以全民公决的方式决定加入美国。在夏威夷成为美国的一个独立州之前,该岛的最初定居者实施的是一种类似欧洲封建领主制的土地分封制度。此后的60年代中期,夏威夷议会连续举行听证会议,证明该岛的土地由于过度集中和价格垄断,已经到了伤害公众福利的状态。因此,州议会决定颁布土地改革法案,由政府先征收所有者的土地，然后转让给土地现有的承租人。这实际上是一种通过赎买的方式进行的土地改革。原告(土地所有人)向法院提出诉讼,声称夏威夷州政府剥夺房地产主的财产,然后再转让给私人使用的行为违反了联邦宪法第五条修正案。法院最后否决了原告的诉讼请求。法院首先肯定政府在实施征收行为时,必须具有公共使用的目的。即使在合理补偿的情况下,如果不含有公共使用的目的,也不能够剥夺任何人的财产而使另一人受益。法院认为,州议会的法案并非为了使某些特定的集体受益,而是为了消除财产过分集中所导致的不良状况,其合理的公共使用目的已经显而易见。实践中征收财产立即转让给私人受益并非意味着征收只具有私人使用性质。这种征收行动同样具有公益性质,因为它直接理顺了被长期扭曲的土地市场。因而法院判定原告败诉。

案例2:华裔新移民诉 SAN JOSE 市政府

这是一个最近发生的诉讼案件。来自中国大陆的新移民方秉权先生和他的妻子共同拥有 TROPICANA 商场75%的土地所有权,其他土地所有人均是亚裔和拉丁美洲裔等少数族裔。该商场占地10英亩，地处美国加州硅谷重镇圣荷西市中心地区。2002年,圣荷西市政府指认 TROPICANA 商场为“荒废区域”(Blighted Area),并以“公众使用”(Publice use)为由,动用土地征收权将该商场强行征收,同时要将该商场转交给另一家由南加州白种人经营的地产开发公司,同时宣布将耗资5 000万美元进行商场重整计划。但此时方秉权投资800万美元的重建商场工程已接近竣工。方秉权等多数所有权人反对市政府的决定,于2002年10月10日入禀法庭,状告市政府侵犯公民私有财产权,歧视少数族裔并违反宪法,同时提出索赔700万美元。法庭通过多次听询会,法官Gregory Ward要求市政府提出完整行政记录,以证明将一个正在改建中的商场由现任东主手中强行征收,然后将商场原有店家建筑与商业形态原封不动转交给新东主的做法,是否是为了公众利益。在最近一次开庭聆讯中,法官Gregory Ward以市政府提出的会议记录不足以支持强制征收该商场的决定为由,限期市政府必须提出更多证人和证据。被告市政府律师在和市政府以及议会讨论后,决定放弃征收行为。原告方获胜。法官Gregory Ward在2003年10月22日的宣判中表明,市政府所提出的会议记录并不足以证明该强制征收的决定是"为了让最多人获益,同时使最少人受到伤害"。因此该强制征收令并没有绝对的必要性。同时法官也认为,市政府只征收方秉权等亚裔所有的两栋建筑物,而不征收拉丁美洲裔的超市和汽车修理行,是"肆意专断而且任性的行为"。

事后,原告方秉权等以诉讼期间商场生意损失为由向市政府索赔700万美元的损失。此外,市政府还可能要赔偿南加州的开发商36万美元的相关损失。后续索赔诉讼的具体结局尚未获得媒体披露。总之,"早知今日,何必当初",一场官司下来,市政府当局损失惨重,十分沮丧。

然而,并不是所有的人都像加州圣荷西的方先生这样幸运。我们来看看下面这个本世纪初最有轰动性的法律案例。

案例3：凯洛诉新伦敦市案(Kelo v. City of New London)

谈论美国的“国家征用权”的诉讼案，我们无论如何不得遗漏2005年6月23日成为全球新闻的凯洛诉新伦敦市案(Kelo v. City of New London)。

新伦敦市(New London)是美国东北部康涅狄格州的一座小城市。它长期以来一直依靠海军军事基地生存。1996年，联邦政府裁军，关闭了这个基地。小镇因失去经济支柱，迅速走向萧条。1998年，这个城市的失业率是全州平均水平的两倍。城市的官员们决心用一个招商引资的计划来复苏小城的经济。在这样的背景下，他们决定对Thames河畔一片90英亩的土地做一个规划，在这片土地上建设博物馆，健康俱乐部等促进旅游业的项目。此外，相当大的一片土地将规划给一个叫做辉瑞(Pfizer)的医药公司建立全球研发中心。辉瑞(Pfizer)公司是一家拥有150年历史的以研发为基础的跨国制药公司。辉瑞公司为人类及动物的健康开发、生产和推广各种领先的处方药以及许多世界最驰名的消费产品。一些国际最知名的处方药，比如辉瑞立普妥、西乐葆、万艾可(伟哥)等都是瑞辉公司的产品。

大公司进入小城镇，对小城的政府官员们来说，这是千载难逢的好机会。他们认为，这样的开发计划一定能够促进小城充分的就业、经济的发展以及财政的增加。于是，新伦敦市市政府授权市政府控制下的一家私有实体“新伦敦市开发公司”，对城边一块土地重新进行规划，希望在辉瑞公司的牵头下，实现更多招商引资计划。整个规划包括要建一座酒店和一个会议中心、一个州立公园、80～100幢新民居和其他一些商用楼等。开发计划把这一地区划分为6

块用地,除1号地(用于建酒店和会议中心)外,其他5块地并没有在计划中详细列定具体的用处。2000年,市府批准了开发计划,把地批给了开发公司。这片地共计90英亩大小,115户居民和商家。开发公司打算出价把它们全买下来以后,就启动工程开发。

但是,这一征地方案涉及一些私有土地拥有者,其中一些人(15户人家)拒绝交出他们的家园,更不愿意把自己的家园卖给一间私人公司。本案原告Kelo(凯洛)女士,就是其中抵抗最强烈的一位。虽然政府给出的160万美元征地补偿金并不低,但她态度坚决,不愿搬家。结果,新伦敦市市政府决定动用“征用权”,试图依法强行征收15家“钉子户”的地产。面对政府不妥协的态度,Kelo女士作为一些私有土地拥有者的代表,一纸诉状将政府告进了法院。这些居民的控诉依据很简单:他们认为这一征收行为违反了美国宪法的第五条修正案中规定的“公共使用(Public use)”要求。

然而,美国康涅狄格州的最高法院驳回了他们的诉求,支持了市政当局的征用计划。州最高法院裁定,因经济开发而对土地的强制征用不违反州和联邦宪法关于“公共使用”的条款。州高院认为只要经济开发项目能提供就业机会、增加税收、增加市政收入、有利于复苏凋敝小城的经济,它就符合“公共使用”的要求。它还认为,只要私有企业起着合法的政府全权代理人的作用,市政当局把“征用权”委托给私有企业也是不违背宪法的。

以Kelo为代表的这些私有土地拥有者们不服州法院的判决,将此案上诉到了联邦最高法院。

这是美国联邦最高法院自1984年以来接手的首例不动产征用

案。有迹象表明,近20年来,美国各州和市政府不断在扩大“征用权”,其借口通常是出于发展经济的目的。除了“经济发展”属否“公共使用”外,凯洛案还有一个特别的枝节,那就是至少在表面上,负责规划土地的开发公司是一家私有实体;因此,原告争辩说,政府把私有土地从一个个人或公司手里夺走,再转给另一个私人,而仅仅因为后者能使这块地产出更高的赋税收入,这是显然违背美国宪政精神的。凯洛立刻成了各方大讨论的焦点,原告和被告两边都吸引了为数众多的支持者。

这个案件在美国最高法院里,也出现了严重的分歧。2005年6月23日,尽管德高望重的大法官伦奎斯特持不同意见,最高法院仍然以5比4作出判决:市政当局的强征不违反宪法。联邦最高法院对此案的裁决只有一票之差,本身就说明此案具有重大争议。组成多数方的5位大法官分别是约翰·保罗·史蒂文斯、安东尼·肯尼迪、戴维·苏特、史蒂芬·布雷耶和鲁思·金斯伯格。

而支持上述判决的5名最高法院法官们的理由是什么呢?判决意见由大法官史蒂文斯执笔。另外,大法官肯尼迪也同时出具了一份配合意见,更详细地补充说明了对经济开发的司法审查标准。史蒂文斯在意见书中称,在有关土地使用的决议里,应给予当地政府较宽的自由裁量权:“该市确已非常仔细地制定了开发计划,相信能给社区带来可评估的利益,这个利益包括,但不局限于,提供就业机会和增加税收。”

此外,他们在核心意见里还特别说明:“It (court) has embraced the broader and more natural interpretation of public use as ‘public purpose’”(译文:法院一直主张对“公共使用”应当作更自然和更宽泛的解释,比

如解释为“公共目的”)。他们认为,政府为了经济发展的需要征用私有财产并转移至另一私有实体的行为,在第五修正案公共使用条款的允许范围内。所以,应当承认康涅狄格州最高法院判决并不违宪。

4 位持反对意见者分别是首席大法官威廉·伦奎斯特、大法官桑德拉·戴·奥康纳、安东宁·史格里亚和克拉伦斯·托马斯。大法官奥康纳主持撰写了反方意见,她认为,以“劫贫济富”这种反罗宾汉的方式来动用国家征用权,后果可能是,任何私有财产都有可能因另一私方利益而被拿走。这个判决的后续效应将不是偶发事件,受益者很可能是那些拥有不对等(比诸受害者)政治影响和权力的公民,比如大公司和大开发商等。大法官克拉伦斯·托马斯也单独写了一份原意主义的反对意见,他谴责多数方把第五条修正案里的“公共使用”替换成了在意义上有着很大差别的“公共目的”:“正是这种措词上的变换,使得法庭认为,尽管这是违反常识的,一个投入巨资的城市重建项目(陈述的开发目的含糊地承诺将带来新的就业机会和增加税收,但同时也是辉瑞公司所喜见的),属于‘公共使用’。”

判决后,此案的多位原告表示他们将进一步寻求其他手段,继续抗议对他们家园的攫夺。然而,在最高法院作出判决后,凯洛和其他几位居民寄希望于在市政府赔付时,力争一个公平的要价。该市已准备花 160 万美元收购 15 户的地产。最终市政府亦同意将凯洛的房子移到市中心,并且支付了数额巨大的赔偿。

由于招商引资失败,凯洛案判决两年之后,市政府征用的土地上并未进行任何开发。2009 年 11 月,在征收规划中的重要角色——辉瑞公司,宣布关闭在新伦敦市的研发中心。

凯洛案尽管在小小的新伦敦城已经尘埃落定，但它所造成的影响却并没有因此而画上休止符，其影响甚至超越了美国的国界。如今，从欧洲到亚洲，在世界各国的法学院里，教授和学生们都在关注和讨论这个案例。

就美国国内而言，在判决之前，美国就有8个州（阿肯色州、佛罗里达州、伊利诺伊州、肯塔基州、缅因州、蒙大拿州、南卡罗莱纳州和华盛顿州）明确禁止以发展经济为由（清除“枯萎”城区例外）使用“征用权”。截至2007年，美国50个州中的42个州通过了法律，对以经济发展为目的的土地征用进行限制，其中21州明确禁止了类似凯洛案判决的财产征用。

事实上，所谓“公共利益”的概念，在国际法学界还存在着广泛的争论。直到今天，也没有人能够为“公共利益”找到一个确切的定义。笔者注意到，中国人民大学法学院的王利明教授曾经发表过一篇探讨“公共利益”的论文。王利明先生从历史到现实、从先哲到今人、从例举法到归纳法、从具体到抽象，几乎绞尽脑汁地分析研究这个问题，但是他最后得出的结论似乎是无奈的——“公共利益”的问题依旧是个无法说清楚的问题，试图用简明的方式阐述这个概念，往往是徒劳无功的。当然，这样的研究论文依旧具有建设意义。在自然科学界，常常有这样的情况，一个科学家费尽浑身解数研究一个课题，最后仍没有发现期待的结果。但是，“没有发现结果”本身，大概就是一个“结果”。这说明，对一个复杂事物的认识，不可能是一劳永逸的，其中必然需要伴随人类经验和智慧的长期积累。

3. 公平补偿(Just compensation)

公平补偿主要体现在以下三个方面:

(1) 主体的公平,即有权得到补偿的不仅仅包括财产的所有人,还应当包括财产相关的收益人,如房地产的承租人。

(2) 客体的公平,即取得补偿的对象不仅仅包括房地产本身,还应当包括房地产的附加物,以及与该房地产商业信誉有关的无形资产(Goodwill)。

(3) 估价的公平,即法律要求补偿的价金应当以"公平的市场价值"(fair market value)为依据。

至于什么才是公平的市场价值,目前最有效的方式是:双方分别聘请独立的资产评估师提出评估报告。如果各自的评估报告结论相差悬殊,则由法庭组成的陪审团裁定。人们可以抱怨,资产评估师的报告并非完美和科学,但是在现阶段经济科学的发展水平上,除此之外,人们也许没有什么更好的办法来解决这个问题。在司法实践中,美国法院通常都认定高出政府补偿价格的评估报告。因此,有关政府征收方面的法律案件,通常都是职业律师们竭力追逐的目标。在律师费用的收取上,与交通肇事案件和医疗事故案件一样,大多采用不胜诉不收费的方式,如果胜诉,律师可以从当事人额外期待的政府补偿金中获得较大比例的金额。如果政府一方胜诉,另一方也不需要为此支付政府方的诉讼费用。

案例4:圣地亚哥市诉索比科保险金融公司案

被告是一家位于美国和墨西哥边境的保险金融公司。由于政府的征用行动,该公司被迫迁移到一个运营费用较贵的地点。但是有趣的是,公司迁入新地点后,恰好遇到墨西哥的货币(比索)贬值,公司的营业额每月增加了400%,公司为此因祸得福。但是该公司仍然不接受政府提出的补偿金,提出要求政府补偿其商业信誉的损失。经过两审诉讼程序,陪审团拒绝了被告的请求。上诉法院特别指出,尽管承租人有权利要求赔偿商业信誉的损失,但是必须提出证据证明在搬迁之前和搬迁之后的差异(损失)。仅仅提出新地点的运营费用增加,并不能直接证明这一损失,何况由于搬迁后公司的营业额每月增加了400%的事实,已经使该公司提出此类证明成为不可能。

案例5:粮食转运公司诉某郡政府案

原告是一家经营谷物的粮食转运公司,近半个世纪里,一直在铁路沿线经营谷物转运业务,并在租赁土地上建筑了仓储等辅助设备,公司的业务具有相当的稳定性。1967年政府实施征收铁路公司,同时包括征收原告租赁的财产。当时,原告与铁路公司的租赁合同还有7年半届满。在诉讼中,政府承诺补偿原告租赁合同的损失,包括附加建筑物的损失。但原告提出,政府还应当补偿租赁合同可能延续而带来的后续利益。法院认为,在确定一个合理的市场价值时,可以推定这一市场价值应当是一个买方在正常市场状态下愿意支付给卖方的现金价值。在本案中,假定原告出卖其公司,买方应当认为该租赁合同还会延期,直至设备的使用寿命终止。法院认为,原告主张的公平市场价值应当是指它的现存利益及未来利益。现存利益包括它拥有的资产净值,未来利益包括租赁合同尚存

7 年半期限的利益,以及 7 年半以后租赁合同可能延期所带来的利益。法院判决原告胜诉。

什么是"公平"的合理的补偿?公平合理如何确定?在美国的法律和市场体制下,这个问题并不存在很大的争议。美国人大多公认在补偿价码方面,存在着一个叫"公平市场价格"(Fair Maket Price)的尺度。只要有这个大家公认的价码标准,就可以使大部分问题和争议得到解决。因为一个比较完善的市场制度下,它们的商品交易体系是稳定的和开放透明的,而且这一体系基本上可以体现了人格和意志的自由。所以,当出现具体争议的时候,争议的双方往往试图找出这个使双方都能接受的市场价格。

怎么确定公平市场价格?需要特别指出的是,房地产的价格并不是依据劳动价值论的方式确定的,而主要通过市场交易确定。在房地产这个行业上,价格往往和劳动成本相差巨大。这曾经是这个领域内很多争议的根源所在。房地产的价格,特别是房地产在产权过户以后的涨落,往往不是单纯根据房子的制造成本,更不是根据那些建筑材料中砖头木头的价值,而是主要根据它的空间位置(Location)。如果这个空间位置是稀缺的并具有不可替代性,稀缺使得市场上这一空间位置求大于供,房产价格便会一路上涨。由于房产价格上升很快,购买房地产不仅可以保值,而且逐渐成为一种普遍的投资方式。美国有些地方,比如北加州的硅谷、旧金山湾区、南加州的洛杉矶好莱坞和圣地亚哥等地,半个多世纪以来,房地产已经涨到了名副其实的寸土寸金。

在美国拥有房地产的人,一年一度会收到政府的税务官寄来一张房地产税单(Property Tax Statement)。房地产税单中有一条,就是对其房地产的市场价格(Market Price)的估价。房地产所有权人缴纳的房地产税是根据他的房产的市场价格确定的。人们不难发现,政府税务官的估价基本上和你自己的评估价格差不多。因此,每个房地产所有权人对自己房产的公平市场价格是心里有数的。买卖房地产的双方,能够讨价还价的幅度,通常只在10%上下。

正因为美国的房地产业是一个稳定的开放的自由市场制度,房地产有一个公平市场价格,所以合理的补偿就没有太多的困惑。在相关的拆迁补偿中,房地产所有权人通常可以得到相当于自己自愿出售其不动产的价格。同样,在这样一个稳定的开放的自由市场制度中,开发商即使再贪婪,其利润也同样会受到市场规律的制约。我们不难看到,在拆迁过程中,被拆迁方是按照市场公平价格出售的,开发商在将新的不动产产品重新出售时,也是按照市场公平价格出售的,其中不存在太多的悬念。如果在这个过程中,任何一方受到欺诈或伤害,则可以去法院对簿公堂。

需要注意的是,美国法律错综复杂,其中有从英国承袭演变过来的普通法,也有随着社会发展不断制定出的成文法;既有全国统一联邦法律,又有50个州互不相同的各州法律。由于可以理解的原因,国内法学界同行们未必会对这些发生在大洋彼岸的案件感兴趣,但是,我们不得不承认它们确实非常有意义。凡是世界上传统和现代的种种争执,均可以在博大精深、浩若烟海的美国法律体系中寻找到相关的原则和案例。经过长期的争辩、协调、修改和补充,美国的法律体系在最大限度地追求公平和正义方面,其影响力已经超出了美国本土的范围。

“拆迁”一词作为法律词语的英译问题

近年来,“拆迁”一词作为法律术语,正以越来越高的频率出现在国内各类媒体中。但是,我们遗憾地发现,在目前国内的英文新闻报道和有关英文学术译文中,对“拆迁”一词的英文译文,则显示出混乱乃至错误的译法。

一、当下经常被误用的英文译名

比较常见的,是将“拆迁”翻译为 demolition(拆除、拆毁),或 pulled down(毁坏、拆毁、拉倒、降低、拖垮),等等。与之相关的,比如将拆迁赔偿费译为 compensation for demolition,将拆迁户译为 households or units relocated due to building demolition,将拆迁条例译为 demolition regulation,等等。事实上,连国内权威的新闻机构在新闻报道和时事评论中也采取这种译法。我以为,这种译法是非常值得商榷的。

事实上,demolition(拆除、拆毁、清拆、拆卸)和 pulled down(毁坏、拆毁、拉倒、降低)主要属于建筑行业的词汇,它们并不是法律的专业词汇。

首先,我们需要厘清的是,当下人们频繁使用的“拆迁”一词的内涵和外延实际上并不发生在建筑行业,而是在法律领域内。它指的是由于政府行使不动产征用权时发生的法律关系,其中不仅仅涉及行政法和民法,更重要的是关系到公民的宪法权利问题。demolition (拆除、拆毁、清拆、拆卸) 和 pulled down (毁坏、拆毁、拉倒、降低) 等词语仅仅表达了某种拆毁或推倒建筑物的物理性行为,并不能反映出其中所包含的复杂法律关系。因此,当我们完整理解了"拆迁"一词中所包含的真实含义后,再来确定相对准确的译名,才是可行和有意义的。

二、建议使用的正确英文译名

笔者认为,在需要表明"拆迁"法律关系的场合,应当用 Eminent Domain 或 Expropriation (Expropriate) 这两个专业法律术语,并代替目前在媒体使用的其他非法律专业术语。

(一) Eminent Domain

Eminent Domain 是一个典型的美国法律用语。通常被译为国家征用权,专用来指某中央或地方政府实体为了公共利益的目的,征收或征用私人财产(主要指不动产,土地和房屋等),同时为此行为支付合理补偿的权力。由此引发的法律案件,可以称为"Eminent Domain Cases"。研究表明,该词最早来自 17 世纪法学家格老秀斯 (Grotius) 首创的"eminens dominium"一语。格老秀斯主张,为了社会团体的利益,国家拥有征收、征用以及清除私人财产的权力,但是国家在行使这一权力时,有义务补偿财产所有人因此遭受的损失。在美国,国家征用权主要体现在美国宪法第五条修正案和各州的宪法中。这个词目前主要由美国和加拿大等国家使用。

事实上,在国内有些官方文字的表达中,已经开始使用 Eminent Domain 一词来表达征收、拆迁现象。试看来自一家官方网站的如下例句:

By the look of reality, the research in interests conflict and adjustment mechanism related to eminent domain is a theoretical and realistic problem, which is a requirement to carry out scientific development view in urban construction and development. During the recent two years, domestic researches about related problems have become a focus gradually. (从现实情况看,城市房屋拆迁中的利益冲突及其调整机制研究,是国内城市建设和发展中落实科学发展观所亟须解决的一个重大理论和现实问题。)

(二) Expropriation 或 Expropriate

英国人尽管也使用 Eminent Domain 一词,但主要用于国际法领域。在英国、加拿大(普通法适用地)和美国的路易斯安那州的法律中,则常用 Expropriation 或 Expropriate 这个词用来表示政府对私有财产的征收行为。我们注意到,在《中国日报》等著名英文媒体的时事评论专栏中,最近已经开始使用这个词语来代替 demolition(拆除、拆毁),或 pulled down(毁坏、拆毁、拉倒、降低、拖垮)等词汇。例如,expropriation notice in advance(预先征收通告);appropriate compensations(征收补偿)等。

此外,在英国、新西兰、爱尔兰等国家,有时也使用 compulsory purchase(强制性购买)一词,在澳大利亚则使用 resumption/compulsory acquisition 一词,来表述国家的有偿征收征用的法律行为。

三、可能误用的英文译名

此外,还有两个容易误用的词汇也值得引起注意:

1. condemnation

condemnation 也包含征收的意思,但它的词义更多的是指违法者被没收财产或受到的制裁和谴责。

比如:The jury's condemnation was a shock to the suspect(陪审团宣告有罪使嫌疑犯大为震惊);His own actions are his condemnation(他自己的所作所为定了他的罪);Althought this house is condemned, an old lady still lives there(尽管这栋房子已经被依法没收,但这个老妇人仍然住在里面)。

2. requisition

在国内有关媒体的翻译实践中,也有人使用 requisition 一词来表述征用行为

但是,这个词在英美国家主要用来表达战时或紧急状态时的征用行为。例如:Army requisitions vehicles to deal with an emergency(征用车辆以应付紧急情况)。

四、一般性总结

从一般意义上说,翻译应当达意并传神,尽可能接近具体民族语言的习惯俗成的用法,这样才会显得自然。对此,目前翻译界已形成共识。但对如何做到两个语种中的信息量对等又能兼顾当地语言读者的直观反应,则是对翻译者经验和智慧的锻炼。

我们发现,在文学翻译中,由于不同的语言语法与风格完全不同,要做到对等翻译是完全不可能的。如果说,法律语言翻译与文学语言翻译有所不同的话,我们对法律词语的翻译则主张尽可能采取保守、审慎的态度,并避免随意的词语挪用和创新,这样做并不是出于呆板和苛求,而是事关法律现象的历史稳定性和现实准确性。比如,如果具体的外国民族语言中已经有特定的词语表述特定的法律关系和法律事件,就尽量采用这类词语,而避免为了直观表达而生搬词语。

今天,很多人习惯于将翻译仅仅看作两种语言间的机械转化过程。其实,翻译的过程远非如此,它更多是两种文化间的互动。尤其是,当我们试图把全人类各民族共享的社会现象、社会问题、普遍价值等用另一种民族文字表达时,如果只是满足于用比较表面的方式翻译出来,就难免引起对另一种文化的费解和猜疑。显然,值得我们追求的最理想的途径应当是:在对内容的文化底蕴有足够把握的前提下,使被翻译的对象接近另一种文化方便接受的语言与表达样式。

或许有一天,我们今天遇到的法律现象和法律关系是全新的,以至于由我们本土法律工作者抢先原创出的一个新的词语并足以使其他民族语言竞相模仿,由此派生出对方法律语言中的“外来语”,比如像豆腐(tofu)、台风(typhoon)等,中国法律人群将有理由为之欢欣鼓舞。但就目前中国法律研究的实际水平而言,人们还不能对这种情形保持过多的奢望。

大学百年路迷茫

现代大学教育来到中国这块土地上,大概有一百多年了。

千百年来,尽管中国历代王朝都有太学一类的官方学术体系,还有发达的科举取士制度,民间还有一些勉强不随王朝更替而存在的书院体系,但是现代意义上的学院,尤其是大学教育体系,还是一百多年前从西方引来的东西。

私塾教育曾一直是中国教育的主要形式。私塾的内容主要是"四书"、"五经";比如《三字经》、《百家姓》、《千字文》、《弟子规》、《孝经》等启蒙读物;还有如唐诗宋词、《左传》、《史记》等。听长者说,私塾是古人读经的圣地。开学的那一天,学生先要叩拜至圣先师孔子神位,双膝跪地,九叩首;而后再拜私塾先生,三叩首。礼成,要设宴款待老师。这以后,每日清晨,当学生还睡眼蒙眬时就要到校,先得给孔子牌位行叩首礼,然后再回到各自课桌做功课。

1840 年鸦片战争后,中国国门被迫打开。西方文明的冲击直接呈现出来的就是坚船利炮,让国人误以为西方强大的原因是器物文明。其实,这一强势文明的背后,其实起源于一种必须由体系的学院教育才能获得的理性思维。鸦片战争后发生的洋务运动秉持"中学为体、西学为用"的设想,试图仅仅在工具和器物层面引进西方文明的坚船利炮。遗憾的是,洋务运动并没有建立现代意义的学院,只有为接受西洋器物服务的人才培训,诸如翻译西方语言的同文馆,培训西方技术的船政学堂、矿业学堂、工艺学堂、医学堂等,以及培养军事人才的武备学堂。此刻,现代文明体系中的学院教育恰恰与我们中国人交臂而过。

1894年的甲午战争,由西方引进的技术装备体系打造的北洋舰队全军覆没,正式宣告了洋务运动的破产。1898年戊戌变法,一系列政治变革启动,京师大学堂这一现代大学的雏形也正式诞生。世纪之交,庚子之变等一系列深重的民族灾难动摇了几千年传统的基础。1902年颁布壬寅学制,次年再颁布癸卯学制,形成中国最早的近代学校体系,1905年科举制度被正式废除,一批以西学为主的新式学校兴起。

1906年,美国伊利诺伊大学校长詹姆士写信给总统西奥多·罗斯福,建议利用庚子赔款在中国兴办教育。他说,中国正面临一次革命,哪个国家能够教育这一代中国青年,它就能因此而获得在精神和商业上的影响,也就是说,要通过知识上、精神上的影响支配中国未来的领袖。1911年建立的清华学校作为留学预备学校,便是要成为中国领袖人才之试验学校。

20世纪中国大学运动有一个划时代的亮点,那就是蔡元培掌校的北京大学开创了现代大学精神,其中显现的现代大学独立于社会政治与经济力量的崭新形象,对现代中国产生了前所未有的实质性推动。然而,它在百年中国的历史上只是昙花一现。蔡元培认为,大学并不是贩卖毕业证的机关,也不是灌输固定知识的机关,而是研究学理的机关。可惜由于官本位的惯性作用,这一尝试还是以失败告终。

值得注意的是,还有两所独特的“大学”后来大致掌控了20世纪的中国命运,这就是国民党的黄埔军校和共产党的延安抗大,它们先后各自培养了一群有救国理想的青年精英群体,成功建立了统一的国家政权。蔡元培曾主张的“超然人”教育致力于追求长远效用,以便使大学独立于任何政治团体以保持鲜明的个性。但是,这种理想显然在当时的中国缺乏生长的土壤。结果,政治化的“准大学”还是破土而出,先声夺人。

胡适认为,国家可以没有军舰,但不能没有大学。人的改变永远是第一位的。从某种意义上说,由于中国近代历史上独立大学的缺位,用以建构现代文明所必需的文化准备也随之缺位。中国在走向世界现代化的道路上曾再三被动,与此不无关系。中国从20世纪初肇始的现代大学运动仅仅是昙花一现,这值得我们民族深思。在中华民族实现复兴的21世纪,我们应当如何重建逝去的大学精神。

中国有两千多年帝制皇权和政治本位的深厚传统。整个社会对于政治权力的依赖和迷恋使世世代代的中国人深信:只有寄托于政治权力,人们才能满足改变现实的所有诉求。由此,现代文化的建构和现代公民社会的共识,往往是镜中花和水中月。很多证据表明,中国社会的官本位现象并不起止于当权者的宫廷之中。

“中国大学越来越像官场。”我们遗憾地看到,今天,中国的大学正在显示官场的所有特征。越来越多的优秀学者在争当领导。因为道理很简单:在今天的中国,只有拥有一定的行政职位,才能够优先获得甚至垄断那些稀缺的学术资源、政治资本和商业机会。由此,我们大概不难求解钱学森临终前发出的“中国大学为什么培养不出杰出人才”这个振聋发聩的世纪之问。

我们频频注意到,在今天一个又一个大学的隆重庆典里,最耀眼的明星,并不是那些最优秀的科学家和学问家,而是一个又一个身居高位的官场精英。

一百多年前,伟大的物理学家爱因斯坦演绎了那个改变世界的方程式:一个质量为 M 的物质的能量 E 等于该质量 M 和光速 C(每秒 18.6 万公里)的平方的乘积,也就是:$E=MC^2$。

几十年后,犹太人决定建立以色列国,以色列国民一致拥戴当时在美国普林斯顿高等研究院任职的爱因斯坦出任开国总统。爱因斯坦婉言谢绝了,并为此给世界留下一段意味深长的话:“政治是当下暂时的,而方程式是不朽和永恒的。”

百年过后,我们的大学仍在路上踯躅而行。

加州“独立候选人”的那些精彩往事

加利福尼亚州是美国最大的州，每次州长选举之际，都会涌现出不少生动可爱的“独立候选人”，随之由他们上演一场热闹的竞选大戏。其中，最精彩和最令人回味的，莫过于发生在2003年10月的那次加州州长的竞选。

2003年，由于当时的州长民主党人戴维斯管理失措导致州财政入不敷出。加州民众决定在10月举行公民投票，决定是否罢免戴维斯。如果决定罢免戴维斯，随后将进入新的程序——选出一个新州长。

根据加州法律规定，任何选民只要征集到65名支持者的签名，并交纳3 500美元登记费，就可以摩拳擦掌跳进政治选秀场过把瘾。凡是能收集到1万选民的签字，他就可以在登记报名时不用交费。为了争夺州长职位，本来有超过600人表示有意竞选州长，但在报名期限截止日，共有135名候选人被列入最后名单。当人们拿到选民投票表格，把候选人的背景资料看了一遍之后，实在忍俊不禁。

这次参选的党派除了共和、民主两大党派之外，还有社会主义工人党、绿色和平党、自然法则党，和平自由党、汽车党、烟草党、裸体党、天主教牧师、新派基督徒以及各阶层的独立候选人。他们中既有好莱坞动作片硬汉明星，也有色情女星、朋克歌手、退休的火车扳道工、牙科医生、救火员、职业拳击手、税务官、餐馆老板、二手车店老板、职业高尔夫球手、大学生,各色人等,三教九流。

他们的施政纲领从提倡堕胎、开设赌场赌博、同性婚姻之外,还要求降低学杂费、关闭美墨边境、在州内高速公路上拍卖广告牌、驱逐所有非法移民、典当加州州名及州政府大楼,或要求饲养某类特异宠物。

通常,最缺乏创意与号召力的是共和党人的简历,呆板枯燥,在他们的履历上大都写满几岁在某个私立学校读完书,后来跟谁结的婚,结了多少年后至今恩爱如初,每个星期天都去教堂做礼拜——风雨无阻,家里生了好几个孩子还养了很多条猫狗等套话。

在所有的候选人当中,最为引人注目的无疑是施瓦辛格这位在银幕上以扮演一身强壮肌肉的"终结者"(Terminator)。不过,电影演员当州长乃至当总统并非没有先例。就是在加州,好莱坞的二类演员里根既当过加州州长,也当过美国总统,而且深为美国人津津乐道。应该看到,与其他竞选人相比,施瓦辛格的政治悟性和好运,当时可谓得天独厚。

有位名叫玛丽·凯里(Mary Carey)的23岁的艳星最先夺人眼球。她到处宣传将以独立候选人身份参选。这位身材火辣的金发美女称,竞选目标是给加州人带来"快乐"。她承诺当选后将给舞女减税,至于别的税,就维持现状不再变了。凯里表示,她有办法解决困扰加州多年的能源问题,方法就是自己将雇用美艳女星帮助州政府与能源公司大亨们进行谈判,这样极有把握能为加州拿到最优惠的电价。凯里的两名支持者扛着大标语,上面写着:"加州人喜欢金发女郎!"旁边,凯里本人则在向路过的人大讲特讲如何应对全球变暖问题,她很有幽默感地说:“少穿点儿衣服就是了。”

《好色客》(Hustler)杂志老板莱瑞·福林特更是老当益壮、当仁不让。这位黑道白道通吃的争议人物曾遭行刺,虽侥幸逃生,但只能在轮椅上度过余生。他说,“我人是瘫了,但我脖子以上的部位没有瘫。在这方面和戴维斯州长正好相反”。

电视肥皂剧的制作人比尔· 普若蒂(Bill Prady)想要把肥皂剧的精神带入政坛,他信誓旦旦要把加州变成电视肥皂剧的剧场。因为在肥皂剧里,所有的矛盾都可以化解,每个人都开心。如果他当选,他就要把加州所有的问题在22分钟零44秒的时间内统统解决,这其中包括两次商业广告的时间和剧终总有的亲吻拥抱。

好莱坞的大小明星在施瓦辛格的指引下前赴后继都赶来竞选,每个人都大话连连,自吹自擂。有个名叫克里斯托弗的人,是一个怎么都找不到工作的演员,他胸前带着的宣传牌上写道:“我不是什么大名人,但我就是觉得自己没工作的时间也稍嫌长了点儿,也许州长的工作比较适合我。”

一个自称是前俄国大帝诺曼诺夫家族后裔的女人也宣布参选,她说自己合法继承的财产如果用来支付加州眼下的债务不仅绰绰有余,而且还能剩下7 000万美元。除了让她来当州长,难道还有什么更好的办法能让加州解脱债务危机吗?

旧金山市的麦克尔· 沃兹尼克(Michael Wozniak)是个警察,他跟太太一起来登记参选。他太太实在心疼那3 500块美元。他却说,没事儿,亲爱的,要让我们的孙子,孙子的孙子记得他祖爷爷也曾竞选过州长。他最主要的主张是要让雪貂成为宠物合法化。

68岁蒂莫夫是个修理短工,他来的时候登记处已经关门了。于是,他就在门前做起了临时演说。他说,我本来要提前登记的,这太不公平了,加州从此失去了一个最好的候选人。

看上去这场选举充满了喜剧和闹剧的色彩。不过,真正的选举投票还是认真的。最后,阿诺·施瓦辛格这个动作大片硬汉当选为州长。当年施瓦辛格参加州长竞选虽然出乎很多人的意料,但他毕竟有像样的竞选主张,对他本人来说,这是一个经过深思熟虑的严肃之举。当时56岁的施瓦辛格出生于奥地利的一个山村,天生体质孱弱,他从小立志从事健身运动,21岁成为当时世界上最年轻的世界健美先生。也就是在那一年,他手里拎着一个提包,怀里揣着20美元和一个梦想来到美国,一路拼杀,直到现在功成名就,成为亿万富豪。对很多加州人来说,施瓦辛格可以说是"美国梦"的一个完美化身。此外,施瓦辛格的政治主张也受到普遍欢迎。施瓦辛格偏向于共和党中的开放派:在经济上支持发展商业,倡导为企业减税、废除各种不合理条规;社会问题上不反对堕胎和同性恋。这一点在思想开放的加州非常重要。

很多人或许会用嘲笑的目光来看待这类"民主选举",觉得这类政治游戏如同选秀的闹剧表演。其实不然。人们最初要打开一扇门窗,目的是引进新鲜空气,但不可避免地也会让一些蚊虫扑面而来。不过,权衡过后,人们仍然觉得利大于弊、得大于失。

在很多美国人看来,宁愿看着这些政客和竞选者公开在台上为不同意见而尽情表演甚至打架,也不愿意看到台上一团和气的公权力在台下阴暗处倾轧死掐。退一万步说,即便是最惨的状况,也不过是折腾死几个候选人。如果意见不同的人各自带领自己的队伍到大街上或到大山里去火拼开打,那倒是最可怕的。这种嘈杂喧哗但和平有序的权力更迭,与那些“从暴民到暴君”式的武装夺取政权相比,哪一种更符合人类社会的进步呢?

在这个世界上,有很多人之所以不加思考地讨厌这类选举,主要是因为他们从来也没有亲身体验和享受过民主选举的好处。这种选举既可以让那些不符合大多数民意的官员下台,也可以让大多数人选出自己满意(哪怕就在 4 或 5 年任职年限里)的官员执政。这有什么不好呢?

亲历“美国工潮”及其启示

一、亲历“美国工潮”

20 世纪 90 年代初，我在美国伊利诺伊大学法学院读书。为了支付学费和生活费用，我不得不在紧张繁忙的课余时间外出做一份临时工。

幸运的是，经过考试，我被一家校园附近的“出版服务公司”(Publication Services Company)录用为“技术校对员”(Proofreading Technician)，相当于国内工厂里检验科的检验员——主要工作是依据美国出版业著名的《芝加哥手册》(Chicago Manual，图书印刷技术规范手册)，一丝不苟地检查那些不合规格的编辑页张。工作并不辛苦，只是很费眼神。但工资微薄，每小时 6.50 美元。虽然我不是个全职雇员，但这家公司还是为我提供了包括牙科眼科保险在内的基本福利。所以，这份收入微薄的工作一直伴随着我在美国大学里读完所有选修的课程。

出乎自己意料之外的是，就在我即将毕业并离开这家公司的最后几个月时间里，竟目睹和参与了发生在这家小公司里的一次“工潮”。

这家成立于 1978 年的公司属于美国典型的中小企业，一共有 150 多个员工。其中大部分是全职雇员，几乎 95% 以上都是来自小城镇的美国人，而且女性雇员几乎占了 60% 以上。公司的老板是位女强人,身材似乎比很多男士还要高大魁梧,只见她每天忙忙碌碌,神情严肃,平时见到雇员们时表情极为冷淡。有趣的是,公司运营这么多年来,公司里从来没有建立过任何工会组织。公司里劳资关系还算和谐,从来没有发生过任何“工潮”。然而,在1993年初冬季节,一场不大不小的“工潮”竟不期而至。

据说,这一次“工潮”最初的诱因,来自女老板的一次令她十分后悔的“炫富”派对。1992年圣诞节前,女老板突然心血来潮,邀请了公司的“中层干部们”去她的豪宅吃饭。这些平时领着低工资的“部门经理们”,看着女老板坐落在湖边的豪华别墅,一时间在女老板拥有的奢华生活和巨大财富面前惊叹不已。其中有几位部门经理级别的雇员联想起自己多年来增长迟缓的经济境况,不免顾影自怜、横生妒恨。

也许是个偶然的巧合,此时,总部位于芝加哥的一家跨州规模的工会组织正在把目光投向这家“出版服务公司”。他们派人来到这个距离芝加哥有两个小时左右车程的大学城里,其中一个主要目标就是策动这家公司的雇员们加入他们的工会组织。他们向公司雇员们发出的诱惑是:如果你们加入我们的组织,我们将会代表你们和资方谈判。你们所获得的收获(比如增加工资和福利等)将远远高于你们支付给本工会组织的会员费。看看你们老板所拥有的财富吧!你们为什么要这样长期默默地忍受老板的剥削呢?

此刻,外部工会组织的呼唤,恰好和公司内部有些“部门经理们”主张提高福利的要求相吻合。于是,在公司内部,一场发动全体雇员加入外部工会组织的活动从无到有、从小到大地蔓延开来。参加工会属于集体行动。然而,公司的员工们的意见并不一致。最后,大家决定举行一次投票表决:按照多数人的意见来决定这件关系到集体利益的大事。

那位女老板听说员工要参加工会,顿时感到如临大敌。她马上召集高管人员召开紧急会议,警告说有少数人试图与她过不去——动员大家参加工会。她力陈参加工会的弊端,并威胁说,一旦工会组织起来,她就可能关闭公司,所有人将面临失业。此刻,这位女老板表示出的与工会不共戴天的决心,其实也正是美国商界近几十年来对工会敌视态度的一个缩影。

女老板的强硬态度并不能中止即将举行的集体投票表决。所以,女老板决定改变策略,积极迎战,主动拉票,争取投票表决的胜利。此时,包括她丈夫(时任伊利诺伊大学国际经济系教授)在内的亲朋好友纷纷出动,逐个找员工们"谈心",争取得到他们的支持。

我惊奇地发现,在投票前的几天里,这位平时见到普通员工从来没有任何表情的女老板,每天站在公司大门前,用和善的微笑对雇员们迎来送往。那天傍晚,当我下课后驱车赶到公司上班时,见到女老板站在门口在朝我点头微笑,搞得我莫名其妙、诚惶诚恐。此刻,女老板比任何人心里都清楚,尽管我只是个在课余时间来打工的学生,但我和其他雇员一样,手里也拥有那"神圣"的一票。

一天下午,女老板的丈夫,一位彬彬有礼的中年男士,来到我工作的桌前。他很有礼貌地问我:"如果你不介意的话,我们是否可以谈谈话?"他先问我的个人情况。我告诉他:"我来自中国大陆,现在正在伊利诺伊大学法学院读学位,我并不是这里的全职雇员,只是来上晚班和周末班。"他套近乎地告诉我,他曾去过中国旅游,看到过长城、故宫和西安兵马俑,还勉强会说"你好、谢谢和再见",中国是个历史悠久的伟大国家,他和自己的太太都很喜欢吃中国饭,等等。简单寒暄后,他主动引入关于"工会"的话题。

他告诉我:"近来,有人在发动全体员工参加外围工会组织,这是个非常糟糕的行动。理由有两个,一是工会那些人并不是什么好人,他们不仅到处制造事端,专事挑拨劳资双方的关系,而且还有勾结黑社会以及挪用贪污工会会员会费的记录。二是这家公司是我妻子辛辛苦苦创业而来,十几年一路过来非常不易。我和妻子现在都是近50岁的人了,但妻子,每天从早工作到深夜,为了忙于经营企业,放弃了生育儿女的机会。家里所拥有的豪宅,其实是太太的父母留给他们的遗产。我妻子一直都开了一部并不昂贵的越野车。如果这家公司的员工们一旦加入工会,从此大家都不会有安宁的日子过。最后的结果,无非是迫使老板关门并解雇所有雇员。难道你愿意看到这个不愉快的后果吗?"

我回答说:"其实,你告诉我的这些,最近我都从其他工友的私下议论中听到了。说实话,我是一个来自发展中国家的外国留学生,自己的父母虽然在中国的大城市里工作和生活,但他们实在没有经济上的能力来为我提供在美国读书的费用。在这个远离亲人的异国他乡里,我必须学会自己养活自己。所以,我非常珍惜眼下这份工作,尽管收入并不高,但已经足以为自己提供学习和生活上的必要保证。我在法学院读书过程中,也听教授讲过美国工会组织的若干弊端和丑闻。因此,如果工会行动对这个企业的未来并没有正面的帮助,我并不赞同有些人参加工会的建议。”

我讲的是自己的心里话,并没有刻意讨好他。他听后十分高兴,起身和我握手道别。我对他说了一句:“Good luck to you!”(祝你们好运!)

几天后的一个晚上,正式的投票表决开始。公司为这次投票表决活动专门搭建了一个绿色活动房屋。每张票都是匿名的。晚上10点钟,投票结果揭晓:75%以上的员工不同意参加工会组织。女老板赢了。

投票结束后,我注意到,“领头闹事”的那几个“部门经理”主动走出来和女老板握手,向她表示祝贺。女老板笑容满面,也显得很宽仁大度。我想,人们可以说他们彼此之间有些虚情假意,但无论如何,这种比较文明理性的方式,也算是从上到下的美国式民主的一个缩影吧!

又过了几天后,“领头闹事”的那几个“部门经理”先后辞职离开公司。

工潮就这样平息了。后来的日子里,我再次看到,女老板还是像过去那样在公司里忙来忙去,见到迎面走来的雇员时开始面无表情,严肃并冷淡。

二、美国工会的历史和现状

这是发生在一个美国典型的中小企业里与“工会”有关的事件。

它给我们带来些什么启示呢?

美国的工会历史悠久。工会组织的产生源于工业革命,当时越来越多的农民离开赖以为生的农业涌入城市,为工厂雇主打工,工资低廉且工作环境极为恶劣。在当时法制不完善的情况下,企业主可以任意克扣工人的工资和福利。在这种环境下,单个的被雇佣者无能为力对付强有力的雇主,工人们不得不组成工会来维权。工会组织又成为诱发工潮频发的动因。总之,工会是具有相当的政治影响力的社会群体,对美国现代产业关系的形成起到了关键性的作用。

以19世纪30年代为例,女工在“血汗工厂”的纺纱厂里每天工作16~17个小时,但每周只能拿到不到4美元的工资,还常常因为迟到几分钟就被罚款,而任何抗议都会导致被解雇,至于克扣工资更是司空见惯。而在有工会组织的工厂,同样工作的待遇却是“血汗工厂”的3~4倍!

1932年3月,时任总统的胡佛签署了美国第一个劳工保护法案,即《诺里斯—拉瓜迪亚法案》,废除了当时颇为流行的“黄狗劳工合同”,即逼迫员工在签订劳工合同时承诺不参加工会。此后,又有一系列的劳工保护法案如雨后春笋而出,为美国工会的复兴铺平了道路。

在20世纪五六十年代,美国工业的各行业都成立工会。《国家劳工关系法》规定了工会的职能,即通过劳资双方集体谈判达成的劳动协议可以决定工人的工资、福利,这极大地提高了工会的地位和作用。

今天看来,需要反复提醒人们的是,马克思当初在《资本论》中所解剖的资本主义,其实是资本主义的初级阶段。资本主义也在不断发展、演变,以适应时代的要求。今天的资本主义社会已经是一种含有许多社会民主主义因素的社会,这个社会在工资福利、救济失业者、贫困者和劳工权益保护方面,甚至已经远远超过那些社会主义国家。

不过,时过境迁,物极必反。当企业主们在法制的约束下变得彬彬有礼和温文尔雅的时候,工会却膨胀为贪得无厌、无法无天的腐败机构。他们更热衷于不择手段地发展工会组织,而不是维护工人的正当权益。早期的美国工会,只是一些地方行业工会,带有强烈的封建领地性质。美国记者罗伯特·费奇(Robert Fitch)在《出卖团结:腐败如何毁害了劳工运动,削弱了美国的前程》一书中,批评了美国工会存在的问题,书中指斥工会体制本身有三大症状:腐败、分裂、孱弱。20 世纪四五十年代,某些工会组织与犯罪及黑社会组织勾结的丑闻被曝光,从某种程度上影响了工会的正面社会形象。

当工会组织恶性膨胀到一定程度时,便可能成为社会进步的绊脚石,最终损害了会员们的利益,并最终使自身的声誉毁于一旦。尽管美国工会曾在提升产业工人工资、改善工作环境上发挥过积极作用,但其一味强调保护自身利益、与企业进行非理性对抗,逐步阻碍了美国经济的发展和全球化的步伐。从美国三大汽车制造公司面临的困境中便可见一斑。

20 世纪 30 年代诞生的全美汽车工人联合会(UAW)是美国最大的工会,拥有 9 亿美元的罢工基金,能够承担得起一场持续两个多月的罢工。例如2007年9月24日,通用汽车旗下7.3万员工发动全国性罢工,结果通用汽车不得不签署昂贵的劳资协议,包括建立医保信托基金、保证在美国投资等。因此,美国汽车工人每个小时值55美元(含福利制度),比在美国南部设厂的日本汽车企业高出25美元,生产着同样车型的中国工人则仅为每小时1.5美元。巨额的福利待遇加剧了美国汽车工业的衰退。《纽约时报》记者米什莱恩·梅纳德在《底特律的没落》一书中称,“无形中使每辆车的成本增加了1 200美元”。

必须看到,美国工会运动近一二十年来,开始偏离社会预期的轨道。在美国,工会是完全独立于企业和政府的职工代表组织。但在美国庞大的私营企事业范畴,工会早已是风光不再、前途堪忧。从美国工会的现实看,处于底层的私营企业工人目前的工会化覆盖率,仅有7%左右。而公共部门的工会化率达到37%,全社会工会覆盖率平均则为12.4%。从某种意义上说,20世纪60年代开始的公共企事业范畴工会密度的快速增长,很大程度上抵消了私有企事业范畴工会密度的大幅度降低。否则,今天的美国工会恐怕已经是日薄西山、奄奄一息了。

显然,公共部门雇员无论在受教育、职业能力等方面都比较强。相比较而言,美国工会更应该积极代表底层劳动者,为底层群体服务。另外,由于底层群体的人数巨大,其对社会公平分配、经济社会平衡发展的影响很大,所以更不应该受到工会的忽视。对此,值得美国工会深刻反思。

从20世纪60年代起,美国工会密度在公共企事业范畴持续增长,而在私有企事业范畴却持续下滑,迄今,业内专家和学者都未对此作出一致解释。有一种观点认为,公共企事业范畴的工会会员大多有较高的教育水准,对自己的保护比较理性,提出的要求一般比较合理;相比之下,私有企事业范畴的工会会员教育水平偏低,通常一味强调保护自身的利益,有时甚至置企业的生死存亡于不顾,不懂得企业家与大家之间荣辱与共、休戚相关的鱼水关系,往往为了"明天"而做"最后的斗争",宁可砸锅卖铁、鱼死网破,也不做妥协和让步,最终使自己逐步走上了与企业完全对抗的非理性角色。

今天,美国工会的主要活动就是利用会员跨企业甚至跨行业的集体力量进行工资、福利和工作环境的谈判。虽然与20世纪50年代的鼎盛期不能相提并论,但美国工会的影响仍不可忽视。尤其是在亲工会的奥巴马就任总统后,美国工会的影响力正得到一定的复苏。

美国工会目前出现的这些问题,在一定意义上,也是发达国家共同面临的问题。如果工会组织像目前的美国工会这样,主要成为公共部门雇员这些社会优势群体的利益代表,而对底层劳动者的迫切需求熟视无睹,工会的代表性难免会受到人们的拷问,这显然是对当今世界工会的最大考验。

"这是最后的斗争,团结起来到明天!"这是《国际歌》里最激动人心的歌词。一百多年前,欧美的工人们高唱着它,占领工厂、捣毁机器、成立工会、罢工游行,几乎从一个胜利走向另一个胜利。但是,如今,时过境迁,这句歌词的感召力似乎已经大打折扣。大家还有团结起来的可能吗？团结起来就有明天吗？这个明天是我们所期待的吗？

三、对中国工会组织的几点启示

与欧美国家相比较，今日的中国还处于制度文明建设的初级阶段。来自西方发达国家的经验和教训，为中国人未雨绸缪、减少失误提供了借鉴的样本。

很多美国朋友都问我：中国有没有工会？如果有的话，中国的工会究竟是什么样的组织？为什么沃尔玛这么大型的企业在美国没有成立工会，反倒在中国成立了工会？如果像欧美国家那样，工人在工会的策动下频频发起罢工，中国社会的承受能力如何？在进一步开放过程中，中国工会的性质和作用将发生哪些变化？欧美式独立工会的组织形式是不是解决中国劳资纠纷的唯一途径？

美国工会的历史和现状与中国工会有着本质上的不同，中国不可能直接照搬。对其诸多弊端，应当引以为鉴，但对其成功的经验，则值得加以借鉴。

第一，工会的准确定位。应该说，中国工会的职能并没有随着经济改革的巨大变化而变化，尤其不能适应外资、合资及私营企业发展的需要。目前，国企中的工会仍旧维持着平时组织看电影游山玩水、逢年过节分鱼分肉送月饼以及经常到医院看望生病员工等的服务性功能。工会在企业中往往成了摆设，对劳资矛盾的预防和化解显得束手无策。随着贫富差距的出现和不同体制经济组织的存在,对工会的重新定位愈发重要,而其在稳定社会上发挥作用的潜力极大。

第二,工会的独立性。中国工会的性质是附属性,而美国工会的性质是高度独立性和尖锐对立性。就中国的国情考虑,尖锐对立性容易引发社会剧烈震荡,破坏力和杀伤力极大,容易引发不必要的“阶级斗争”,在国家改革转型阶段并不可取。但其工会的独立性却值得我们借鉴。工会的基层领导一定要在企业中有独立性,其独立自主性越高,可信度就越高,效率也就越高。而眼下很多企业工会的实际情况是,企业主不信任工会,员工也不信任工会。为什么广东南海的本田汽车员工罢工的要求之一竟然是改革工会,这实在让海外人士感到匪夷所思,哭笑不得。

第三,工会领导的素质。工会“是会员和职工利益的代表”,但并不等于工会干部一定要是本企业的员工或直接来自本企业的最底层。工会的组成可以来自内部,也可以来自外部。例如,美国当代最具影响力的工会领袖是有“美国最重要的劳工老板”之称的安迪·斯特恩(Andy Stern),他不仅拥有沃顿商学院的学士学位,而且是一个优秀的组织者和演说家。他的畅销书《一个能干的国家》(*A Country That Works*)长销不衰,对美国的工会运动影响极大。安迪·斯特恩从不隐瞒自己反对全球化、私募基金巨头以及华尔街权贵的观点。

中国最不缺的就是人,各个基层都潜伏着大量人才。但在很多企业中,在工会任职的干部往往是唯唯诺诺的平庸之辈。他们既无创新能力，亦无执行力，久而久之，工会本身的形象、地位和功能反而被削弱。尤其是在农民工逐渐成为劳工的主体部分时，一个不可忽视的事实就是，他们普遍教育水准低、法律意识差、维权能力弱，同时又缺乏全局观念。因此，需要外围的非政府劳工权益保护组织介入这一群体，避免这一群体盲目维权而造成对社会的杀伤力和破坏力。

第四，多元化化解劳资纠纷的途径。今天，即便是在欧美发达国家，劳资双方的对立，也早已超出了资方和工会方之间单打独斗的博弈状态。政府劳工监管机构、法院、民间仲裁机构等组织也纷纷担负起解决劳资纠纷的工作。在最低工资、工时、休假、工伤赔偿、医疗保险、禁止童工以及女工款待等方面，由于法律的强制性规定，为司法、行政以及民间社团组织保护劳工权益提供了极其有利的条件。在很大程度上，不需要工会的介入，很多纠纷便可以依法得到及时解决。

面对激烈的社会变革，任何组织都不可能以一劳永逸的方式寻得解决问题的灵丹妙药，中国工会亦不例外。通过探索新的定位，中国工会组织完全可能成为提高国家竞争力、维护劳工权益的重要推动力量，而不是在改革的浪潮中因循守旧无所作为，甚至被历史淘汰。

工会对社会是具有建设意义的。然而，工会的存在需要一个适宜的土壤。从目前发达国家的经验和教训看来，一个存在于民主制度、司法独立和新闻媒体自由状态下的工会组织，方能发挥其正常和积极的作用。

正处于剧烈转型过程中的中国有诸多不幸之处。我们一没有真正的工会,二没有建立民主制度,三没有健全独立的司法,四没有自由的新闻媒体。(看看香港,虽然工会和民主制度各有瑕疵,但香港尚有比较理想的司法独立体系和新闻媒体自由。)建立一个理性有序的劳资关系以及工会体系,中国还需要走过一段漫长的路途。

“世界潮流,浩浩荡荡。顺之者昌,逆之者亡。”(孙中山)细心观察后,人们不难发现,无论是美国人,还是中国人,或所有人,人们的相似之处远远多过不同之处。就现代社会制度建设的步履而言,有的国家出发早——就走在前面,有些国家起步晚——就走在后面。那些总是试图以“中国特殊国情”规避社会发展潮流的愿望,往往只会事倍而功半。

我在美国遇到的“活雷锋”

2012年3月5日早晨，我正在家里一边喝咖啡一边看电视新闻，这时接到儿子从美国加州打来的电话。他在电话里说：“爸爸，告诉你一个不好的消息。我的朋友，一直在为我补习功课的社区志愿者艾立特先生昨天去世了。我觉得很难过，我好想念他。”

我顿时觉得一种难以言喻的悲伤浮上脑际，以至于儿子后来在电话里告诉我他的学校成绩单都没有听仔细，脑子里到处是艾立特先生那副和蔼可亲的样子。挂上电话后，我听到电视里正传来阵阵熟悉的“学习雷锋好榜样”的歌声。我忽然记起，今天是学雷锋纪念日。

这位被我正在美国读中学的儿子称为“朋友”的人，其实是个年近七旬的美国老人，他的名字叫艾立特。艾立特老人自己没有孩子，或许从来没有结过婚（我们从来没有打听过他的私生活），只知道他独身一人。他心地善良、热爱儿童，用“我们这儿”的话说，他是个甘于奉献、助人为乐的“活雷锋”。

我们认识他是在一个社区“男孩女孩俱乐部”（Boy and Girl's Club）里，艾立特先生是这个俱乐部里专门辅导中小学生功课的志愿者。志愿者完全是义务的，不仅没有任何报酬，而且还要自己支付往返的车费和停车费等。我那个在学校里有点调皮、做功课不太专心的儿子，就由他负责辅导。他擅长辅导孩子们数学和世界历史课程,每周两次,每次辅导一个小时。这么多年来,他对这份志愿者的“工作”风雨无阻、毫无怨言。艾立特先生告诉我们,这些年来,他一共志愿辅导了近20个孩子,有些孩子现在已经上了大学,成了社会有用之才。

我最后见到艾立特先生,是在去年夏天的一个傍晚。那天,他辅导完我儿子的功课后,告诉我,他最近要动身去纽约做一个不大不小的手术,此刻内心多少有点紧张。如果一切顺利,圣诞节前就能回来。他走后,儿子几乎天天在盼着他回来,每个星期都要给他打两次电话,一老一少真的像“朋友”一样在长途电话上聊个没完。感恩节过去了,艾立特没有回来;圣诞节和元旦过去了,艾立特还是没有回来。没想到,如今艾立特竟再也回不来了。

艾立特先生并不富有,自己在加州不拥有住房,常年租住着面积不大的公寓,每天开一辆半旧的丰田科罗拉型号的小排量汽车。除了有一些银行积蓄外,他主要靠退休金生活。可是,他对孩子的爱心是十分真挚和无私的。在辅导孩子功课的同时,他还常常花自己的钱带孩子去看电影、买玩具和零食。我们做父母的,有时甚至还在私下抱怨他对孩子太娇惯了。有一次,儿子在商店里看中了一个漂亮的地球仪,但是因为他那一天音乐课成绩不佳,我没有答应他的要求。但是,第二天晚上,我看见儿子从艾立特先生的汽车里下来的时候,怀里正抱着那个地球仪,溢出一脸的喜悦。

艾立特先生并不是教徒,他不像很多美国人那样每个星期天去教堂做礼拜。在乐施向善方面,他似乎没有宗教所召唤的出发点。他是祖先是来自欧洲的移民,他告诉我,他身上至少包含有苏格兰、德国、意大利和希腊四个民族的血统。我们是普普通通的中国人，和他非亲非故，可是他对儿童的爱，完全是无私的，他对我们的帮助完全不期待任何回报，他愿意把这种爱传给下一代；这下一代，不管是什么肤色、什么种族，来自哪个国家。爱本身就是一切的出发点，无论自己是否富有，这种广博和厚重的爱，只能来自那些人类中最善良美好的人。在美国，像艾立特先生这样的好人，并不是个别现象。

此刻，听着电视里此起彼伏的“学习雷锋”的歌声，我不禁想到，如今，在“我们这儿”，雷锋好像在日益减少，可我们迈出国门后反而“活雷锋”随处可见。我从小就听领导和老师说，雷锋是我们社会主义制度下才能出现的新人。可是，在“认钱不认人”的资本主义社会，怎么会处处有雷锋呢？看来，雷锋无私奉献、助人为乐的精神，其实是来自人类善良质朴的本性，而与姓资或姓社大致无关。在美国，政府和领袖们似乎从来也没有煞费苦心去树立一个“助人为乐”的先进典型供大家学习和模仿，在很多美国人看来，做好事助人为乐，不是每个人应当具有的本性吗，还用政府来教我们吗？

说心里话，我也发自内心地喜欢那个善良质朴的中国小伙子雷锋。雷锋生前做过很多助人为乐的好事，尽管有很多“好事”是人们后来在“雷锋日记”里发现的，但人们依旧不在乎其中的“证据瑕疵”，总是毫不怀疑地推定，雷锋一定是个诚实的年轻人，这些“好事”非他莫属。

当然，很多人一直对那个喜欢把领袖著作当成“粮食和方向盘”的“雷锋”有些非议。不过，我还是劝这些人别太计较这些。雷锋精神的确被打上了深深的时代烙印,不过,如今我们需要学习的已经是定格了的雷锋精神,这就是:奉献爱心,助人为乐。这种精神可以是不分主义的,不分国界的。谁说没有普世价值?雷锋和艾立特的所作所为,难道不具有普世意义吗?

2012 年 3 月 5 日这一天,我开车的时候,走路的时候,都在想着大洋彼岸那边一个名叫艾立特的人。我心里充满悲伤,真的很想念他。

崇拜英雄与承认软弱

展开主题之前,我们先来探讨一个有争议的民事案例。

很多年前,某村民陈某被安排为人民公社日夜看守仓库。一天深夜,陈某正在仓库里熟睡,突然被铁器撬门的声音惊醒。他惊恐地藏在草堆里张望,看到邻村的几个大汉手持凶器,在一个远近有名的恶棍孙某的带领下,进入仓库偷窃财物。陈某屏住呼吸,不敢出声,眼看着这些人将仓库里的财产搬走。等天亮后,陈某才跑去报案。

在这个案例中,对于集体财产的损失,大多数人主张陈某应承担法律责任。但是,也有人认为,陈某尽管承诺看守仓库,但面临手持凶器的暴徒,他的恐惧和懦弱出自本能,充其量也只是个人性格以及道德问题,在法律上不能要求他以付出自己性命的代价来履行合同义务。人们对此案件的处理见仁见智,莫衷一是。

这是自己当年在读法学院时,民法老师在课堂上给大家布置的一道案例讨论题目。后来,我在学校的图书馆里,凭借自己勉强过关的俄文阅读能力,发现这道题目最初来自前苏联的民法教科书。不同的是,中文题目里的人民公社,俄文教科书里叫集体农庄;那个邻村的恶棍名叫彼得洛夫,那个看守仓库的老实巴交的村民名叫伊万诺夫。

从这个案例里,我联想到更深层的内容。比如,在一个正常的社会里,人们如何在崇拜英雄的同时,客观地看待和承认人性的软弱。

从对美国社会的观察中,我发现,基于某种人道主义的理解,美国人承认,人有恐惧和胆怯的天然权利。对于那些产生害怕和恐惧的人,不仅不能歧视,反而值得理解和同情。下面这件事情就很能引人深思。

20 世纪 90 年代,一架联合国维和部队的美国飞机在波西尼亚执行任务时,被塞尔维亚族游击队击落。美国飞行员跳伞后隐藏在草丛里,塞族游击队试图设法活捉或击毙他。但是,这个飞行员身上携带的一个简易的信号发射器发挥了作用,美国人从航空母舰上派出直升机,捕捉到了这个微弱信号。最后,竟然神奇地从塞族游击队的包围圈里,将这个飞行员从草丛里吊救了出来。

经历了这次生死的考验后,这位美国士兵很快回到美国。这时,他已经成为这个国家众所周知的名人。除了被邀请到白宫和克林顿总统共进午餐,还被邀请到收视率极高的莱瑞·金的访谈节目里接受采访。当时,我正在一所美国大学里读书,怀着好奇的心情,我当时和千百万电视观众一起观看了这个节目。

在我自己从小经历的教育背景里,这样的士兵通常都要告诉人们,自己当时如何一不怕苦二不怕死,如何不成功便成仁,如何宁为玉碎,不为瓦全。可是,这位美国士兵当时在访谈节目的大部分时间里,却毫不隐讳地叙述事情发生时自己无法抑制的恐惧和害怕心态。他谈到自己当时藏在草丛里,看到塞族游击队搜索士兵们的大皮靴多次在自己的身边经过,他简直害怕极了,心想这下自己可是没命了,这辈子再也见不到自己的母亲了,再也见不到自己心爱的姑娘了,再也见不到自己家里那只可爱的狗了,再也吃不到麦当劳和肯德基了。

看电视的美国人,当时大都被这个节目感动得热泪盈眶,这似乎和他们平时观看好莱坞英雄大片时的感觉是如此不协调。其实,这个士兵所表达的,只是人类本身真实、脆弱和柔软的一个侧面。如今,大多数美国人基于对生命的基本看法,似乎都能够接受既崇拜英雄又承认软弱的思维方式。从某种意义上,这种思维方式构成了这块土地上的大多数人相互尊重、相互理解、和平共处的基础。

尊重每个人的生命,是这种思维方式里最基本的出发点。多数美国人认为,在战争中,当军官和士兵已经尽了努力,但因为不幸陷入绝境,如果继续抵抗,只能做无谓的牺牲,这样做显然是徒劳无益的。因此,在此种情况下,投降不仅不是一种可耻的事情,反而是一种正确的选择。当战俘们回到自己的祖国和家乡,他们从来不会受到歧视,也不必接受审查。反而,他们可以看到大街的树枝上到处系着充满温情的黄丝带,他们可以享受像胜利回师的英雄一样的待遇。这些现象,其实都是源于人们对生命的终极关怀。

不知为什么,一直有人在说,东西方文化真正的差异在于:西方文化推崇强者,东方文化同情弱者。其实,真实的情况并非如此。在我们根深蒂固的传统文化中,恰恰在对待强者和弱者方面出现了两个极端。

一方面,在包括武侠传奇在内的信息载体上,极力推崇"宁为玉碎,不为瓦全"、"不成功便成仁"、"士可杀不可辱"、"成者王侯败者寇”、“毫不利己专门利人”等豪杰精神。在“文革”八个样板戏的年代,舞台上的男英雄个个没妻子没情人,女豪杰也没丈夫没恋人,给英雄和强者套上一身浩然正气、高不可攀、不食人间烟火的精神枷锁。

另一方面,对那些生活中的弱者,社会上充斥着“没骨气”、“懦夫”、“窝囊废”一类的辱骂。比如,对那些在历次战争中的“战俘们”就长期采取了歧视、不信任、掩饰、隐匿的集体立场。

看来,我们真正需要的,并不是神话和诅咒,而是有关人性的基本常识。

我在美国送礼的“遭遇”

记得十多年前，在我居住的美国小城市里，一位当地邮局的邮递员为了帮助我寻找一个地址填写有误的海外邮寄包裹，费了不少周折，我和家人总感到有些过意不去。后来这位邮递员被调往同一个邮局的其他社区工作后，我们还一直很想念他。为了感谢这位邮局职员，在一个圣诞节来临之前，我特意准备了一份普通的中国工艺礼品，托他的同事转交给他，借此向他表达谢意。

但是，第二天，这份礼物就被这位邮递员用快递方式寄还了给我。在礼物的包装纸上他特意用英文写了一段话：“Dear Mr. Zhou, Thank you for your generosity. However, it is not proper for me to accept gift from customers. But I do appreciate your kind thought.”（亲爱的周先生，谢谢你的慷慨厚意。不过，对我来说，接受客户的礼品是不合适的。但是，我还是要感激你的好意。）看到这行字，我真的很愧疚。礼物没有送出，反而还让人家倒贴了十几块美元的快递费。大家都知道，邮递员在美国只属于工薪阶层，工作辛苦但收入并不高。

美国社会其实并不是像有些人常说那样，完全是人情冷漠的商业社会。在朋友的生日派对上，或在节假日期间，相互送礼在美国也十分流行。不过，对于政府雇员们收受礼品，则有严格的法律限制。比如，在美国邮局工作的邮递员属于联邦政府所雇用的职员，按照联邦政府雇用人员道德操守所作出的不能收受礼物的规定，邮递员接受民众礼物不仅被禁止甚至有可能触犯法律。所以美国邮政总署告诫民众,对邮递员辛苦工作表达感激最好的方式是写封感谢信,而不是礼物。

在美国的学校里,美国学生和家长不需要给教师送礼,更不用交纳任何"辅导费"或"赞助费"。相反,教师们却常常掏自己的荷包给学生买礼物。我记得,我儿子在上中小学时,老师为了鼓励他取得好成绩或者奖励他学期内表现有进步,经常会向他赠送自动铅笔等学习用品,有时也会送小汽车玩具、巧克力糖果,等等。学校里经常举行年级聚会,会上用抽奖方式让每班一名学生得到奖品。五花八门的奖品除了由学校统一购买外,还有相当一部分是教师们捐赠的,如电影票、餐馆或百货店的礼品卡、T 恤衫,等等。

在美国,学生家长也从来不会请老师吃饭。其实,老师是否可以接受家长宴请,似乎并没有明确的条例。老师们并不知道接受家长宴请后,是否会受到处罚,因为这样的事情从来没有发生过。在那样一种大的环境里,人们似乎对道德习俗有一种不成文的默契,而无需法律的硬性规定。这种默契的作用在于,当所有的人都不这样去做,而当你去这样做的时候,一个正常的当事人会因此感到羞愧和尴尬。如同一个不太注意公德的人,当他来到一个大家都不随地乱扔香蕉皮的环境里,他吃完香蕉后怎么办呢?通常也只好把香蕉皮拿在手里走几分钟的路,然后乖乖地把它扔在垃圾箱内。

我有时在想,从不敢违规到不愿违规,从视违规为畏途到视违规为耻辱,这种不成文的道德默契到底是如何形成的呢?法律强制规定当然是有效率的,但是往往是规定得越繁多、越具体,恰恰说明社会上的此类问题也一定越复杂、越成灾。在我们中国，需要多久才能让人们形成这样的默契呢？显然，这需要随着社会物质生活和精神生活的不断丰富和积累，才能逐步达到这一目标。我们经常说，人活得要有尊严。但这种尊严并不仅仅是要求政府善待民众，也包括民众善待彼此，以及每个个体自己善待自己。

我当年在国内上大学时，在班里担任过班干部。记得大学最后一个学年开学时，有一个同班同学千里迢迢从家乡带来几瓶香油送给我和其他几位班干部。我知道这位同学送给我这瓶香油的目的——或为了早日入党，或为了一份优质的毕业鉴定。我至今都忘不了这位同学当时在我面前面红耳赤、手脚发抖的尴尬表情，这是一种完全丧失自身尊严的表情。从大学毕业到现在，我再也没有见到过这位同学。每当我后来想起这件事，就有点痛恨中国学校里的班干部制度，这种将官场行政生态在校园内加以复制的方式，严重扭曲了学生之间单纯和公平的人际关系，实在有很多弊端。

请客吃饭、送些小礼是人之常情。人间生活，千姿百态，恐怕每个人都会挟裹其中。然而，一个廉洁的政府则必须对公务员接受礼物作出严格的限制。如果因为它们是“人之常情”而不能防微杜渐，久而久之，严防腐败的闸门就会被蛀虫损毁，最终演变成受贿、谋私的“官场常态”。如果事态发展到这种地步，出现“劣币驱逐良币”现象就是理所当然的了。

去年，一个有关“汉语十级考试”的手机笑话段子在人群中不胫而走，这个段子讲的是一个叫“小明”（中国语文教学里常用的著名主人公）的年轻人给领导送礼时的对话：

> 领导:“你这是什么意思?”小明:“没什么意思。只是意思意思。”领导:“你这就不够意思了。”小明:“小意思,只是一点儿小意思。”领导:“你这人可真有意思。”小明:“其实也没有别的意思。”领导:“那我就不好意思了。”小明:“是我不好意思。”此考题设问:以上“意思”分别是什么意思?

对于这道题目,估计足够那些学汉语的老外们学一辈子的。后来,有人又狗尾续貂地编了一个这个段子的“后传”:

> 一个看起来并不起眼的中国青年走进一家美国公司总部,用很不流利的英语对总经理说:“我想应聘成为你们的技术顾问,听说你们在研发中文识别软件的过程中遇到了前所未有的麻烦,我能帮你们列举出所有汉语里关于语意模糊、双关等情况。”总经理不屑地说:“年轻人,我凭什么相信你?”中国青年扶了扶眼镜说:“我叫小明。”

苏联崩溃的主要原因

1991 年 12 月 25 日,圣诞节夜。莫斯科时间晚上 19 时 25 分,苏联总统戈尔巴乔夫在电视讲话中宣布辞职。19 时 32 分,克里姆林宫屋顶旗杆上,那面为几代苏联人熟睹的镰刀锤子国旗开始悄然落下;19 时 45 分,一面三色的俄罗斯联邦国旗升上了克里姆林宫上空。此时此刻,全世界的人们意识到,存在了近 70 年的苏联已经不复存在。

我当时正在美国一所大学里读书。这一事件发生的那些天里,我几乎天天在观看美国三大电视媒体来自莫斯科的直播视频。熟悉我的同学和同事们都知道,我在掌握英文之前,自己的"第一外语"曾经是俄语。当年在同学中,学俄语的大多被称为"亲苏派"。在改革开放刚刚开始的年代,"亲苏"并谓之"派",仍不免让人诚惶诚恐。自己的俄文功夫并不坚实,但勉勉强强也可以阅读苏共中央机关报《真理报》。和那些学英文的同学想去欧美留学的愿望不同的是,我当初最想去的国家就是苏联。

记得当年在大学里读书和任教期间,常常来到学校图书馆二楼那个外文报刊阅览室里,看看近期从莫斯科专门空运过来的《真理报》和《消息报》。苏联的铁幕政治印记在报纸上清晰可见。记得当时国际上流传着一个经典的苏联政治笑话:在莫斯科的大街上,一位顾客问售报人:"有真理吗?"售报人回答说:"我们这儿没有真理,只有消息。"还有一个苏联政治笑话说,有位苏联公民在红场上对一位外国游客说:“我们的总书记勃列日涅夫是个蠢驴和骗子。”克格勃奉命逮捕了这位苏联公民,罪名是:泄露了国家的最高机密。

社科院苏联问题研究学者黄立茀研究员在苏联解体后,听到一位苏联学者在演讲中说,1991年年底,当苏共工作人员最后撤离苏共中央大楼时,楼前自发聚集了成千上万名群众。当苏共工作人员出现在大楼门前时,人们马上闪出一个夹道,当苏共工作人员走过这个夹道时,人们纷纷向他们身上吐口水!①

到底是因为什么,苏共这个曾经灿烂夺目的无产阶级政党,几乎在一夜之间遭到民众的唾弃?苏联,这个曾经令全世界共产主义者为之憧憬和追随的社会主义楷模,在如此短的时间里,如同一颗巨星轰然陨落。

有人说,这是西方国家的“阴谋”,特别是,时任美国总统里根的“星球大战计划”拖垮了苏联。有位苏联教授在美国演讲时调侃说,苏联当年的麻烦主要来自五个方面——春天、夏天、秋天、冬天,还有一个就是美国总统里根。1988年的一天,里根来到西柏林的柏林墙前。此时,他面色凝重地用他那略带沙哑和磁性的声音说下了那句至今让全世界都难以忘记的话:“Mr. Mikhail Gorbachev, please turn down this wall!”(“米哈伊尔·戈尔巴乔夫先生,请将这堵墙推倒吧!”)1989年11月9日,这堵墙果然轰然倒下。里根对这划时代的辉煌战果当仁不让。2002年夏天,我在那个位于加利福尼亚州洛杉矶市西北的锡米谷地的里根总统图书馆里看到,一段近40平方

---

① 参见《读书》杂志1999年第3期,第81页。

米的柏林墙,像是在战场上缴获的战利品一样陈列在他的总统图书馆里最显著的位置。2004 年 4 月,曾经在莫斯科担任美国《华盛顿邮报》分社社长的美国记者大卫·霍夫曼对中国《经济观察报》主笔许知远说:"苏联不是里根搞垮的,是他们内部开始崩溃的。它已经是一座即将崩坍的大厦,里根只是稍微推了一下。"

也有很多人说苏联的崩溃在于出了个"叛徒接班人"戈尔巴乔夫,这种观点在中国尤其流传甚广。他们认为戈尔巴乔夫的改革计划过于激进,尤其是他的"公开化"披露了苏共在历史上的许多罪过,败坏了苏共在人民心中的形象。自然,戈尔巴乔夫的形象在西方世界则赢得了极为正面的肯定。20 世纪 90 年代初,我在一个美国普通社区的公告图书馆里,意外看到一本给少年儿童阅读的世界知识画册,其中在谈到当时的苏联时,特别告诉孩子们:美国和苏联很久以来关系很不好,甚至有几次濒临战争的危机。不过,最近因为一个人的出现,这一切都开始改变了。这个人名叫戈尔巴乔夫,他是莫斯科大学法律系的毕业生,这个人的特征是额头上有一块紫红色的胎记……

其实,即使在今天的俄罗斯那些怀念苏联的"左派"群体中,也很少有人同意苏联的垮台仅仅因为出了"叛徒"这种说法。难道那么多的社会主义国家都因为出了一两个"坏人"就崩溃、就变成资本主义了?而众多资本主义国家怎么就没有出现这样的人,从而变成社会主义呢?看来,对旧体制的反思更为重要。

当然,也有观点认为,是经济上的短缺和贫困拖垮了苏联。事实上,20 世纪 80 年代的苏联,没有任何关键经济数据表明这个国家会面对即将到来的灾难。物品短缺、食品配给、商店门口的长队以及贫困都是顽疾。但这个国家经济并没有发展到崩溃的边缘,它依然拥有丰富的自然及人力资源。更何况,历史上,苏联经历过远比这大得多的灾难。经济的停滞明显只是一种“慢性病”,常常令人担忧,但说到底,它并不必然置人于死地。

不久前,有一位名叫里昂·阿隆的美国学者试图揭开这个谜底。他在2011年的《外交政策》杂志发表了一篇引人注目的文章:《关于苏联的崩溃,你知道的每件事都是错的》。文章指出,苏联的崩溃实际上就是源于苏联作为一个国家在道义上的彻底失败,戈尔巴乔夫及其支持者们已经不堪忍受生活在每时每刻面对的谎言中。当时,苏联绝大多数人在公开谈论这场改革时,无不对斯大林主义过往的专横暴政以及普遍存在的目无法纪和腐败堕落痛心疾首。俄罗斯是个人文价值底蕴极为深厚的国度。在时任总理尼古拉·雷日科夫看来,这个国家的现状已经超越了道德社会的底线:“我们监守自盗,行贿受贿,无论在报纸、新闻还是讲台上,都谎话连篇,我们一面沉溺于自己的谎言,一面为彼此佩戴奖章。而且所有人都在这么干,从上到下,从下到上。”时任苏联外交部长谢瓦尔德纳泽回忆,1984年至1985年冬天,他曾对戈尔巴乔夫讲道:“每件事都已经腐烂,必须作出改变。”

戈尔巴乔夫后来告诉人们:“当我离开克里姆林宫的时候,上百的记者都以为我会哭泣,我没有哭,因为我政治生活的目的已经达到。对于一个真正的政治家来说,他的目的不是为了保卫自己的政治权力和统治地位,而是为了维护国家的民主和进步!”

王室的旅游价值

美国《新闻周刊》在 2012 年 7 月初推出了一期印刷精美的特刊，标题是：《英国女王 60 年的“钻石庆典”》。

今天世界上的大多数人，即便是那些自认为不属于知识分子的人群，对一个现代国家依旧保留女王（或国王、天皇等）称呼，想必是难以理解和接受的事情。早年，当我在美国遇到一位来自伦敦的英国同学时，迫不及待地想问的第一个问题就是：像英国这样一个现代民主的国家，怎么会容忍如此不民主的国体形式，即把一个家族置于国家最高的地位呢？记得，这位英国同学当时坦然地告诉我，女王在英国其实只有象征性的意义，她并没有什么实质性的政治权力。尽管一直不少人不喜欢她和她的家族，但是说实话，王室倒是一直在促进英国旅游业的发展。

前不久，我和另外一位来自斯德哥尔摩的瑞典商人在北京见面，当我问起他类似的问题时，我发现，这位瑞典人对自己国家的国王、王后的看法和我的英国同学十分相似。这位瑞典人甚至调侃地说，难道你没看见吗？每年诺贝尔奖颁奖典礼期间，世界上有多少人蜂拥到我们的首都，他们多么想和这对王室夫妇合影留念！

不过，对于同样保留天皇称呼的日本人而言，回答这个问题时，很难有欧洲人这样坦然和轻松。有一次，我在一个私人宴会上向两个日本同学问起他们对天皇的看法。没想到，当时的气氛一下子变得紧张起来,两个日本人低头屏住呼吸、两手放在膝盖处,神情严肃而微妙。我连忙为此“冒犯”向他们表示致歉。日本同学事后说,谈不上“冒犯”,只是日本人从小到大都在回避思考和回答这个问题。由此,我深切体会到人们所说的“日本人内心的复杂和暧昧”。

1952 年 2 月 6 日,国王乔治六世的突然去世,让一个 25 岁的年轻女人登上了大不列颠的王座。现在,她已经执政了 60 年,除了她的曾曾祖母维多利亚女王在位 63. 5 年之外,她比任何一位英国君主的执政时间都要长。年届 85 岁的伊丽莎白二世是坐在英国王座上年龄最大的人。

大英帝国已经是一个遥远的回忆,恐怕今天的英国人已经很难想象,生活在一个真正的帝国里会是个什么感觉?英国的君主制作为一项不同寻常的历史遗产,是西方世界中最古老的制度之一。今天的女王尽管几乎没有常规的政治权力,但根据她的加冕誓言,她是《英国宪法》的最终保证人。从宪法上说,她对行政内阁拥有“被咨询权、激励权和警告权”。她定期与首相会面,他们之间的谈话不对第三人开放。作为英国君主,必须遵守法律和英国各项制度,他们的形象是宪法的守护神。既是一国之君,又要与实权保持距离,多年来,伊丽莎白二世一直很有分寸地奉行着这一切。

在庆典演讲中,女王告诉来宾们:“历史联系着君主和议会,像一根纽带把一个时代和下一个时代连接起来;我和议会之间的愉快关系很好地延续着——已经超过我签署 3 500 份法案的时间;我在位期间,我是威斯敏斯特宫的常客,至今为止,我和 12 位首相有过愉快的合作。”女王的幽默引起人们的阵阵轻松的笑声。人们不由会联想到,这个期间,在大西洋彼岸的美国华盛顿,白宫也已经轮换了12位主人。

皇族从来就不是凭空产生的,在当今社会已经不具备任何可能性。伊丽莎白二世秉承了1 000年前的皇族血统,她的祖先们通过战争和妥协打磨出的英国宪政,说得通俗一点儿,其实就是一份王室与民众之间的合同。这份合同的适当履行和实际履行,延续着英国历史的纪元。在一个法治环境里,大多数普通人,都不难明白其中的含义。

当然,有些秉持共和主义倾向的知识分子通常会公开谴责人类对于皇族的偏爱,王室在他们眼里,是一群不堪忍受的"寄生虫"。他们也期待着有朝一日能用当年俄国工人们攻打冬宫或中国的冯玉祥将军驱逐清室遗老遗少那样的办法,最终把白金汉宫变成公众的博物馆。一个重要的原因是,他们不能忍受的是王室的巨额开销。英国每年供养皇族的费用是6 000万美元,相当于这个"王权之岛"上的居民人均1美元。

不过,经济学家们从来是不会这样天真幼稚地算账的。不知从哪一天开始,人们惊异地发现,英国皇家给他们带来的经济效益是惊人的,它所创造的旅游收入足以弥补其开支。你如果想亲眼见识伦敦塔地窖中皇冠上的宝石,你必须要排长长的队伍才能瞥上一眼。皇宫外的换岗仪式和列队行走每年为伦敦吸引无数的游客——如果居住在白金汉宫中的是大不列颠及北爱尔兰联合王国的首相,显然就不会有这些仪式了。再退一步说,如果真的废除君主制,又能节省多少银子呢?或许不会降低多少开销,因为大部分的钱都被用来维护宫殿和艺术收藏品了，这些费用无论如何都会发生的。如果将温莎堡从皇家住宅改为博物馆，维护的成本或许更高。

当女王在1983年访问加利福尼亚时，天气异常糟糕，但还是有100万人冒风顶雨在街上等着看女王的车队。去年，当电视转播威廉王子与凯特·米德尔顿的婚礼时，有100亿人关注这个节目，其中很多人在半夜起床打开电视。所有慈善业内人士都了解，任何一场慈善活动中，只要有皇室成员出席，即使只是女王的一个未成年的孙子，这场活动必将成功无疑。

最后顺便说一句，4天的英女王登基60周年活动，创造了7亿英镑的旅游和零售收入。其中有相当部分的贡献来自“金砖国家”之一的中国游客，他们对王室的一切都表现出极大的好奇。当然，据说，这场庆典也多少拉动了中国的礼品和旅游纪念品制造业。由英皇室订制、专为英国女王登基60周年庆典而制备的55100件礼品瓷是由唐山两家瓷企赶制完成的，在包装盒的一处不起眼的位置，人们可以看到一个越来越眼熟的标签：Made in China。

旅途中的多彩世界

这些年里,我在长途旅行中花费了不少时间,包括一年内多次乘坐往返于北美和中国之间的国际航班,也包括乘坐中国国内的高速铁路动车。这一类的旅途时间,短则四五个小时,长则十二三个小时。

很多人都有类似的经验:在旅途过程中,总有一些坐在自己身边的陌生人们,大多数时间里,大家彼此保持沉默,相互之间不会有什么交谈。不过,例外的情形也是时常发生的,比如遇到某类有趣的机缘,彼此或深或浅地有所攀谈,借此消解旅途中的寂寞和劳顿,也是人们认识外面多彩世界的有趣经历。

场景之一:5 年前的春季,在从美国旧金山飞往北京的国际航班上

我右手边坐着两位 30 多岁的美国妇女。飞机起飞后,她们主动向我询问北京的旅馆和交通情况。她们告诉我,她们来自美国中西部的印第安纳州的一个小城镇,这次去中国,是去正式领养一个在中国南部城市里被家庭遗弃的小女孩。一年前,她们曾为此事专门来过中国,已经面试过这个女孩,感到很满意。这次来中国是去民政部门办理最后的收养法律手续,并带着女孩去设立在广州的美国领事馆,为小女孩办理指纹登记、签证申请等美国移民手续。

她们还高兴地拿出小女孩的照片给我看,我注意到,照片上的小女孩眼球很黑很亮,但是头发稀疏泛黄,体质很瘦弱;也可以看出,这是个唇角有残疾的孩子。我看着这两位美国女士兴高采烈的面容,沉默片刻后,很真诚地对她们说:"你们很善良,作为一个中国人,我应该感谢你们的善举。你们这样做,改变了这个女孩子一生的命运。"我满以为,对这类感激和赞扬的话语,她们会报以微笑和舒畅。没料到,其中一位美国女士则神态很认真地对我的话进行了"矫正":"你不应该这样说,其实,这个女孩也同时改变了我们的命运。"听到这样的回答,我还能说什么呢?这两个普普通通的外国妇女,也许是亲姐妹,也许是两个独身挚友,甚至也许是两个同性恋的"同志",但她们"不远万里,来到中国",到底图的是什么呢?在我看来,她们除了不是"加拿大共产党员",与那个长期活在中国人心目中的"国际主义模范"白求恩医生又有多少区别呢?

场景之二:两年前的秋季,在从北京飞往美国洛杉矶的国际航班上

我左手边坐着一位身穿浅粉色花格子衬衫的美国人,年龄在60岁左右,头发稀疏得接近秃顶,脖颈泛红,他在飞机上不停地向服务员索要免费的红白葡萄酒,几杯酒下来,便寻找话题和我聊天。大多数时间里,我都是在默默地听他唠叨。

他告诉我,他早年和妻子离婚,现在是独身一人,喜欢到处去旅游。这几年,主要的目的地是中国大陆。我问他:"你去中国大陆投资经商还是度假旅游?"他回答,确切地说,是去那里"have fun"(可译为开心,或找乐)。每次来中国,除了来看望过去的"女朋友"外,他还能找到新的年轻女朋友。方法并不难,通常是晚间坐在一些豪华酒店的酒吧里,很容易遇到一些专门坐在那里等候和西方人交往的年轻女孩子。你可以从这些女孩子频送秋波的眼神里,准确地捕捉到她们的真实欲望——这几年里他几乎从来没有失过手。

就在离开北京的前一天晚上,他晚餐后一个人坐在北京一间五星级酒店的酒廊里等待“机会”。大概是想到明天就要上飞机离开这个“fun place”,这一次是他主动和这个酒店的“大堂经理”套近乎。他说,这些中国的年轻女孩子相貌动人、性格温柔,也接受过较高的教育(和那些歌舞厅的风月女子完全不同),但是她们内心十分孤独和郁闷,几乎无一例外地对欧美人表示出极大的好奇和敬慕。

我问他:“你胆子好大,这么容易就把年轻的女孩子带到你的房间里,你就不怕中国的公安来查你的房间吗?”他回答说,对中国的“国情”还是知道一些,对于他们这样的外国人,中国警方通常十分审慎,一旦有个错失,就会惊动在北京的美国领事馆。还有,中国的五星级酒店为了维持“形象”和生意,旅游管理部门与警方是有默契的。之所以称之为“五星级”,其中的一个道理就是警察永远不来查房。

我问他:“你为什么不在美国找女朋友?”他回答这个问题时,脖子上的红肤色似乎在加深,语调也变得高昂。他说,同族的美国女孩子,太难对付,好的时候高兴得不得了,她们一不高兴说翻脸就翻脸。还是东方的女孩子对我更好。

听罢他的一席话,我不禁再次仔细端详起身边这个“红脖子”美国人。留意到此人讲话的用词、神态以及身上那件在大型批发市场购买的“KIRKLAND”牌粉红色衬衣,依照我在美国多年生活的经验,不难判断,此人在美国并不属于有身份的上层人士,十有八九是那种挥霍家产的“浪荡公子”。在美国人的社交圈子里,这样的人通常是很难找到老婆的,因为他们得不到主流社会的尊重和认可。

然而,这些人在不少中国女孩子面前,不花钱或花费很少的钱,仅凭与生俱来的碧眼和金发(如果还尚存的话),就可以轻而易举地找回那份久违的自信与傲慢。在美国东西两岸的大城市里,每当看到一些如花似玉的中国女孩子手挽着一个上了岁数的秃顶驼背的美国中老年人在“招摇过市”时,总有一种自家的国宝被贱卖了的感觉。联想到中国的商人们正在国际收藏拍卖会上一掷亿金地“回购”那些早年由欧美人设计制作的国宝——圆明园的“水龙头”们,更觉得黯然神伤。这类永远只赚不赔的生意,什么时候轮到我们中国人的头上?

场景之三,两年前,在从旧金山飞往北京的航班上

我身边坐着的是一位40岁左右的西方男子。他告诉我,他是德国裔美国人,在美国完成的大学学业(他的英文听上去还有点儿类似亨利·基辛格博士那样的德国口音),现在的职业是一家电器公司的制冷技术工程师,此行的目的地是山东省青岛市海尔公司,他将在那里为技术人员和工人们做例行的年度培训。

谈到青岛,这位德裔美国人很有感慨。他告诉我,他的祖辈(大概是他父亲的爷爷那一辈)曾经是山东胶州湾的殖民者。在德国,如果提及青岛这个区域,很多人更熟悉“胶州”这个词语。1897年,德意志帝国借口山东巨野两名德国传教士被杀事件,德国的远东舰队出兵中国强占胶州湾,并强迫清政府签订租借胶州湾99年的条约。由此,山东省成为德国的势力范围。随后,德国政府在胶澳租界内迅速建立起了一整套殖民统治体系,并通过建海港、筑铁路、规划市政建设、实行自由贸易制度等措施,力图把胶州湾租界打造成为一个“模范殖民地”。1914年,德国在第一次世界大战中战败,日英联军攻占青岛,德国守军投降。1919年,因为日本意图取得德国人遗留在青岛的特权，引发了著名的“五四运动”。

青岛，这个一百多年前被德国威廉二世皇帝命名的城市，大概是中国从地名到风景皆堪称最迷人的城市之一。提起青岛，我们在飞机上不由得谈到青岛啤酒、栈桥海滨风景区、八大关一带的西式别墅区、中山路的城市规划，以及至今在中国城市里尚未被超越的排水下水道设施。这些殖民地的遗产，大多是当年德国人留给青岛人的杰作。

德国人不愧是哲学家黑格尔与康德的后代，他们与生俱来的反省情结往往会在某一个拐点处油然而生。此时，这位工程师开始把话题一转，诚恳并深沉地说，西方殖民者的确给中国留下了不少好的文明成果，不过，中国人为此付出了很大的代价，其中最大的代价就是丧失了民族 dignity（尊严）。是的，这是近现代世界历史中回荡在这个世界很多角落的共同问题，从哥伦比亚作家加西亚·马尔克斯的《百年孤独》到台湾电影《海角七号》，都在反思这个难解的话题。西方殖民者，既是破门而入的强盗，又是指路前行的先生；殖民地既是冒险家的乐园，又是启蒙者的窗口。至今，人们并没有十分清晰的答案。传统文明和西方文明、弱者的屈辱和强者的傲慢之间，到底如何均衡？马尔克斯在《百年孤独》的结尾处，也只有留下了深深的愤懑和无奈：“羊皮纸手稿所记载的一切将永远不会重现，遭受百年孤独的家族，注定不会在大地上出现了。”这句话虽特指拉丁美洲百年间苦涩的历史，但似乎同样可以适用于我们中国人。

场景之四，1 年前，在从洛杉矶飞往北京的国际航班上

坐在我右手边的是一位 60 岁左右的美籍华人，操一口大陆中原一带的口音，喜欢用短促并残缺不全的英文和邻座的美国人攀谈，比如,他把一种叫"LV"的名牌货称为"爱漏威"。

他告诉我,他早年在北京的国家某部委工作,20世纪80年代末到美国后就决定留在美国"深造和发展"。如今,他频繁地往返中国做生意。他特意向我展示了他的美国护照。他说,因为在中国领事馆里有熟人,特批给他两年多次的中国签证。(其实,有经验的人都知道,这种签证并不需要有熟人,只要过去两年来获得过两次一年多次往返的签证,就可以顺利获得。)

听他的口气,在全国各地,他都拥有深厚的人脉关系。对从中央到地方的很多官员,他通常直呼其名,而姓氏大多被他省略。听他抖出的有些中国政、军、商各界的"内幕",颇令人产生一种在怀仁堂会议厅的屏风后面偷听的错觉。用上海人周立波在"海派清口"里的俏皮话说,这类人像是上飞机前刚刚从中南海出来,等一会儿下飞机后就又要回到中南海里去。

临下飞机前,他提醒我,出海关前别忘了去免税店买些便宜的礼品,比如某种铁罐包装的高档香烟,用来搞关系送礼,又实惠又省钱。最后,还没有忘记特意补充一句"内幕":这些店都是某个高层领导×××的小姨子垄断的,这样的好生意,咱们想去做,别做梦了,门儿也没有!

场景之五:两年前,秋天,在从杭州到南京的高速动车上

我的对面坐着一位眉清目秀的阿拉伯年轻人。他独自旅行,完全不会讲中文。我们可以用英文交谈。他告诉我,他叫哈比卜,29岁,来自埃及的开罗。他此行专门来中国采购电梯零件。据他了解,目前全世界90%以上的电梯零部件生产商都在中国,而且主要都集中在从宁波到南京的江浙铁路沿线附近。他把30多页的网络信息资料递给我看,都是些江浙中小企业在互联网上发布的英文产品信息。

他说,他打算在常州下车,去拜访两家当地的小公司。他拿出一张白纸,请求我替他做两件事:一是将这两家常州企业的名称和地址翻译成中文;二是在白纸上写两句给出租车司机看的中文——“请带我去一家三星级酒店”和“请带我去一家阿拉伯餐厅吃饭”。我尽力帮助他,并提醒他,所谓“阿拉伯餐厅”,中国人通常称为“清真餐厅”,在常州这样的中等城市里,可能很难找到。他从背包里拿出一包已经干硬的食品,告诉我,这是他从埃及带来的食品,如果找不到阿拉伯餐厅,他可以用它们来充饥。

谈到他的祖国埃及最近的局势,他深感担忧和沮丧。他说,他们国家的领导人穆巴拉克是个独裁者和腐败者。最近穆巴拉克一直在操纵选举,试图让他的儿子继承他的职位,他这样做完全让埃及人失去了信任。哈比卜最后补充说:“我并不喜欢政治,这些事情都是听我的父亲说的。这么多年来,我一直认为,我父亲说的话都是对的。”他说这句话时,距离2011年春季埃及爆发推翻穆巴拉克的街头革命,大致还有不到3个月的时间。

交谈过后,我们彼此都陷入了沉默。车窗外,江浙一带秋色盎然、欣欣向荣的崭新乡镇(另一种说法是“社会主义新农村”)的景象,像是电影画面一样不断进入我们的眼帘。哈比卜十分入迷地看着,然后忽然问我:“你想知道我刚才在想什么吗?我在想,我的埃及什么时候能变成这个样子?”

哈比卜的问话勾起了我的回忆,20年前,我在美国也曾从纽约乘火车到芝加哥，望着北美大地的繁荣和富饶景象，我当时也在默默地想：我的中国什么时候能变成这个样子啊？

场景之六：1个月前，2012年初秋，在从洛杉矶到北京的国际航班上

公务舱的第一排座位，坐在我右手边的是一位30岁左右的中国妇女，怀里抱着一个刚刚出生不久的男婴。飞机起飞前，乘务员为她安装了飞机上特制的婴儿摇篮，并抱歉地告诉我，航班座位客满，无法临时为我调换座位，路途上可能会因为婴儿的啼哭而打扰我的正常休息，希望我能谅解。

这位年轻的母亲告诉我，她来自山西太原，怀里的婴儿今天整整1个月。她坦率地告诉我，她是目前众多的“赴美产子”大军中的一员。她的丈夫是一位山西商人。为了避免让人联想到山西省境内众多近年来暴富起来的“煤老板”，她特意告诉我，自己的丈夫是做房屋装修生意的。

我问她：“你们是如何决定要将孩子生在美国的？”她告诉我，出于某种一言难尽的“不安全感”，他们看到身边的不少商界朋友们纷纷用投资移民的方式去了美国和加拿大。他们也开始咨询一些移民公司。但是对移民公司叙述的要求和条件觉得十分困惑：如果真的投资100万美金，全家人的绿卡固然可以取得，但是投资能有回报吗？两年后临时绿卡有把握转成正式绿卡吗？对于一些移民公司含糊其辞的承诺，他们觉得十分可疑和不安。

与此同时，他们意外发现一条新的途径——“赴美产子”。为此，他们也去一些专门的“赴美产子中介机构”作了咨询，但发现这些“机构”收费昂贵而且在操作上有违法的嫌疑。在确定自己怀孕后,她和丈夫决定以“赴美旅游”的方式申请去美国的签证。她说,自己去美国领事馆面谈的时候,身孕还不明显。签证官十分友好,因私赴美旅游的签证很快就申请到了,而且在美国海关入境时,移民官批准他们可以在美国境内逗留6个月的时限。入境后,她的丈夫随即很快回国,她自己则留在美国的一位“朋友”处等候分娩。5个月后,孩子在美国的一家公立医院里顺利诞生。“坐月子”期间,她为孩子办理好了美国护照和返回中国的签证,并购买了足够孩子吃两年的美国原产奶粉。今天,当她带着孩子登上回国的航班时,自己在美国的签证期限还剩下5天。

这位年轻的母亲告诉我,据她了解,依照美国的法律,这个孩子在18岁时可以为自己的国籍作出一次选择。如果他仍然选择当“美国人”,在这个男孩子满21岁的时候,就可以为自己的父母申请移民美国。孩子长大后,可以持美国护照到180个国家免签证旅行,孩子在美国可以终身享受美国公民的一切福利待遇。听着这位年轻的母亲的一席话,我不由想起某个“赴美生子”网站上那句很有感染力的广告词:“去美国产子吧！让你的孩子赢在起跑线上!”

当婴儿睡熟之后,这位年轻的母亲对我说,这些天她实在太累了,想现在打个瞌睡。如果婴儿等一会儿醒了,就赶快叫醒她。

我看着在摇篮里熟睡的婴儿,再看看身边熟睡的这位年轻的中国母亲,心里不由在想,等这个“赢在起跑线上的”孩子长大了,比如,长到18岁或21岁了,那个时候的中国会是个什么样子呢?到那时,这个孩子对自己的父母为他作出的选择会感觉如何呢?

这一夜，我们来讲 Chinglish*

新年快到了！辞旧迎新之际，我们暂且把“革命还是改良”这类沉重的话题放一放。笑一笑，十年少！聊一个轻松好笑的话题：Chinglish.

记得几年前，我在某沿海城市参加了一个有领导和外宾在座的宴会。席间，一位领导酒后兴致盎然，当众为宾客献歌一首：《常回家看看》。领导的嗓门洪亮，五音亦全，当场博得大家的掌声。歌罢，外宾问领导：“您刚才唱的这首歌的名字叫什么？”领导拥有某党校研究生学历，还参加过短期干部英语培训班，他当时脱口用英语告诉外宾，这首歌的名字叫“Often go home see see”。外宾自以为听懂了，笑着频频点头，称赞他：“Good job！You must be a good husband”（工作做得好，你一定是个好丈夫）。众人当场忍俊不禁。

这位领导讲的“Often go home see see”，人们称之为“Chinglish”，即“中国式英语”。中式英语指带有中文语音、语法、词汇特色的英语，是一种洋泾浜语言。“Chinglish”这个词本身，是汉语及英语的英文混合而成的合体字。这个词出现之初，颇具有戏谑的意味。但随着时间的推移，这个词还真的获得了人们的认可，如今已经有人把

---

* 台湾戏剧家赖声川有个著名舞台剧叫“这一夜，我们来讲相声”。本文题目模仿了此剧名。

它送进了正规的英文词典之中。据说,2006 年全球最流行的 10 个词中,就有一个词叫 Chinglish(中式英语)。

长期以来,有关 Chinglish 的雷人笑话,大都是天才的中国人在学习英文的过程中有意无意地创造发明出来的。比如把"人山人海"说成是"people mountain people sea";把"美中不足"说成是"American Chinese not enough";把"心花怒放"说成是"heart flower angry open";把"要钱没有,要命一条"说成是"If you want money, I have no; if you want life, I have one"。有个著名的事故现场描述:"one car come, one car go, two cars pengpeng, one man die(一辆车来,一辆车去,两车碰碰,一个人死了)"。老外听了,都能不由地会心一笑。

也有对中式英语抱有自豪感的人,他们发誓要让更多的中式英语成为标准英文词组。这种说法并非子虚乌有,比如"long time no see"(很久不见),就是一个成功的例子。据说,"No wind, no waves"(无风不起浪)、"good good study,day day up"(好好学习,天天向上)这类雷人句子也很有希望。

也有些歪打正着的成功搞笑例子。比如,传统京剧"苏三起解",有人将它译成"Susan on the way to jail"(苏珊在去监狱的路上)。剧中最著名的唱段是:"苏三离了洪洞县,将身来在大街前;未曾开言我心好惨,过往的君子听我言"。有人用中式英语译为:"Susan left Hongtong county, come alone in front of street. No speaking my heart breaks, please listen to me, gentleman。"有趣的是,译文中的"Susan 苏三"恰好和英文中的女士名字"苏珊"重合,很能吸引外国人的眼球。不过,在西方名叫苏珊的妇女甚多,这批人和她们的家人看到演出海报后,大概不会来光顾这出中国京剧的。

但是,上述幸运的例子并不像有些人期望得那么多。毋庸讳言,大多数中式英语目前还停留在民间笑话的层面,上不了大雅之堂。对不少严肃学者们而言,这种现象让他们颇感丢人现眼。说到底,这种洋泾浜式的英语产生的根源,还是由于人们在英语语音、语法、词汇方面的残缺所致。

早年出国留学的人在国内学英文时,主要的教材是北京外国语学院许国璋教授主编的《大学英语》,这套教材在中国影响甚广。不过,坦诚地讲,这套教材并不实用,我们固然可以从再版这本书里学到不少具有中国特色的词语,比如,人民公社、贫下中农,毛泽东思想等,但是很多基本的生活词汇在这本教材里显得残缺不全。

类似的笑话并不只与中国大陆的人们有关。在美国读书期间,听台湾的老留学生说,早年不少台湾人来美国谋生时,也是笑话百出。例如,有的人想到美国的餐厅打工,但希望餐厅能提供"包吃包住"的优待。于是,他们用中国式的英语问老美:"May I eat you? May I sleep with you?"(我能吃你吗? 我能和你一起睡觉吗?)这下玩笑可开大了,这份工作十有八九是不会找你干了。

很多人都知道,美国纽约有座著名的"自由女神像",英文的正确名称应该是 Statue of Liberty,但有些中国人把它直译为 free lady(英文可以被理解为自由的女士或免费的女士)。一个笑话说,有个大陆访美代表团的成员在纽约曼哈顿不慎掉队,他知道其他成员都去了自由女神的方向。他看到一个警察,急忙用不熟练的英文问道:"Where is free lady?"纽约的警察看着这个从遥远的东方来的游客，很认真地回答他说："Listen, man! Let me tell you something. Lady is not free in this country. You have to pay"（听着，伙计！女士在这个国家可不是免费的，你一定要付钱才行）。

上海世博会期间，有人在上海郊区的街道上看到如下雷人翻译："让我们的上海到处充满爱！"（Let's make love everywhere in our Shanghai!）外国人看到这个英文翻译句子会是什么感觉呢？是退避三舍呢？还是蜂拥而至？

毛泽东有句著名的诗词——"一万年太久，只争朝夕"。如果用 Chinglish 来翻译的话，可能是："Ten thousand year is too long, only work hard in morning and evening"（一万年太久，努力奋斗只有在早晨和晚上）。显然，这种译法不仅曲解了毛泽东诗词的原意，还容易引发有些人不恰当的联想。我们来看看语言大师钱锺书的精湛译文吧："Ten thousand year is too long. Seize day! Seize the hour!"

另外，中国式英语除了将中文机械地直译为英文外，也还包括将英文本身机械地直译为中文的情况。

比如，有个早年在一家美国旅行社工作的朋友告诉我，很多年前，她在大巴士上用英文对游客们说："Look out! Look out!"（小心！小心！）。她发现，其中有一些亚洲游客不停地朝巴士窗外探望。后来，她才知道，这些游客把"Look out! Look out!"，听成了"朝外看！朝外看！"了。

这里有一个搞笑段子，也是此类翻译的"经典"。传说当年尼克松访问中国，见到"第一夫人"江青，他用西方人特有的恭维话说："You are so beautiful!"（你太美丽了！）江青则用东方人特有的谦虚回答说:“哪里哪里。”糟糕的译员将江青的话译为:“Where? Where?(哪里哪里?)”尼克松回答说:“Everywhere”(到处都很美丽)。江青又用东方人特有的羞怯回答说:“不见得吧?”译员将江青的话误译为:“You can not see?”(你看不见吧?) 尼克松回答说:“I see”。译员告诉江青说:“他说他看见了。”江青这回有点急了:“你肯定吗?”译员这次将江青的话翻译对了:“Are you sure?”尼克松回答说:“I am pretty sure”。译员又将尼克松的话翻译错了:“他说他自己绝对也很帅”。显然,这是有人杜撰的民间段子,估计也曾经发生在中国的人群中。至于为什么要把它设计成尼克松和江青的“二人转”,显然是为了在民间流传的方便。

将英文翻译成中文时,也有出奇制胜的例子。比如,在电影《尼罗河上的惨案》结尾时,大侦探波洛对两个刚结婚的年轻人说了句:“Take care!”最平庸的译文是:多保重(或留点神)! 但是译制片翻译大师陈叙一(原上海电影译制片厂厂长)的译文却是极富有中国民间韵味的“悠着点!”不服不行,大师毕竟是大师。

想知道“树上的鸟儿成双对,夫妻双双把家还”这副对联的最佳英文译文吗? 请看一位叫佚名网友的既优美又押韵的译文:With pairs of birds singing on the tree, my wife and I are on the way home free. 有人用 Chinglish 把它们翻译成:Bird on the tree is getting a pair, husband and wife are making home back。老外看了这句译文,大致可以理解为:“树上的一只鸟正在变成两只鸟,丈夫和妻子把家给找回来了”。不过,对历尽坎坷的董永和七仙女来说,这种说法倒也可以勉强接受。

中国人讲英文,有时还会受地方口音的影响。比如,有些山东济南人为了方便记忆,把“Thank you”记忆为“三克油”,把美国加州的州府 Sacramento(和济南是友好城市)记忆成“三块馒头”。英语里询问价钱的“How much?”听上去像是中国的天津人在讲话。有笑话说,有个天津人一时脑子短路,把这句话颠三倒四地试用为:好吃嘛?嘛好吃?吃嘛好?

中央领导最近再次强调,广大领导干部要认真学习外语。《人民日报》还专门发表社论指出:为了更好地发出“中国声音”、讲好“中国故事”、展示“中国形象”,就必须学好外语、用好外语。学习外语,贵在勤于练习,勇于实践。只要有恒心,铁杵磨成针。

此言甚善,Let’s walk and see!

从3D版《泰坦尼克号》想到的多维世界

2012年4月12日,是泰坦尼克号首航100周年的日子,我特意去电影院看了3D版的《泰坦尼克号》。显然,好莱坞大导演卡梅隆凭借最新的3D技术,在世界各地再次点燃了人们对这部电影的热情。尽管相当多的情节完全可以在裸眼状态下顺利观看,但多维世界的感官享受依然引人惊叹。

3D是英文"Three Dimensions"的简称,相对于只有长和宽的平面(2D)而言,是指包含长、宽、高三个维度的立体坐标。科学家告诉我们,人类本来就生活在四维的立体空间中(加一个时间维),我们的眼睛和身体感知到的这个世界都是三维立体的,这是一个具有错综复杂的内部结构和时空动态的系统;我们对这世界的任何发现和创造的原始冲动都与三维有关。从认识世界的方法论上,这个说法颇具哲学意义。

30年前,看过英国人拍摄的黑白故事片《冰海沉船》,这部电影让我最早知道了"泰坦尼克号"的悲剧故事。当年,有些电影评论家们总是在文章的结尾孜孜不倦地告诫人们,这是一部揭露资本主义腐朽性的影片。影片中那些英国绅士们的举止,暴露出富人们内心的阴暗和伪善;影片里先让头等舱的妇女儿童上救生艇的情节,让人们看到了资本主义社会阶级差异;泰坦尼克号的沉没,恰恰象征着西方资本主义这艘巨轮未来的末日。在那个意识形态单一化的年代里，这种解释，当时并不觉得十分牵强。因为，我们长期流行的经典文艺思想无非是，资产阶级文艺家不会歌颂无产阶级而只会歌颂资产阶级；如果你想当无产阶级文艺家，你就不应当歌颂资产阶级而只应该歌颂无产阶级和劳动人民；二者必居其一。

15年前，詹姆斯·卡梅隆用数亿美元打造彩色巨片《泰坦尼克号》时，全球性的冷战时代已经结束。在好莱坞，高智商的电影制作大师们意识到，“爱情”永远是这个世界上欲罢不能的主题。他们用逼真的影像色彩和高超的电脑特技，从灾难中提炼出杰克与露丝的“旷世奇恋”，这几乎是个“灰姑娘的故事”的当代翻版，只不过男女主人公的位置恰恰相反而已。人们宁愿用几乎大半船人的性命，从这对苦命鸳鸯的凄美故事中寻找一丝虚幻的慰藉。故事的煽情性几乎达到了极致，以至于在遥远的中国，那些平时正襟危坐的党和国家领导人们都带头走进电影院来观看这部电影；一时间里，中国各地的大街小巷，到处回响着加拿大歌手席琳迪翁“My heart will go on and on”的动人歌声。

15年后的今天，再看3D版的《泰坦尼克号》，并不仅仅是因为怀旧。坐在电影院里，这段催人泪下的爱情故事，已经让观众失去了其中绝大部分悬念。戴上3D眼镜后，更多的时间里，我试图透过那副稍微有些灰暗的3D镜片，去探视与这个爱情故事并不直接相关的多维世界。

从西方人的视角看，这部电影其实应当属于“准马克思主义”类型的。电影编导们毫不吝啬地用大量镜头渲染上层富人社会的浮华和虚荣。同时，对底层民众的贫穷本身赋予了超现实的浪漫色彩。最明显的是,影片中用蒙太奇的方式将两场不同的“派对”交替展示给人们:三等舱内的人们虽然穷却比那些压抑自己感情的高等舱乘客开心得多,这种近乎误导的方式足以让观众们强烈地体验到,真正意义的“快乐”,也只能在尽情狂欢的低等客舱中获得,而通过“不劳而获”(比如法律上的继承等)而得到的财产是腐败堕落的象征。由此,当人们看到三等舱乘客在沉船时所受到的不公平待遇时,愤怒会油然而生。在大半个世纪里,这种对“革命正义性”的叙述,我们中国人似乎并不陌生。

然而,在这部影片充满色彩和音响渲染的影片里,我们似乎还遗漏了一些更立体化的视角。当1912年4月15日凌晨,从爱尔兰科克市启程的泰坦尼克号在首航北大西洋的途中缓慢沉没的3个小时中,我注意到了有两个容易被人们忽略的群体:一是船上的成年男人们;二是船上的雇员们。对这些人在灾难面前表现出来的善性和责任,我们实在无法用个别领袖的文艺思想中所谓“阶级”或“人民”这样的政治词汇加以分类和辨别。

统计数据表明,乘客中69%的妇女和儿童活了下来,而男乘客只有17%得以生还。这些死难的男性乘客中,还有亿万富翁阿斯德、资深报人斯特德、炮兵少校巴特、著名工程师罗布尔等,他们都呼应侯伯牧师,把自己在救生艇里的位置让出来,给那些脚穿木鞋、头戴方巾、目不识丁、身无分文的农家妇女。泰坦尼克号沉没了,一个箴言却浮出了水面并传遍了整个世界:“男人永远是女人的保护者。”有人说,这是英国人奉献给世界的一条活生生的文明守则。

当时,在泰坦尼克号上供职的雇员共有900人。事后的统计,船员有76%遇难,这个死亡比例大大超过了乘客的死亡比例。船员在船上,比乘客更有条件逃生,但他们却把机会给了别人。锅炉工亨明,本来分配到救生艇做划桨手,却把机会留给别人,自己留在甲板上,到最后的时刻还在放卸帆布小艇;信号员罗恩始终坚持在甲板上发射信号弹,向外界报警,毫不考虑自己逃生;报务员菲利普和布赖德,在报务舱敲击键盘,发送电讯,直到大水涌进舱门;最感人的,是乐队领班亨利及其手下的乐手,大难临头,却换上燕尾服,登上甲板,一首接一首地演奏。

这一切,不禁令人突发奇想,100年前,职业伦理的概念是否由于泰坦尼克号的下沉而催生?遗憾的是,在这个世界的很多角落里,它仍然是块巨大的短板。

最令人难忘的,是那个在众人面前开枪后又自杀的轮船大副。真实的历史记录里,这位大副其实既没受贿,也没有打死人,但为了维持秩序,他向混乱的人群开了枪却是真的。在如此危急关头,大副的这个决定也是出于无奈,他为自己误伤乘客而痛悔。这是有良知的人在短短时间内经历的重大抉择和折磨,从中折射出人道主义至上的光芒。

在这个还不尽完美的世界上,财富、权势、声望、暴力和私欲,曾经并还在继续左右着我们的生存规则。钢铸铁打的巨轮也免不了沉没,但人类经由苦难而长期聚敛的文明结晶,则更显珍贵,永难泯灭。

梁慧星教授和他的乡镇图书馆

曾经担任过阿根廷国家公共图书馆馆长的著名作家博尔赫斯，曾说过一句脍炙人口的名言："这世上如果有天堂，天堂应该是图书馆的模样。"

一年前，一位名叫梁慧星的著名法学家，卖掉了自己在北京的一处房产，获得了近百万元的资金，他和家人商议后决定用这笔资金在自己的家乡捐建一座图书馆。

1944 年，梁慧星出生在四川省青神县汉阳乡一个偏远的小山村，这是四川省一个名不见经传的小镇，地处成都西南部，距离成都一百一十多公里。梁慧星的夫人曾回忆说，当年和梁慧星结婚后第一次去公婆家，早晨下了长途汽车后，还要步行将近十个小时，到家时天已经黑了。村子里没有电灯，只能看到星星点点的几处煤油灯。

那是一个读书奢侈的年代。在梁慧星的记忆中，当年这个小镇上曾有过一个文化站办的阅览室，面积只有十几平方米，里面只有少量的民间故事、少儿读物和农业科技图书。但是，就是这样一个小小的阅览室，给了梁慧星这个农家子弟一片求知的新天地。他当时一有机会就去这个阅览室看书，在那里培养了读书的兴趣和爱好。笔者试图在脑海里复制出一张幼年梁慧星在这个狭小的阅览室里读书时的老照片，幻觉中的影像朦胧而温馨。人生是一次短暂又奇特的旅行,很可能,一个人就是因为这样一个小小的阅览室,或者因为这个阅览室里的几本书,会把他引向外面更宏大而深远的世界。这一切,多么令人回味和感恩!

1962 年夏天,走出这个偏远小山村的梁慧星,高中毕业后考入西南政法学院法律系。1978 年 10 月,他考取中国社科院民法专业硕士研究生,毕业后留任法学研究所从事民法学研究,后来担任《法学研究》主编和中国社会科学院的学部委员,成为享誉海内外的著名法学家。自 2003 年始,梁慧星先后担任第十届全国政协社会法制委员会委员、第十一届全国人大代表和第十一届全国人大法律委员会委员。

或许,童年时代那个小小的阅览室,成了梁慧星先生一生挥之不去的记忆。梁慧星在图书馆落成仪式的致辞中充满深情地说:"自己曾在汉阳镇生活了 25 年,小的时候,镇上那个小小的阅览室改变了我这一生。汉阳镇的父老乡亲给了我一个阅览室,我今天要还一个图书馆作为报答。"其实,这一切还只是刚刚开始,法学家梁慧星的这一行动的影响力,显然已经超出了汉阳乡的天际。随后的日子里,周边乡镇里也传来了另一家图书馆即将开工兴建的信息。

一个人,即便是一个名人,改变社会的能力也是很有限的。我们无力改变一个大环境,就尝试改变一个小环境吧。无数小环境发生了改变,大环境的改变还会远吗?知名学者熊培云先生也曾在自己的家乡建立了一个图书馆。他说:"中国有两千多个县,如果你改变一个县,就是两千分之一的改变。如果你让一个县有一家像样的图书馆,你就完成了两千分之一的改变。如果这两千盏灯一个个都亮起来，对于当下的中国，又将是怎样一种改变！”

笔者在美国工作和生活多年，直到今天，在自己的脑海里，一直深感这个世界上头号强盛的国家最富有冲击力的事物，并不是纽约曼哈顿的华尔街，也不是洛杉矶的好莱坞，而是千千万万个小小社区里的公共图书馆。

在美国开车，随时可以看到路边竖立着公共图书馆的标志。在小城镇里，公共图书馆的建筑规模通常都大于市政厅的建筑规模，人人都觉得习以为常、理所当然。美国公共图书馆作为社区中最重要的免费公共空间，除了为人们提供免费读书、借书的机会之外，还经常举办各种文化讲座、文化聚会以及社交活动，成为连接社区居民的纽带。根据统计数字，美国的老百姓平均每人一年要读 15 本书。美国的书籍很贵，随便一本书动辄就是几十美元。在美国大小城市的街头，乃至十分拥挤的地铁和公共汽车上，随处可见手捧书本的人。美国人看的书，大部分都是图书馆免费借来的。

历史学家考证说，成立于 1848 年 3 月的马萨诸塞州—波士顿公共图书馆是美国第一家公共图书馆。美国早年公共图书馆的建立主要来自社会人士和地方政府的共同努力。据《美国图书馆目录2002—2003》(American Library Directory)刊登的数据显示，2002 年，美国国内总共有 12 万个各类图书馆。其中公共图书馆(Public library)9 445 个。调查表明，大约有 65% 的美国家庭一年中光顾过公共图书馆。每年大约有 12 亿人次光顾了全美范围内的主要公共图书馆，相当于每个美国人光顾了 4. 5 次。在美国，公共图书馆主要由财政税收支持，设立管理委员会，对所有人免费开放和提供服务。

在美国，现在每年光顾公共图书馆的人次要远远超过观看体育比赛、听音乐会以及参观博物馆的人次总和。孩子放学以后，如果父母不在家，需要待在一个安全的地方，公共图书馆就是最好的选择；老年人希望排遣孤独和寂寞，在公共图书馆里安静地看书读报也是最佳的选择。为大众服务是美国公共图书馆的座右铭。经过两百多年的发展和完善，美国社会里庞大的公共图书馆已经完全融入亿万美国人民的日常生活。

知识就是力量。欧洲移民在16世纪才登陆北美大陆，美国作为一个独立的国家也只有二百多年的历史。它之所以今天能成为世界第一强国，图书馆对民众的启蒙和教化作用不可低估。正是这种公用知识让美国强大！

我们有五千多年文明史的中国，如今也和这个地球上的其他人类一起已经进入21世纪。这些年来，虽然国家的经济实力似乎强大了很多，然而在国民教育素质方面，依然有很长的路要走。即便是和我们的邻居日本、韩国（还有属于“我们这儿”的台湾、香港地区）相比，距离也还差得很远。

有统计资料表明，中国在图书馆上花的钱，仅占GDP的0.01%左右。是美国的1/10。在世界各国的排名里，这个水准和我们的足球队在世界上的排名差不太多。同时，由于美国GDP是中国的3倍左右，人口是中国的1/4，如果我们按照人均计算，美国的图书馆开支是中国的120倍。

一个国家的文明程度，往往不在于有多少高楼大厦和奥运金牌，而在于国民的教育程度和生存质量，而图书馆系统的发达程度，往往直接影响着国民的启蒙和教化。在中国的大城市里,不乏有世界一流的图书馆,譬如国家图书馆,上海图书馆,广州图书馆等。但是在中国的广大中小城镇,农村和边远地区,图书馆的建设与世界发达国家相比,差距之大实在令人叹息。

在不久的将来,人们希望看到,在中国大地上,有更多的像梁慧星教授捐建的汉阳镇图书馆那样的公共空间,里面有人在静静地读书或频繁地流通书籍,体验着"人间天堂"的感受。

最后,还是忍不住想说一句有些领导不愿听的话,如果各级政府官员们把每年公款出国游、购豪车、吃大餐、喝茅台消费上万亿元的钱,拿出其中的一小部分来投资图书馆,供人民免费读书,何必有劳梁慧星教授这样的一介书生用卖房子的钱来捐建一座公共图书馆呢?

释卷品读

苏力选择的风景

——苏力新书《走不出的风景》读后

两年前就听说，北京大学出版社要将苏力在各类典礼和会议上的精彩致辞结集出版。在该书正式问世前，我有幸提前阅读了此书正在编辑中的电子版本。我想，自己大概是最早看到这本书原稿的读者之一。最后，苏力给这本新书取名为《走不出的风景》。刚看到题目，好像是一本旅行者的杂记。不过，随着书中的文字翻转，场景更换，在人们面前展开的不啻苏力近十年人生旅途中的心灵走光。

说实话，我喜欢苏力富于诗性的致辞文字甚于他那些常常引发争议的法学思辨言说。前者温馨并明朗，后者则稍显执拗和暧昧。

一

苏力，江苏启东人，本名朱苏力。早年当过军人，复员后，没有进法院，但进了法学院。我最早听说苏力的名字，是在20世纪80年代中后期在京城一度时髦的大学生周末沙龙里。记得其中曾有人反复提到北大法学院有个名叫朱苏力的人，常常以苏力的笔名发表作品。但大家谈论的倒并不是苏力的法学文章，而是苏力当时发表在北大校园内学生刊物上的诗歌文学作品。

90年代初，我在美国伊利诺伊大学（Illinois University at Champaign-Urbana校区）结识了一位在该校戏剧文学系读书的大陆留学生邹君，此人恰好是朱苏力的近亲属。记得1992年初春的一天，邹君打电话来说，朱苏力已经在美国某法学院毕业，并“毅然”决定回国教书。在那个大陆知识界人士争先恐后出国移民的年代，在美国获得大学学位的大陆留学生中选择立即回国者并不多见。面对这样的“新鲜事儿”，大多数人不仅不喝彩，甚至会怀疑“苏力们”的回国动机。他们会揣测，“苏力们”回国后会不会将“毅然回国”装饰为“热爱祖国”的豪言壮语，然后很快就有机会在每年3月初乘着豪华巴士前往人大、政协两会（或称“人大、政协二会”）的会场？会不会像有些人那样急切地告诉国内的乡亲们，自己在美国曾“毅然”拒绝过某个机构高薪聘请（间或还曾拒绝了某个大公司董事长女儿的苦苦追求等）？有足够的证据表明，苏力从来没有这样说过。至少他还是学法律出身的，他知道这类谎言经不住推敲。因为，在美国，如果你自己不去主动找工作发出“要约”，别人怎么可能先发出一个高薪“承诺”呢？

苏力真的义无反顾地回国了，他回到北京后，最初在北大法学院默默地从一个普通的讲师做起。后来的日子里，在北大的校园里，人们不时可以看到，一个身材瘦高头发灰白“面容铁骨铮铮”酷似学校工友的男子，骑着一辆半旧的自行车往返于北大校园和宿舍区之间。据那些细心的女生们说，与那些学校工友们非常不同的是,苏力教授握在那辆半旧的自行车把手上的是一双纤细修长的手。

2001 年至 2010 年间,苏力担任了北大法学院院长。用他自己的话说,从此"必须出席否则不会或不愿出席的大大小小的会议,常常必须发言、讲话,以院长身份。这也是一份职责"。就这样,不知从哪一天开始,苏力那一篇篇遣词温馨、贴心抒情并行文优美的在开学或毕业典礼上的致辞开始在网间大面积传播,极受青年学子欢迎,甚至一度成为北大法学院乃至全国大学教育圈内的一个亮丽标签。近几年里,据说除了正版之外,网络间还出现了山寨版。

当然,苏力的诸多致辞,也一直在忍受着很多人的冷嘲热讽。不过,平心而论,只要仔细读一读《走不出的风景》这本书,人们必须承认,此类颇为新颖的大学讲坛致辞,既要摆脱官样文章,坚持自己的风格和文采,又要让越来越挑剔的莘莘学子感到合乎情理并由衷地接受(并不一定要万众齐呼"力叔"或"力哥"),同时将两者做到浑然一体,这对任何人而言,在智商和情商方面大致都是一个不小的挑战。苏力说:"对一位真正的学者来说,每一次写作都应当是对自己的一次挑战,对自己的超越,尽管应战可能是从容不迫的。"或许,更为难得的是,如同冯象先生在该书的序言里所述,"苏力的致辞,实际是在一个普遍堕落的社会关系场域即大学里,展示了一种截然不同(但也不直接对抗)的职业伦理与理想人格"。

也有人说,这都是苏力的哗众取宠之作。然而,如果说苏力在深夜的台灯下起草这些致辞时,还多少有些自我陶醉的个人情趣,而当他站在万众瞩目的讲台上面对一个个青春热情的莘莘学子时,那种发自内心地对北大,对中国法律教育以及法学研究的执著热爱,恐怕就是自然的流露了。为此,苏力付出了心力,做出了与众不同的选择。

于是,在苏力的各类致辞中,人们开始听到(或阅读到)一段段颇为新奇的句子。比如,他告诉马上就要毕业的学生们:——“六月是最残忍的;一转身,校园硬生生地扯下了一段你舍不下的青春。”——“为所有虚度的和没有虚度的时光感动,为我们是那么容易感动而感动。或者,什么都不为,就只是感动,因为我们自恋、敏感和矫情,因为我们率性和真诚。”——“实在扛不住了,就小资一下吧。用剩下的几天,细细体会一下你似乎从未有过的软弱和温情,伤感‘小鸟一样不回来’的青春,告别——在你入学时我祝福的——这段‘也许不是你最幸福,肯定不是你最灿烂,但必定是你最怀念的时光’!”

他用诗性的语言嘱咐这些马上就要走进一个浮躁混沌环境的年轻人:“想一想那选择了在辱骂中顽强活下来最终为赵氏孤儿复仇的程婴;想一想在北海的秋风长草间十九年目送衡阳雁去的苏武;或只是想一想多年来养育了也许是你们家祖祖辈辈第一位大学生、硕士生或博士生的你的父母。”

他还告诉刚刚进入校门的新同学:“对于有梦的人,生活永远不完美,却大致公平;每个人都有属于他/她的时刻。”“只是,你们必须创造和把握自己的时刻;并且,要从现在开始。”

在他的致辞里,除了抒情温馨,也不乏幽默诙谐。其中的元素大致来自王朔的小说、赵本山宋丹丹的小品、新老电影台词、网络新语,还有 80 后 90 后的流行歌曲歌词。

还有,他还用过“你柔软地想起这个校园”,“你听见阳光的碰撞”,“渴望多汁的人生”等肥皂剧系列的句式,还有那句多少外溢出精英和自恋意识的“这里是北大法学院”。

只是,在他卸任北大法学院院长的最后一次致辞中,语调显得有些低沉和悲壮。他委婉地提到近年来围绕他产生的种种非议,还说道:“我今天穿着整齐,特意梳了下很少梳的头,还摘了老挂在脖子上的优盘,来郑重祝贺新院长就职、新班子上任。……我更想说的是,领导也是人,不高兴,批评甚至吵架都可以,还可能结下友谊。但任何动作都别过了头;过了,就会毁了许多东西,伤害别人,也伤害自己,特别是伤害我们的法学院。…… 我 55 岁了,还愿意同各位同事一同奋斗。奋斗,因为要真干点事,对得起今天的中国,是需要有人献身的。我愿意。我是一个死不悔改的理想主义者和英雄主义者。”

如今,在中国法学界,有两个知名学者总是与文学如影随形。一个是喜欢写侦探小说的何家弘教授,另一个就是喜欢发表富有诗性演讲的苏力。如果说何家弘是在用法律人的思维方式在写小说,苏力大概属于在用诗人的风格写法学著作。苏力的这种状态令人想起清末的学人王国维。王国维在他的《三十自述》一书中曾忧郁地写道:“余之性质,欲为哲学家,则感情苦多而知力苦寡。欲为诗人,则又苦感情寡而理性多”。魏敦友教授在几年前就曾发问:苏力教授是否有过这种“王国维式的痛苦”? 在我看来,苏力的第一恋爱绝对属于诗人,其次才是法学。从他的文字中可以看出,他在法律园地里耕耘时,诗性的河水总是面临涌出河床,只是严谨的法律学科使他不得不冷静叙述。

不过,在作家王朔眼里,苏力显然还是偏理性的。王朔在前两年出版的新书《新狂人日记》中写道:“突然明白朱苏力为什么不喜欢我千岁寒以后的文字,——文字有感性文字、理性文字、灵性文字,他喜欢理性文字”。对中国法学界来说,王朔是个局外人,说句外行话可以原谅。假如当年王朔和苏力一样“复员军人进了法学院”,读着那些枯燥晦涩的法学八股文,他一定会气急败坏口诛笔伐的。不过,假如王朔有机会听听苏力教授在开学或毕业典礼上的致辞,我想,他还是会有足够的耐心从头听到尾的。

我们暂且不去争辩苏力的那些法学理论的论据论点能否自圆其说,无论如何,这些在兼具诗人和法学理论家两种气质下产生的文字,是不是已经足以使那些既无文采又无思想的法学八股文黯然失色呢?

二

其实,苏力担任北大法学院院长这些年里,日子过得并不像他迎来送往的致辞展现得那样如诗如歌。在这本《走不出的风景》书里,我们还可以从他若干会议上的发言致辞中,看到苏力在竭力为自己近年来聚讼纷纭的法律学说作出解释和辩白。

20年前,当苏力回到中国这片熟悉的土地时,他或许马上就发现,在一个如此庞大和混沌的环境里,建造一座像西方发达国家那样精细而富有权威的法律大厦,几乎是件不可能完成的麻烦事儿。

过去的一百多年里,汇聚成所谓“中国法学”的绝大部分知识以及它的分类,其实都是来自中国本土以外的欧美发达国家(或者是“二传”来自日本、中国台湾和香港地区),今天,它们“已成为我们无法摆脱也不想摆脱的生活世界的一部分”(苏力语)。人们遗憾地发现,在中国古代留下的卷帙浩繁的法律文献中,依然对今人有利用价值的东西,几乎寥寥无几。苏力试图站在他者的角度发问:“然而,在借鉴了这一切之后,在经济发展的同时或之后,世界也许会发问,以理论、思想和学术表现出来的对于世界的解说,什么是你——中国的贡献?”

对今天大多数活跃在中国法学院讲台上秉持自由主义立场的人士看来,中国的法学家们对中国的法学学术缺乏创新这一事实,既无必要感慨更无必要焦虑,没有人强迫他们一定要对所谓“中国的贡献”有所承诺。倘若是“为了贡献而贡献”(邓正来语),则势必造就虚妄的标新立异。30年前,中国的大门对外开放后,越来越多的人开始相信,源于文艺复兴以及工业革命以来的西方发达国家成功的法治经验具有毋庸置疑的普世意义,只要我们坚持不懈地将现代法治这块巨石不停地向前推动,无论千难万难,总有一天会抵达梦中期待的法治社会峰顶。如同那首悠扬缠绵的北方民歌所唱:“只要哥哥你耐心地等待哟,那心上的人儿啊就会跑过来哟哦”。

不过,苏力的看法好像与众不同,他冷眼断定,西方的法治经验在中国这块土地上大致败局已定。他似乎早有预感,这块巨石其实就是法国哲学家加缪在著名的“西西弗斯神话”中描述的怪物,当人们把它推到一定高度时,它迟早会令人失望地再次滚落下来。所以,他从一开始就决定不加入这个人数众多的苦役行列,他打算另辟蹊径。用他自己的话说,他决定“送法下乡”。然而,送什么样的“法”下乡呢?如果辛辛苦苦送下乡的所谓“法”,并不是来自这个国家几千年延续的传统之物,而是西风东渐后得来的舶来品,势必又产生诸多难以圆说的悖论。苏力认为,中国的法学家们既不能像欧陆法学那样创造出一个以立法为中心的法学,也不可能像英美法学那样创造出一个以司法为中心的法学,但是中国的法学家可以在总结中国本土司法经验的基础上对世界作出“贡献”。他告诉人们:“中国的法治道路必须注重利用中国本土的资源,注重中国法律文化的传统与实际。”为了避免将他的这种观点与“复辟”旧传统中的宗法关系相提并论,苏力还强调说:“我们必须论证利用本土资源可以超越传统,而不是恢复中国的法律传统,可以建立与中国现代化相适应的法治。”

苏力还认为:“法律其实是一个非常世俗、琐碎并因此才神圣起来的社会事业。它努力以制度化的但又细致入微的方式化解各种社会纠纷,无论是杀人放火,还是家长里短;它在努力协调的同时也规范着社会生活,无论是人际交往,还是经济发展;它追求实现公正与和谐,但这个公正与和谐不来自教科书的定义,而是由无数普通人长期的日常生活体现或界定的。这是一个只有前方,不会有到达的跋涉!”

不过,没有太多的证据表明,苏力亲临“世俗琐碎”的乡间去做田野采风。最初,他是从若干个带有轻喜剧色彩的中国本土电影中找到了诸多灵感。比如,在他的里程碑著作《法治及其本土资源》一书中,他几乎绞尽脑汁地对张艺谋的电影《秋菊打官司》进行了精细的分析并从中得到了一般性结论,他说:“在中国的法治追求中,也许最重要的并不是复制西方法律制度,而是重视中国社会中的那些起作用的,也许并不起眼的习惯、惯例,注重经过人们反复博弈而证明有效有用的法律制度。”不过,后来人们有趣的发现,每当人们在谈论“法治的本土资源”这个有些沉重话题时,不知为什么,脑海里总是会不断晃动着那个名叫巩俐的著名电影女星轻盈的身影。

不管你认同不认同、赞赏不赞赏,这就是苏力的思考取向和选择。尽管他的理论探索一直充满争议,但我们不能不承认,在苏力之后,中国多年来僵化单调的法理学开始变得色彩斑斓、面目全非了。在今天的中国法学界,大概已经没有人怀疑苏力的理论探索所产生的重要影响。不过,“树大招风”这一物理法则并没有对苏力网开一面。自从他的“本土资源论”问世后,苏力便再没有安宁过。苏力受到的批评和挑战几乎是全方位的,有些指责和攻击甚至超出了学术的范围。不过,苏力还是苏力,他并不是一位老谋深算的拳师,仍只是一个近乎固执的学者,他所竭力构筑的理论防线,无外乎想执著地提醒自己的本土同胞们:由西方文明国家最先点亮的那盏法治明灯,是否能在中国这块土地上获得普遍有效性?

我们知道,近代以来发生在中国的一切事情都不得不在与西方的复杂关系中开始理解。问题在于:中国千百年遗留下来的顽症,是不是只能依靠中国土生土长的地方性药品来医治?抑或这个国家在与世界接轨的过程中是否有希望实现根本的社会变革？在我们今天的时代，认真对待苏力的理论观点，大致可以帮助人们更清晰地理解中国法治进程的长期性和复杂性，以便探讨现代法律在中国社会长期被遮蔽的当代缘由。

或许，苏力的思维是卡夫卡式的，他相信太阳和电灯可以带来光明，但能带来光明的不仅仅是太阳和电灯，或许还有蜡烛、煤油灯以及火把。然而，苏力或许不愿意承认的是，常常是在那些不通电或者电压不足经常断电的地方，人们只能而且必须使用蜡烛、煤油灯以及火把来照亮暗处。这种现实十分令人沮丧，但除此之外没有什么更好的办法。在今天的时代，绝大多数人几乎都无法拒绝电灯的诱惑，只是相对有些地域而言，制造和传输电力的成本实在太高，蜡烛、煤油灯乃至火把常常是不得已而为之。

饶有兴味的是，今天的中国，与外部世界的联系已经不再是“鸡犬之声相闻，老死不相往来”的隔绝状态了。改革开放三十多年后的中国法律体系（尽管已经被宣布成功“建成了”）已经无法挽回地进入了国际制度的竞技场，无论是宪政改革这样的高端法律理论，还是“房东房客纠纷”这样的低端法庭技术，都已经被烤在了国际法律制度和法律技术之格斗广场的火炉上。谁让地球不仅是圆的，而且还是平的呢？

美国时代周刊曾有文章对知识分子下过一个定义，认为知识分子是那些对所在社会的主流价值持善意批判态度的人们。在中国今天剧烈而复杂的社会转型过程中，所谓“主流价值”究竟是何物呢？是各类党报和各级会议上充斥着的对以往政治传统重复且直白的口号？还是校园里网络上涌动着的对未来社会新颖却隐晦的诉求？看来苏力敏锐地选择了后者，他预料到，携带现代西方意识的价值观的后者已经或者迟早会成为“主流”。所以他决定以超前(或提前)的姿态对后者举起批判的旗帜。用他自己的话说，就是“所谓精英，就是人们感觉良好，他却见微知著，小心翼翼，默默为整个社会未雨绸缪”。他好像已经做好了为此殉道的准备，他在一份致辞中不无悲壮地说道：“让我的失败为这个民族的成功奠基”。

三

这些年里，人们观察苏力，总是有太多的疑问和悬念。不少人发现，如果依据一般的经验和逻辑来判断和理解苏力，比如仅仅从苏力的生活经历来审视苏力其人其论，得出的结论常常是充满矛盾的。

其一，苏力出身“革命干部”家庭，如同千万个中国家庭一样，他的家庭也在历次政治运动中历尽坎坷。风雨如磐的政治气候理所当然会在苏力幼小的心灵中留下悲剧的烙印。然而，苏力却对意识形态极度统一并高压化的社会环境表现出高度的理解和宽容，他很少对1949年以来种种荒唐可笑的政治运动以及理念表达出必要的批判乃至反思，对来自制度本身的缺陷也甚少提出深刻追问。相反，他的思维走向里常常折射出对毛泽东式治国理念及其思维方式的推崇。不过，对于去年北大法学院部分教授在网间对他的“攻击”,还是让他心有余悸。联想到“文革”时期的语言乃至肢体暴力,他对友人谈到,如果此类事情发生在“文革”期间,天知道会发生什么后果!

其二,苏力曾在美国留学7年,对西方法学理论的阅历丰富。一般人以为,苏力理所当然应当对西方的法治经验推崇备至。然而,出乎人们意料的是,苏力给人们的印象倒是反其道而行之。苏力认为:“在中国的法治追求中,也许最重要的并不是复制西方法律制度,而是重视中国社会中的那些起作用的,也许并不起眼的习惯、惯例,注重经过人们反复博弈而证明有效有用的法律制度。否则的话,正式的法律就会被规避、无效,而且可能会给社会秩序和文化带来灾难性的破坏。”①

苏力的此类状态绝非个案。时常有人发出疑问,为什么有些在欧美国家留学多年后“海归”的学者,在尝试用本土文化对抗西方文化方面,有时会比那些国内土生土长的学者走得更远?颇具讽刺意味的是,这些学者中的大多数人年轻时曾经是西方文化的信奉者和热情鼓吹者。究竟是何种机缘使他们最终皈依传统文化的种种元素?至今仍是一个众说纷纭的谜。

其三,苏力出身国内名校并留学美国,应当属于浸淫于学院象牙塔里的精英骄子。但他却对学院高墙外的另类作家王朔情有独钟。苏力说,每年他都要把王朔的几篇精品文章拿出来重读一遍。在若干年前的一天下午,有一位热心的编辑友人曾特意引领苏力来

① 苏力:《法治及其本土资源》,中国政法大学出版社1996年版,第36页。

到北京顺义郊区的一个别墅区里与王朔见了一面。前不久我曾当面问过王朔:“你这个另类作家和朱苏力这个法学教授之间到底有什么共同语言?”王朔告诉我,当他面对这位中国法学界的“大腕”级人物时,内心真的有些困惑和茫然。他们当时大概聊了金庸的小说、张艺谋陈凯歌冯小刚的电影等,估计没怎么聊到我们中国的法制建设。

在《走不出的风景》一书中,苏力将毛泽东在1954年的一篇著名开幕词作为演讲修辞的经典范文附在书后。其中有一句令苏力极为欣赏的语句:“我们正在前进。我们正在做我们的前人从来没有做过的极其光荣伟大的事业。我们的目的一定要达到。我们的目的一定能够达到。”这些文字简洁、朴素、雄浑、大气!朗朗上口,铿锵有力。不过,令人沮丧的是,在毛泽东离开这个世界35年后的今天,这位历史巨人所说这句斩钉截铁的惊叹号话语,似乎越来越变成疑问句式——我们的目的达到了吗?我们的目的能达到吗?比如,当千万人由于“七分人祸”而成为饿殍的时候,比如,当身为国家主席的刘少奇手持宪法和造反派徒劳争辩的时候,比如,在全国法院检察院公安局被全部砸烂、法律院校被全部关闭的时候,这个“正义的事业”及其“目的”似乎已经捉襟见肘、难以自圆。还有,我们中国法律人昼思夜想的那个中国法治社会,直到今天,大致仍然像是孟庭苇有首歌里唱的,属于“风中有朵雨做的云——一朵雨做的云/云在风中伤透了心/不知又将吹到哪儿去?”

苏力是谁?苏力的理论探索指向何方?这些年来,不少人都试图解开“苏力之谜”,是法治浪漫主义的苏力,还是法治保守主义的苏力,抑或是后现代潮流中具有“反智倾向”的苏力?如果文如其人这句话确有道理,苏力的文字基本能说明他本人:诚恳的君子、浪漫的诗人,忧郁、严谨、反智、固执,对人性还有些悲观,温情和善却意志坚毅,焦虑其里而安详其表。或许还有很多,都还存储在苏力心底的密室中。人们不一定非要撬开来看个究竟,因为,撬开别人的心底密室,其实比今天在文明社会里搞强制拆迁还要难上加难。用苏力自己的话说:“不仅法学院、北大乃至中国是我们共同的走不出的风景,而且我们各自也成了对方的风景……境中人看不到自己的风景。”其实,我们看不到自己的风景,难道就可以看到别人的风景吗?

前不久,与苏力等诸友人在中关村附近某餐厅一起餐叙。主宾问苏力对百味佳肴有何忌口?苏力答:“除了两条腿的动物,如鸡、鸭等,其他都可以。”接下来他还幽默一句:“四条腿的都可以,除了桌子板凳。”诸君笑过后亦不由生出疑窦:两条腿和四条腿之间到底有什么不一样?难道苏力教授看到像葱油鸡和樟茶鸭一类美味佳肴,真的就能无动于衷吗?你和我们这些普通人群总是那么不同吗?

这就是苏力,This is Suli’s choice(这就是苏力的选择),这就是苏力的风景,或许这可能是个他自己走不出,别人也走不进的风景。

“林良多”教授:那首网间疯传的爱国诗篇并不是我写的!

2011年1月12日上午9点58分35秒,新华网发布了一条被有些人称之为“2011年开年里最丰盛美餐”的新闻,这就是:美国纽约州立大学水牛城分校退休华裔物理学荣誉教授林良多(Duo-Liang Lin)在美国《华盛顿邮报》上发表了一首英文诗《你们究竟要我们怎样生存?》。[1] 新华网的编者按说,这首诗在互联网上热传并引起中西方网友热议。这首诗表达了许多美籍华人长期以来内心的压抑和愤慨,因此被评论为是多年来受到双重标准困扰的海外华人向西方偏见“射出的一记利箭”。

随后,海内外众多媒体(包括各地的手机报)都纷纷转载了这条新闻。当下,如果你在百度上搜索“林良多”三个字,马上会跳出近8万条信息。其中称赞和拥戴“林良多教授”的居多,有人甚至主张“林良多”和李小龙可以并列成为历史上最值得记住的两个海外华人,也有人提议应当在大陆知识界、思想界中发起一股“向林良多教授学习”的热潮。也有些网民开始对“林良多”大泼污水,认为他是个伪君子——这么爱国还赖在美国不赶快回来;也有人甚至使用了

---

① 该诗详见新华网,http://news.xinhuanet.com/comments/2011-01/12/c_12971602.htm。

不少包含人身攻击的粗言恶语咒骂“林良多”。还有些网民对这条新闻的真实性提出质疑,认为这是条“假新闻”,至少也是条“旧新闻”,完全是有人弄虚作假、别有用心的炒作。

本来这首诗并不值得我格外关注。这种诉说历史悲情和张扬大国意识的爱国长短诗篇,在过去中国一百多年的历史里俯拾皆是。但是,当我读到诗中的词语“当我们推行马列救国时,你们痛恨我们信仰共产主义;当我们实行市场经济时,你们又嫉妒我们有了资本;……当我们动乱无序时,你们说我们没有法治;当我们依法平暴时,你们又说我们违反人权;当我们保持沉默时,你们说我们没有言论自由;当我们敢于发声时,又被说成是洗过脑的暴民”的同时,又在网上看到,不知道是谁家邻居的二小子在网上大喊着:“到底要咋样?你们到底要俺们咋样?再乱讲我们这不行那不行,今天先让利箭飞,明天就要让子弹飞!”我在心生疑窦的同时,不禁屏住了呼吸。

这是一位美籍华裔教授写的诗吗?“林良多”是谁?到底有没有“林良多”这个人?如果有这个人,到底是不是“林良多”写的这首诗?

我在深受千百万热情网民感染的同时,也不由自主对“林良多”这个人产生了好奇。恰好我最近正在美国斯坦福大学的胡佛研究所仔细查看“蒋介石日记”中关于民国“六法全书”的材料。眼下,我倒准备先放下手中的工作,打算花少许时间找到“林良多”这个人。

我的运气挺好的,这天下午只用了一个小时的时间,就找到了众多网民心目中的“英雄人物”——“林良多教授”,并在几个小时后和他直接通了电话。

首先,我利用 Google 搜索到美国纽约州立大学水牛城校区(University at Buffalo,State University of New York)物理系教授的名单,果然可以看到上面有名誉退休教授(Professor Emeritus of Physics)Duo-Liang Lin 的名字,上面还附有 Duo-Liang Lin 教授的电子邮箱。我还有趣的发现,该物理系 33 位教授(包括副教授)名单里,竟有 8 位是华人,占全部教授人数的 1/4(和华人在世界上所占的人口比例很匹配),其中两位来自台湾,一位来自香港,还有 5 位来自中国大陆(他们分别毕业于北京大学、浙江大学、南京大学、南开大学、厦门大学等国内名校)。如果可能,我今后倒也挺想研究了解一下,他们这些旅美华人长期以来是不是像"新华网"说的那样"内心压抑和愤慨",或是"多年来受到双重标准困扰"?

网址上还有该物理系办公室的电话。我先给该校物理系办公室打了电话。一位很和善并负责的女秘书接听的电话。我告诉他我是来自北京的一位法律学者,目前正在斯坦福大学做短期访问研究工作,想询问一下 Duo-Liang Lin 教授的联系方式。她最开始似乎不能肯定到底有没有 Duo-Liang Lin 这个人,她让我读出 Duo-Liang Lin 的拼写字母,片刻后她告诉我,Duo-Liang Lin 教授已经退休,不再到系里来上班,只有他的电子邮件可以找到他。同时,这位秘书还非常客气地告诉我,如果方便,可以留下我的名字和电话,她可以尽快发邮件转告 Duo-Liang Lin 教授。(后来的故事证实,这位女秘书果然敬业无比,她立即给 Duo-Liang Lin 发出了信息)。

放下电话,我立即给 Duo-Liang Lin 教授发出如下内容的电子邮件。信文如下：

尊敬的林教授：我是一位法律学者，最近正在美国工作旅行和休假，近日正在斯坦福大学胡佛研究中心做短期访问研究工作。请原谅我很冒昧地给您写信。

近日来，中国大陆众多媒体都在转发和热评一首相传是您撰写的"爱国诗篇"。看来，事到如今，无论您是否情愿，您已经成了无数大陆网民心目中的英雄人物，有人已经开始将您和李小龙并列为史上最值得记住的两个海外华人，并提议在大陆知识界、思想界中发起一股"向林良多教授学习"的热潮。

同时，也有些持不同意见的人对您发起猛烈抨击和诋毁。但是，我也注意到，媒体间也存有不少疑惑，有人说您曾辩解过这首诗不是您写的，也不曾发表在《华盛顿邮报》上。还有您的中文名字是林良多？还是林多粱？无论实际情况如何，您对此事有何评论和感想，特别想请教您。

我是一个法律学者，我目前的主要研究领域是中西方比较法律制度。我知道您是位早年来自台湾的著名物理学家，我们的研究领域不同，但我相信这大概不会妨碍我们对共同关心的中国问题的交流。

我的籍贯是江苏无锡，但一直在北京读书，可以讲标准的国语。您早年在台湾读过大学，估计您一定也可以讲我们的国语。我在加州的电话是：650××××××，我们可以在电话里叙谈。

我随时恭候您的回复。

不胜打扰,再表歉意! 顺颂冬安!

周大伟

一个小时后,我收到 Duo-Liang Lin 教授的回复,Duo-Liang Lin 教授发给我如下内容的电子邮件(为阅读的方便,将林教授的回信转译为简体字):

> 大伟先生,我自退休后,搬到湾区矽谷附近居住。很高兴能和你见面聊聊。可惜我目前不在家。不过你可以用电话 302-×××-××××找到我。我估计要在春节前回家。我家电话为 510-×××-××××。多樑

此刻,至少有一点是很清楚了,这位"Duo-Liang Lin 教授"的真实姓名应当是林多樑,而不是所谓"林良多"。有些奇怪的是,即便是最初级的编辑人员,至少也应当把这个名字翻译为"林多良",而不可以是"林良多"。像新华网这样的国家级网站怎么能犯这类低级错误呢?

顺便说一句,将这首诗的题目"What Do You Really Want from Us?"翻译成"你们究竟要我们怎样生存?"也是有问题的。还是那个喊着要让子弹飞的网上愤青喊得到位,其实就是:"你们到底想要俺们咋样?"

傍晚 6 点半钟,我拨通了林多樑教授的电话。林教授本人接听的电话。就像很多在美国生活工作多年的华裔教授们一样,他在电

话里的声音平静和善而讲究礼节。他说他已经收到大学物理系秘书转来的信息,本来应该主动打电话给我的,但是因为住在美国东部特拉华州的亲友家里,不便用他人的电话打长途给我,请我原谅。接着我们很快就把话题转到这两天网上疯传的那首"爱国诗篇"上来。

林教授很明确地说,这首诗并不是他写的!但为什么此事会三番五次和他扯到一起,事情的确很蹊跷,他愿意和我仔细聊聊。

林教授告诉我,2008 年 3 月,他当时正在中国旅行。在北京逗留期间,他偶然收到一个陌生人发给他的电子邮件,其中的内容就是这首英文诗。他当时读后觉得这首诗内容很有趣,其中有些观点自己也可以认可,于是就把它转发给若干个朋友。其中有位朋友误以为这首诗是林的作品,又转发给其他林教授熟悉的朋友。但林教授发现后,尽力对朋友们做了更正说明。这就是这件事最开始的真实情况。

但有意思的是,几天后,当他到达太原等地讲学时,发现"事情正在起变化"。他打开自己的电子邮箱后,发现有近千封邮件在等候他阅读,内容几乎全是关于这首诗的评论。发信者几乎毫不犹豫地认定,他就是这首"爱国诗篇"的作者。他为此感到哭笑不得,但也无可奈何。2008 年 5 月初,林教授结束在山西大学的讲学后来到上海,原准备继续前往四川绵阳讲学,由于四川发生"5・12"汶川大地震,因此没有成行。

在上海逗留期间,林教授突然接到一位《华盛顿邮报》编辑打来的电话。这位编辑先问林这诗是不是他写的。林明确回答不是。

编辑又问这首诗什么时候在《华盛顿邮报》上发表过,林说不知道。最后他问林能不能给《华盛顿邮报》就此事写些东西,林教授说眼下没有时间,旅行结束回到美国后才能动笔,这位编辑说,那样就不必写了。林教授以为,这首诗的事情就这样过去了。

过了一段时间,林教授从朋友那里得知,这首诗真的在《华盛顿邮报》上发表过。后来,包括林教授在内的不少人都通过《华盛顿邮报》网站查询到,这首名为《你们究竟要我们怎样生存?》的英文诗全文的确曾经出现在《华盛顿邮报》2008 年 5 月 18 日的“观点”板块中,但在诗文前编辑附有一句关键的话:“This poem appeared on the Internet in March and has since gone viral, popping up on thousands of blogs and Web sites, in both English and Chinese. Its authorship could not be confirmed.”[①](译文:“此诗 3 月份在互联网上出现,然后在中英文博客和网站上像病毒一样迅速蔓延传播,但此诗的作者是谁并没有得到最后证实。”)

经过我本人仔细查询,2008 年 4 月 25 日,这首诗曾最早出现在《华盛顿邮报》网站的一个讨论区内,而不是《华盛顿邮报》上。2008 年 4 月 25 日《华盛顿邮报》发表一篇题为“Chinese Nationalism Threatens Beijing”(中国的爱国主义威胁着北京)的文章,在该文章的网络版读者讨论区(forum)中,有人自己将这首英文诗发送于讨论区里,但无中生有地在开头注明“A Poem Published by the Washington

---

① 参见 http://www.washingtonpost.com/wpdyn/content/article/2008/05/16/AR2008051603460.html。

Post”(一首已经被华盛顿邮报发表的诗),同时在诗的结尾故意注明如下文字:Duo-Liang Lin, Ph. D, Professor Emeritus of Physics, University at Buffalo, State University of New York, Buffalo, New York 14260-1500。给人的感觉此诗的作者是林多樑。[①] 由此判断,《华盛顿邮报》的编辑可能是看到这条帖子后,才给林教授打的电话。

林教授在电话里告诉我,不知道为什么,这首诗最近又突然在网间火爆起来。他觉得,当初既然自己会向朋友转发这首诗,说明他至少认为此诗写得很有意思,有些内容也还不错。不过,林教授还是认为其中表达的情绪有点过于偏激和强烈。他觉得,这首诗中的“我们”和“你们”只是笼统地讲中国和西方国家之间的恩怨和矛盾,倒并没有特别指明美国。他发现一些中国年轻人借此对美国发表非常激烈的言辞,显然这是不冷静的做法。

短暂的电话交谈,使我感觉到,林教授是个诚实可亲、从容淡定、宠辱不惊的老学者。对来自网上的追捧,他没有感到兴奋;对来自网上的咒骂,他也没有觉得恼怒。事到如今,他似乎很想告诉人们,这首诗的作者并不是他本人。自己年纪大了,实在没有精力去和外界做什么过多的解释。希望这首诗的作者自己浮出水面。他真的不希望人们再继续用他的名字去点燃那些盲目仇外的偏激情绪。

暂且先不论这首诗的内容正确与否,仅从新闻的真实性而言,

---

① 参见 http://onfaith.washingtonpost.com/postglobal/pomfretschina/2008/04/chinese_nationalism_threatens.html。

如此这般炒作这件事,对林教授本人,对大多数中国人之"我们",当然还有对西方国家之"你们",都有欠公平。本人仅希望借助本文能启发一些必要的理性,至少提醒新闻界应当恪守职业道德。新华网等相关网站有必要对此作出公开更正并向网民适当致歉。

就这首诗的内容而言,我个人的看法是:在这个资源有限并充满竞争的地球上,国家之间或民族之间存在利益冲突是正常的,在今天相对文明的时代是如此,在一百年前没有国际法制约的野蛮时代更是如此。中国本身在历史上也侵略过他人同时也曾惨遭他人侵略。扪心而论,我们的国家长期没有搞好,主要原因不在于他人,而是在我们自己内部。仅仅用怨天尤人的受虐心态来诉说历史悲情和讨伐现实不公,无助于这个国家的长远进步。

相关资料表明,林多樑教授,著名物理学家。生于 1930 年,字松涛,祖籍浙江青田,生于浙江瑞安(属温州地区)。1948 年迁居台湾。50 年代先后毕业于台湾大学和台湾清华大学。后赴美留学,在美国俄亥俄州立大学获得博士学位。后任美国纽约州立大学物理系教授。1973 年开始访问中国大陆,大陆改革开放以来,林教授长期在清华大学、中国科技大学、复旦大学、浙江大学等知名高校担任客座教授。目前已退休,现居住在加州硅谷地区。林教授告诉我,尽管他早年从台湾来到美国,但他自己在大陆生活,高中毕业后才去的台湾,对中国大陆是难以忘记的。特别是,在大陆改革开放初期的 80 年代,他就被当时的清华大学校长刘达先生聘为客座教授。对大陆的记忆和了解并不少于台湾。

本文到此,疑问仍然没有消失。

到底是谁写的这首诗？写诗的人为什么不愿意浮出水面？为什么要三番五次地将这首诗的作者套在一个旅美华裔教授头上？还有，为什么2011年年初在官方背景很强的新华网上再次炒作这首诗？是因为美军要在黄海演习？还是美国国防部长正在北京访问？间或是，胡总书记马上就要启程去那个不少网民不太喜欢的国家访问？

不知为什么，想起一首名叫"看你怎么说"的歌词，也许可以拿来作为此文的结束语：

"我没忘记你忘记我／连名字你都说错／证明你一切都是在骗我／看今天你怎么说？"

2011年1月15日上午草于美国斯坦福大学。

附：你们究竟要我们怎样生存？林良多（来源：新华网）

当我们是东亚病夫时，我们被说成是黄祸；

当我们被预言将成为超级大国时，又被称为主要威胁。

当我们闭关自守时，你们走私鸦片强开门户；

当我们拥抱自由贸易时，却被责骂抢走了你们的饭碗。

当我们风雨飘摇时，你们铁蹄入侵要求机会均等；

当我们整合破碎山河时，你们却叫嚣"给西藏自由"。

当我们推行马列救国时，你们痛恨我们信仰共产主义；

当我们实行市场经济时，你们又嫉妒我们有了资本。

当我们的人口超过十亿时，你们说我们摧毁地球；

当我们限制人口增长时，你们又说我们践踏人权。

当我们一贫如洗时，你们视我们低贱如狗；

当我们借钱给你们时,你们又埋怨使你们国债累累。

当我们发展工业时,你们说我们是污染源;

当我们把产品卖给你们时,你们又说造成地球变暖。

当我们购买石油时,你们说我们掠夺资源、灭绝种族;

当你们为石油开战时,却说自己解救生灵。

当我们动乱无序时,你们说我们没有法治;

当我们依法平暴时,你们又说我们违反人权。

当我们保持沉默时,你们说我们没有言论自由;

当我们敢于发声时,又被说成是洗过脑的暴民。

我们不禁要问:“为什么你们这样憎恨我们?”

你们回答说:“不,我们不恨你们。”

“我们也不恨你们,只是,你们了解我们吗?”

“当然了解,我们消息多的是,有法新社、美国有线新闻网、还有英国广播公司……”

你们究竟要我们怎样生存?

回答之前请仔细想一想,因为你们的机会是有限的。

够了,这个世界已经容不下太多的伪善。

我们要的是同一个世界,同一个梦想,太平盛世。

这个辽阔的蓝色地球,容得下你们,也容得下我们。

英文原作如下:

What Do You Really Want from Us?

When we were the sick men of Asia, we were called the yellow peril.

When we are billed to be the next superpower, we are called the threat.

When we closed our doors, you smuggled drugs to open markets.

When we embrace free trade, you blame us for taking away your jobs.

When we were falling apart, you marched in your troops and wanted your fair share.

When we tried to put the broken pieces back together again, free Tibet you screamed, It was an invasion!

When tried communism, you hated us for being communist.

When we embrace capitalism, you hate us for being capitalist.

When we have a billion people, you said we were destroying the planet.

When we tried limiting our numbers, you said we abused human rights.

When we were poor, you thought we were dogs.

When we loan you cash, you blame us for your national debts.

When we build our industries, you call us polluters.

When we sell you goods, you blame us for global warming.

When we buy oil, you call it exploitation and genocide.

When you go to war for oil, you call it liberation.

When we were lost in chaos and rampage, you demanded rules of law.

When we uphold law and order against violence, you call it violating human rights.

When we were silent, you said you wanted us to have free speech.

When we are silent no more, you say we are brainwashed-xenophobes.

"Why do you hate us so much?" we asked.

"No,' you answered,' we don't hate you."

We don't hate you either, but, do you understand us?

"Of course we do, 'you said,' We have AFP, CNN and BBC's ..."

What do you really want from us?

Think hard first, then answer, Because you only get so many chances.

Enough is enough, enough hypocrisy for this one world.

We want one world, one dream, and peace on earth.

This big blue earth is big enough for all of us.

风中有团不灭的火

今年,有两本非核心法学书刊不约而同地迎来了它们的十年庆典。一本叫《法学家茶座》,另一本叫《律师文摘》。

《法学家茶座》是由山东人民出版社 2002 年推出的一本连续出版物,由中国人民大学何家弘教授担任执行主编。“茶座”里的作者,基本都是国内知名的专家学者,但文章却始终保持着深入浅出、生动有趣的风格,讨论的也都是读者感兴趣的理论与现实问题。这些特点使得《法学家茶座》既不同于专业性的学术刊物,也不同于直白如水的实用读物,而是自创了一种格调清新、品位独具、雅俗共赏的风格。

《律师文摘》则是以法律职业群体为主要读者的大型文摘类读物。主编孙国栋先生,是中国政法大学的一名普通教师和编辑。据说,十年前,一些有权无识的人匆匆停办了《中国律师报》,致使孙国栋等年轻人“乘虚而入”,办起了《律师文摘》。今天看来,真应该感谢当年那个“美丽的错误”。

这十年来,面对网络媒体对纸质媒体的冲击,面对经费筹措、出版发行等实际困难,这两本法律读物一路走来,能坚持到今天十分不易。尤其是《律师文摘》,十年里数易其主,东躲西藏,屡败屡战,好像是寒风中的一团火,经历了不少坎坷和艰辛。然而,它们却赢得了无数读者的敬仰和热爱。

有一位读者给何家弘先生来信说，他是一个常年往返于京广铁路线上的火车司机，《法学家茶座》是他最喜爱的书刊，读起来常常爱不释手，几乎每一期都不想错过。只是因为工作忙碌，有时工休时赶到书店里，最近的《法学家茶座》已经售完，他觉得很沮丧，为此希望能从编辑部直接购得它们。家弘先生和同事们商议后，决定和这位火车司机联系，免费为他补齐了所有缺册。

有一位民间法律爱好者，因为自家的房子遭遇野蛮拆迁，被迫自学法律知识，如今已经成为京城内小有名气的"公民诉讼代理人"。一个偶然的机会，我送给他两册《律师文摘》，他竟两天两夜捧读无眠。第三天，他找我索要《律师文摘》编辑部的电话，他在电话里用他特有的高音嗓门告诉我，他从今天起，开始崇拜孙国栋这个人，不仅要买齐以往的各期《律师文摘》，而且要把今后十年的《律师文摘》预订费一次性交齐。

在前不久召开的《法学家茶座》十周年庆祝会上，主编何家弘教授说，今天在座的都是法学家，有现在的法学家，也有一些是未来的法学家。所以我希望我们都能够这样去努力，做到以法为家、知法如家、爱法似家、奉法胜家。这也是我们创办《法学家茶座》的一个宗旨。

前不久，《律师文摘》的年会也在乍暖还寒的季节里举行。前来参加年会的法律界人士们，走进这个气氛热烈而轻松的会场，似乎可以暂时忘却大门外尚未远去的寒意——好像大家正围着《律师文摘》的火炉在抱团取暖、诉说衷肠。

中国的酒文化、茶文化、饮食文化乃至官场宫廷文化都很发达，但是我们的法治文化似乎很不发达。不过，这几十年里，法治文化却像是这样一种精灵：它无边无际地在社会各个角落里扩散和蔓延，——没有血和火的革命及战争，也不是领导人的政治口号，更无需惊天地的改朝换代；它表面上不着痕迹，却又如刀似剑，刻画和改变着这个古老社会中人们的生活方式。

我们都知道，依法治国不易，法律业者艰辛。法治的发展是一个艰苦和漫长的过程，我们今天正处于这个过程之中。一个哲人说过：与其诅咒黑暗，不如点亮一支蜡烛。也许，正是门外还有暗色，才赋予了一支支蜡烛存在的意义和价值。《法学家茶座》和《律师文摘》就无愧于这样照亮暗处的蜡烛。

我当年在中国人民大学法律系读研究生时，何家弘是我的同班同学。他在我们班里一直像是位淡定、睿智的兄长，我们平时都叫他"老何"。我记得老何身怀一个"绝技"——可以在风中划着火柴并用手掌护住火苗，不让火苗轻易熄灭，然后可以替别人把香烟点燃。我们有同学问他如何练就这个绝活，老何说，早年当知青插队在草原上放马时，实在闷得无聊，便手持一盒廉价的火柴坐在草地上"反复练习"，真可谓"功夫不负有心人"。

如果以下的联想不算牵强的话，我以为，这些年来，《法学家茶座》和《律师文摘》就像是被老何、国栋和他们的出色团队小心翼翼地包在手掌中的一团火。我希望这团火在风中继续燃烧下去，永不熄灭，给我们这个社会持续不断地带来温暖，带来光明。

我们这一代法律人，在三十多年前，或许因为阴差阳错的原因，进入了法律职业的殿堂。尽管一直心怀惆怅，但仍感到生逢其时。

当年填写大学入学志愿的那一个不经意的触点，如同潘多拉的魔盒一般戏剧性地打开，纷纷扰扰又灿烂缤纷。今天，法治文化已经成为我们不离不弃的宿命。无论何类强人沉浮，我们都希望人治寡头的幽灵远离；无论世事多么纷纭多变，我们都希望依法治国的大道不变。

夜深人静，想起美国电影《保镖》中的一幕，凯文·科斯特纳端坐在幽暗巨大的客厅里，孤独、深沉和从容，似看到远处惠特尼·休斯顿一袭白纱从天边走来，一曲《I will always love you》（我将总是爱你）慢慢响起：Bitter sweet memories, this is all I am taking with me!（苦乐参半的回忆，是我能带走的所有东西！）

在苦乐参半的过去和现在，我们始终衷心祝福《法学家茶座》！祝福《律师文摘》！

《什么是最好的辩护?》读后感

杨忠民教授将自己近些年来陆续在《天涯》、《书屋》、《法学家茶座》、《南方周末》等刊物上发表的杂文、随笔结集交由法律出版社出版,将其中首篇文稿作为书名,即《什么是最好的辩护?》。

杨忠民,云南昆明人,正宗工农兵出身,下过乡,当过兵,做过工人。1982 年毕业于西南政法学院(今西南政法大学),现为中国人民公安大学刑法学教授。

作者在出版后记中写道:“这本小书,写了一些与法有关的常识和思考。……在我执拗的思维中,法的常识,因其关乎法的基本价值,关乎法的灵魂,在当下中国法律或法学的语境中,常识恰恰应是人们需要铭记和思考的。”

忠民先生的大学同窗好友贺卫方教授评论称,这本书“结合历史上的种种事件,对于法治原理作出了深入解读。文笔清澈、细腻、庄重,字里行间充溢着对人类苦难的同情心”。在我的记忆里,杨忠民和贺卫方当年是西南政法大学 78 级的同班同学,二人同居一个寝室(我当时也有幸和他们同居一层楼)。在学校乐队里,杨忠民是第一小号手,贺卫方是第一鼓手(其实打鼓的只有一个人)。二人的年龄似乎相差近 10 岁,常看见他们在校园里出入形影不离,像是师傅和徒弟一般。后来和忠民及卫方的接触中发现,二人的谈吐和文风其实有不少相似之处,除了文字的“清澈、细腻、庄重”外,更多的倒是诙谐、幽默和风趣的调侃。

我至今还保留着我在美国留学期间收到的杨忠民、陆绮夫妇寄给我的几封信。在初到异国他乡那些日子里,这些来自故乡朋友的来信,给我带来了很多慰藉和温暖。1991 年秋天,他在给我的一封信中诙谐地写道:“我们的生活依旧:瞎忙和穷忙。瞎者,盲目也。成天课堂传道,或伏案爬格写文通理却不顺的论文,或在大大小小的会议上听别人说或自己说连上帝都已听腻的‘心得’,此为不知何为也,即瞎忙也;穷者,人民的币不多也。在经济大潮重新涌来之际,以传道解惑为职业的有知识的分子们,虽也击掌叫好,但又无不为自身的价值暴跌而感尴尬。……我仍然蜷缩在小屋中,无为而治,无币而为,时或捡几只他人忘摘的涩桃啃啃,此即穷忙也。好在无为无币都极少烦恼,精神上颇为愉快,嬉笑怒骂,尽管皆不成文章,却使心理平衡了许多。”

值得一提的是,忠民的夫人陆绮,来自江南名城苏州,是著名作家陆文夫的长女。陆绮和忠民是西政七八级同班同学,陆绮既有文才又有口才还擅长美术。20 世纪 90 年代初,我在美国读书期间,收到过陆绮亲手用各种彩线制作的一个装饰工艺品,挂在室内满堂生辉,让不少美国朋友赞不绝口。不过,才女兼美女的陆绮和外表敦厚的杨忠民最后结为连理,在他们七八级同学中还是引发了一些议论,一度曾有过“鹿(陆)归羊(杨)手”一说。不时有人会问起这位前“美女”(如今杨忠民对夫人的称谓),当年究竟凭什么看中了这位杨同学。陆同学笑着回答说:“和谁在一起觉得好玩儿就嫁给谁。当年这个姓杨的同学就让人觉得特别好玩儿。”

这些年里,我们有时会在同学校友聚会的餐桌前会面。这个在大学毕业后罕见地从来没有更换过工作单位的人,笑起来还是那样慈眉善目、乐观通达。谈天论地时,还是保持着“有知识的分子们”特有的独立思考和判断,看来,这一点已经深入骨髓,今后不可能改变了。只是在中国人民公安大学这个特殊的教学环境中,既要刚直不阿、独立思考,又要“瞎忙穷忙、心理平衡”,着实不是件容易的事儿,看来杨忠民兄早已经修炼过关了。

收到忠民教授寄来的这本书时,我正在为中央电视台N集电视系列片《法律的故事》撰写解说词。其中第一篇佳作“什么是最好的辩护?”一文给了我很多启发。我在“律师法的故事”一集中,引用了忠民提供的资料。

CCTV“律师法的故事”解说词摘录:

(画面:1980年11月,北京正义路,审判林彪、“四人帮”案庭审现场影像资料)

或许不是偶然的巧合,就在这一年,美国哈佛大学刑法学教授、纽约著名执业律师艾伦·德肖维茨(Alan Dershowitz)来到北京。在和中国同行的座谈中,他不可思议地听到一个提问:“为什么政府要花钱为破坏社会主义法治的人辩护?”惊讶之余,他还是耐心而镇定地回答说:“司法正义,不管是社会主义,资本主义或者其他种类的,都不仅仅是目的,而且是一种程序;为了使这一程序公正地实行,所有被指控的罪犯都必须有为自己辩护的权利。……决定一个被告是否应被认定有罪并受到惩罚,政府必须提供证据,而被告应享有公平的辩护机会。”

从那一刻起,中国律师也终于迎来了一个可以施展才华的时代。但是,他们能否把握好这个千载难逢的契机,此时还充满悬念……

1994年,美国律师艾伦·德肖维茨再次出现在中国。这一次,他本人并没有来,而是他的新作《最好的辩护》被翻译成了中文,这本书一时间成为北京街头大大小小书摊上的畅销书。

(画面:美国律师艾伦·德肖维茨的新作《最好的辩护》、北京街头的书摊。)

(遗憾的是,这一段有关法律"常识"的解说词,在CCTV审片时被删减。)

杨忠民教授对自己的新书并无奢望。他在后记中写道:"今天,多少学人或与博大精深同行,或与复杂解读相伴,或与玄妙机巧共舞,或争课题、作项目,或报成果、领奖金,你却在一旁敲击着最不学术的文字,用最简单的头脑,思考着最廉价的大词——公平、正义、自由、民主、人权……真不知今夕是何年?……我当然不敢自比狂士,也无成为一道风景的奢望,倘若书中对于常识的点滴思考能够为热闹的云霞添上一点土布的颜色,就已知足……"

我记得,美国好莱坞大片《2012》中有一个令人难忘的场景。影片里那个勇敢的科幻作家谦虚地告诉那个正在为人类的命运担忧的地质学博士,自己刚出版的那本书其实并不畅销。但那位博士的回答却令人回味良久:"不必这么说,其实,你的书已经成为人类文化遗产的一部分了,因为我已经读了它。"

忠民,你的书其实也不例外,除了我以外,还有更多幸运的人已经读了它。

后　记

2012年11月19日上午10点05分,我在书房里校阅完本书样稿的最后一页,把样稿交给已经在楼下等候的快递公司员工。随后,我拖着旅行箱乘车前往飞机场。一个小时后,我将在那里和北大法学院贺卫方教授会合。今天,我们一起结伴飞往的目的地:江苏无锡。在风景绮丽的太湖岸边,有些朋友在等候我们来参加一个聚会。

邀请我们前来无锡的朋友中,有些是资深律师,有些是当地普通的政府公务员,还有些是年轻的公司白领和退伍军人。其中的大多数人,我们还都是初识。只是,他们中的大多数人都直接或间接地聆听过贺教授的精彩演讲,也有人阅读过我的那本不太畅销的法学随笔集——《北京往事》,这算是为我们的"一见如故"投下的有趣注脚。听他们在席间的谈吐,大多怀揣卓见。在这个历来不那么太关心"国家大事"的富庶江南城市里,我们不无惊讶地发现,此地竟然"到处都是我们的人"。

思想的交流未必需要某种通常意义上的形式。思想难以被遮蔽,它像眼前的浩瀚太湖水一样,只要有机会,就会悄悄地找到自己的去处,流向大河小渠,义无反顾地完成表面上看起来不可能完成的沟通。

社会在转型,人心在思变。无论走到哪里,不难看到众多朋友们都拥有非常相似的价值观。对于这个国家的未来,尽管大家都带着各自的希望和困惑，但是人们在一个终极目标上正在达成共识——这个国家的长治久安其实和每个人都息息相关，只有用法治而不是人治的方式，才能最终降伏这个千百年来充满悲剧宿命的庞大国家。司法是一种相对保守的力量，具有天然的渐进特点。从国家平稳转型的意义上看，司法改革可能是目前风险最小、成本最低的途径。只有法治思想在中国普及，才能让中国人继续坦坦荡荡地活下去，中国才有国泰民安的可能。其他的“老路”或“邪路”，不是历史的误区，就是资源的浪费。

对于中国法律人来说，如何为中国社会的和平转型贡献一份力量，如何让中国社会在转型过程中少出现流血和暴力，如何达成不同阶层、阶级、民族和利益集团之间的和解，这很可能是一条“吃力不讨好”的道路。我们很可能像中国象棋中的过河卒子一样，只能“勇往直前”，除了“东躲西闪”，没有退路。这种类似每天都在用水滴石穿的方式推动社会进步的情形，相对于近一百年来中国人“比赛谁更激进”的图景，太容易使人失去应有的耐心了。

法治社会的构建是个艰苦和漫长的过程，需要严密的制度设计、繁琐的运行程序和高昂的维护成本。我曾遇到过一些法律职业同行，他们或曾大声呐喊，或曾奋笔疾书，或曾行走“南书房”给高层领导授课。使他们常常感到沮丧的是，“只听楼梯响，不见人下来”，自认为绝妙的治国建言往往被束之高阁。他们的热情很快降温，他们或者开始捧读起“易经”和“老庄”，或者打算在大城市的郊区找一块农田，春耕秋收，自得其乐，与世无争。

中国改革和开放的大业，最开始几乎是从台湾邓丽君小姐的歌声中获得人性启蒙的,可见起点之低,同时也不乏预示着一路行来注定要经历的艰辛和坎坷。对于中国法律职业人而言,我们不得不在短短的几十年中,艰难地去体验西方国家数百年来在法治文明中创造的所有关键词。时代实在太匆忙了,不容我们潜心实验,必须在启蒙之初就作出选择。老一代人历尽沧桑,此刻已经力不从心;年轻的一代先天不足,步入成年时才开始理解常识。这意味着,启蒙的意义固然庄严和深远,启蒙的过程却过于粗糙和机械,由此导致了思想的苍白和缺席。

然而,法治启蒙运动在中国如浩浩荡荡的世界潮流,难以阻挡。用前不久辞世的自由主义思想家伯林的一番话来说:"启蒙运动的价值,也即伏尔泰、爱尔维修、霍尔巴赫和孔多塞这些人提倡的东西深深感动了我。他们也许太褊狭,对人类的经验事实往往也会判断失误,但是他们是伟大的解放者。他们将普罗大众从恐怖主义、蒙昧主义、狂热盲目以及其他荒谬绝伦的精神枷锁中解放出来。他们反残忍、反压迫。他们跟迷信无知以及许许多多败坏人们生活的勾当进行了一场胜利的战斗,因此,我站在他们一边。"

在中国,这场始于20世纪80年代并由体制内和外共同发起的法治启蒙运动,一路遭遇坎坷。被呼唤的法治时代并没有如所预期的那样顺利分娩和繁荣,它的出现一再被延宕,甚至倒退。诚然,中国的社会环境较之二十年前已经发生了深刻的变化,从打破专制主义出发而建立的理想,在今天又碰到了理想主义最新的敌人:物质消费主义。当年那种由于被压抑而激发出的理想主义的激情,在重商时代可能会变得迷茫和扭曲,对于中国法律职业人来说,这无疑是雪上加霜。

然而,近百年来,绵延不绝的思想脉流从来没有中断,即使在极为严酷的年代,也有人不顾危难做着他们认为应当做的事情,在不同的历史阶段,人们都可以举出很多这样的人的名字,他们选择了另外一种生命形式。

我有时在想,如果今天的中国法律界没有江平没有张思之没有贺卫方,大家的生活会是个什么样子?不必讳言,那一定是一个完全不同的情景。

在中国,有很多并不尊重法律的人在大谈所谓"有特色"的法律思想,这些"法律思想"的共同特点就是基本上与真正的法律无关,它们仅仅是一种把法律作为工具并进行意识形态图解的说辞。同时,我们也奇怪地发现,周围的一些年轻人,对数百年前的"明朝那些事儿"或"唐朝那些事儿",乃至皇帝后宫的那些事儿,说起来津津乐道,了如指掌。但对一百多年前、五十多年前乃至二十多年前发生在这块土地上的很多事情,则知之甚少。澄清这一切,或许还需要几代人的时间。历史不容纳杂质,所有需要被荡涤的杂质最终都将被荡涤干净。

或许是性格过于温和,我没有足够的勇气成为一名斗士。在这方面,我发自内心地敬佩贺卫方教授在公共领域内一如既往的坦然和敢言。生活在这个现实环境中,我们都感到深深的压抑和不安。到底是应该不断地大声表达抗议,还是暗喻及婉转地耐心建构,没有人说得清哪种方式更重要或是更有效。目前而言,它更像是由于不同性格所带来的个人选择。

中国法律职业人面对的现实显然并不完美,但却依旧值得我们留恋,我们总觉得还值得为它继续努力,因为我们除了怀有几分天真和执著外,还能得到这个世界不算太吝啬的惠顾,就像是人们在饥渴的时候总是能遇到甘霖,现在总算是有了一个让那些人敬畏的东西——互联网了,人们开始从中看到法治的巨石在被缓缓向前推动;还有,有些无视法治、居心叵测的大人物总是在即将得逞之前戏剧性地跌落下来。

我的思绪又回到了无锡这座城市。记得年幼时光,我和祖母曾在这个江南名城里生活过几年。如今,早年无锡城里那些漂泊着大大小小木船的河道已经被填埋,城区里那些曾经被磨出光泽的石板路也已改造成了柏油路,还有,每天早晨在街角拐弯处卖大饼油条的那个苏北师傅也早已不见踪影。整个无锡太湖沿岸,早已经不再是只有鼋头渚和蠡园的时代,如今已经规划为一个庞大辽阔的风景区。到处是豪华酒店和私家别墅。在我们下榻的酒店不远处,数年前,当地政府和商人们不惜重金,用最奢侈的材料和最现代的声光电科技手段,打造出一个名扬海内外的佛教圣地。

每当夜幕降临,这里和中国大多数城市里的景象一样,大大小小的酒楼里都人声鼎沸,歌舞升平。同时,我们也看到,一些成功和富有的人们,似乎预见到这个国家总是坎坷踉跄的运行轨迹,他们开始一个接一个地移民海外,在获得某种“保险”后,又开始像候鸟一样往返于辽阔的太平洋两岸。

周围的人们都在不停地指责并诅咒着这个时代的荒诞和制度的缺憾?人们并不愿意多想,假如,一个社会的法治防火墙尚未建成之时,即便这个制度有一天轰然崩塌,是否就意味一个更美好的社会的到来?眼前这些正在餐厅里享用美餐的人们,是否仍然可以继续保持今天的生活质量或体验到更安详的生活?

此刻的中国,像是个硬币的正反两面:既有物质的丰富和诱惑,又有思想的苦闷与压抑。我们既不能责备其中的虚浮和荒诞,也不能责备其中的懦弱和逃避,因为它们同样真实。这就是我们今天的生活,我们都是传统和现代交汇而成的千万条溪流中的水滴,大家同在路上,同在一个社会环境中,命运把大家连在了一起。

此刻的街道上,正到处张贴着冯小刚执导的《一九四二》的电影海报,战争和饥荒的年代似乎早已离我们远去。21 世纪对中国而言,到底是一个充满机遇的世纪还是一个混乱不堪的世纪,人们还在争论不休。不过,我们乐观地注意到,每天中国人都在面临着一波又一波汹涌而来的新问题,而且人们又愿意竭尽力量,用文明的方式而不是用野蛮的方式,去面对和解决这些问题,这就说明,我们今天还算生活在一个前途光明的时代。

带着各自的希望与困惑,朋友们在深夜的街头分手告别。一年的尾声即将来临,这些希望和困惑还将伴随着我们进入新的一年。我们相约在明年春暖花开的季节,再次来这里相聚一堂。

这本书中所收集的文字,主要是我在最近三年里为"两报一刊"(《中国新闻周刊》、《法制日报—法治周末》、《南方周末》)撰写的专栏作品。不知不觉,竟积累成了一本 20 多万字的文集。这些年里,自己从未奢望通过这些随笔文字去"改造我们的文化",唯一的心愿是将自己对法治的细节思考,以一己的点滴努力融入众多法学界同仁的合力之中,从而逐步营造一个正常的法律文化氛围。在坚持写作过程中,诺贝尔和平奖获得者特雷莎修女的几句话一直在我的耳边回响:“你多年来营造的东西,有人会一夜之间把它摧毁,但不管怎样,你还是要去营造。(What you spend years buildings, someone could destroy overnight; Build anyway.);你今天做的善事,人们往往明天就会忘记,但不管怎样,你还是要做善事。(The good you do today, people will often forget tomorrow; Be good anyway.)

一周后的11月26日傍晚,贺卫方教授将飞往美国首都华盛顿。他的英文版文集《因正义之名:在中国推进法治》(“In the Name of Justice: Striving for the Rule of Law in China” by Brookings Press, 2012), 刚刚由美国布鲁金斯出版社出版。据悉,2012年11月28日,布鲁金斯学会将在华盛顿特区举办新书发布暨“中国法治:展望与挑战”研讨会,联邦最高法院大法官布雷耶、前驻华大使洪博培、布鲁金斯学会主席桑顿、纽约大学法学院教授柯恩等将出席研讨会并作会议发言。

卫方在去华盛顿的飞机起飞前,还想着为我的这本小书写序的事儿。他在飞机起飞前给我发来的短信上说:“大伟兄,机上读物是尊作。或许可以在飞机上完成序言。卫方。”

我不知道,卫方先生会为我这本新书写些什么评论和建议。读者们如果也怀有同样的悬念,现在就翻开此书最前面的那几页,去看贺教授这篇在万米高空中写就的文字吧!

2012年12月6日

写于美国加州 Burlingame

图书在版编目(CIP)数据

法治的细节/周大伟著. —北京:北京大学出版社,2013. 1
ISBN 978-7-301-21812-9

Ⅰ. ①法… Ⅱ. ①周… Ⅲ. ①随笔-作品集-中国-当代
Ⅳ. ①I267. 1

中国版本图书馆 CIP 数据核字(2012)第 304410 号

书　　名 法治的细节
FAZHI DE XIJIE
著作责任者 周大伟 著
责 任 编 辑 苏燕英
标 准 书 号 ISBN 978-7-301-21812-9
出 版 发 行 北京大学出版社
地　　址 北京市海淀区成府路 205 号 100871
网　　址 http://www.pup.cn http://www.yandayuanzhao.com
电 子 邮 箱 编辑部 yandayuanzhao@pup.cn 总编室 zpup@pup.cn
新 浪 微 博 @北京大学出版社 @北大出版社燕大元照法律图书
电　　话 邮购部 010-62752015 发行部 010-62750672
编辑部 010-62117788
印 刷 者 三河市北燕印装有限公司
经 销 者 新华书店
880 毫米×1230 毫米 A5 12.5 印张 258 千字
2013 年 1 月第 1 版 2024 年 11 月第 9 次印刷
定　　价 33.00 元
